天地明察

てんちめいさつ

［日］冲方丁 著

徐旻钰 译

北京出版集团公司
北京十月文艺出版社

新经典文化有限公司
www.readinglife.com
出 品

目 录

序　章		…1
第一章	一瞥即解	…5
第二章	算法胜负	…53
第三章	北极出地	…115
第四章	授时历	…165
第五章	改历请愿	…227
第六章	天地明察	…267

序

章

这是幸福。

出生在这个世上后,他觉得自己似乎一直在进行同一场对决。

现在,对春海而言,这是无上的幸福。

蓦然回首,已是四十有五。他究竟是什么时候开始这场对决的呢。

他觉得自己一直在苦等一决胜负的机会,却又觉得比想象中更早走到了这一步。这的确是一条漫长的路,他甚至没有回头思考过这条路。或许是因为这样,他甚至觉得这场仗昨天才开始。

"春、春海大人……终、终于到了这一天。日、日本的改历之仪,终于要得出结论了。"

泰福说。他因不安和紧张而不断颤抖,让人觉得他很可怜。声音里带着明显的胆怯。

他来自奉天皇之命统领阴阳师的土御门家,理应是表现得最威风的人。

"春、春海大人的历法才是日本的至宝。天、天皇陛下一定也明白这一点。"

泰福说话的语气就像是满心冀望春海能同意他所说的一般。

有那么一瞬间,春海想告诉这个年轻人,能下的棋他全都下了,也想把接下来可能会发生的所有事情都告诉这个年轻人。

"这是必然。"

春海微微一笑，只是若无其事地这么告诉他。

对二十九岁的泰福而言，这已经足够。再多说些什么，也只会让他感到混乱。最后，泰福好不容易压抑下自己的畏怯，敛起表情，直直地看向正前方。

同样在等待天皇敕令的公家①们不时窥视并排坐在一起的春海与泰福。尤其是贺茂家一行人，无一不露出愤怒嘲弄的表情。他们冷眼蔑视着表情满足喜悦地跪坐着的人们。

春海将这些人当作棋盘上的棋子，正确预测接下来的发展。他一边选定接下来该下的棋子，一边思考稍早的幸福所为何来。

改历之仪。

今天是贞享元年（一六八四年）三月三日。天皇终于宣布要废除自过去就有明显误谬的现行历法，以新订的历法作为新时代之历。

共有三个历法被选作新历的候补：大统历，授时历，大和历。

天皇的敕令究竟会采用何者？整个日本都在关注此次裁决，绝无夸张。

将军纲吉和大老②堀田正俊一同在江户等待改历敕令之报。

公家阶层积极地介入改历之仪。各藩的武家中，也有人给予春海强力的支持。社会上的算术家、神道家、佛教势力、儒学者和阴阳师都在注视这场"三历对决"。

最热衷于这场胜负的莫过于民众。他们对此事的关注程度之高，远远超出幕阁的预期。颁历（历书）的销售数量节节高升，甚至还有人贩卖以历法为题材的美人画，通俗小说家们据说也在准备以历为题材的新作品。

春海觉得，现在他能用明晰的眼神看穿他们的心愿。

历是一个约定，可以说是太平之世的无言誓约。

"明天也仍然活着。"

"明天这个世界仍然存在。"

---

① 为天皇及朝廷工作的贵族或官员。
② 辅佐将军施政的幕府最高官职。

历是天地间从政者、人与人之间欲在暗默间立下的约定。

　　这个国家的人喜欢历，或许是因为没有什么能比可以喜欢历的自己更让人安心。战国之世，任何约定都遭到践踏。人们已经受够了这样的世界。是这样的想法让人民对历的关心爆炸性增长吗？春海心想。

　　这个时刻终于到来。并排等候的人们听到传旨者到来，泰福吞了一口口水。现场起了一阵骚动，当骚动渐渐平息时，春海忽然听见了远处传来的声响。

　　喀嘟、铿隆。

　　轻妙回响的梦幻音色。

　　啊，原来是这样。对决是从那个时候开始的。这样的幸福是从那里来的。

　　自从听到那音色，至今已流逝多少岁月了呢。春海在心中暗自数着。

　　二十二年。

　　宣布裁决之前，众人间的气氛十分紧张，春海的脸上却不自觉地浮现出笑容。

　　二十二年来，自始至终。

　　自始至终，他都在做这件事。这段时间里，那道声音一直为他而响。

　　不久后，传旨者将向众人宣告天皇的决定。春海闭上双眼，竖耳聆听宣告人生开始的那道梦幻音色。

　　喀嘟、铿隆。

第一章

一瞥即解

一

那一天，春海在登城①的途中绕了路。

为了绕路，他真的很努力。

在天色仍暗的卯时前起床，冷得缩着脖子的他费了好大功夫才把不习惯的双刀佩戴到腰上。感受着刀垂下的重量，他拿着提灯走出家门。

江户城的多数城门都随着明六时②的钟声开启。鸣钟的时间以太阳的高度为基准。

理所当然，冬天的钟声间隔要比夏天短上许多。同样是从明六时至朝五时③，或是从卯时至辰时，冬天和夏天会有一点五倍的时间差。

江户是一个利用门限严格统制的都市。即便是众人敬畏的春日局④也不得在门限时间过后通行。严格遵守时间是常识，绝对不得迟到。前往江户城办公者的第一要务是防备敌人攻击，这是表面上的好听理由。虽是讴歌太平之世的时代，这个城市仍然留有浓厚的战时习俗，没有什么比赶不上时间还要粗心大意。

所以，他加快脚步。

被双刀的重量弄得七荤八素的他几乎是城门一开，就接连穿过马场

---

① 武士入城晋谒。
② 冬季明六时约为清晨六点。
③ 冬季朝五时约为早上八点。
④ 江户幕府第三代将军德川家光的乳母。

先门和锻冶桥门。他快步穿过大名小路,朝着与江户城相反的方向而去。

穿过榻榻米店之间,走过京桥,他终于在银座前找到大清早就营业的轿子。

轿夫们也正打着哈欠,在做准备。

带刀的年轻人喘着粗气来到眼前,轿夫们吓了一跳,以为发生了什么大事,表情一阵紧张。

"您要去哪儿?"

"涩谷。"

春海顺了顺呼吸,急忙说道。他吹熄提灯的火,心急地往轿上坐。

喀嚓一声,刀撞上轿子的两侧,被弹了回来。

"啊,真是的。"

焦急的春海笨拙地把双刀从腰上拿下。

轿夫露出狐疑的表情。仔细一看,春海没有束发。也就是说,他不是武士。但他却佩着刀,而且打扮十分优雅,想必一定来自某大名府邸。轿夫没办法在一瞬间就判断出这个来历不明的人物是谁。

"您要去涩谷的哪里呢?"

其中一个轿夫带着戒心询问这名奇妙的客人。涩谷附近在天色暗下时会有盗贼出现。

"我想去宫益坂的金王八幡神社。"

春海两手抱住双刀,时而打横,时而斜放,努力尝试如何才能让自己和刀一起上轿。

"拜托赶一下。我想在朝五时半[①]前回来。"

春海的这句话让轿夫们的紧张顿时烟消云散。什么嘛。他们耸了耸肩。

他们从春海的声音里听出京都腔。也就是说,这个来历不明的年轻人从京都来到江户,觉得江户有趣,才会想在这个时间出门去名胜观光。如先前所述,前往城里办公的人受到门限的限制,想出远门,就必须像

[①] 冬季朝五时半约为早上九点。

这样一早就动身。轿夫们是这么解释的。除此之外，也没有其他的解释方法。

大名原则上禁止家臣们游览江户。然而最近，留守居役①以政谈为名，在料亭聚集，去各处名胜游览，这个规矩也渐渐被置之脑后。轿夫们也明白这一点，他们兼任观光导游，赚一点小钱。

"宫益的八幡那儿啊，这个季节去没什么有趣的。樱花树可是连叶子都枯了呢。"

其中一个轿夫半是出自热情，半是出自"我们才是熟知江户的导游"的自负给春海建议，另一个轿夫则是嗯嗯地点着头。

"近一点的地方也有很多灵验的著名神社呢。"

"我不是要看樱花。我要去找绘马②。"

说着，春海终于和刀一同钻进轿里，安心地露出微笑。

"绘马？"

出乎意料的答案让两个轿夫异口同声地反问。

"嗯。而且，我已经去过不少灵验的地方了。我供奉过香粉和盐，也供奉过粗茶。请你们赶一下，我没有时间了。"

"绘马，是吗。"

轿夫们觉得很不可思议，一边重复这几个字，一边扛起轿子。

春海所说的香粉，是用来供奉附近京桥八丁堀的化妆地藏的。在地藏菩萨上涂香粉，就能求得有病即愈。而盐则是用来供奉江户北边一座寺庙里从头到脚都是盐的地藏菩萨。据说在它的脚上涂盐就能治好鸡眼。粗茶用来供奉向岛弘福寺"除咳爷婆"的石像，听说拜过之后再也不会感冒，非常灵验。

看来这个人已经逛过江户的不少地方。他大概是听谁说宫益那边有什么吧。以观光为目的的人会为了一些当地居民眼中的无聊东西感到高兴。虽然不知道这个人想看什么，但想必是那种愚蠢至极的东西。轿夫们一边用这个理由说服自己，一边抬着这个来路不明的年轻男人。

---

①大名在领地时被派往江户代表藩国处理事务的官职。
②日本的神社或寺院中用于写下祈愿内容的木板，板上绘有图案。

正如轿夫所言，金王八幡宫有樱花树。

这棵名树"金王樱"据说是源赖朝所种。金王这个名字是为了缅怀武将金王丸而取，神社里还安置金王丸的木雕像。

然而，十月的樱花树只剩树枝。木雕像也只能在特定的时期参拜。

对轿夫们而言，这里是一点也不有趣的地方。

不过，春海跟这座神社并不是完全没有关系。他来自和清和源氏①有渊缘的畠山一族。而且，这里还有其他可看之处。为了让家光被选为第三代将军，春日局曾经来这里参拜许愿。心愿成真后，她建了社殿和门还愿。

然而，这件事让这里成为和将军家有渊源的神社，所以此处禁止歌舞音乐和喧闹。这一点对轿夫而言，更是无趣到了极点。

春海看也不看这些名胜一眼。一抵达神社，他便抱着刀冲上通往神社境内的阶梯。往上冲了一会儿，他忽然想起道路正中央是神明走的路。

"哎呀，糟了、糟了。"

往旁边闪开的一瞬间，他双手抱着的刀撞上了鸟居。

铿——一声悦耳的声音让轿夫们着实吃了一惊。

"居然用刀鞘去撞鸟居，这根本是在冒犯神明啊。"

害怕会有报应的轿夫双手合十拜了拜。

春海也急忙朝柱子赔了三次礼，接着又快步冲上阶梯。

他在神社境内的正中央倐地停下，四下张望。奉纳所就设置在神社的一角。他立刻冲向那边。

"哦，哦……"

他像孩子似的亮起双眼，看着那个东西。

从春海的膝边到头上，挂了满满的绘马。他的双眼紧紧盯住这一大群绘马。

圆形、三角形、菱形，还有不少多边形。这些图形里还画了好几个

---

①源于清和天皇将其孙基经降为臣籍并赐姓源，著名武将辈出，开创镰仓幕府。

内切圆和切线。

边的长度、圆的面积、升的体积。方阵和圆阵。复杂的加减乘除、开平方。

难题、算式解答以及奉纳者的名字和祈愿内容写在一起，把每个绘马都填得满满的。

除了个人名义之外，也有以私塾名义奉纳的绘马。还有只写了题目，却没写上算式和解答的绘马。更有写了详细解说算式中所用理论的绘马。

春海从住在同一府邸里的人那儿听说这些绘马的存在，为了看它们一眼才来到这里。

"居然有这么多……"

春海被眼前景象压倒，口中流泄出叹息般的感动低吟。

此时，春海眼里看见的不是一个个独立的绘马。在他眼里，群集的绘马有如盛开的樱花，在阳光下绽放着光芒。

他几乎是无意识地把抱在手上的双刀放到绘马下，推到一边。接着，他伸出手，看着其中一块。然后看下一块，再看下一块。到了最后，他只是摸过那些绘马，就感觉像把手伸进清流中享受一般。

每个绘马上都满溢着书写者那让人感到舒服的美丽紧张感。春海碰过的绘马相互碰撞，发出喀啷、铿隆的声音。他甚至觉得那声音里满载着每个书写者让人钦佩的精神。

"江户真是太厉害了。"

感动与喜悦化作笑声，随着他的低语从口中流泄而出。

立誓钻研，希望能在神明的加护下提升技艺。或是向神明感谢自己得以成长。每个人为了不同的目的，将许许多多写上算式的绘马献给神明。

这就是世间所说的"算额奉纳"。

算额奉纳的起源并无定论。

当时，算术是技艺，是做生意的技能，也是纯粹的兴趣和娱乐。

只要一有机会，男女老少不问身份，每个人都学算术。算盘和算术普及全国，各地涌现出被称作算术家的人物。他们设立私塾，投入他们门下的人更是将算术推广得更为普及。许多算术书出版，其中还有长年受到民众喜爱的算术书再版。

不知何时开始，奉纳在神社里的绘马里出现了和算术有关的内容。

人们自古就有将愿望寄托在绘马或匾额上，奉纳给神佛的习惯。恐怕人们只是纯粹地将解开题目时的喜悦、学会算术看作是神明或佛祖的加护，才会满怀感谢地奉纳绘马。这或许就是一切的开始吧。从许多人会踏进寺庙神社来看，寺庙和神宫在不久后成为公开发表的场所，可以说是必然。若是绘马，资金不足以出版钻研结果的人也可以用极为廉价的方式来"发表"。

另一方面，也有人为了夸示自己或私塾的名号，奉纳了巨大的匾额做宣传。他们献上能够长久保存的匾额。其中有的美丽匾额上了金箔或漆，更有人将算式刻上石碑。这些东西不是拿到门框上装饰，就是被当成奉纳品保管起来，更有些被安置在社殿里，它们受到的尊贵待遇远超一般绘马。也许比起绘马，这些特别的匾额才能称得上"算额"。

但现在，春海却对密集的绘马串产生了强烈鲜明的感动。

每个绘马都不是神社会保存的东西。年终时，它们将一并被烧毁净化，化作灰。虽然如此，人们还是供奉这些绘马。

也可能是因为这样，人们才会将那一年的成果奉纳给神明，祈求能达成自己真正的心愿。然后，众人会在接下来的那一年献上让心情一新的绘马。用神道的专业说法来说，只有这些从著名的算术家到一般庶民供奉的绘马才有"息吹"①。

春海陶醉地看了一会儿，倏地回过神来。

"不能再这样下去了。"

他急忙拿出书写用具，把自己感兴趣的内容抄下来。

当然，他无法在短时间内网罗所有绘马的内容，而且他也无意那样。从刚学会算术的人所写的绘马上也学不到什么。他略过看一眼就明白的

---

①日本古神道的呼吸法。

算式，可以应用那些算式解答的问题也一眼看过。

抄着抄着，春海发现有一些奇怪的绘马正好就在他额上的高度排成一列。稍大一些的绘马上记载着题目、出题者的名字和他隶属的私塾名，旁边则有用不同的笔迹写下的算式、解答以及不同的名字。

然后，针对这个答案，绘马上还写了"明察"二字。

春海呆呆地看着同一列的绘马。其中也有只写了题目和出题者名的绘马，该写答案的地方一片空白。

"原来是这样，是遗题啊。"

终于明白了。春海漾出满面的笑容。

算术书在出版之际会附一些刻意不写上答案的问题，这些问题就是所谓的遗题。这是为了让读者能够尝试独自解题，并测试他们的算术实力。

遗题中有许多难题，更有众多遗题数年来都没有人公开解答。而且，当解题者出版答案时，他们还会再放上新的遗题。接着，解出那道遗题的另一个人将会出版解答及新的遗题……代代传承的遗题除了能娱乐喜欢算术的读者，对术理的研究和发展的贡献也极为巨大。

同样，绘马上的题目会由别人来写下回答。而且有趣的是，出题者会检查答案，记上是否正确。答案正确时，出题者会用"明察"二字赞赏回答者，同时这二字又散发着出题者在问题被解开时的不甘。

绘马上的解答中也有错误的，出题者会写上"惜哉"，或是"误谬是也"。有时候，出题者表面上虽然承认对方的努力，却会自大地写下正确答案。

这些出题者和解答者究竟认不认识彼此呢？

绝大部分的人恐怕都没见过对方。可是他们却允许其他人在自己的奉纳品上写字，甚至还允许这些人写下错误，这也是从对神明佛祖的感谢发展出来的娱乐态度吧。

而且，这还是极为认真的娱乐。毕竟这是献给神明的物品，是出题者付钱供奉给神社的绘马。再加上绘马这种小块木板上没有多余的空间写好几个答案，解答者必须确信自己的答案正确，才能写上绘马，否则将是对神明和出题者，或者是对绘马这个习俗本身的失礼。

在这样的大前提之下，大家堂而皇之地在算术上一较高下。

可能因为这是在神明面前的对决，算术家们燃起熊熊斗志。这种"胜负绘马"从奉纳所的右端排到左端，占据了整整一列。神社的宫司①或许也喜欢这种竞赛，才会特地空出一列专供胜负绘马。

这样的你来我往仿佛一场剑术对决，让春海心情一阵激动。

"江户真是太有趣了。"

这句低语从腹底涌出。

自然而然，他只挑胜负绘马来抄。

他在怀里放了一叠纸。这不是写字用的怀纸，而是为了刀准备的怀纸。对春海而言，这不过是规定要带的纸，不管用几张都没有关系。没有怀纸时会发生的问题完全没出现在他脑中。

他连寒冷天气也忘了，专心抄写。抄了一部分后，他停下来喘了口气，再次仔细地盯着一个绘马看。由于他全心集中在抄写上，大半内容都没能理解，但其中让他特别在意的，就是这个绘马：

　　　　今勾股弦钓九寸股一二寸也。内如图有等圆成双，问其圆径。

绘马上写着这个题目并附了图，还以秀丽的笔迹写了出题者姓名和奉纳日期：礒村吉德门下村濑义益，宽文元年十月吉日。

还没有答案。

比起问题，春海更对名字感到惊讶。他之前并没有把出题者的名字抄下来。

"是那个礒村吉德吗……"

那是一个在江户设立私塾的知名算术家。

春海听说礒村靠算术在肥前的锅岛家得到官职，而二本松藩也同样看中他在算术方面的才能，将他招聘过去。

---

①神职，掌管神社的建造、祈祷、祭祀等事务。

礒村曾经出版过算术书，春海也很喜欢读他两年前出版的《算法阙疑抄》。与其说是喜欢读，应该说是疯狂地热衷于其中。春海几乎要把礒村捧上天崇拜，他和现在一样沉醉在抄写和学习中。

据说，礒村的弟子曾在未得到礒村允许的情况下就出版算术书。由于其中误谬极多，礒村为了收拾弟子闯的祸，因而决定出书。对学习算术的人而言，他们只能感谢礒村的决定。而且，那本书还是使用珠算——使用算盘计算的算术书中极为优越的一本。除了综合古今的算术进行比较和研究外，那本书更让世人知道了礒村流算术的存在。

村濑是成就如此辉煌的礒村的弟子，春海除了对这个人感到无以言喻的欣羡外，更是一动不动地重复读着问题。

今有一钩（高）九寸、股（底）十二寸的勾股弦（直角三角形）。勾股弦内如图有两个直径相同的圆，试求圆的直径。

直角三角形中最短的边为"勾"，较长的边为"股"，最长的斜边则称为"弦"，这是算术中常常被讨论的一个图形。

直角三角形常常被讨论，是因为"勾股弦定理"可以导出许多问题的答案。

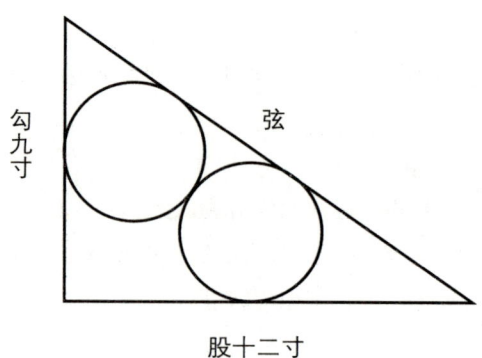

勾的平方加上股的平方等于弦的平方，就是所谓的勾股定理。知道这个定理的春海觉得自己现在似乎就能解开这个问题。

虽然这么觉得，但他不太清楚之后的算法。他收起纸和书写用具，拿出算盘。大概有个概念的他噼里啪啦地打起算盘。

首先，根据勾股定理，当勾为九寸、股为十二寸时，弦为十五寸。接着，春海在脑内将求相似比的线画进图中，进行计算。答案是正好十寸。

下意识地，"误谬"两字有如轻舞的蝴蝶般出现在脑海中，让春海觉得非常不好意思。

三角形的两个内切圆的直径不可能会比三角形的高还长。那样的圆会从三角形里凸出来。

春海重新整理思绪，把算式改了好几次，试着用算盘计算。他算得不太顺利，但他觉得只要再一会儿就能解出来。他低低地唔了一声。算式即将完成时是最痛苦，也是最让人期待的一刻。再一步、再一手。春海低声说着，越算越起劲。

片刻过后，他低吟了一声，歪过头，收起算盘。

接着，他拿出一个小包袱，在铺路石上摊开。一把分别涂成黑色和红色的小棒从包袱里出现。包袱布上记载着位数和格子。

这块布是和算盘完全不同的算术道具，名叫算板。被称作算筹的小棒可以组合出一到九的数字，并排到各个位数上。如此一来，计算者便可以慢慢进行复杂的计算。黑棒代表正数，红棒代表负数，计算者可以自由进行加减乘除或开平方等计算。

春海把算板在石板路上摊开。平常就很遵守礼仪的他跪坐在冰冷至极的石头上，默默地排着算筹。他一头栽进这个原本以为可以立刻解开的深奥问题里。

"这上面的题目可真是了不得啊。"

差不多该回城里的念头离他越来越远。

他觉得视野中的一角似乎隐隐约约有什么划过，但满脑子都是算术的他根本没多加留意。他一心一意追求解答，觉得真不愧是著名学者礒村的弟子出的题目，更燃起了对抗之心。与其说他是忘我地工于算术，不如说他正在随兴计算。

"真的很抱歉。"

就在此时，清澈的声音从头上落下，思考因而中断。

春海把即将消失的算式写进脑里，瞬间将它记下。这是春海的能力，也是他从小的特技。

他抬起头，看见一个拿着扫把的可爱少女，不由得看得有些出神。

少女有十六七岁，可爱的眉梢不悦地皱了起来。

"你找我有事吗？"仍然跪坐在地上的春海一脸认真地问。

"我知道这样说很失礼，但请您离开这个地方。"少女无畏地说，"我必须清扫这里。"

她拿着扫把，唰的一声扫过春海正前方的石板路。

要是不听她的话，他排好的算板可能会整个被扫到枯叶堆上。

仔细一看，除了自己身边，四周都已经被扫得干干净净。现在只剩下自己跪坐着的地方。看来刚才隐约划过视野角落的东西，应该就是这名少女的扫把。

自己埋头计算，居然专心到连扫把的声音都没听见，春海对自己感到佩服。

"真是失礼了。"

春海礼貌地赔了不是，拉着算板往后移动，小心地不让算筹散开。他不顾目瞪口呆的少女，退了两步左右的距离，重新跪坐好。

"这样就好了吧。"他指着自己之前跪坐的地方说。

"一点都不好！"

少女大声喊叫，看似就要举起扫把。正好做完早上的工作，趁着休息时间来参拜的附近居民全都瞪圆了眼睛，看着跪在地上被骂的春海。

"这可是神明眼前喔！请不要坐在这种地方。"

"可是——"

就是因为这里是神明眼前，才能专心地沉浸在算术里啊。原本想要这么说的春海被少女锐利地打断。

"武士大人居然一早就到处乱逛。您今天不是该登城吗？"

看来这个女孩以为他是附近大名府邸的人。不过她的态度一点也不客气，这也证明了春海距离武士的威风有多么遥远。

"我并不是武——"

正当春海准备解这场误会时——"登城？！"

就在他大叫出声时，微弱的钟声传来。

不知道是芝切还是西久保，还是目黑的钟声。不管是哪里的钟声都好，春海一阵毛骨悚然。钟声居然已经响了。他急忙收起算筹和算板，少女露出一脸看好戏的表情。

"您的膝盖上有枯叶呢。"

要不要我用扫把帮您扫掉啊？少女用这样的态度说道。

"啊，这真是失礼了。"

就算少女真的那么做了，春海恐怕也只会诚恳地谢谢她。他迅速拍了拍膝盖，原本打算就这么离开，却又停下脚步。

"我真的学到很多。"他很有礼貌地朝少女和绘马双方低头行礼，"失陪了。"

他没等少女回答就快步跑向门口。

少女吓了一跳。

"在地上念书这种事，请您到别的地方去做。"

她怒气未消地这么说时，春海从右侧往左侧跑了出去。

春海一出门就感到一阵焦燥。应该要在这边等他的轿子不在。

"在哪里？上哪儿去了？"

这么想时，他看见轿夫们正在路旁抽着烟管。他们没待在路上，是因为大名行列①即将出现，所以他们事先站到路边。轿夫们这样的举动让春海更加焦急。他急急忙忙上了轿子。

"快走吧。用最快的速度回去。"

---

① 大名因轮流谒见主君而携部下往返于江户和领地间的长队。

"绘马还有趣吗？"其中一个轿夫悠闲地问道。

"太棒了、太棒了。真是太棒了。快，快帮我赶路吧。"

不知道绘马有什么乐趣的轿夫们无趣地耸了耸肩，将轿子扛起。

嘿哟嘿哟，轿夫们轻快地在陡峭的坡上前进。就在他们离开宫益后不久。

"啊！"春海的惨叫声从轿里传来，"停、停下来！拜托！回头！我忘了重要的东西！"

啊，这么说起来的确是呢，轿夫们也想到春海从神社回来时身上少了什么东西。平常若是少了那样东西，大家总会立刻察觉到，但就春海而言，没有那样东西看起来才比较自然。轿夫无奈地掉转方向，回到宫益坂。

"到了喔。"

轿子还没放到地面上，春海便连滚带爬地从里面跳出来。他头也不回地冲回神社时，又再次快速闪到路边，避开正中央。就在他闪开的同时，他的侧脸撞上了鸟居的柱子。

"啊，痛！好痛！"

春海的脚步虽然不稳，但还是继续跑。

"他居然一头撞上神明……"

轿夫们这次也合掌一拜。

来到奉纳所，稍早前见过的那名少女气冲冲地瞪着春海。

"您忘了这个！"

她生气地指着绘马下方。少女的动作让春海打心底松了一口气。

"啊，还在，还在。啊，太好了。"

春海急忙捡起被丢在那里的双刀。

江户是一个繁荣又贫困的城市。丢了刀，就等于是丢了钱。刀在一两天之内就会被转卖，刀柄和刀鞘都会被分解改装，变成一把不知道是属于谁的刀，公然被拿出来贩卖。若是事情到了那个地步，他就不可能找到自己的刀。个人的损失还算小事，他很有可能一不小心就失去官职。

而且，不只是这样——

"您居然把刀放在绘马下面！您是打算切断大家的愿望吗?！"

春海把刀放在这些好歹也算是奉纳品的正下方，会被人这样解释也是无可奈何。

"呃，抱歉。真的很对不起。这些绘马实在太有趣，我不小心就……"

低头不断道歉的春海眼睛还是往绘马看。

"什么?！"

狠狠吃了一惊的春海大叫出声，惊人的气势让少女身子往后一仰。

"什、什么事？为什么要发出这么大的声音？"少女大概以为春海在吓唬她，激动地说。

眼睛瞪得又大又圆的春海凝视着绘马。"……答案。"

那是春海坚持了很久，努力尝试要解开的问题。在那块绘马上——

"答：七分之三十寸。关。"

原本不应该存在的答案已经被轻松补写。

有人在春海离开之后，来到这个地方。接着，那人在惊人的极短时间内写出这道难题的答案，然后离开。战栗划过春海的背脊，他有些不敢置信，一脸惊愕地回头看向少女。

"你、你看见写下这答案的人了吗？"

"这……"

"这个'关'是那个人的名字吗？"

"这个……"

少女以暧昧的声音答道，表情上明白地写着警惕。然而，春海却没注意到这一点，他继续追问："他是谁？"

"是一位年轻的武士大人。"

少女只说了这些。站在管理绘马的神社的立场上，也不能再把更多详情一一告诉他人。她讶异地反问：

"为什么您想知道呢？"

"他是怎么解的？算式呢？他真的是从勾股相乘开始算的吗？"

"这个……"

我怎么会知道？少女露出困惑的表情，像是要这么说。

春海立刻换了一个问题：

"他是在这里解开的吗？还是说，他看起来像是事先知道答案？"

春海嘴上这么说，但他的直觉告诉他，那个武士应该是在自己现在所站的地方，第一次看见绘马上的题目，然后将其解开。那个武士写答案的方法就是这样。如果那个人事先解开了问题才来到这里，他可以把答案写得更像是辛苦计算过。他会想若无其事地加上"答曰"、或是"以上为解"这些字句。

然而，他只写了"答案为七分之三十寸"。春海完全找不到他夸示自己辛苦或能力的痕迹。他只留了姓氏"关"，而且写得就像个附属品。他仿佛在说算术术理才是真正该追求的东西，个人的名字根本不值一提。

然而，少女的回答远远超出春海的想象。

"我看见他刚才来的时候，每个绘马都是只瞥了一眼就写上答案。"

"每个都……"春海反射般再次看向绘马，"噢——"

他倒吸了一口凉气。他发不出声音。每个都……怎么可能？每个都……一个不剩。

总数为七个。

除了春海无法立刻解开的问题之外，其他没有答案的绘马上也以同样的笔迹、同样若无其事的轻松感觉写了答案和"关"字。

喀啷、铿隆。

被风吹动的绘马相互碰撞，发出清澈的声响。

整颗心完全被占据的春海听着这声响。这已经不再是惊讶，他感觉周遭的时间停下，世界上只有自己的呼吸声和绘马的声音回响。

也许，停下的是春海体内的一段时间吧。在这一瞬间体验的无比惊异，在春海尔后的人生中烙下了比任何事物都更加鲜明的记忆。如果人生的原动力在人的心里有诞生的一瞬间，对春海而言，现在就是那一瞬间。

"一瞥即解——"

在他低语的瞬间，战栗不只划过背脊，更贯穿全身，从脚尖到头顶都为之麻痹。

"那、那位武士往哪里去了？"

春海温和地问道。连他自己也没发现，自己称呼关的方式从"那个人"变成了"那位武士"。

不过，少女这次明显一脸警惕。

"我不知道。"她顶嘴般宣告。

"对了，他或许还在附近。"

春海几乎像在自言自语。他摆出比之前还端正的姿势。

"不好意思，问了你这么多。谢谢你。"

他很有礼貌地低头行礼后，转身背对少女。

"啊……难不成您想要去追那个人吗？！那又不是您写的绘马，为什么要跟他这么较真——"

这次，少女的声音也是从右边朝左边划过。因为这块绘马，春海在那之后为"关"绕了好远一段路，抱着他那重得过了头的刀不断奔跑。

二

春海坐上轿子，回程路上一直把双眼睁得跟盘子一样大，追着"一瞥即解"的武士的身影。然而，在涩谷的田园风光中，他到处都没有看见像是那个武士的人。

沮丧的春海一心只想着那个问题，还有那个姓关的武士解出的答案，他完全没注意到自己是如此幸运，去往城里的路上完全没碰到大名行列。

轿夫们当然也是刻意选这种路。要是碰上，春海就必须下轿等队伍走过，而且下一个队伍立刻就会出现，只有时间会不断流逝。这样的情况很有可能发生。

只不过，这样的幸运过了锻冶桥后就告终。马场先门附近早已挤满了人，没办法前进到下马所——内樱田门。他们绕到和田仓门，不过那里的状况也一样，一行人只好在春海的指示之下前往大手门。然而，那里同样挤满了让人不敢相信的人潮。

"先生，您能不能在这里下轿？接下来这段路，走路会比较快。"

怎么也到不了城门的轿子停下。

"怎么会这么多人……"

没办法，春海只好从轿上下来，表情茫然地将刀佩戴好。

"唉，今天是登城日嘛。"

你怎么连这种事都不知道？轿夫们已经不是感到狐疑，而是觉得不可思议了。

在大名登城的固定日子，会有许多队伍一齐涌向城里，每条路都会塞住。因此，大名之中还有人贴钱给同心①工会，请他们帮忙带路。

另外，由于能入城的只有大名和一部分家臣，剩下的人必须在下马所一直等到主人回来。因此，光是留在下马所的人就让现场一片混乱。除此之外——

"今天天气很好，来观光的人很多呢。"

正如轿夫所言，持枪的仆人、挑夫、若党和中间②在下马所一字排开的壮观景象近来早已成了观光景点。有人特地来看登城日的下马所，也有小贩看准了这些观光客而聚集在这里，让下马所附近一片热闹。

春海十二岁时第一次登城。那个时候，和自己同龄的第四代将军家纲刚登上将军之位。而从他第一次在家纲眼前执行公务，至今已经是第十年。但他也很少见到这样拥挤的景象。

接下来，他必须在人群中抱着沉重的刀走上好长一段路。

"唉，没办法。"

春海一边这么告诉自己，一边把事先准备好的钱交给轿夫。

串在串钱绳上的钱两束。一束是九十六文，但串上绳子后就等于一百文。两束就是两百文。但实际上，两束钱只有一百九十二文。

那是没有手垢、闪闪发亮的宽永通宝。这种纯国产的货币最近几乎都被国外输入的货币取代。然而，就算钱再闪亮，这个客人也小气得过了头。坐轿子从日本桥到新盖好的新吉原都要两百文了，这个客人让他

---

① 负责维护地方治安者，类似现代的警察。
② 若党，武士的年轻随从；中间，武士中从事杂役的人，地位在武士和仆人之间。

们在宫益陡峭的坡道上上下下，怎么可以只给这么一点钱。轿夫们正要开口抱怨。

"上坡加一成，下坡加一成二。绕远路和赶路加一成五。一钱五分的银，刚好是一百文。三分银是二十文。"

这次改用银子支付轿子费用，春海迅速把银子交给两个轿夫。支付的金额瞬间就翻了一倍。而且比起票面上的金额，银子至今还常能以重量来换钱。春海付的银子质量看起来就十分优良，应该可以换到不少钱。

"哎呀，这样真的可以吗？"轿夫们露出惊讶的表情。

"我算错了吗？"春海回问。

轿夫也不能说他的这个反应本身就是个错误。

"我不能用银子付吗？六十钱银子是四千文钱——"

轿夫们急忙制止要把算盘拿出来的春海。

"不，先生，您什么都没有算错。呃，您的算盘打得真好啊。"

"您算得刚好，让我们吓了一大跳呢。您算得真快啊。"

"嗯，如果是这样就好。"

"可惜没能用轿子载您到门前啊。"

"不会，谢谢两位一早就带我去那么远的地方。"

"先生，请您再来坐我们的轿子啊。"

"嗯。"

春海微微挺起胸回答。接着，因为刀的重量而往左倾斜的他朝人群中跑去。

"哎呀呀，真是太贵了。"

自己虽然照规矩计算轿费，却完全没想到要杀价。春海一边跑着绕远路，一边低声说道。不过一想到轿费也有它的价值所在，春海就觉得高兴。他经过井上河内守府邸门前往北边走，经过松平越前守府邸，然后在同样想避开大名行列而绕路的拥挤人群间又挤又推，被拥着向前进，最后终于来到酒井府邸，也就是大下马所所在的大手门。

这么一看，的确是很壮观的景象。

以江户城及蓝天为背景的城门和护城河前，御家人①和藩士们铺好草席，与其说他们是群聚，根本就是所谓的密集扎堆。不论下雨还是下雪，他们都必须在那里待到主人回来为止。每个人都面无表情，像是在告诉别人，他们不是供人观赏用的。然而，他们的衣服和身上散发出来的氛围却在告诉别人，他们是以被观赏作为前提才这么做的。

上一代将军家光改订武家诸法度②后，大名们的参觐成为制度的一部分。而那原本是大名们自发地来到江户，对德川家毕恭毕敬地表示谢意的一种行为。

对大名们而言，参觐被制度化也是件值得高兴的事。与其一一确认参觐时间，递交申请书询问是否可以参觐，然后再久久等待回信，不如将定期的参觐义务化，可以省去不必要的辛苦和费用。

德川家会款待前来参觐的大名，也会在市内给他们一块土地，有时候甚至会给他们建设府邸的资金。因此，最近江户城附近会有大名府邸一字排开也是理所当然。

大名的家臣们看起来也不像是被强制留在那里的。他们反倒是在堂堂地显示自己的存在，像是比赛般互相展示各藩风情各异的衣服、武器和用具。这的确要比无聊的表演还好看。

这些武士看见了正快步走向城门的春海。

"那个走路弯腰驼背的家伙是谁啊？"

"他是从哪儿来的武士？呃……他是武士吗？"

被紧紧盯着的春海听见他们的窃窃私语，他若无其事地整了整衣领，在众人集中的视线下缩起脖子往大手门前进。

刚才的轿夫们要是知道春海住在何处，不知道他们会怎么想。要是他们知道春海就住在内樱田门的下马所前——一出府邸就可以迅速抵达城门的地方，也就是别名松平肥后守府邸的会津藩藩邸，他们会恍然大悟，还是会更加惊讶？

春海和大名及官员在同一条路上静静前进，穿过大手三之门、中之

---

①将军的直属家臣，没有觐见将军的资格。
②江户幕府为控制大名而制定的基本法规。

门和中雀门。大手三之门又称为下乘门,一部分官员和大名可以坐轿子到这座城门。接下来到中雀门那段路,只有御三家①可以坐轿子前进。绝大部分人都必须徒步前行,这里也有人在等待主人回来,所以又是一片通勤时的混乱。

更何况,这里戒备森严,被设计成难以入侵的虎口。拥挤的时间段,人潮很难前进。春海不时往旁边闪开,低下身子和头,继续前行,费了不少工夫。然而,当春海抬起头,看向那特别高远清澈的蓝天时,却觉得情绪异常高昂。

他把从绘马上抄下来的算术问题叠好,收在怀里。

那是自己没能解开的题目。

七分之三十寸。一瞬间就写出这个答案的年轻武士至今仍未出现,他模糊的影子浮现在春海脑海中。

春海很兴奋。虽然轿费多付了,虽然四处奔跑,汗流浃背。虽然刀的重量让下半身很疼,虽然撞上鸟居的侧脸依然有些痛。虽然今天起得太早,让他的神志还有些恍惚,肚子也饿扁了。而且,他接下来还要工作。但就算如此,他还是觉得去了真好。

春海从拥挤的中之口御门进入城内,在一间官员的房间里换了衣服。

在同一房间里换衣服的武士们说他解下刀的方式不对、佩戴的顺序反了。春海也都顺从地一边听着他们的建议,一边前往诘所②。

说是诘所,其实也不是那么正式的地方。前来觐见的人需要一个可以谈话并放置用具的地方,所以借用了一些房间。春海和他的同僚们只有秋天和冬天会来到江户,每年能使用的房间都不一样。

为了不让刀鞘撞到什么地方或人,春海沿着左侧的墙壁前进,好不容易来到诘所。他是最后一个到达的人,但还是赶上了跟同僚们打照面

---

①御三家为尾张德川家、纪伊德川家及水户德川家,当将军本家血统断绝时,可以推出将军人选。
②大名们觐见前的等候室。

的时间。

除了举办特别活动的时候,大家并没有什么好聊的,所以打完招呼后,春海只顾着从茶坊主①那里拿茶一直灌。在他这么做时,大家各自简单确认自己的工作后,便离开房间。

独自一人留在房间里的春海终于放下茶杯,转头看向身后。值得感谢的是,出了这个房间之后,带刀反而不被允许。因此,他进入房间后,照着其他武士教导的方式把刀解下,放到身后,但他就是觉得非常不舒服。刀有它独特的氛围,光是放在那里,就有异常强烈的存在感。看到刀被摆在绘马下,少女会生气,也不是没有道理。

春海实在太过在意刀的存在。他回过头,把刀往前一推。但他还是很在意,于是跪起身,把刀推到墙壁边,转身背对。

会做出这种动作的春海不可能是御家人,当然也不是旗本②。然而,他却可以觐见将军大人。但他又不像学僧那样,可以和将军大人面对面。在他执行公务的时候,很少能见到将军大人。

离开刀的春海松了一口气,开始为他的"公务"做准备。

房间角落里有一排特地请京都工匠制作,然后运到江户来的棋盘。

春海将其中一个棋盘搬到自己的座位前,把放了白子和黑子的棋罐分别放到两旁。接着,他按照规矩稍微冷静下来,将背脊挺得笔直。待棋盘全体均等地固定在视野内后,他没看棋罐便轻轻拿出一颗黑子。

他下那颗黑子时,棋石发出绝佳的锐利音色。然后再下白子,接着下黑子。他从熟记的棋谱中选出今天要用于指导棋的棋谱,排起棋子。

他并不是在玩耍。这是他的技艺,也是他的工作。他是以棋艺侍奉德川家的"四家"的一员。换句话说,春海的工作就是所谓的幕府棋士。

---

① 武士家中专门负责茶道的削发者。
② 直属将军的武士,可以觐见将军。

三

每年十一月，春海都会到将军大人面前下"御城棋"。用剑术的话来说，就是所谓的御前胜负。

棋士中可以登城的只有四家的成员，也就是只有姓氏为安井、本因坊、林和井上的人才可至城中一决胜负，并向将军披露各家代代相传的棋谱。

为了这场御城棋，四家的棋士会于秋天来到江户，一直待到冬天。在这段期间里，他们会定期在城内和大名们下指导棋，或是在大名府邸及寺庙的邀请之下举办棋会。

如前所述，春海十二岁的时候，便在同龄的四代将军家纲面前执行过下棋的公务。

第二年，春海十三岁的时候，父亲过世。他继承了父亲的名字，成为安井算哲。这是春海原来的名字。

源自清和源氏的安井家分为足利氏和畠山氏后，畠山家国的孙子光安掌管河内国涩川郡，因此自称为涩川家。后来光安的孙子光重掌管播磨国安井乡，改称安井家。

其后，光重的子孙，也就是春海的父亲安井算哲十一岁时，权现大人[①]德川家康看中他的才能，称他是"围棋下得很好的孩子"。此后，安井算哲至骏府任棋士一职。随着德川家在江户展开幕府政治，他开始了往来于出生地京都和御城所在的江户的生活。

虽然春海继承了父亲的工作，但他很少自称第二代安井算哲，这是有原因的。

春海是算哲晚年生的儿子。在春海出生之前，父亲已经领养了一个儿子。那个人名叫安井算知，是三代将军家光发现的优秀棋士，今年四十五岁。

---

①日本人对德川家康的敬称，因家康的神号为东照大权现而得名。

春海出生后，算知身为他的兄长和监护人，理应站在支持春海的立场。然而那个时候，他已经和春海一样，继承了安井这个姓氏。

尊敬兄长是德川幕府嘉奖的行为。这不仅是美德，更是民众应该遵守的法令。家业由长子继承，次男、三男不是被过继给别人当养子，就是必须离家工作。如果他们不这么做，就会被当成食客遭到冷落。春海身兼长子和第二代两个身份，但他的立场却等同次男。武家近来也会出现这种情形。

而且，安井算知的表现让人完全无从挑剔。三代将军家光的异母弟弟——拥有将军和幕府阁僚绝大信任的会津肥后守保科正之更是聘他陪自己下棋。

春海来江户时会住到会津藩邸，也是因为有安井算知的后援。不论是能力、地位，或是二十年的经验差距，春海都离他的哥哥如此遥远。当春海要衬托算知时，他会刻意将安井改一个字，自称"保井"；当他要强调自己同是安井家一员时，则会改称"安井"。他会依照场合及当时的状况选择姓氏。

这么做的同时，另一个名字出现了。从他有记忆开始，"涩川春海"便蓦然浮现心头。他不是为了什么目的才努力想出这个名字的，只是自然而然地想到这是自己的名字。

从此之后，除了执行公务时，他通常都自称涩川春海。当大家开始接受这个名字后，使用的机会也随之增加。署名的时候也是如此，当他没有必要使用保井或安井时，便会署名涩川。

用涩川这个姓，是为了纪念掌管涩川郡的祖先。这样说是很好听，但关键在于他的立场就有如他的名字一般暧昧，随时都有可能失去可以依身之处。一直换名字，本身就很像次男、三男会做的事。他们追求新的名字，很明显是想借由这种手段让自己的存在成立。

不过，春海并没有这么悲怆的故事。不仅如此，他坦率地接受自己暧昧的立场，甚至还把这当成自由来享受。

其实，如果春海不喜欢现在这样的立场，他大可以去寺社奉行所[①]申诉

[①]掌管寺院、神社及其相关人事，同时负责管理庶民的户籍。

"我才是安井算哲"。身为安井算哲长子的春海拥有这样的权利。或者说，他也不需要这么做，他只需不断自称是安井算哲，朝家业迈进，周遭的人自然而然会把他当成安井家的长子。

尤其是今年，保科要求算知留在会津，能够出马参加御城棋的安井家成员只有春海一人。在这种场合，他更应该努力地报上安井这个姓氏。

但他没有这么做。

他不只没有这么做，甚至还特地使用涩川这个不属于棋士四家任何一家的姓氏。这跟发型和带刀的问题一样，原因都出在春海自己的态度上。

先前曾提过，春海不是武士，所以他没有束发，也没有剃发。那么他的发型是和武学高人或学者一样的总发①吗？也不是，他的发型不上不下，就像小孩一样。不，应该说，他的发型和服装都是依照当时的指示在改变。

城中的服饰每天都会因为将军大人、奏者番②或目付③的意图而不断改变。从以前开始，春海这种职位的人就是在寺社奉行的"召唤"下进城执行公务。奉行所会给他指示，告诉他下次登城的时候要准备哪些衣服。

在江户城内，身份不同的人要穿不一样的衣服，规定非常琐碎。尤其是针对要登城的大名，为了让他们无法随时使用武力，他们被规定要穿不方便行动的礼服。

然而，这些指示中很多都非常随性，像"这次的仪式要穿得豪华一点"，或"俭约令即将公布，请穿朴素的衣服"等等，说难听一点就是朝令暮改。

为了要让大规则运行，很多规定自然也像杂音般产生。

只要定下一个规定，无数琐碎的小规定便随之诞生。而这些规定会导致相互矛盾的规定产生，为了解决矛盾，又会有新的规定出现。

---

①不剃发，将头发全部往后绑成马尾的发型。
②礼官，掌管武家礼仪。
③负责监察旗本及下级武士的官职。

其中也有让人无法立即理解，只觉得愚蠢至极的规定。但若不连细节都注意遵守，就会失去待在城里的资格。不论是身份崇高者，还是低贱者，每个人在这方面都格外注意。

春海也曾经为此不知如何是好。

某次活动时，奉行所忽然指定发型和帽子，而春海的头发却不够长。为此，他必须申报自己"毛发不足"，并提交公文，得到"在头发长到这个长度之前，可以不遵从指示"的许可才行。但这个规定在下一次活动时就已经失效。好不容易长长的头发刚让他松了一口气，但也只能沮丧地剪掉，恢复之前的发型。

刀也是如此。到了这个年纪，春海并没有带刀的经验，也从来没想过自己会有带刀的一天。原因是目付那边的人忽然提出意见，说"你不剃发，腰上又不佩刀，看起来实在不好看"，所以有一天，寺社奉行所忽然将一对刀赏赐给他。

就春海的职位而言，带刀很难得一见，应该说基本上不可能出现。在同僚之间，只适用于春海一人的例外措施也是一种荣誉。然而，春海却一点也不开心。毕竟这只是名为赏赐的借用品，是官方支给的物品，而且借用这两把刀的费用会从俸禄中扣除。要是他不小心弄丢了，便会遭到严惩。事实上，偶尔会有御家人喝醉后忘了拿刀，结果刀被偷走，受到严厉的惩罚。

这东西不只沉重，还会让他的俸禄减少。双刀在跪坐和搭轿子的时候都很碍事，但他有义务去任何地方时都携带它们。而且要是他使用不当，还会被人骂得很惨。若是一个不小心，在城里和别人刀鞘相撞，发生争吵，那可是事关进退的问题。因此不管是在路上还是在走廊上，只要和武士擦身而过，他总是紧紧贴着左侧走过去。对完全不懂剑术的春海而言，他感觉自己简直就像被瘟神附身。

而且就算他带刀了，也总觉得能听到有人在说"没有束发的人这样弯腰驼背地带刀实在不好看"。对他来说，随时都愿意把双刀奉还。但让人遗憾的是，奉行所完全没有要做出指示的意思。

一般而言，棋士的打扮都是仿照僧侣。地位往上爬，就能从京都那边接到薄墨色的纶旨①，晋升至僧侣的高职位。能坐轿子登城的人，大多是身份极为高贵的幕臣。没有这种身份，臣子不得出现在将军面前。

棋士的这种规矩始自过去陪伴织田信长、丰臣秀吉和德川家康三位霸主下棋的本因坊算砂。织田信长称赞算砂为"名人"，"名人"这个称号自此代代流传。其后，丰臣秀吉把棋所②和将棋所交给算砂掌管，此做法也因袭成习。此外，由于本因坊算砂有日莲宗的背景，德川家康便将江户城的围棋棋士和将棋棋士交给寺社奉行管理。

换句话说，春海只要在继承安井算哲的名号时将头发剃光就好。如果这么做，他就不需要像现在这样，忽然被吩咐抱着有自己体重十三分之一重的双刀（春海实际测量过，正确来说，双刀要比十三分之一还重）到处跑。

追根究底，事情会走到今天这个地步非常奇怪。同僚们虽然认同春海带刀的荣誉，却从不给予赞赏，反倒觉得事情到这个地步很不可思议。

虽然如此，春海还是想刻意把这种暧昧留在自己心里。如果他就这样继承了安井家，那个应该存于某处的真正的自己，也许就会失去出现在这个世界上的机会。这样的想法就是无法消失。

在其他次男、三男看来，可以继承家业却烦恼要不要继承，真是足以让人喷饭的奢侈行为。棋士这种特殊的职业和哥哥的崇高地位偶然造就了这种自由和暧昧，但春海的想法背后有他极为真挚的心情。所以，除了围棋，只要是觉得有趣的东西，他都会埋头钻研。

算术便是其中的代表。不论是算盘还是算板，从他六岁时第一次接触这些用具以来，他就觉得这世界上怎么会有这么有趣的东西，便一直用到现在。仿佛只要碰到其中一样，就会有新的事物诞生，而且还让他觉得是用自己的双手创造出来的。

年轻人不可能会放过让人心情如此昂扬的事物。他去哪里都带着那些用具，片刻不离身。就算忘了刀，他也绝不会忘了算术用具。不论花多少时间，只有算术不会让他生腻。对在江户城工作的自己而言，算术

---

① 天皇发布的圣旨。
② 江户幕府的要职之一，掌管御城棋和全国棋士。

是多么重要的救赎。当他盯着排列在棋盘上的棋子时，这样的感觉越来越强烈。

那个写着"七分之三十寸"的绘马不时划过脑内，工作完全进不到脑子里。

就在此时，茶坊主忽然来到春海身边。

"还要再来点茶吗？"他说。

工作被打断让春海很高兴。

"嗯，谢谢。"

"您今天的对手还是酒井大人吗？"

茶坊主一边倒茶，一边若无其事地问道。他口中的酒井是老中的一人，酒井雅乐头①忠清。茶坊主们天天观察掌权者，希望能以最快的速度看穿城中势力变化，所以他们中有很多人都会提出这样的问题。

不过，春海对这种事却毫无头绪。

"嗯，不知道为什么是我。"

"我想那一定是因为酒井大人看中了您的才能。"

"嗯——是这样吗。"

"您要不要来点点心？"

"咦？可以吗？"

"当然，当然。我去帮您拿来。"

"那可真是太好了。谢谢，谢谢。"

原本以为自己到午餐之前都得空腹的春海从心里感谢茶坊主，他习惯性地拿出算盘。

"来，请用。"

春海一边看着茶坊主拿给他的点心，一边打着算盘。

"大概这些吧。不多就是了。"

"好的。这些应该刚刚好。"

"这样就好。"

---

①雅乐寮的长官，负责培养乐师及安排雅乐演出。

他把钱递给茶坊主。

城里有许多茶坊主,从上级到下级,负责打杂和倒茶接待客人。他们同时也是城里的传令人,有时还会出手帮助对城里不熟的大名。

因此,拜托茶坊主办事的大名们会贴钱给茶坊主,让他们进出自己的府邸、请他们吃饭喝酒也成了习惯。春海也仿效那些大名,给茶坊主一些零用钱,不过他给的钱终究比大名们贴的钱少许多。只是就算是可以用心算的金额,春海也会特地拿出算盘来计算。茶坊主们觉得这样的春海很可爱,称他是"算盘先生",与他十分亲近。

春海完全不知道这些事,他只觉得茶坊主们都对他很亲切。要是知道茶坊主们给他取了这样的绰号,他反倒会觉得高兴吧。这当中也有些茶坊主仗着自己的地位,一举一动都十分傲慢,但春海对这些实际状况也不太清楚。

"您还是老样子,真的好喜欢算盘呢。"茶坊主在离开的时候感慨道。

"嗯。这真是太深奥了。你们也随身带着它吧,一定很方便的。"

春海笑眯眯地回答。他完全没想到茶坊主回到房间,会把这当成笑话来说。

"谢谢你总是这么亲切。"

只不过,春海有礼的态度不会让茶坊主的笑话变成嘲笑或揶揄,也许应该说是他的品德吧,他的个性在这方面总是能意外地带来好处。

"不客气、不客气。有事还请您尽管吩咐。"

茶坊主离去时,春海并没有特地给他贿赂。春海没有把城里的工作看得那么重,他只是依照城里的习惯在做事,而且他的身份也不至于低到不给钱就会被茶坊主冷眼对待。就连坐垫也是,只要春海开口拜托,就算不给钱,茶坊主也会偷偷借给他。

为了替今天的指导棋做准备,春海感激地大口吃完茶点后,重新在棋盘上演练布局的顺序。但没过多久,他运棋的手渐缓,不久后便完全停下。

已经忍不下去了。春海急忙将棋子收起,从怀里拿出算板,在棋盘上摊开。为了不让算板移动,他甚至还用黑子压住四个角。

七分之三十寸。

他一心只想赶快确认那个答案是否正确。

应该说，他一直觉得那个答案是正确的。在那些一瞬间就被填上答案的绘马上，都会写上"明察"二字。春海想象的这一幕异常鲜明。在确认想象无误之前，他根本无法安下心来集中精神工作。

要怎么做才能得到"七分之三十寸"这个答案？从解答倒算回去成了他主要的着眼点。他已经把问题记下，而且也能一一回想起自己试着解题时写到一半没能完成的算式。

错误也是答案的一部分。当错误越来越多，他要寻找的正确答案的轮廓便会逐渐浮现。算术中所谓的公理、公式最近才开始有所整合，每个算式大多是个人的才能和灵机一动导出的结果。

这样才有趣。未知才是自由。就连错误都可以创造出可能性。只要不在相同的错误中一直打转，一个思考必定能成为导向下一个思考的路标。

体会到算术妙趣的春海不自觉地露出微笑。排列算筹的同时，他忽然觉得这个算法应该是对的。看来勾股相乘果然是起点。为了用勾股弦定理求出相等的线长比例，将勾股弦的总和、勾股之和与弦相乘或相除，按照顺序排列，一定——

就在他算到这一步时，非常骇人的不悦声音飞来。

"您究竟在做什么？"

不用回头，春海就知道那是谁。比起对方蓦地出现，他对那潜藏着愤怒的声音更感到惊讶。

"你回来得还真早啊，道策。指导棋已经结束了吗？"

少年进入房间，关门时发出锐利的声响。

"松平大人要我离席，我就先离开了，只有道悦大人留下。"

少年不悦地说完，隔着棋盘与春海相对跪坐。他的五官稚气天真，与他逼人的才气很不相称。当他跪坐在对面时，就连大人都会被他的气势压倒。

少年名叫本因坊道策，是今年将满十七岁的年轻棋士。

一直到最近为止，大家都叫他三次郎，对他疼爱有加。他才气焕发，大家都认定他是师父本因坊道悦的接班人，也认可他拥有本因坊道策这个名号。

他和春海一样，没有剃发，也没有束发，但他正一心等待正式继承本因坊家时的剃发之日。此外，他也遵守规定戴着帽子，不过帽子的形状让人分辨不出他究竟是公家还是僧侣。这也是朝令暮改的影响之一。明年可能就不会再有人戴这种形状的帽子，但他仍天天细心保养。

"如果是道悦老师，松平大人也一定能放松心情跟他相谈。"

春海像是在安慰少年。他擅自把状况解释成少年是因为只有自己被迫离席而生气。

春海口中的松平大人指的是松平伊豆守信纲，是现今四老中的一员。被前任将军任命为老中的他在家光驾崩时，家光和家光的异母弟保科正之并没有要求他为将军殉葬，而是命令他辅佐第四代将军。傲人的政治才能让他得以拥有这样的待遇。他在岛原之乱中担任总帅，这份功绩更让他得以移封武藏川越藩，其后还在藩政上留下诸多功绩。春海和道策根本无法和松平大人一边下棋一边聊现今世态、是非善恶或学问等各种话题。

"才不是。"

听到道策如甩鞭般的锐利语气，春海只是探出头。

"不是什么？"

"这不是我现在会用这种态度对待您的理由。"

道策斥责般的语气排山倒海而来，仿佛在告诉春海不要指望他向众人解释。

"不是吗？"

"是的！"

"那你为什么这么生气？"

"这个，是这个！"

道策不悦地指着眼前的东西。那是摊在棋盘上的算板和算筹。

"这个怎么了？"

"您到底在神圣的棋盘上玩些什么东西啊!"

道策愤怒地探出上身。春海相应地向后躲闪，嘴上还不忘安慰他：

"我可不是在玩，道策。我只是……"

"六局决胜负！"

道策毅然决然地打断春海的话。对于不熟悉围棋的人而言，他们完全无法理解道策在说什么。

头脑转得飞快的道策习惯跳过过程，只告诉别人结论，所以春海也有一瞬间感到混乱。

"啊。"他总算懂了。

所谓的六局决胜负，是指春海的哥哥安井算知和道策师父道悦的师父本因坊算悦一决胜负的御城棋。领导众棋士的前任名人棋所去世后，棋所的位子空下。为了争夺这个位子，安井算知和本因坊算悦以互先①的方式对弈六局，一决胜负。这场被称作"争棋"的棋局是史上第一次赌上棋所之位的对局，在城中引发相当大的讨论。在将军大人的见证之下，六场魄力十足的白热化棋局一共耗时八年，结果双方各三胜三败。

在棋所位子仍然空悬的状况下，算悦去世，道悦继承本因坊家。

现在，安井算知离棋所最近。然而，众人都认为倘若算知真的坐上那个位子，道悦会要求进行争棋，白热化的棋赛将再次展开。

不过，春海却歪着头问：

"可那不是我要跟你一决胜负的棋局吧？"

"道悦大人和算知大人对决之后，就是我们一决胜负的时候了，算哲大人！"

所以，我们应该观摩师父们的对弈，从现在开始为我们的对弈做准备。道策那极为坚强的意志乘着声音，有如高耸的浪头朝春海逼近。

波浪从头上打下，但春海却像轻飘飘地浮在海面上似的，一脸平静。除此之外，他也不知道该露出什么表情。他总觉得争棋这种大事和自己的距离异常遥远。当别人用父亲的名字算哲叫他时，他知道那是在叫自

---

① 下围棋和将棋时，水平相同的双方轮流先走。

己，但声音总是无法叫进他心里。

"这个嘛……我想知哲应该比较适合当你的对手。"

这句话听起来说得悠闲，但春海本人却以很认真的心情说出这句话。

知哲是安井算知的亲生儿子，也是春海名义上的侄子。他比道策大一岁，今年将满十八。对算知来说，知哲是继自己之后继承安井姓氏的孩子，现在的立场则算是春海的"弟弟"。知哲的确拥有这样的才能。他还没有下过御城棋，但今年曾和算知、春海一同在后水尾法皇①的见证下对弈，完美达成了重大任务。

真不愧是安井算知的儿子，春海感到钦佩。虽然自己才是真正的安井，但他还是老实地这么想。而且知哲也尊春海为长辈，他们两人不太可能会为了安井这个姓氏而反目成仇。春海最近甚至觉得让知哲继承安井家会是个比较好的选择。

然而，道策的脸瞬间就涨得鲜红，并以锐利的愤怒眼神看着春海。原本清秀的五官因为这样的表情展现出让人害怕的魄力。

"您的意思是我不配当您的对手吗？"

春海的表情变得呆滞。

"呃，不是。道策，不是这样的。"

"不是怎样的？"

"是我当不了你的对手。"

但这句话并没有传进道策耳里。愤怒在他心头爆发。

"我现在就让您看看我是否有足以挑战第二代安井算哲的价值！"

道策一掌拍上棋盘上的算板，毫不留情地迅速把它往旁边一挥。春海好不容易排好的算筹被打散，连同算板一起掉到地板上。

"啊！"

道策看着春海急忙捡拾算筹的模样，态度更加坚决。

"您在做什么？！比起这种木片，请您拿起棋子，棋子！"

"你不知道吗？这叫算筹——"

---

① 法皇，日本指入佛门的太上天皇。

"我知道。"

道策狠狠打断春海的话，让春海觉得有点想哭。

"您知道我的师父道悦大人是怎么说您的吗？"

"这个嘛……"

春海一边仔细确认算筹的数量，一边耸了耸肩。他觉得道悦这位大师会把他当成话题这件事本身就很不可思议。

"他说您若是把花费在算盘、星象这些东西上的力气用在围棋上就好了。他说您白费了难得一见的才能！您明白吗？"

道策说话的口气仿佛他才是被责备的那个人。差点笑出来的春海好不容易才忍住。春海只觉得道悦是为了不让围棋天才道策自以为是，才会把安井家拿来举例。他完全没想到棋士们私下都认为下一代的争棋必定是春海——安井算哲和本因坊道策两人的对决，而且棋士们从现在就已开始讨论哪一家的情势较为有利。

每一手棋都满溢着才气的道策在棋谱上刻下他刹那的灵感，而春海则是在积累无数理论后，巧妙地将其编进棋谱。由于春海可以轻易地让相互矛盾的战法同时成立，众人都说"只有第二代算哲能让水混进油里"。

而且春海异常擅长下长时间的棋局。棋士们不时会碰到棋会等需要连续下数天的棋局，春海第一天和最后一天的表情几乎没有改变。不论棋局持续多少天，他都能以平常心下完。因此，他的对手常常会慌乱起来，最后自取灭亡。与其说他不会累，应该说他自始至终都没有做出让自己疲累的事。真正记忆力好的人，忘记的能力也优异过人。今天下的棋今天晚上就忘记，明天早上再看前一天的棋谱，重新思考接下来的棋路。

姑且不论没有血缘关系的兄长算知和弟弟知哲，春海也被大家认为是"很有才能"的棋士，只是他向来不执着于这种事。对春海而言，不执着也是保护自己的方法。

春海小心翼翼地用算板布包着算筹，换了一个说法：

"不，道策。其实，算术和星象都是和围棋相通的。"

所谓的星象，指的就是星星、月亮和太阳。春海对观测星象的热衷仅次于算术，他甚至还特地拜托府邸的主人在庭院里立了一座日晷，借以测量影子的长度，记录太阳的运行。另外，春海还将这些记录和自古以来的历术对照，并参照最新的观测技术和历术，独自修正历法的误差。他为观测星象做的事极多，这些事与他原本的工作背道而驰。如果说是浪费时间，这的确是在彻底地浪费时间。然而，春海却一脸认真地这么主张：

"月亮、星星和太阳的移动也是有定石①的。我们可以用算术来破解它们的定石。我们可以用它推算出夏至和冬至，也可以用历术作基础，决定鸣钟的时间——"

"星象毕竟是天上的道理。围棋是人们在讲的道理。星象的定石能为围棋的定石带来什么吗？就算有那样的定石，我也会破解它。来吧，拿起棋子。把它拿起来！"

道策非常激动。他甚至从棋罐里抓起黑子，想塞进春海手里。

一般而言，情绪波动如此显而易见的人在与人一决胜负时，会处于极端劣势，但道策却拥有足以弥补这种不利的才能。

"我知道，我知道了，别再瞪我了。"

道策异常澄澈的锐利双眼让春海联想到抵在背后的刀刃。他很害怕自己的小命就这么不保。他觉得反正下棋下到上头派人来叫自己就好，便拿起一颗棋子，当作是在安抚道策。

道策无言地点了点头。他立刻挺直了背，拿起白子。他的视线平均地分配给盘面和春海，静静等待春海不知会下在何处的初手。光看道策的姿势，就能看出道悦的家教有多好，也能看出他那满溢的才气。师父和弟子要往同一条路迈进，他对此没有任何怀疑。

真好。

春海从心底感到羡慕。这不是忌妒。他看着道策时，心里抱持的感情有如看着美丽物品时的赞叹。自己究竟能否和道策一样，心中毫无一丝怀疑地全心全意投入围棋对奕之中？春海这么想，半无意识地把初手

---

①日文中，"定石"有"棋谱"与"规律"两种含义。

下在右边星下①。

春海的这一手,是过世的父亲留下的棋路中他最喜欢的。这是安井家的秘藏棋谱。他总觉得如果不让道策看到这种东西,对道策似乎很失礼。

他这么想着,但随即改变了主意。他从道策眼中的光芒看出道策对这未知的棋路感到强烈的喜悦。也就是说,他激起了道策想学这棋路的心。

啊,糟了。会被他抢走。

这个英才将会如纸吸水般,将已过世的父亲、安井家的棋路学走。如此一来,春海便是在没有经过兄长算知的允许下,把安井家的棋谱交给了本因坊家。

真叫人头痛啊。

春海想着,他早已是半放弃的心态。是道策那双闪闪发亮的双眼让他这么想的。让道策学走序盘的棋路也无妨。技艺这种东西要让有资格的人去发展,才能开拓出未来的崭新道路。如果是道策,一定能比自己……就在春海这么想的时候——

"抱歉打扰了,春海大人。"

茶坊主来到房间。道策的脸扭曲得让人觉得滑稽。

"井上大人召唤您过去,请让我为您带路。井上大人说事情要等到见面后再跟您说。"

春海半是觉得正中下怀,半是觉得对不起道策。

"嗯,是这样啊。那,道策,对不起啊。"

"请务必和我把这盘棋下完!"

"嗯,等以后吧。"

"算哲大人!"

"哎呀,我们都有工作要做啊。"

"工作结束后不也可以下棋吗?!"

---

① 19×19棋盘上坐标为(10,17)的位置。

"抱歉，下次再说吧。"

道策看起来不甘得几乎要扔棋子，春海也只能缩起脖子，逃出房间。

四

"很多大人都看中了您的才能呢。"茶坊主赞叹的话听起来有些刻意。

"嗯——这个嘛。"

春海一边暧昧地回答，一边在大走廊——松之廊上前进。大走廊是一段漫长的 L 形走廊，连接名为大广间的最大房间和名为白书院的用来举行活动的场所。

右边是有池塘和水井的宽阔中庭，左边则是画有走廊名称由来的海边松树和千鸟群聚飞翔的纯美拉门，门后分别是御三家和前田家的房间，以及各官员的诘所。

把春海叫去的，正是井上河内守正利。身为笠间藩主的他是五万石的谱代大名①，同时兼任寺社奉行和掌管仪式的奏者番，正是他指示春海带刀。

松之廊上没有寺社奉行的诘所。寺社奉行由四位大名每月轮值，当月轮值的大名府邸即为办公的地方。

井上本人则在更远的地方。他们要在走廊上继续前进，往白书院的帝鉴之间后面走去，井上就在奉行和大目付聚集的芙蓉之间外面的小中庭等着他们。

待茶坊主退下，春海恭敬地打招呼后，井上瞥了他一眼。

"习惯带刀了吗？"他问话的方式像是没怎么期待春海的回答。

"还没有，刀真的非常重。我实在无法像武士一样。"

春海以为井上要命令他把双刀缴回，心里一阵高兴。

"它们迟早会变成你身体的一部分。"

---

① 关原之战前即侍奉德川家的大名。

井上的这句话让春海知道自己接下来还要为了刀吃苦头,他感到沮丧。

"但我还是不明白。到底怎么回事?"井上忽然这么问。

春海才是不知道发生了什么事的人。"呃——"不回答是很失礼的行为,所以春海先低了头。

"酒井叫你去做什么事?"

"呃……没有……"

春海反射般点了点头,又一头雾水地摇了摇头。酒井最近的确常常指名他来下指导棋,但并没有特别叫他去做什么事。

"没有……酒井大人并没有命令我做什么。"

"什么都没有?"

井上直直地盯着春海,让春海感到越来越混乱。井上的表情变得险恶。

"酒井那个小鬼,他到底想做什么?"

春海无言。不知道详细情况还随便开口,事情会变得棘手。十年的城内公务,春海至少还学到了这一点。

另外,他也知道井上和酒井是所谓的水火不容。他们两个人就是不合。井上五十六岁,酒井则是年仅三十七岁的老中。

据说他们两人会反目成仇,是因为井上在对某件事提出建议的时候,酒井滔滔不绝地发言。在那之后,井上便不时把对酒井的批评挂在嘴上,而且讲话的方式就像是在告诉别人,"我井上可是刻意在批评这个小鬼头的。"

寺社奉行和町奉行[①]、勘定奉行[②]不同,他们不受老中的支配,所以井上也可以公然对身为老中的酒井表达自己的意见,但当事人酒井既不反驳也不肯定,只会像没听到井上说话似的平淡地回一句"是这样吗",几乎对井上不理不睬。

此外,酒井还一副理所当然的样子,邀请井上到自己府上做客。井

[①]江户时代掌管都市的行政、治安、司法等。
[②]掌管幕府财政,同时监督皇室领地官员,办理农民诉讼等。

上当然不可能答应。他非常有礼貌地用"小的不敢"这种理由拒绝。

他们俩完全是水和油,但连春海都觉得有趣的是,井上和酒井在江户竟然是邻居。明历三年的新年版《新添江户之图》在江户被振袖大火[①]包围的十七天前出版,上面也画到酒井雅乐头和井上河内守两人的府邸"感情很好地"并排在离大手门极近的地方。有些人甚至觉得,也许就是因为个性迥异的两人成了邻居,关系才会如此恶劣。

因此,井上私底下被大家取了"下手三味线"这个不是很好听的绰号,意思是说他不喜欢歌谣——酒井雅乐头。

"也就是说,这是老中酒井大人可爱的地方吗?"

井上很有礼貌地称呼酒井,但话里却带着刺。春海越来越一头雾水。这样连他也会被井上讨厌,这可不是什么好事。

"呃……我完全不明白,请问您到底说什么事呢?"

春海一不小心就问出了口。井上瞪大了双眼。这是愤怒的表情。今天怎么这么多人对我生气啊?春海感到无力。而且这次生气的人是大名。春海条件反射般看向井上的腰。井上在城里已将长刀拿下,但短刀依然插在腰上。看见武装的上司动怒,春海真是心都凉了。而且井上真的会用刀,也曾经用过刀。他是经历过战争的人,愤怒的表情散发出的杀气远远凌驾他人。春海想象着自己正站在江户城的屋顶边缘,被人一直往外推,仿佛就要一脚踩空。

"我在说刀。"井上丢出这句话后,忽然露出诧异的表情,"酒井真的什么都没说吗?"

"是的……我不知道……您在说什么……"

看春海只是一直重复同一句话,井上挥了挥手。

"没事了。回去吧。"

让别人混乱到这种地步的人居然还摆出这么失礼的态度,但春海一心只知道他可以松口气了。

"是……那么,我就此告辞……"

[①]明历大火,发生于1657年的大规模火灾。因有投入火中的长袖和服引起火灾的传说,又名"振袖大火"。

感觉捡回一条小命的春海脚步踉跄地回到松之廊上。他刚到那里，便看见另一个茶坊主似乎在等他。

"酒井大人请您过去。他要您尽快去他的房间。"

春海感到有些晕眩。

五

"那么，这一手呢？"

他啪嗒一声摆下棋子后说道。他的精神没有特别振奋，但这并不代表他精神涣散。他只是淡淡地下棋、说话、看人。他几乎不会表现出感情起伏这种东西。春海不禁怀疑他有没有感情。这就是酒井雅乐头忠清一如往常的态度。

"这是无可挑剔的一手。"春海一边说，一边下棋。

"我想也是吧。"

酒井以"这种事我知道"的态度捻起另一颗棋子。这个老中不断重复城里人喜欢走的定石。他特别注重序盘的布局，如何在对弈中获胜则是次要的问题。对他而言，就算输了这场对弈，不论是五十手也好，一百手也罢，他注重的是如何不在这可以相互预测棋路的定石中做出任何错误的预测。

这是非常极端的。和人下棋其实没有任何意义。他只要读着围棋的参考书下棋即可。

春海完全不明白这位老中为何要选自己来陪他下指导棋。而且酒井还是最近才忽然这么做的。他是顾虑到其他老中，才指名了年轻的春海吗？春海原本是这么想的，但这位老中却丝毫没有透露出半点想从春海身上学些什么的气息。

趁着公务闲暇时间特地在城里下棋的理由其实不多。

其中一个理由是，围棋和能乐一样，被当作武士的修养之一。将军自己会表演能乐，也会下令要求各大名表演。因此，每一家大名都有他们最拿手的段子，自家府邸里有能舞台的大名也会将舞台借给其他大名练习。

围棋也是一样，能和将军对弈的机会几乎是零，但在大名之间对弈时，若是没能就彼此的棋路谈论一二，就会被认为没有教养。

除此之外，围棋更是疏通政治渠道的手段。一个人可以用围棋将交友范围扩展到武家、神宫、寺社、公家等多种领域，棋士的人脉更是远远凌驾一般大名。他们和宗教势力的接触尤其多。就连春海个人的交友关系也是横跨江户、京都、会津等东西各地。换句话说，对老中而言，请棋士来下指导棋不仅能从棋士身上得到各式各样的情报，这行为本身就是建立人脉的一个环节。

然而，春海一直觉得酒井的目的不是围棋或人脉，而是完全不一样的东西。而且，他现在终于能冷静下来思考先前井上问他的事。

井上问刀的事。

身为棋士的春海带刀一事，还有这位姓酒井的年轻老中的存在。这或许难以想象，但在春海心中，这两件事正逐渐连起来。

春海究竟为什么会忽然得到两把刀，会不会是因为这位老中酒井打通了目付的渠道，说服寺社奉行，让他们把刀赏赐给春海呢？

只不过，这是为了什么？春海很想直接问他们，但那不就等于自己跳进井上和酒井之间吗？这就是所谓的前门拒虎，后门进狼。没有什么事情比这样的行为更骇人。若是春海不小心让安井家卷入井上和酒井的斗争，他会没有脸去见已过世的父亲和与他没有血缘关系的哥哥。

结果，春海自始至终只能照着定石走完指导棋。

"听说你算盘打得很好啊。"

酒井忽然这么说。他的语气平淡，听起来就像真的毫无兴趣一般。这种只像在打发时间的说话方式，别说井上，春海都觉得别人听到时会感到不悦。

"呃……我还不是很熟练。"

"听说你热衷得把算板摊在棋盘上。"

"呃……那是……"

这就是城里恐怖的地方。刚才在诘所的对话全都被听见了。春海感到城里似乎没有什么事是老中不知道的。他甚至觉得他起个大早乘轿去涩谷的事都被这些人掌握了。

明知如此，春海还是感到一阵混乱。酒井究竟为什么会想知道春海的一举一动？当然，酒井完全没有要回答他这个疑问的意思。

"你读尘劫吗？"酒井继续追问。

"……呃，新作出版时我都会读。"

所谓的尘劫指的是算术书。同时，这原本也是一本书的书名。

很久以前，一个名叫吉田光由的算术家写了一本《尘劫记》。这本书受到大众的欢迎，只要一提尘劫，大家都知道那是所有算术书的代名词。

吉田是靠朱印船①贸易筑起雄厚财力的富商角仓了以的亲戚。《尘劫记》中也记载了许多做生意时不可避免的计算问题。书中的文字夹杂假名，还附有让读者容易理解的插图，是町人②们都很想要的书。

酒井会喜欢读这种"町人看的"书的自己吗？春海完全无法判断这一点，又被继续追问。

"竖亥呢？"

"呃……虽然很难懂，但我还是会读。"

春海一边回答，一边慢慢听出了酒井想说的事。

另外一个算术家今村知商写了一本《竖亥录》。书中所有的文字都是汉字，记载了高深的术理问题。今村拥有许多徒弟，其中绝大多数都是武士。据说今村是在他们的强烈要求下，才把自己的术理整理成这本书。书中列出的理论大多是今村在自学中国的数学后发展出来的术理，书中没有详细的解说，和日常生活也没有太大的关系，因此得费相当大的工夫才能理解书中内容。

发展《竖亥录》中的理论并进行解说的，正是春海今天早上在绘马上看见的那个名字——礒村塾的礒村吉德撰写的《算法阙疑抄》。礒村在该书中以图解的方式，说明了《竖亥录》上完全没有解释的术理。

---

①江户初期获得政府海外贸易特许的船只。

②江户时代住在城市的手艺人和商人。

也就是说，酒井问的是春海有没有同时掌握町人日常生活中的算术"尘劫"和武士的理论算术"竖亥"。但是酒井问这个做什么？这个疑问仍然没有解开。

春海也想过酒井其实很喜欢算术这个可能性。他想寻找和自己拥有相同兴趣的人，才会问春海有关算术书的问题。只不过，酒井到底有没有这种感性，连这一点都叫人起疑，旁人很难想象酒井会把什么东西好玩、什么东西有趣这种话题挂在嘴上。

"你学了不少嘛。"酒井一副不关己事的模样，但他仍旧没有停止发问，"你知道除法的起源吗？"

"呃……毛利老师的教科书上记载了除法的来由。"春海立刻回答。

先前提到的吉田光由和今村知商这两位算术家的老师是毛利勘兵卫重能。他在仕奉池田辉政后，流浪到京都二条京极开了一家私塾，名叫"天下第一除法指南塾"。众多学生自各地前来，使得这家私塾不枉负它的名号，成为将算术算盘推广到社会上的私塾。

毛利在私塾中所用的教科书《算用记》里有一篇他自己撰写的序文，其中是这么说明除法起源的：

"'寿天屋边连'这个地方有一棵能带来智慧和品德的树，树上结了有灵性的果实。那对身为人类始祖的夫妇将其中一个果实分成两个食用，这便是除法的开始。"

"寿天屋边连"指的是犹太的伯利恒。这很明显是把《旧约圣经》中亚当和伊娃被流放的那一段和《新约圣经》中伯利恒那一段搞混了。

"你很熟悉切支丹①的教义吗？"

"呃……不……很抱歉，我所学不精，完全不知道……"

春海惶恐地回答。但如果他努力钻研，情况就会变得非常棘手。幕府近来严格执行对海外贸易的管制和禁教令，若被怀疑是切支丹，那就逃不过入狱的命运。春海并不知道毛利曾被人怀疑是切支丹。在春海擅自的想象中，他一直以为寿天屋边连一定是天竺某处的锦绣桃源乡，而

---

① 日本江户时代对天主教徒的称呼。

毛利似乎也是这么想的。

酒井以观察者般的视线盯着春海。

被问了这么多问题，就算是迟钝如春海，也知道酒井的问题背后有目的。春海不知道他的目的为何，好像他除了春海的兴趣、嗜好之外，甚至连春海的思想和信仰都想详细掌握。

他会这么做的理由只有一个。他想命令春海去做一件事。

为了这件事，酒井才会使出手段，做出将双刀赐给棋士春海这种不可思议的事。这个时候，春海清楚地明白了这一点。

就连身为寺社奉行的井上都无法理解，必须直接询问春海的一件事——

春海感到那件事正渐渐朝他逼近。酒井接连丢出的问题是要让春海察觉到他有其他目的。即便是在这座江户城里拥有相当权势的酒井，也不得不隐藏真意才能达成目的，而且还得让春海稍稍察觉到才能实行。

春海和酒井不知不觉间都停下下棋的手。棋盘上是两人稍早的布局。

酒井瞥了盘上的局势一眼，粗鲁地放下一颗棋子，表现出一副"这么说来，我好像忘了下棋"的感觉。尽管他的动作粗鲁，棋盘上的情况已出现不同。

在序盘的布局成形前，他就出手攻击春海。总是慢慢布局的他忽然开战了。他的立场、态度和姿势瞬间有了一百八十度的转变，这让春海半句话也说不出来。

"你喜欢为了执行公务而下的御城棋吗？"

酒井的语气仍是不变的淡泊。但是不知道为什么，他的话锐利地刺进春海心里。在那一瞬间，春海完全不知道自己该怎么回答。

已经大致了解春海性格和志向的酒井似乎想更加深入，逼近那应该算是本性的部分。不，春海模糊地感到这应该就是酒井的目的。

春海看向盘面。就算他想逃，也会被酒井提吃。春海原本以为酒井一定会照着定石走，但酒井却看准缝隙断了他的后路。被吃掉的棋子叫死子，春海可以鲜明地想象出至少有三个死子被放在酒井棋罐盖上的景象。

"我并不讨厌。"

春海说，随后放下棋子，发出清脆的声音。不过就是三个棋子，就让给你吧。但别以为这样就能赢我。早已远离平常那个春海的挑战式思考浮现出来。也许是因为酒井骤变的态度，让这样的思考轻易地涌上心头。

"只不过，我觉得无趣。"

他竟然就这么把理应深藏心底的想法告诉了老中。

年轻的春海不可能在将军大人面前自由下棋。

所谓上览棋，意指对弈的两人在双方同意下，依照记下的棋谱下棋。若是将军大人称赞了某一手，或是对某一手提出疑问，棋士必须提供精确的回答。这一手因为这样那样而处于优势，那个定石在这里发挥效用。他们必须下一场可以做出这种解说的棋。

若是全心想一决胜负，棋士们是不可能这么做的。对年轻棋士而言，上览棋是锻炼，是礼仪，也是他们的工作。御城棋是气氛极为紧张的工作，若是想自由下棋，任谁都会感到混乱，接连下出恶手。这些棋局是为了防止那样的疏失并累积经验而下的。

说穿了，对将军大人而言，这样的棋局比较好懂，更能乐在其中。

争夺棋所一职的白热化战局也是如此，虽然众人都期待看到结果，但过程中复杂的你来我往却是外人无法理解的。能够在对弈中一决胜负的，只有算知或道悦那种立场的人。就连他们也难得能在御城棋中全心全力地一决胜负。不论再怎么提升自己的能力，若将军大人无法理解棋局，就无法借此增加俸禄。寺社等地的棋会也是一样。

所以到头来，对城里的棋士而言，上览棋才是能为他们带来安泰的工作。然而，当这样的工作持续了五年呢？持续了十年呢？又或是持续了一辈子呢？

道策在这个年纪就已经感到饥渴。他迫不及待地想下一场真正用尽全力的棋。他相信他迟早有一天能得到发挥自身能力的机会，他用这样的信念支撑着自己。

那么春海呢？

当然，身为安井算哲的自己只要一想到"一决胜负"，胸口便一阵雀跃。他要赢得战斗，不让过世父亲蒙羞，超越父亲才能承袭父亲的名号。年轻人都自然会有的感情在他心中沸腾翻滚。

那么身为涩川春海的自己呢？

他没有告诉过任何人，其实他的名字来自一首歌：

雁叫黄花发，秋天景色优。
此滨名佳吉，春日也宜留。

春海这个名字来自《伊势物语》里的这首歌。他也曾经自称助左卫门，但春海这个名字却是特别的存在。这个名字里有着真实的自己。

优雅的秋天里虽有飞雁鸣叫、菊花盛开，但他却希望在只属于自己的春天海边，找到一块适合居住的海岸。那里不仅仅是他归属的地方，更是在他完成世上只有他能做的事后才得以成立的属于他人生的海岸。

从父亲那里继承、从兄长那里得到的一切援助都是秋天，是一个丰收的秋天。一切都在他出生之前就已经注定。安泰的生活，能让地位继续提升的场所。

对他而言，这个"秋"明显还有另一层意义。

"请恕我直言，我对无趣的胜负已经感到厌烦①了。"

这句真心话才是"春海"这个名字的本性。

他说要一决胜负，其实是因为他对下棋的自己感到厌烦，对要以棋士的身份为将军服务并继承安井家的自己感到厌烦。

那是他对自己的幻灭，是他强烈希望能在围棋以外发挥才能、找寻自我的意志。

他没有否定围棋本身，是因为有人像与他没有血缘的哥哥和道策一样，将人生赌在围棋上。然而，这并不能掩饰他否定了上览棋的事实。不小心说出真心话，他感到十分不安。不，他是被人套了话。他在不知

---

① 日文中，"厌烦"音同"秋"。

不觉间被酒井诱导了。他很清楚这一点。如此一来，比起酒井为何这么做，他更在意酒井会做出什么样的判断。若酒井认为他不是一个配得上江户城的棋士，他将会失去现在的生活。在他被无以言喻的恐惧击倒之前，他的心轻飘飘地逃走了。管他酒井做什么判断！他可是对着老中堂堂说出或许一辈子都不可能说出口的话，他应该感到高兴。春海心里涌出一种年轻人才有的、奇特的、虚脱般的满足感。

酒井完全没有展现出钦佩的模样，也没有露出觉得春海出言不逊的表情。

"你想要一场不会无趣的对决吗？"一直到最后，酒井都用怎样都无妨的语气问道。

"是的。"春海毫不迟疑地回答。他心中的想法已是一不做，二不休。

老中酒井这次真的是一句话也没说。他只是看着空中，无言地点了点头。

这个时候的春海终究没能想象到，酒井的沉默竟然暗藏着要赌上涩川春海一生的对决。

算法胜负

一

疲累至极的春海在快到夕七时①前离开江户城。

执行完公务后,他和一群棋士稍微讨论了一下上览棋。其间,道策一直瞪着他不放。

待讨论结束后,他又被茶坊主叫去,结果等着他的是井上正利。

恐怖的是井上召见春海时的装扮。井上身上佩了长刀,光是这样就给春海带来精神上的冲击,让他觉得自己仿佛就要被从头顶砍成两半。

老中酒井对春海说了什么?酒井看起来在想什么?井上逼问了所有细节。就算井上要杀了他,春海也不能说酒井可能会命令他去做事。如此一来,他会失去酒井对他的信任,更会被井上盯住,他不会得到任何好处。

最重要的是,酒井压根没提什么事。这一切不过是春海的想象,他根本答不出酒井在想什么。所以,他只能回答酒井一直在说算术的事。

"酒井大人会不会是对算术有兴趣呢?"

对井上和他身上长刀的恐惧逐渐麻痹后,春海干脆这么说。

"算盘啊。"

井上似乎也稍稍接受了这个理由。近来,比起剑术和马术这些传统武士技艺,擅长算术的武士不时会得到提拔。这是为了让他们能主导开

---

① 约为下午三点二十分。

发水渠、建设门桥等事务，据说还有人被派去承担开发金山银山测量法的机密任务。

"武士根本不该认真去学算盘这种东西。"井上说话的方式十分露骨，像是丝毫看不起算盘，"酒井那小鬼，搞不好哪天就跟你去学算盘的打法，而不是棋子的下法。"

看来井上已经把状况解释成酒井并非想用什么方式提拔春海，而是想和春海学算术。想来这也理所当然，棋士能被提拔到什么职位呢？春海才觉得不可思议。

"若是酒井大人想学算术，我想应该有很多人比我优秀……"

"我想他大概是想拿算盘的事当借口，要你介绍朋友给他吧。除了你也没有别人了。他若是去拜托其他棋士，辈份比较高的老中可能会没面子。"

井上像是已经完全摸清楚状况般点了点头。从家光那一代就在为朝廷工作的棋士们的人脉早已被其他三位老中利用殆尽，年轻的酒井无法参与其中。可能是想象到酒井的辛苦，井上显得非常满足。

"但他居然用刀啊。酒井那小鬼的个性倒是意外的细腻。"

据说酒井不喜欢直接去拜托没有带刀的人。所以他才会让春海带刀并整理好身段后，再将春海用于自己的政治人脉。这一点难得和井上的信念一致。

"唔，我也不是不想称赞他，只是我不知道他想要你介绍谁给他。"井上讲话的方式就像他同样看不起没什么人脉的春海，"总不会是保科公吧。"

井上刻意把这种话说出来。和保科正之最亲近的棋士是安井算知，而算知的人脉则是老中稻叶正则在利用。春海也可以使用这条人脉，但他若想拜托什么事情，必须通过算知，并考虑稻叶的面子。这可以算是酒井最不能动用的人脉。

"怎么可能会……"

井上心情很好地笑着挥了挥手。"好了。你就努力工作，让酒井喜欢你吧。"

已经把春海当成酒井手下的井上讽刺地说。春海虽然因井上讨厌酒井到这种地步而惊愕无语，但他并不生气。因为他知道井上完全误会了。也许酒井就是计算到这一点，才会赐刀给春海，让他引起井上的注意，让井上起疑。

　　不过，酒井为什么要如此谨慎地转移井上的注意力？还是说，这不只针对井上，而是为了转移寺社奉行和奏者番等人的注意力？只要井上瞎猜，四处和别人讨论这个话题，酒井真正的意图便会自然而然地被误解并隐藏起来。

　　春海越是这么想，就越不明白酒井真正的意图。

　　比起这些，不小心把真心话告诉酒井一事才让春海更加烦恼。他还是觉得他不该否定上览棋。要是他给哥哥添麻烦了，那该如何是好？心中感到不安的春海来到中雀门。

　　"算哲大人！"道策的声音从背后追上，"请务必和我继续下那盘棋！初手是右边星下的那一盘棋，算哲大人！"

　　自己告诉酒井的话在脑中回响。看着道策快步朝自己走来，春海总感到有些对不起，心生愧疚。

　　"对不起，道策。我有重要的事情得办。下次再说吧。"

　　他说了个谎，往城门前进。看起来不得不回到师父身边的道策没有追上来。

　　"请您丢了算盘吧，您是该拿棋子的人！第二代安井算哲，这才是您的名字！"

　　只有声音穿过春海，朝着身为安井算哲的他空虚地回响。

　　出城的时间已晚，路上没有拥挤的人潮。春海向内樱田门前进时，倏地停下脚步，回头看向江户城。他晚了一步才发现，自己的双眼正无意识地在搜寻某样东西。

　　春海第一次看见那东西，是在他十一岁的时候。他抬起头，便看见被纯白雪花装点的天守阁在澄澈的天空背景下如巨山般耸立。不可思议的灵气满溢、威风凛凛的英姿让他感到震惊，他至今仍然记得当时的自己对天守阁有多么敬畏。

后来，天守阁在他十八岁时忽然消失。

存在感曾如此强烈的天守阁消失得无影无踪，之前耸立穿云的建筑物所在之处只剩一片蓝天。明历三年的大火——振袖大火，让天守阁燃烧殆尽。

那一年，那场大火让天守阁及江户的六成面积化作灰烬。在那场灾难后不到半年，因公来到江户的春海心中又有了不同的感动。

骇人的火势将大名府邸、街道和寺社一烧而尽，此后，原本相互竞争豪华建造的大名府邸在重建之际，大多将门面改造成简略许多的样式。

江户四处建起防火的堤防，城市里设置空地，亲藩大名①的府邸也为了防止火势蔓延而被搬。因为一场火而消失的城市正准备一举重生。

这样的复兴光景摇动了春海心中的某样事物，更让它为之萌芽。

春海没有经历过战争。不用说战国之世，就连空前的岛原之乱笼城事件都在春海出生前一年结束。他不知道战前和战时的情况，更不知道天下太平刚开始时是一个反复犯错与修正的伟大时代。他只知道已经完成的幕府及其统制。在他出生时，江户这个发展为日本史上最大，同时也是当时世界最大的城市已经存在。

因此，除了冲击之外，明历大火及之后的复兴甚至给年纪尚轻的春海带来一种感动。他有生以来第一次清楚地看见应被称为巨大变化的事物伴随着明确的外形出现在世上，这让当时的春海情绪昂扬。

让人畏惧，让人心情跃动，让人无以言喻。春海只想朝着天地放声大叫，说自己正在目击这场变化。

当然，都市火灾是极大的灾难。据说为了要将惨死火中的民众尸骸运走，四处排了长长的人龙。由于死者众多，将军家纲为了让民众能在今后的火灾中正确逃生，下令制作了准确的江户地图并推广。尸体的数量如此庞大，春海绝对不可能会觉得这种状况可喜可贺。

然而，春海也的确深深感受到将有新的事物到来。其中最大的原因便是天守阁的毁灭。

---

① 与德川家有血缘关系的大名。

随着江户城和整个城市持续重建，从前待在城里的人反而为江户失去过去的模样而感叹。春海并没有直接听说，但时不时会听老住户说：

"站在日本桥上，能够一览富士山和天守阁的光景，才是人们对江户抱持尊崇之念的核心，所以天守阁应该最先重建。"

那些人不时发出悲叹，引发众人议论。但天守阁仍旧没有被重建。

"时代已经变了。现在的江户城不需要为了军事目的修建天守阁，它唯一的用处将会是展望室。我们应该把这些财力用在重建江户和整治太平之世上。"

春海听说幕府机要官员是这么判断的。也就是说，大火烧掉的不只是江户的人民和宅邸。天守阁证明了德川家在江户开府的霸权时代留下的最后一道痕迹。它是战争时期的最后一个象征，但它仍在大火中化作灰烬。

另一方面，开凿玉川的计划则是在承应元年，即振袖大火的四年前开始的。

政府计划在起伏较少的关东平原上开凿一条水渠，从玉川沿岸的羽村一直到四谷，是一项非常困难的工作。除了要把水从四谷引到江户城内，政府更将给水网纵横拉开，延伸至山手、京桥等地，工程相当浩大。

这条水渠仅仅花了一年多的时间便成功贯通。因水资源不足而烦恼的江户人，不论是武士还是商人，各种身份的人盛大地狂欢了好几天。后来，在宽文元年的现在，这条水路要拓展到赤坂、麻布甚至是三田。

像现在这样往城里前进时，大火留下的痕迹和"江户八百八町"①的原始形态也渐渐从纵横四方的水路间出现。

顺道一提，这个时候的法国，太阳王路易十四正开始建设凡尔赛宫，清朝"史上第一名君"康熙皇帝将紫禁城改建得更加富丽堂皇。当这些王朝迎向权势的巅峰时，德川家开府后已到第四代，巨大的城塞都市江户也同样在水火的精炼之下，宣告崭新时代的到来。

高远澄澈的冬日晴空几乎要让人们忘了那里曾经有过天守阁的存在。

---

①意指江户内有许多行政区。

一道声音自天空中传来：

"你想要一场不会无趣的对决吗？"

春海仿佛听见老中酒井这句低语般的问句。

他实在不认为身为棋士四家一员的自己能够如此任性，但他对那个即将继承安井家的自己感到的厌烦与日而增，心里极度渴望能在某一事物上一决胜负。他想相信这个机会就在这个新时代的某处。然而，他至今仍不明白那是什么，只能拖着异常沉重的脚步，拿着重得不像话的刀，抱着不舍与沮丧走上回家的路。

被各种疲劳感折磨的春海回到府里。这种时候，他才会觉得府邸位于城门前是如此奢侈的事，何况还是在下乘所之一的内樱田门前，地点优越便捷。

也因为这样，"我们应该更加戒慎勤勉"的想法贯彻整个会津藩邸。

守门兵可以心平气和地忍受长时间的久站，丝毫不懈怠。若是游廊上有枯叶落下，府里的人会从一端开始扫除，理由是扫除过程中可以把枯叶清掉，让府里呈现不可思议的干净。与其说这里是藩邸，不如说会让人误以为身处某座神宫。但有趣的是，这座藩邸不会让人局促不安。春海感到自己的疲劳都被清洁的府邸洗净。因为清洁带来的不是闭塞，而是开放。

春海习惯性地绕到庭院里。他的日晷就设在庭院角落。

日晷是一种历术道具，以一根制造阴影的三尺棒为中心，测量影子长短的小石头围着三尺棒排成圆形。换个角度看，这一幕也很像在供奉奇妙的偶像。

对大多数人而言，历术近来成了一种兴趣。但比起学问，它对宗教领域的影响更加深远。日之吉兆便是如此。大家相信出现在太阳周围的日晕和白虹现象是神意显灵，在预告众人地上将会发生什么事。

春海也有这样的信仰，但他从算术角度出发，测量星象运行的想法较为强烈。不过，他获得允许在庭院里放置日晷，是因为他说这是出自敬畏之心，乞求神意。因此，春海偶尔会看到完全不懂算术或历术的下级藩士充满谢意地对着他的日晷击掌礼拜。

这明显是在对神明行礼。这是会津藩的另一个特色,不信佛教的藩主保科信仰神道,所以藩士之间也有祭祀神灵的风气。

春海来到庭院时,有一位藩士正好站在日晷前。

不过,他的双手并没有合十。他拿着一叠纸,看着影子的方向,而非柱子本身。也就是说,他看日晷的目的并不是信仰,而是将它当成记录用的道具。

"安藤大人。"春海叫道。

那是一位身材结实的年长藩士。

"是涩川大人啊。"

藩士转过身,以安井之外的姓氏称呼春海。同时,他放下双手,行注目礼。这是武士的三礼之一,是对同辈行的草礼。面对上司时,需将手放到膝盖上行行礼;再上一层的长辈则需行跪拜的真礼。更有甚者,面对主君时,需要行极端的敬畏之礼,就算主君几次说"抬头",行礼者也绝对不可以抬头,不可以轻易靠近主君。

会津藩士之间,即便是同辈朋友也必须谨遵礼节,向对方行礼。

春海也行了一个注目礼,对安藤微微一笑。

"您在帮我测量影子吗?"

春海举步准备向前,安藤却忽然举起手制止他。

"别动。"

像是被下了咒,春海下意识地一动也不动,安藤朝他走了过去。还没等他反应过来,安藤便伸出手,利落地将他插错的刀调整好,并帮他整好腰带,顺便还顺了顺和服的皱纹。接着,安藤回到原来的位置上,再次打量春海。

"嗯。"他对春海点了点头。

"谢……谢谢您,安藤大人。"

重新动起来的春海傻傻地低头行礼。这个动作让他知道刀变轻了。在安藤的调整下,刀被稳稳固定住。与其说是把刀插在腰上,这个感觉更像是把刀绑紧,让春海终于了解"带刀"的感觉。

"这真是太好了。我会学这个方法。"

然而安藤却说:"我不知道您在说什么。"

安藤把语调硬从会津腔转成江户腔,意思是"我什么都没有做"。这也是会津藩士的礼仪。没把刀佩好是一种耻辱。然而,要对没有带刀经验的春海这么说,也是错怪了他。只是安藤不能装作视而不见。必须有人去教导春海。然而,到了春海这个年纪,要被人这样教导也是很丢脸的事。所以安藤才会在帮了春海后,装作从一开始就什么都没看见。

这是叠了一重又一重的礼仪。换个角度来看,或许会觉得麻烦得不行,但春海仍率直地对安藤表达感谢。

"我在说您帮我测量日晷影子的事。"他微笑着换了句话。

"如果只缺了登城日的记录,那涩川大人至今所做的一切不都白费了吗?"

安藤一本正经地将写了数值的纸递给春海。让春海高兴的是,安藤不把这当成兴趣,而是一份工作,同时他也感到有些歉疚。

安藤比春海大十五岁,视春海为藩邸客人的他还是会尊称春海"大人"。而且,春海并没有特别拜托他,他却以"涩川"称呼春海。这是因为他不知道从谁那里听说春海曾自称"涩川",有一天忽然跟春海说:"男人主动用一个姓氏,想必一定有着很重大的事由。"因此,"今后请允许我称您为'涩川大人'。"他一脸认真地告诉春海。

这个男人以义气巩固礼仪和道理,并以严谨的态度待人,但绝不愚钝。

他叫安藤有益,锻炼武艺绝不怠慢,做事周到,记忆力过人,同时拥有优越的算术技能,年仅三十七岁便已是经验丰富的勘定方①。他管理会津藩财政,负责江户诘②的花费。除此之外,他还是会津藩屈指可数的算术家,更拥有可为学习锻炼目的自由外出的特权。

告诉春海宫益坂金王八幡的绘马一事的,正是这位安藤有益。

"对了,安藤大人,我去看过绘马了。"

---

①掌管各藩财政者。
②大名及其家臣离开领地至江户的藩邸工作一事。

"果然是这样。"安藤似乎也觉得能和人敞开心胸谈论算术是件很愉快的事,他露出微笑,"今天早上,我听说涩川大人您离开府邸的时候,就想到您会不会去了那里。您看过了吗?"

"是的。江户真厉害。"

"是啊,江户也挺厉害的嘛。"

安藤有些无畏地点了点头。只有少数人知道会津周边是算术盛行之地,奉纳的算额绘马数量不输江户。

"对了,安藤大人,我发现一件比绘马还惊人的事。"

春海把今天早上那件让人惊叹的事告诉自负的安藤。他一边把抄下的问题拿给安藤看,一边说有个人在极短暂的时间里便写下七道问题的答案,而且恐怕全都是正确答案。不过他倒是很聪明地省略了自己把刀忘在那里的事。

"您说有武士不过一瞥就立刻解开上面所有的问题?"就连安藤也露出不可置信的表情,"我可以把这些问题和解答抄下来吗?"

"当然当然,请。"

"如果答案全都正确,那他的确是位大师。我非常想会一会他,但……"

就算安藤可以为了学习目的外出,身为勘定方的他若是擅自和他藩武士交流,将会被上司责备。原则上,幕府禁止藩与藩之间交换信息。藩与藩之间的交流必须要有担任目付的旗本出席。安藤不能在不知道对方什么职位的情况下去见他。

察觉到安藤无言的恳愿,春海开口说道。

"等我和那个武士成为朋友后,就请他来参加棋会。我没有被限制不能与谁来往。当然,安藤大人也是。"

安藤露出微笑。那是一个将诚实个性全部写在脸上的真诚笑容。

"麻烦您了。"他很有礼貌地朝年纪比自己小的春海低头道谢后,就地将问题抄下,"话又说回来,如果要去拜见算术如此优异的大师,我们应该先把所有问题的算式列出来再去见他吧。"

"不是要向他请教吗?"

"这么做就是为了要向他请教。如果我们带着自己写好的算式过去，教导我们的人也比较容易指出何处算错。害怕对方指出自己的错误，一心只想听对方教导的态度反而会给对方添麻烦。"他很认真地说。

安藤的话在春海疲惫的心上倏地点起一把火。他忘了酒井和井上的事。虽然这么做很对不起道策，但他也把道策对围棋的热情忘在脑后。

那一天，春海回到自己的房间后，认真地练习了安藤重新帮他绑好的刀和腰带的绑法。这是对亲切的安藤的无声感谢。

其后，他埋头钻研在金王八幡境内抄下的问题和解答。

吃饭的时候，他也只想着这件事。会津藩邸的藩士房间里没有炉灶，所有藩士会聚在一起吃饭。因为若是增加炉灶，发生火灾的可能性便会增大。避免在府邸里用餐的春海常常和藩士们一起吃饭。安藤也是如此。在一群挺直背脊、大口吃饭的藩士之间，春海用鱼的细骨排出勾股弦。仔细一看，才发现安藤也拿着筷子排出三角形和圆形，让春海有些高兴。

洗澡时，春海会使用府邸里的浴室。由于火灾的危险和江户短缺的水资源，部分大名府邸并未在府中设置浴室。然而，为了让众人能够洗净身躯，会津藩邸里设有浴室，还有藩士可用的设备。春海没有使用藩士的设备，因为他不愿意从藩士那里夺走一人份的热水。

那一天晚上，当夜四时[①]的钟声响起，春海终于解开题目。不只是他在神社就地跪坐、试着解开却未能成功的那一题，他还成功地为剩下的六题列出算式。春海的算术技巧十分纯熟，如果看到他写的各项算式，想必连安藤也会感到佩服。然而，春海却丝毫没有得意忘形的模样。他心中只有让人全身发麻的赞叹。

七道问题，全数答对。

一瞥即解的武士写下的所有答案，都是正确答案。就如春海的想象，每一题都是"明察"。

想见他。

春海几度在心中描绘那位武士的身影。他越是这么做，那位武士的

---

①约为晚间十点。

身影便越加暧昧模糊，只有存在感不断膨胀。

明天他还要再去一次那座神社，就算走访江户所有的算术家，他也要问到那位武士的名字，就算必须排除万难也要见到那人。

然而，事情却没有这么简单。

二

四天之后，疲惫至极的春海来到麻布。

他好不容易列出算式，却像个笨蛋一样不断扑空。

他能自由运用的时间只有从天色未明就起床离开府邸，到朝四时①前登城这段时间。先不说其他藩邸，离开城外出，到门限时间都还没回府邸，这种行为在会津藩邸是绝对不被允许的。不遵守规矩的人会被留在寒风刺骨的道路上度过一夜。非常害怕这种结局的春海无法前往遥远的地方。

不必登城时，总会举行棋会。为了下上览棋，还要和其他家进行棋会。身为安井家一员，他还必须前往大名府邸或寺社下指导棋。

公务缠身的春海在有限的时间里四处奔走，只为追寻那位一瞥即解的武士。

第一天的时候，他又去了一趟金王八幡。那位拿扫把的少女不在，春海问了宫司之后，才知道少女是和宫司交情深厚的武士家女儿。夏天和秋天，她每隔两天便会到神社学习礼仪。入冬后日照时间变短，会有一段时间不来。会到神社学习礼仪的人非常罕见。然而春海感兴趣的是武士，而非少女。此时他若问了少女的事，隔天便能再见到她，只是由于他一心只想着"关"武士，根本无暇思考其他事情。

宫司什么也不知道。不过他告诉春海，算术家也会前往千驮谷的八幡宫或目黑的泷泉寺祈求神佑，奉纳算额。

隔天早上，春海顶着昏沉的脑袋先来到目黑。目黑是乡下，举目所

---

① 上午十点左右。

见皆是田地。春海原本就怀疑是否能在这种地方找到线索，最后果然没能找到。

不过，他很高兴寺院方面特地让他看了礒村塾的人们奉纳的算额。

第三天，他来到千驮谷的八幡宫。

为了无法前往富士山的人们建造的小山名叫富士塚，看上去十分美丽。不过境内的算额绘马并不多，春海没能找到什么线索，沮丧地离开。

也因为这样，春海花了不少轿费，工作更是繁忙至极。他每天晚上都和棋谱格斗至深夜，好不容易才赶上上览棋的会议。他好几次都被道策抓到。他以无数的借口逃避对弈，代价是被迫答应参加京都的棋会。

安井家的人在参加本因坊家的棋会时，必须送上符合身份地位的礼物或特产。让道策看了亡父的右边星下初手后，又多了一件必须和兄长算知解释的事，春海不禁感到沮丧。

第四天，只需要参加傍晚的棋会，春海难得有一段空闲时间。他不可能错过这个机会。他鞭笞自己没睡饱的身体，一早便离开府邸。

他明知道不可能会有什么结果，还是执意前往麻布。他从金王八幡的宫司那里听说，礒村有一家私塾就开在麻布。

然而礒村并不在江户。准确来说，这家私塾是礒村交给他的弟子村濑义益负责，而村濑正是那一面算额的出题者。麻布要比目黑近得多，帮了春海一个大忙。他在善福寺附近下了轿子，徒步寻找私塾。然而由于街道在四年前的大火后急遽复兴，就连住在这里的人都尚未完全掌握情况。春海四处询问私塾的准确位置，但路人告诉他的那栋可作为记号的大名府邸移转到他处，他迷路了。

春海四处寻找，走下坡道，走过河岸，刀的重量和睡眠不足使得他脚步摇晃。最后，他终于在那时尚没有名字、之后被取名为间部桥的桥上，从扛着鱼干篓的女人们口中问到私塾的位置，代价是被迫买下八片看起来不是很好吃的鱼干。女人们笑着说这是虾虎鱼，但说穿了，春海根本不知道这是什么鱼。他右手提着那包鱼，左手撑住腰间的刀，脚步摇晃地走在路上。看在其他人眼里，简直就像个一早就喝醉的人。

春海肚子饿了，很想找个小摊吃碗荞麦面，但又觉得浪费时间。他笔直地前往那家私塾。当他终于抵达时,他已经完全忘了饥饿。

那是一栋离六本木很近,从门面看上去就十分朴素的武家宅邸。但不论是多么贫困的武家,占地都很大。主人名叫荒木孙十朗,那些女人说他是位年老的小普请——一份掌管江户城修缮事务的闲职。春海不知道他是自年轻时就开始做这份工作,还是老了之后才接下这份工作。只不过这位小普请非常喜欢算术,才特别让礒村使用自己府邸的一个角落作为私塾使用。

门开着,春海便走了进去。他很久以前就听说,不论是算术还是剑术,私塾和道场这种地方可以自由进出,而且只要事先得到许可,还可以在里面住一晚。

进入庭院,有一栋像是将长屋改建成道场的建筑物,入口立着一个礒村门下私塾学生出入什么的牌子。这里的门大开,看来就如春海想象的,可以自由进出。

"请问有人在吗?那个……请问有人在吗?"

他还是喊了一声。没有人出来。他往里面踏了一步。右边墙壁上贴得满满的。他看了一眼,心跳便立刻加快。

整面墙壁上都是为了解开难题的激烈交锋。

有人把写在纸上的问题贴到墙上,就像是算额绘马的问题一样,而另外一个人则把解答写下。接下来,还会有人把答案写在纸片上,贴到前人的答案上。这样的行为虽然不如回答算额绘马般有礼貌,传达出来的热情却超越绘马,上面写满了"明察"、"错误"、"合问"、"惜哉误也"等文字。其中以村濑义益之名出的一题上贴了七八张答案,每张答案上都写着"误"字。

接着,春海在不知道是第八张还是第九张的答案上,找到了那个姓氏。

"关"。

和其他的错误答案相比,这张解答写得异常轻松,而且直截了当。

还有"明察"两个字。

春海的心脏狠狠跳了一下,感觉差点就要从嘴里蹦出来。他什么也没想，把鱼和刀放在玄关前，当场跪坐下来，抄起问题和解答。接着，他在地板上摊开算板，试着解读关轻松写下的答案是如何导出来的。

他的肚子咕噜咕噜地叫，但他并不在意。眼角边有影子划过，他也不在意。啪哒啪哒的脚步声响起，同样不在意。

"喂喂喂！"

耳熟的叱喝声忽然从头上落下，终于吓了一跳的春海抬起头。

是一名少女。少女非常美丽，春海看傻了。

傻了眼的春海看出这名少女竟是他在金王八幡宫遇见的少女。她的手上仍然拿着扫把，但她这次并没有在扫地，而是把扫把倒过来，双手握住。春海觉得她看起来就像在赶小偷。

"为什么你会在这里？你是追着我到这里来的吗？"

惊讶的春海问道。他以为少女是从那座神社刻意追他追到这里，而少女似乎也是这么想的。照眼前这个状况而言，少女才该是这么想的人。

春海这句预料之外的话让少女露出不可思议的表情，随即将警惕和愤怒写在脸上。

"那是我要说的话！您在这里做什么？您追关先生追到这里来了吗？"

春海这次又是跪坐在地上被少女骂，但他立刻单膝跪起。

"关先生？"春海终于从少女的语气里听出端倪，"难不成，你认识那位武士？"

"我不认识！"少女生气地回答。

"他只是偶尔会来。他不是我们门下的学生。"

新来的男人声音同时从扫把的另一端响起。

"村濑先生！"

"哎呀，阿延，有什么关系呢。"

一个身材细长的男人伸手轻轻推开少女举起的扫把，探过头来。他的另一只手没有穿过袖子便放在怀里，袖子就这么垂下。在城里看不到这样的人，应该说如果城里有人这么穿，一定会当场遭到处分。他并没有在发髻或腰带上花钱，却跟随流行做了打扮，所以并不给人邋遢的印

67

象。应该说他是刻意把流行的东西打乱,是个很会打扮的人。

"村濑先生……难道您就是村濑义益大人?"

春海原本以为村濑会像个学僧,不禁吃了一惊。

"是的。你就是那个跪坐绘马前被阿延骂的武士?"

"不……"

春海原本想说自己不是武士,却被少女打断:

"就是这样没错!"

"我是……"

"他就是一个行为举止很可疑的人!"

"哎呀,别这样。跪坐地上念书是你的兴趣吗?"

"站着的话就没办法摊开算板了。"

春海重新跪坐好,掏出折好的纸。由于他把纸放在怀里,纸张皱得乱七八糟,但他还是诚心诚意地把它递给村濑。

"这是什么啊?"

村濑蹲下,将目光的高度调成和春海递出的纸一样,伸手迅速收下。

"……噢。"

村濑摊开纸,觉得有趣,脸上露出笑容。看着这样的村濑,春海挺直了背说:

"算式如下。首先将勾股相乘,并乘以二。接下来,以勾股弦的总和来除。其值乘上弦,再以勾股和除之。"

"……咦?"

少女目瞪口呆。村濑莞尔一笑,接着说下去:

"如此便是合问……是吧。答案为七分之三十寸,也就是明察。"村濑将皱巴巴的纸折回原状,"除了我献上的绘马外,你另外还解了很多题目嘛。我可以收下吗?"

"请您收下。我用了一天一夜才解开所有的问题。"

"我花了六天才做出那一题呢。那……你的名字呢?"

"我从父亲那里继承了安井算哲的名字,但没有执行公务的时候,我都自称涩川春海。"

春海诚实地报上两个名字。村濑闻言，歪过头，像是在搜寻记忆。

"安井……嗯，我好像听说过。"

"我是江户城的棋士。"

"围棋？"

少女的双眼瞪得又大又圆，而仍然蹲着的村濑则啪地拍了一下膝盖。

"就是这个。江户城的六局决胜负。"

"呃，那是我的兄长算知……"

"嗯。就是那个安井家。你还真年轻呢。棋士也会算术啊，安井先生。"

"呃，主要只有我……那个，请您叫我涩川。"

"嗯。那，涩川先生，那个放在刀旁边的东西是什么？"

他指向春海放在玄关前的包裹。

"那是……鱼干。我在来这里的路上买的。听说是是虾虎鱼……"

"喔，虾虎鱼。"村濑抬头看向少女，"那，阿延，吃饭吧。"

三

"很少有人自己写出算式后还带礼物来。涩川先生，你真的很了不起呢。"

在阿延帮自己盛饭时，村濑笑着说道。这个男人笑得很开心，吃饭也吃得很开心。在春海吃完第一碗饭时，他说：

"年轻男人吃这些不够吧。喂，阿延，帮他盛满满一大碗。"

村濑说话的时候，筷子已经插进第三碗饭。

"请把碗给我。"

还是摸不着头绪的阿延没露出丝毫笑容，只把手伸了出来。

"谢谢……真是不好意思。"

春海虽然很客气，但还是乖乖地把碗交给阿延。除了白饭，他们还拿出味噌汤和酱菜招待春海。说真的，春海已经饿得快要倒下，他真的很感激这顿饭。

　　而且，不论是在城里还是在藩邸里，就春海的立场而言，吃饭时有女性陪同是不可能的。春海像个笨蛋一样，呆呆地看着阿延用饭匙从饭桶里盛饭的身影。

　　"来，请用。"

　　"啊……谢谢你。"

　　从女性手中接下碗的经验实在新鲜，春海有些紧张。

　　阿延虽然表现出不悦，但还是给春海盛了一大碗饭。光是这样就让春海觉得高兴。那是洗得雪白的白米。江户是个"米淹脚目"的都市，农民和武家贩卖的白米同时聚集在江户，町人和武家都吃白米。而且在这个时候，一天吃三餐的习惯正渐渐普及。这样的都市除了江户，大概就只有大坂了。

　　"这真的是虾虎鱼吗？"阿延用筷子戳了戳烤好的鱼干。

　　烤鱼的人是村濑。私塾的游廊上有可以烤鱼的火炉，村濑一边高兴地扇着圆扇，一边告诉两人关于扇法的小知识。春海听得很认真，阿延却完全不理他，只说如果鱼可以因为这种扇法就变美味，她就用不着这么辛苦了。

　　"唔……大概吧。"

　　春海说得没什么自信，村濑却不予理会。

　　"还挺好吃的。"

　　这个男人不管吃什么鱼，恐怕吃法都一样吧。

　　"虾虎鱼难道不是拿来做佃煮的吗？为什么要晒成鱼干？"

　　"这我也……"

　　"最近好像还会拿来炸成天妇罗。"

　　村濑得出了不成答案的结论，而阿延终于把鱼送进嘴里。

　　"……我觉得这不是虾虎鱼。"

　　但她还是继续吃，春海不知为何松了一口气。

　　"不过你来得真不是时候，涩川先生。"村濑说道。

　　他们虽然相差十岁，但村濑仍用"先生"称呼春海。与其说他像安藤一样重视礼节，毋宁说他为人很随和。

"不过，对我来说，多个人一起分鱼是件好事。今天是大家做手工的日子。有人贴伞，有人在庭院里种菜，还有人养金钟儿去卖。最近连武家都得兼职，不然都活不下去。我等一下也得去教附近的小孩打算盘。"

所以私塾里才会除了村濑没有半个人。门下的学生里有町人也有农户，大家这时候都有工作要做，只有傍晚或上课的日子才会出现。

春海问荒木家的人在做什么，得知主人孙十朗似乎在城里。他每个月要去见上司三次，问上司是否有工作要做。他没有什么大不了的工作，完全就是个闲职。

"他年轻的时候是个耍长枪的高手，曾经在将军面前表演过。以前我们这些私塾的人曾经看过他引以为傲的长枪，哎呀呀，他那样一个老人居然能挥动那么重又那么长的东西，大家都吃了一惊。"

然而，当太平之世越来越稳定，这种人就失去工作。现在约有一千名旗本和御家人被指派为小普请这种有名无实的闲职。但他们的府邸仍旧宽广。这处荒木府也有三百坪以上。维持宅邸的费用不少，而主人的收入却越来越少。

但幕府赐予的宅邸和土地不能擅自买卖，只能租借给别人。以私塾的名义将土地和建筑物出租，再收取租金。也许是因为这样，荒木的手头还算宽裕。主人登城时，夫人习惯带用人去看戏放松一下，所以他们也不在府里。

不过，据说荒木对算术的热情十分惊人。

"只要一本术理稿子，他就会少收一个月的租金。"村濑说道，完全不觉得不好意思。

"村濑先生，您也住在这里吗？"

春海配合对方，一样用"先生"称呼村濑。

"我已经在这里混了两年。我是佐渡人。算术是向百川治兵卫老师学的。"

"佐渡的百川……"

春海呆住了。百川是幕府为了开垦佐渡金山而特地派去的算术大师。

能跟随百川和礒村这两位著名的老师学习，让春海满心羡慕。同时，他也明白了村濑是个多么厉害的算术家。

"嗯。然后呢，在百川老师的推荐下，我到江户来见礒村老师，结果那个人居然把私塾交给我，就那么跑到二本松去了。我一年大概只能跟他学两个月的算术。"

"那是因为村濑先生把私塾经营得太好了。礒村大人曾经说过，他不在的话，弟子反而会比较多呢。"阿延说着，嘻嘻地笑了。

这是她第一次在春海面前露出笑容。这个笑容不是对着春海，但他却感到胸口仿佛被重击。一种奇妙的虚脱感。他手上的碗差点掉下。

"所以我父亲才会说出要他继承荒木家这种话。"

在那一瞬间，春海想象着两人结为夫妻的那一幕。

"等他哪一天抓到我的小辫子，他就不会这么说了。你也会说你不喜欢放荡的哥哥。"

村濑冷冷地避开这个问题，意思是有人要他成为荒木家的养子。

对阿延而言，村濑似乎已经是兄长般的存在，她笑得无忧无虑。

"反正这个人讨厌的一定是不能再自由和女人勾搭这种事。"阿延回过头对春海说。

"哦……"

春海的回答摆明了他完全不懂风流情事。

"这家伙嘴上这么说，可是她拒绝了别人家说亲，才被逼去神社。她的三个姐姐明明都有好归宿啊。"

"村濑先生！"

这句话立刻激怒了阿延。

春海露出茫然的表情。"神社……"

他知道神社指的就是那个金王八幡宫，但他不懂阿延为何会被逼去神社。他可以想象到阿延拿着扫把，将她不中意的说亲对象赶走的模样。但话又说回来，她不可能拒绝武家儿子的说亲。双方的家长都会依门第决定婚事。

"原因不在我，是对方刚好不方便……"

"阿延她最讨厌武家了。她可厉害了。听说她可是把对方骂得很惨。"

"没有!"

春海没听懂。"你讨厌武家吗?"

"我并不是讨厌武家。只是大多数武家都不问是非就看不起算盘,而且他们也不努力学习,才会这么穷,我实在不认为他们会有将来可言。"

这是非常不得了的强烈批判。阿延所言都属事实,所以听起来更是毫不留情。这样的少女的确不能送去其他地方学习礼仪。所以才是神社啊。春海似乎明白了。然而,在神社里能学到的东西就那些。虽然春海不是阿延的父母,却为这个少女的将来感到担心。

"那……要什么样的武家才可以呢?"春海下意识地这么问。

阿延毫不犹豫地回答:"应该向札差学习。"

春海哑口无言。所谓的札差,其实就是计算薪资的代理人。旗本和御家人会收到作为薪资的米,再把米换成钱。他们必须前往隅田川旁的幕府米仓聚集地藏前领米。届时,他们需将支付手形①交给藏役所②。收下支付手形的札差负责收米、卖米及兑换金钱时的所有杂务,并从中收取手续费。

同时,札差也用未来的支付手形作为担保,借钱给他人。武士里有很多人讨厌计算金钱,他们认为这是卑贱的行为。武士把薪资全数丢给札差处理时往往姿态高傲,甚至摆出"我是赏你们工作"的蛮横态度。这种人总是会在不知不觉间向札差预支太多钱,光还利息就已精疲力竭,高筑的债务更导致他们身败名裂。

因此,也有更多武家越来越看不起札差,甚至还有人埋怨说,武家是因为札差才会被别人看扁。春海第一次听到对札差评价如此之高的武家女儿。他想这可能是因为她家庭院里有算术私塾,生长的环境比较特殊。

"那么……阿延小姐想要嫁给札差吗?"

"不。那些人对计算金钱以外的事情毫无上进心可言。"阿延立刻否定。

---

① 应付票据。

② 管理藏前的机关。

这个少女开出的条件还真是严苛，春海意外地感到佩服。

"好啦，关先生也不适合当札差。那个人有些特别。"吃完饭的村濑以异常潇洒的动作叼起牙签说道。

"跟关先生没有关系！"

春海对脸红的阿延和关的名字忽然出现感到惊讶。

"关先生是……札差？"

"我都说了没有关系！"

"阿延的兴趣跟别人不太一样。"

村濑露出别有深意的笑容，不过春海只觉得他们的话题终于回到他原来的目的上。他急忙把剩下的饭送进嘴里，重新跪坐好拜托村濑和阿延。

"那个……能不能告诉我有关关大人的事呢？"

"他不是私塾的学生。我不希望因为我们擅自把他的事告诉您，反而给他带来麻烦。"阿延冷淡地拒绝。

但村濑却不怀好意地一笑。"要是关先生因此不来私塾了，阿延可是会很寂寞的。"

"没有这种事！"

春海只是很认真地低下头。

"我绝对不会给私塾或那位武士添麻烦。拜托，我拜托两位了。"

"唔，我和阿延也算不上跟那个人很熟。"

村濑把几乎是白开水的茶倒进三人的碗里，用筷子代替笔，在餐台上写下"关孝和"三个字。

"孝行的孝，和谐的和。这就是他的名字。"

春海瞪大了双眼。他终于知道了那个人的名字。他默默地在脑中重复。一如他所想象，关的名字听起来聪明又诚实，虽然他从来没见过关。

"不过私塾里的人都叫他'解答先生'。"

"'解答先生'……"

"因为不论什么样的难题，他都可以瞬间解开。"阿延生气地加了注释。

春海更加感动。"原来他的头脑如此清晰敏锐……"

"不，不是什么清晰敏锐。"村濑挥了挥手。接着，他露出有些恐怖的笑容说道："他是个怪物。"

那个男人第一次造访私塾，是去年的事。他一开始只是看着墙壁上贴的问题，或是在一旁听着私塾的人你来我往地讨论。

说到他是否想加入私塾门下，其实那也未必，感觉他和大家拉开一段距离，看着私塾里的活动。不过在不久之后，有人问他要不要试着解题。这样的自由在这里是被允许的，所谓勿惧错误。

"那么……"那个男人说完之后，便拿起笔。他突如其来地就在所有的问题上写下答案，速度快得令现场的每一个人都哑口无言。众人只觉得他是事先知道答案才能这么写。但是，私塾老师礒村出作例题的题目从未有人解开，他连这道难题的答案也写了出来。

那一天，所有的塾生都知道了他所有的答案都是正确的，众人哑口无言。

礒村不在私塾，村濑代替他在那一题的答案上写下了"明察"二字。

私塾里起了一阵骚动。

过了十天左右，那个男人又来了。

大家都屏住气息，村濑也看着这一幕。阿延也看着那个男人的身影。男人流畅地在自己尚未回答的所有问题上写下答案。他看过问题后，仅仅思考了片刻，便写下答案。仿佛空中已写了答案，而他只是抄下来而已。

写完之后，他随即离开。他也没确认答案是否正确。应该说，他完全不觉得自己的答案会错。阿延是这么说的。

事实上，所有的问题他都答对了。

男人第三次来的时候，当他正准备一如以往地写下答案时，一名塾生半是挑衅地问："别只是写答案，你没有要出题的意思吗？"

结果那个男人说："我，不喜欢遗题。我只希望能钻研算术。"

听说他就是这么拒绝的。

塾里的人对他的拒绝感到愤怒。"解答先生"这个绰号里另有"解盗先生"①这个意义，正是那时取的。他不只是写出答案，更抢走了众人解答的机会，众人对他都持否定的看法。不出题的人，不应该得到解答权。我们不能让私塾培育出来的算术被这个人轻而易举地偷走，这样的意见接连出现。

明明就是公开发表的问题，这些人却为问题被解开而愤慨，这的确是很奇妙的事。但这个男人的所作所为就是超越了众人能理解的范畴，也给众人带来无比的冲击。就村濑而言，若是将这样的争执置之不理，私塾的营运将会出现问题。最让他觉得可惜的，便是私塾无法善加运用这个男人的算术才能一事。就算他没有加入门下的意思，没有出题的意愿，村濑还是向他询问是否有能够代替出题的问题。

男人说如果是指稿本，他有一本。

稿本就是整理自己钻研算术过程的笔记本。体裁上是一本书，却并不是出版物，更像一大本备忘录。

"那就够了。"村濑说。数日之后，男人带着自己稿本的誊本来到私塾。

村濑读完一遍，感到愕然。他立刻要私塾里的人抄一份誊本，并附上一封信寄给老师礒村。公务应该相当繁忙的礒村也立刻回信。

"解答御免"——老师是这么说的。由于稿本的内容过于精彩，老师下令让那个男人自由去解私塾的问题。

从此之后，男人在私塾里"想解多少题就解多少题"。他不时轻飘飘地前来，像咏歌般流畅地写下答案，随即离开。

对他赞叹不已的人称他是"解答先生"，咬牙切齿不甘至极的人则称他为"解盗先生"。虽然两派人马以这个绰号称呼他时分别有不同的意义，但他们都将这个男人视为特别的存在，始终远远地眺望着他。

"所以呢……这里的阿延很亲切地告诉'解答先生'有一种绘马上面

---

① "解答"和"解盗"在日文里同音。

写着题目。"

"有、有什么关系。关先生总是在追求他想解开的问题啊。"

看着表情忽然变得不安的阿延,村濑笑着说道:"你想用我们的绘马来钓男人对吧。"

"村濑先生!"

"可是只有饵会被立刻吃掉,只剩下针而已。"

"请您不要这样说话!"

"呃……请问关先生的身份?"春海有些顾虑地插话。

阿延一脸"我怎么可能会告诉你"的表情,但村濑却干脆地告诉春海:

"他说他是关家的养子,好像在甲府工作。我不知道他实际的官职是什么,他毕竟还很年轻啊。"

甲斐国,也就是甲府德川家。春海不禁想象,关负责的或许是需要高度算术技巧的艰难事业。

"他是跟哪位老师学了如此高深的算术技巧呢?"

"嗯……他好像没有老师,是自学的。"

"什么……自学?"

"他说他读《尘劫记》时还不知道八算是什么。"

春海的双眼瞪得如铜铃般大。所谓的八算,是一种和九九乘法类似的基础除法。春海一头雾水。这意思几乎等于没有学过文字就会看书。

"而且,他还不是只读一读。他说觉得很有趣,就读了好几次。然后呢,他就喜欢上了算术。"

"怎么会……"

超乎春海想象的事实让他哑口无言。村濑露出表示同感的笑容。

"我就说了,是怪物,对吧?而且他还很年轻。未来想必惊人啊。"

"请……请让我看看他的稿本。请让我看看,拜托您了。"

春海挤出声音拜托村濑。他想低下头,却发现可能会撞上餐台,急忙往后退,再次低头要拜托村濑。就在他这么做的时候,村濑站起身。

"哎呀呀,我也有我的稿本呢。"

"那个……"

"饭也吃完了,我也该工作了。你就拿回去吧。抄完了要还给我啊。"

春海双眼发亮,一旁的阿延却愤慨激昂。

"您要把关先生的稿本借给这个人吗?!"

"我不也借给了你吗?而且你还想把你抄的那一份还给我呢。"

"这……这两件事没有关系!"

"我知道,我知道。唔,我收到哪儿去了……"

村濑一边挥手,一边走进房间深处。留在原地的春海被阿延炙人的愤怒双眼盯住。再也无法忍受沉默的他看向村濑刚刚写在餐台上的名字痕迹。

"对了,请问阿延的延是哪个字?"他问了不必要的事。

女性的名字很少会有汉字。春海暴露出自己平常大多只和男性对话的一面。

"您觉得是哪个字呢?"

阿延果然反问。春海当然不敢说是炎热的炎。

"嗯,这个嘛……是圆理①的圆吗?"

"我父亲说是延伸的延。他说这也有延伸血脉的意思。"阿延很有礼貌地回答,"可是我觉得食盐的盐②比较好。因为盐可以换钱。"

从她的话听来,她对武家的经济状况抱持着相当悲观的态度。

"盐……是吗?"

话题在一瞬间便告终。看着春海只是重复自己说过的话,阿延反问他:"您为什么对关先生这么有兴趣呢?"

你说的事情也太不可思议了吧?这是春海的心情。

"你不是也有兴趣吗?"

春海的意思是说,听了这么多超乎常人想象的事,任谁都会这么想。

"我并没有……"

不知道为什么,阿延将脸转开。而且她的脸还很红。春海越来越觉

---

① 日本特有的数学算法,用无限级数求圆周长、面积及球的体积等。

② 延、圆、炎、盐四字的日文发音相同。

得不可思议。此时，村濑回来了。

"就是这个。看的时候小心别被吓得腿软啊。"他把一叠装订好的纸放到春海身旁。

"这就是那位武士的稿本……"春海的声音不自觉地颤抖。他轻轻地拿起那叠纸。

"那么年轻就能写出这种东西，实在太了不起了。"村濑感触很深地说。

春海心里忽然冒出一个问号。应该说这个问号来自他自己的想象。

"……他那么年轻吗？"

春海感到意外。他一直以为关是个壮年武士。

"大概跟你差不多大吧。"村濑说。

春海一时没听懂村濑说了什么。

"'解答先生'说他今年二十二。"

在那一瞬间，春海感到手上的稿本变得无比沉重。

"二十二……"

不只是差不多。他们两人的年纪完全相同。这个事实才真正超乎春海的想象。怎么可能？他无法置信。他与其说是惊讶，不如说是一阵混乱。

此时，春海完全忘了为了来到这里而花费的工夫。不知道为什么，把稿本带回去，忽然变得很可怕。

四

不过，春海最后还是小心翼翼地把稿本带回家了。

傍晚的公务结束后，他将稿本放在自己房间的桌子上，在微暗的灯光下直直盯着它。

"规巨要明算法"，这是稿本的标题，"关孝和"这个名字是关本人以毛笔写下的。

稿本非常厚。春海知道关是将数个不同主题的稿本合并成了一本。

打开第一页让春海感到恐惧，但他又一心只想赶快读，强烈的矛盾情感让他一动也不能动。

今年二十二。

他知道心中的矛盾来自这句话。对春海而言，这是他从未体验过的情感。对自己的本业围棋也从未有过这种情感。就连当他目睹年纪比自己还小的道策崭露头角，他也未曾有过这样的情感。也许所有的情感都曾经有过可以逃脱的地方，所有的情感都能在一片朦胧的空白中烟消云散。

然而，在这一刻，他却无法这么做。为什么？他没有仔细去想。也许他不需要想，就已经知道答案。

对春海而言，围棋不是自己的生命。不论他看过多少过去的棋谱或著名的棋局，他的心情都离不甘有一段很长的距离。面对现在棋士们的对局，他也无法为之疯狂。

只有算术。能够带给他如是感情的，只有它而已。所谓的不会厌烦，指的就是这样的情感。所以他感到恐惧。他拥有的不只是喜悦或感动，与其相对的情感也一定会将他淹没。他甚至会感到悲痛或愤怒。他将为自己的不足或不周之处而悲叹诅咒，会极度痛恨无法达到目标境界的自己。名人们克服了这样的情感后获胜，才是胜利。

他能够做到这种事吗？没有什么事比这么想还恐怖。委身于"无趣的对决"能让他过得更加安逸。应该说，他只剩下那个地方可以逃。他甚至觉得不该读稿本，应该把稿本还给村濑。如此一来，他就可以一生都与这样的心情无缘，继续一路走下去。

然而，他若是这么做了，想必到死都不会明白何谓真正的喜悦。这颗心将会在他的一生结束前便死去。他也曾这样想过。

啪！锐利的声音响起。他无意识地对着稿本拍手。

这样的行为丝毫不是必然，甚至可以说是奇妙，但这是自幼便渗入春海骨血的一种信仰，也是一种规矩。就像佛教徒心里觉得不对劲时会念南无阿弥陀佛一样，就像切支丹会下意识地用手画出十字一样。在转眼之间，春海这么做了。

神道这个宗教早已失去和这个规矩有关的古老传说。为了什么目的而拍手，为了什么目的进行拜礼，信徒能凭借这样的行为得到什么，神道没有这种教义。不过，最近有优异的神道家从神道独特的宇宙观中重新解释教义，让它迅速建立起体系。

左手是火足，代表了阳及灵魂。

右手是水极，代表了阴及身躯。

所谓的拍手意指阴阳的调和、太阳与月亮的交错以及灵魂和肉体的一体化。当火与水相交时，则成火水①。拍手时需让代表身躯的右手向下，拍打代表灵魂的左手。将自己的根本原理立定在灵魂之上，而身躯从之。此时火水将会通达神明，进入神性开显的状态，神意随之降临。

拍打双手的锐利声音是开天辟地的音灵，是宇宙自虚无中诞生的声音。这是象征天照大御神再次降临的天岩户②开启之音。

拍手祈祷时，天地将为之开启。接着，岩户开启，光明满溢而出。

所谓的光明，是在因为各种事物而矛盾的心整合为一时散发出的光芒。这道光芒不分身份贵贱，不分男女老幼。光明将驱离恐惧和迷惘，告诉自己真正在寻求的事物为何，让精神状态化作一片洁白。春海拍手拍了两次、三次。伊势神宫的规矩是八开手，也就是拍八次手；出云大社则是四拍手。不过，这个时候，春海只拍三次便足够。

自己正处于神事之中的昂扬情绪涌上心头。他将这样的心情化作勇气，打开稿本。

他读了。和拍手的光明相异的光辉随即出现。那是一连串的知性闪光，有如在草原上看见的成群闪电。他受到强烈惊异的冲击，但他并不觉得害怕。由于灯光偏暗，有些地方他无法立刻看出是什么字，恐怖的感觉得以被麻痹。

这不是一夜就能读懂的东西。虽然如此，春海也知道这里面暗藏着无上的精彩。世人大多认为，只有拥有特殊才能的人才可以用超乎常人

---

①日文中的"火水"音同"神"。
②日本神话中，身为太阳神的天照大御神曾躲进天岩户，让世界变得一片黑暗。

的方法解开难解的算术，大多数人无法理解这一点。正因为他们无法理解，才会称其是"无用中的无用"。然而，这份稿本却告诉他事情并非如此。因为理得以启蒙，所以理才是理。

而启蒙的关键正是术式。当术式真正齐全，并得到精心证明时，才能有更多人理解术理。一句仿佛是在表明这种强势态度的话就写在稿本的一个角落上。

"解说理一事被视作高尚，但疏忽了解术一事者即为算学的异端。"

关称算术为"学"。春海觉得这才是这位非凡武士的本质。

举例来说，朱子学将学分为小学和大学两大类。大学是理念，小学是基础教育。这份稿本试着成为联结大学与小学的坚固阶梯。它告诉世人，不论是谁都能从小学走到大学，并非只有特殊的存在才能走上这条路。

"……就算是我，也可以吗？"春海对着稿本低声说道。

这句话不只是问句，同时也是答案，这是春海怯怯地表明自己心意的一句话。

"……我也可以吗？"

一股脑涌出的思绪反而让他说不出话来。取而代之的，是垂落到膝头的滴滴眼泪。

"你想要一场不会无趣的对决吗？"

老中酒井的话突如其来地再次响起，春海不自觉地紧紧握拳。他从未像现在这样如此渴望这场对决。他终于发现自己原来渴望它到这种程度。而"算学"两个字让他发现，它现在就在自己眼前。

在逐渐被洗涤的心中，春海在这一刻立下坚定的决心：读完稿本后，就来出题吧。然后他要拜托村濑，请村濑允许他将问题贴在那家矶村塾的一个角落。

一切只为奉献给一位武士，只为挑战一位武士。

他要使出浑身解数，创立独自的术式，给那个关孝和出题。

然而，这件事其实并不简单。

春海从村濑那里借到稿本的几天之后，他来到城里，来为公务下棋。

对手是老中酒井，他的态度和棋局一如往常的平淡，让人不明就里。他似乎忘了上次在布局成形前就对春海进行攻击一事，只是照着定石把棋子放到盘上。

春海早已放弃打探这位老中的意图。酒井完全不会在定石与定石间有什么独特的点子。他的重点彻头彻尾都放在如何布出水准更高的定石。也就是说，在达到最佳状态、时机来临之前，他什么也不会做，也不会摊开任何一张牌。

一局棋以异样的速度完成，两人收起棋子。

"你好像有很多艺嘛。"当他们再次从初手开始下时，酒井突如其来地说道。

"呃……"

这里的艺指的是能用于城中公务的特殊技能。幕府会将每个到城里工作的人的艺列表，作为履历表管理。所谓的"艺者"便是应上司要求发挥其技能的人。春海拥有以下技能：一、围棋；二、神道；三、朱子学；四、算术；五、测地；六、历术。

春海的表上是这么写的。照理来说，安井家第二代只需要围棋这个技能。会将这么多技艺一字排开，是次男、三男才会有的态度。次男和三男想要工作、名声和地位，不然就会吃一辈子冷饭，或是当一辈子浪人。在这种紧张感的威胁之下，一心希望得到提拔的他们才会列出这么多技艺。

然而，就春海而言，绝大多数技艺都是缘自他对围棋的"厌烦"而发出的哀号。这样的心情表现在技艺的数量上。但他现在却觉得在围棋之外，只要有算术一样技艺即可。村濑借给他的关孝和的稿本让他有了这样的想法。

"神道是跟谁学的？"酒井从这点开始问起。

"主要是山崎暗斋大人。"

"是个时代的宠儿啊。"

"唔……"春海回得暧昧。

山崎暗斋过去曾是僧人，他是研习朱子学的儒者，同时也是神道家，经历与众不同。他首先进入比叡山为僧，众人对他性格的评价是"激烈"。只要一有疑问，便会将一个疑问扩增为十个百个，不断地发问。只要一觉得找到什么，他便会以猛烈的气势改变自己前进的方向。在他以僧侣身份修行时，为朱子学感动的他选择还俗便是一次方向的改变。

时代的宠儿听起来很好听，但他其实是个到处引起风波，放火后就离开的人。当倾心于神道的他在京都努力学习秘传时，春海在父亲的推荐之下向他求教。

暗斋是个性格刚毅的人。春海的父亲去世时，他告诉春海："你的父亲成了神。只要你想见他，你随时都可以见到他。"另外，他还擅自做了一个形状异常的墓标，要春海去参拜。

当然，父亲被葬在另一个墓里。这似乎是暗斋试着抚平年幼春海伤痛的方法。春海也不觉得这会造成他的不快，他认为暗斋是一个人很好的爷爷。

"虽然他的情绪起伏激烈，但他是个勤勉而且有条有理的人。"

在疑问被解开前，暗斋总是会埋头不断钻研。甚至有人说暗斋的一生有三人份。佛教、朱子学和神道的三人份。

"不然会津公也不会看中他吧。"酒井自言自语般说。

"您是说……会津肥后守大人吗？"

"好像要把他聘去。"

这件事连春海也不知道。他着实吃了一惊。不过从会津藩邸就可以看出，保科正之是个虔诚的神道信徒。同时，他也将朱子学视为伟大的学问，努力推广。而暗斋正是最适合被保科正之聘去做学者的人选。

"我并不知道这件事。"

然而，酒井却像已经忘了这个话题，接着问："你也擅长测地吗？"

测地指的是测量土地。特别是田地的面积计算，这是年贡的根据，彻底执行测地也是土地领主的责任之一。

"是的。"

安井家也领有幕府赐予的乡郡领地。"测地是最需要高度算术的艺之一"——春海原本想这么回答。

"也擅长历术吗？"酒井又转移到下一个话题。

"是的。"

"听说你在藩邸的庭院里建了个日晷。"

虽然已在城里工作多年，但春海还是对酒井连这种事都知道感到惊讶，也感到不可置信。自己究竟有什么事能引起这位老中的兴趣？就算他再怎么想，也完全想不通。

"可以用算盘算出蚀何时会出现吗？"

"那个……"

准确推算出日蚀或月蚀是每个算术家都会挑战的问题。然而，推算日月蚀所需的算术比测地还要高级，能够准确推算成功的人少之又少。

"大致上，推算天象要比测量土地更困难。"

"能不能测量出比我们现在所知的还要更加准确的结果呢？"

"呃……如果可以研究古今东西的历术，加上现今算术的推算，就可以得到更加准确的测量结果。"

但这是一大事业，不是一两年就能完成的。酒井似乎也明白这一点，也许他是明知如此才这么问的。

"话说……太阳和月亮为什么会有圆缺？"

酒井问得一副像是从心里感到不可思议的样子，看起来不太像在演戏。酒井原本就不是个会演戏的人。演戏是情感的吐露，态度漠然无心的酒井没有所谓的情感。

"因为太阳的运行和月亮的运行在天空中的某一点重叠了。"

春海回答。许多历术家和算术家都努力想解开这个现象的真相。同一时期的欧洲，哥白尼已逝世一百多年，伽利略提倡地动说，虽然学说被教会禁止，但民众也认识到这个学说的正确性。除此之外，牛顿等学者正在解开万有引力定律，启蒙全新的宇宙观。地动说在中国（清国）已确立其地位，对日本某些特别擅长天文观测的学者而言，这也早是常识。地球是浮在宇宙中的一个球体，它和其他星球一起绕着比它巨大许多的太阳进行公转运动。同样，月球等卫星也绕着地球公转，引发许多天文现象。

在很久之后,春海是这样记述日蚀的:

"所谓日蚀,月掩日光。日与月于朔日遭遇,若南北纬相同,东西经相同,当月至黄道,即在日前遮掩日光,人无法见日轮。即谓日蚀。"

不过这个时候,他也对酒井做出类似的说明。

酒井越来越觉得这现象不可思议。除了最近的一般常识,酒井的天文知识大概都是从学了历术的佛僧那边听来的。

"巨大灼热的太阳为什么不会让月亮烧起来?太阳和月亮中间隔了那么远吗?"

就生活在地面上的人而言,他们很难想象出天体的规模。比起历术家,算术家才是不断试着推算地球、太阳和月亮距离的学者。这个问题还没有明确的答案,数值会因人和书不同。

"是……太阳和地球的距离约是三十万里①,月球和地球的距离则是七万里。两者的差约是二十三万里,因此炎热的太阳无法影响月亮。"

春海整合自己从数本书里看来的知识,并加上自己平常的想象,然后把大致的数值告诉酒井。

酒井的双眼微微地张开。这个人也会吃惊吗?春海感到惊讶。

"好远……如果人想碰触太阳,岂不是要花上一辈子。不过那也要人能飞上天……"似乎在脑里计算了一下,酒井随即摇了摇头,"不……就算用上一辈子也不够吧。"低声说完后,他看着空中,陷入沉默。

"是……"

春海应了一声,也陷入沉默。对局就这样放着不管。不过春海十分冷静。他已不再在意酒井是为了什么目的才问他这些问题。只不过,"要花上一辈子"这句话听起来让他心情异常愉快,出给关孝和的问题也有了个模糊的雏形。春海忽然觉得以天文历术作为出题的基础或许不错。

"你知道北极出地吧?"

酒井忽然问道。与其说是问题,这几乎是种断定。他的态度明显和

---

① 日本1里约等于4公里。

之前截然不同，那慢慢前进的某项事物似乎终于要到达某处。

"我知道那是测地术之一。用南北的经线和东西的纬线确定地理位置时，各地的纬度等于从该地看到的北极星高度。因此，纬度及纬度的测量被称作北极出地。这是计算距离、确定方位之术。"

我知道——春海并没有只讲这三个字，而是刻意仔细解说。

"你喜欢星星吗？"

"和太阳、月亮一样喜欢。"

"去看北极星吧。"

出其不意。这是一个命令。酒井要春海测量纬度，交出可作为地图根据的数据。

春海自棋盘边退下，谨慎地伏在榻榻米上问道："是……请问您说的是哪里的北极星呢？"

"山阴、山阳、北、南、东、西，我会让你自由进出各地。"

酒井若无其事地说，伏在榻榻米上的春海却是一阵愕然。搞不好是整个日本。这明显不是一个人的工作。恐怕酒井已经决定人选，而春海便是其中一人。

这将会是多么漫长的旅程。

不，在这之前，旅程又将从何时开始？

"御城棋结束后就去。从南方和西方开始。等雪融了，就去北方。"

春海差点就呻吟出声。他拼命忍住，按在榻榻米上的手微微颤抖。

"那、那么，您的意思是要我在半个多月之后就出发吗……"

"有什么问题吗？"

"不……"

在那一瞬间，强烈的决心涌上心头。颤抖的双手立刻停下，自己在稿本前拍手的声音在脑中高亢地回响。

"在下必定竭尽全力，完成您交付的工作。"

春海嘴上这么说，心却已经完全不在酒井的命令上。

还有十天。不，他想要亲眼看到答案后再启程。那就是七天。他要在这几天内就完成构筑，完成给那个关孝和的问题。他要竭尽自己所有的力量，挑战关孝和。

他并没有和谁立下约定，也不是为了得到谁的称赞。只不过，这绝对不会无趣。

"涩川春海"找到了，这场只属于自己，而且要投注全心全意的对决从这一瞬间开始。

五

春海离开城里，回到会津藩邸后，随即开始准备。

他不是在准备出题，而是必须先挤出出题的时间。身为棋士的公务，以及酒井交给他的任务。他忽然多了一份工作，而且这两份工作的期限迫在眉睫。因此，他选择了一个最简单的方法来解决其中一个问题。

进入自己房间后，他连衣服也没换，便急忙写了一封信给正在会津的兄长算知。信中写了老中赐予他公务一事，所以希望兄长允许他将安井家的棋谱用于上览棋。他提到这份棋谱是亡父算哲留下的初手"右边星下"的棋谱，也说了对手是本因坊家，更为自己几乎是先斩后奏一事道歉。

如果是算哲留下的棋谱，本因坊家也不会有对春海有微词。这也代表了他对道策的歉意。就算他因为酒井给他的公务而无法参加答应道策的棋会，但右边星下的棋谱能抵消自己的失约。更重要的是，开上览棋会议所需的时间便可以大幅减少。

为旅程准备一事本身并不是什么大不了的工作。对年年往返京都和江户的春海而言，他早已习惯为旅程做准备。更花时间的是要一一拜访已入选北极出地观测队的队员。春海也一样先从写信开始。他已经从酒井那里听说观测队中心人物的名字，也知道他们的住址。他写了七封信后，决定只拜访其中最重要的两人。除了那两人，他都在信里为自己因为事出突然而无法一一拜访他们道歉。

写完信之后，春海立刻拜托藩邸里的人把所有的信交给负责联络的人。接着，他拜托人替他联络安藤。身为藩邸勘定方的安藤工作繁忙，料想自己可能会等上许久的春海一直盯着等候室的墙壁，埋头想着要构筑什么样的算术。

安藤来得要比春海预计得早许多。

"发生什么事了，涩川大人？"

看到春海一脸认真地和墙壁大眼瞪小眼，安藤的表情也变得和他一样认真。

"其实……"

他把事情的来龙去脉告诉安藤，安藤的双眼瞪得斗大。

"……是老中大人直接对您下达的命令吗？"低声说完后，安藤深思般环起双手，"恐怕……有比观测星象更重要的任务吧。"

"是的。"春海也抿起双唇点了点头。

北极出地是一场大规模的公务，但春海并不觉得这件事本身有重要的意义。对幕府而言，制作日本全国地图的目的仍然只是为了军事和年贡征收。也就是说，这件事应该交由诸藩批准，不是幕府该主动做的事。

酒井恐怕是为了更大的某件事，才需要测量各地的纬度。春海是这么推测的。酒井或是幕府阁僚想凭着北极出地测量到的数值去做些什么。他们是不是想花上数年来选出适合做某件事的人才。如此一来，北极出地的公务除了是一份工作，更是一场上层用来精心挑选人才的集会。

就算春海去问是为了什么目的在精心挑选人才，上司也不可能会告诉他。尤其是那个酒井，春海实在不觉得他会稍稍透露自己的心意。只有唯唯诺诺地静静完成工作，才能往答案迈进。

"恭喜您获得这么重要的工作。希望您能顺利完成。"

安藤脸上露出强而有力的笑容，为春海打气。

"是的。"春海低头，"其实，虽然这样十分对不起安藤大人，但在我前去执行公务前，务必想完成一件事。"他带着歉意说道。

"想完成一件事……为什么会对不起我？"

面对充满疑惑的安藤，春海想把心里所想的一切都倾言而出，他将想出题给关孝和的想法告诉安藤。对春海而言,这件事远比老中的命令重大。而且比起——拜访北极出地观测队的队员,他更加重视为失约向安藤道歉一事。春海指的是要请关孝和来参加棋会,让安藤得以和他交流的约定。

听着春海讲述他对算术的想法,以及他在读完关孝和稿本时的感动,安藤重重地点点头。

"这样啊,原来是这么一回事啊。"

"是的。离出发已经没剩几天……"

话里有一半是借口的罪恶感让春海的声音消沉。他不想在现在这个时间点,把接下来要全心全力挑战的对手请来下围棋,做这件让他感到厌烦的事。

"您不可以这么想。"果不其然,安藤仿佛已察觉到春海的心思,"这是男人要全心全意挑战的事。要是随便和对方有了深交,对决时的紧张感想必也会稀释。请您不要在意我的事。"

他说话时的语调仍像是硬将会津腔矫正成江户腔,但话里却满载着他的诚意。

最重要的是,春海对安藤认同这是一场对决感到高兴。

"真的非常抱歉,安藤大人。"

春海很有礼貌地行了一个礼,答应抄写一套关孝和的稿本给安藤以表歉意,便离开房间。

在回自己房间的路上,春海来到庭院,走向日晷。太阳已经西下,不能再测量影子,但春海并不在意。立起这根柱子以来,春海第一次拍手礼拜,祈求神明的佑护。经过思考后,春海已经不再怀疑,他确信脑内不断旋转的算术中有一个暗藏着契机,可以让他出一道只有他才能出的题目。

隔天,为了参加棋会,春海来到日吉山王大权现社。

走出樱田御门,穿过大名府邸密集的地区,日吉山王就位于虎之御门和赤坂御门间的溜池旁,四周有常明院、宝藏院等十多座寺院。这是为了镇守江户城而募款修建的神社,更是将军家的产土神①。每年六月的祭典队伍极尽华丽之能事,幕府还允许它和神田明神的祭典队伍轮流进入江户城,供将军大人鉴赏。

棋会就在日吉山王的大社里举行。

"就在几天前,老中大人赐予我一个去各地观测星象的工作。"春海报告说。

理所当然,棋士中没有一个人听得懂他在说什么。道策的嘴巴张开,整个人僵在原地,真是难得一见的表情。

"您说的各地……意思是星象会因地而异吗?"

道策的师父本因坊道悦狐疑地问。身穿袈裟、僧侣打扮的他身材瘦小,看上去有如附近寺院的主人。他的衣服上有一面星图刺绣。虽然穿着星辰图案,他却没有任何星象知识,这让春海感到有些不可思议。

"不……我要去各地观测天空中不动的北极星,借以判别该地的纬度。"

就算他这么说明,道悦及林家、井上家的棋士也仍是一脸不可思议的表情。

"您说您要用天上的星星来测量土地……"

道悦感慨地低语。然而,从他的语气听来,他完全不知道具体该怎么操作。

地动说等天体运动学说虽然已渐渐成为一般的常识,不过就"这样的知识能对地上的生活做出何种贡献"这一点而言,绝大多数人都还不明白。

农民为了播种与收获的时间观星,渔夫为了判别船在海上的位置观星,猎人为了天候而观星。然而这些称不上学问,大多只在宗教领域得到体系化。这是为了让民众实际体会世间广大及无常的说法。除此之外,星象是神道家和阴阳家占卜时判断吉凶的根据,大多是不能公开的秘密。

因此,虽然有了历术家和算术家,至今尚未有天文家出现。在探讨

---

① 守护诞生之地的神明。

这个职业之前，该探究的术本身就暧昧模糊，在社会上仍然不普及。因此，在这里说明天地的测量方法也没有意义，春海迅速切入重点。

"是的。因此，我可能也无法出席明年的御城棋。"

"明年？"道悦吃了一惊。

大家都狠狠吓了一跳。没有人料想到这将会是如此漫长的旅程。虽然让人摸不着头绪，但这份工作听起来似乎十分辛苦。然而，老中究竟为什么要把这种工作交给棋士？忽然命令春海带刀一事也是如此，安井家的第二代身上总发生奇怪的事。大家没有说出口，但脸上的表情很明显。

"算、算哲大人！"

终于了解情况的道策生气地大喊。你不是答应我要出席京都的棋会了吗？棋士为什么要去观测星象？他的声音里夹带着各种愤怒。

"道策，安静。"

在道悦的责备之下，道策皱起眉头安静下来，但一双眼睛仍然狠狠地瞪着春海。

春海微微缩了缩脖子。

"我必须在御城棋后出发，没有时间可为上览棋做准备。因此，我将安井家的棋谱带来，希望您能谅解……"他将记载了棋谱的纸递给道悦。

道悦和道策看到棋谱初手，一同睁大双眼。

"您要将这份棋谱用于上览棋吗？"

道悦试探性地问。他似乎也从先师算悦那儿听说了初手"右边星下"。进行对决的其中一方可以拥有秘藏棋谱的权利。看到春海泰然自若地将安井家秘藏的棋谱在众人面前公开，与其说是佩服，他似乎已经吓得不知所措。

然而，春海却坚决地点了点头。

"是的。我无法执行如此重要的公务，所以我选了一份我认为是最好的棋谱给您。"

春海的双眼看着道悦，但大半的话都是对道悦身旁的道策说的。道策似乎也明白这一点，像是忽然失去了力气，低下了头。

"我明白了。那我就小心收下吧。"道悦说。

春海感到心中的大石头终于放了下来。在其他棋士对春海这份明显悖离棋士职守的工作提出疑问和反对意见之前，本因坊家率先允诺。为了促使事情这么发展，春海才会拿出秘藏的棋谱。如此一来，关于北极出地一事，他对棋士们的报告也差不多结束了。

在他和道悦简单地讨论了迫在眉睫的御城棋后，道悦忽然说：

"话说回来，年轻棋士里有人想在御城棋中和其他棋士一决胜负。"

有那么一瞬间，春海以为自己告诉酒井的那句"我觉得无趣"被道悦知道，心里凉了一下。

"不过，我认为只有上览棋才是御城棋的精髓所在。我们这些棋士之间，也不时会讨论关于在将军大人面前进行对决一事的是非。将军大人的棋艺更加精进，只要将军大人没有说他想直接看棋士对决，那我们没有特别的理由，就不应该擅自提出想在将军大人面前对决的要求。"

道悦不停地说，身旁的道策悔恨地摇动他低垂的头。

是道策啊。

看着道策这个模样，春海知道应该是道策去拜托老师让他们一决胜负。不知道为什么，他忽然觉得道策很可怜。

"就这一点而言，安井家居然为上览棋献出自家秘藏的棋谱，看来安井家将御城棋为何这一点理解得相当透彻。"

道悦刻意夸赞春海。春海可以从道悦的话中听出来，与其说他是在夸赞春海，更像是在严厉地训诫道策不该指名道姓地要在御城棋中挑战春海。

就是因为彻底理解御城棋为何，对御城棋感到的厌烦才会渗入骨血。对这样的春海而言，道悦的这番话痛切地激起他的不安。他很明白道策的心情，所以无可奈何的感觉更是在胸口不断累积。

"上览棋才是棋士们繁荣的基盘。"简单来说，棋士应该继续维持现状。道悦说完这种训诫般的话后，棋士们便为了各自的公务离席。道悦前往参加日吉山王宫司等一行人的棋会，春海则和道策一同到另一个房间为上览棋做赛前讨论。

要下上览棋的人并不是道策，他只是要代替他的老师道悦确认每一手的顺序。这是相当重要的工作，可以看出道悦有多么信赖道策。然而道策本人至今仍然没有下上览棋的资格，毫无可以发挥的地方。

道策一句话也没说。换了房间之后，他和春海静静地用神社的人帮忙准备的火钵暖手。

"我不知道那是安井家秘藏的棋谱，很抱歉给算哲大人添麻烦了。"

道策以愠怒的低沉声音说道。看见平常总是才气逼人的道策变成现在这个模样，春海觉得更加难过。

"没关系。如果对手是你，我想大哥他一定会允许我这么做。"春海连句安慰的话都说不好，"你是为围棋而生的孩子。"他只能温柔地这么说。

道策没有回答，只是哀伤地眯起双眼，盯着火钵里的炭火看。"……北极星，是那么重要的星星吗？"他忽然用僵硬的声音问道。

"嗯。"春海朝房间里的棋盘伸出手，指着棋盘九个星位中位于正中央的天元，"说起来，北极星其实就是天元。它是天空中唯一一颗不会移动的星星，当人们在解读星象时，它是最重要的线索。它的别名是北辰大帝。这颗星星是天帝的化身，所谓的'天皇陛下'原本的意思是为这颗星星工作、承接天意，并转告地上人民。"

"不动的，天元之星……"道策出神地重复道。

春海知道是心中的不安让自己变得多话，但他还是继续说下去：

"在算板的术理中，求未知数时最重要的术就叫天元术。据说它是元朝的算术，最近这几年才开始有人知道。也许这个术和围棋的天元有什么关系也说不定。探索并解开天之'元'，你不觉得这两个字别有深意吗……"

"术理是术理。它跟围棋的下法应该无缘。"道策生气地打断春海的话，"也就是说，是这颗星星让算哲大人离围棋越来越远吗？"

"嗯，呃……"

道策说得一针见血，让春海完全无法反驳。

道策异常认真地开口："我恨这颗星星。"

双眼直直盯着天元的道策连这种话都说出来了。他的眼神有如刀尖一般，让人感到害怕。这句话听起来也像是在怨恨春海逃避围棋公务，让春海不知该如何是好。纵使眼前这个十七岁的少年才气过人，被禁止自由展翅飞翔的他却只能不断痛苦地挣扎。春海为他感到悲哀，却束手无策。

"道策，你讨厌上览棋吗？"春海希望自己至少能舒缓道策心中痛苦。

"我最讨厌上览棋了。"果不其然，双肩颤抖的道策用仿佛要哭出来的声音丢出这句话，"只要一想到就算我现在这么努力钻研，将来也只能下那种棋，我就觉得自己好没用。"

这句话若是被他师父道悦听到，道悦的怒火可能会将他烧得体无完肤。然而，春海自己也是如此。正当他想出声赞同道策时，道策的双眼忽然笔直地看向春海。

"算哲大人，您讨厌围棋吗？"

"我喜欢啊。"

春海不自觉地露出微笑，连他都觉得自己的态度太过平静。他本来就没讨厌过围棋本身。算术和围棋相通这个想法并不是虚伪的。围棋的世界很宽广，只是江户城里远比围棋的世界狭小。

"那为什么……"

又会迷恋上星星这种东西呢？道策大概是想这么说吧。然而话才说到一半，他却再次低下头。这道命令不是其他人给的，而是四老中的其中一位直接下达给春海的，道策无法随便否定。春海感觉这反而让道策更加痛苦了。

"我想和您一决胜负。"

硬挤出来的声音随着吸鼻子的声音一同在房里响起。

"可以啊。"春海立刻说，"在道悦大人和我的大哥算知之后，就是我跟你。不论是要六局决胜负，还是要六十局决胜负，我们就让将军大人看个够吧。"

"六十……"异常巨大的数字让道策抬起头，有些失笑。

"有什么好笑的？"春海故意一本正经地说。

道策笑得越来越大声。刚才还在哭的乌鸦已经笑出来了①，这句话掠过春海的脑海角落。不过他总算能放下心了。就连这么单纯的话，都能让道策的感情迅速爆发出来。感受到道策平时受的苦，春海越来越觉得他是个可怜的孩子。

"就连六局决胜负都花了八年，要花上多少年才能下完六十局……"道策捧腹大笑，"我们两个人可都不能忘了现在下到第几局呢。"

"将军大人也不会——记得吧。"

听到这句话，道策又大声笑了出来。在和将军家有渊缘的大社里，大笑是绝对不被允许的行为，虽然不知道谁会忽然过来叱责他们，但春海不自觉地跟着道策一起笑了。

两人笑了一会儿，心情终于平静下来。

"那么，我们就为了那一天好好钻研吧。"

春海重新拿起棋谱和棋子。咯咯发笑的道策也跟着做出一样的动作。

"针对安井家的棋谱，请恕我直言……"

找回活力的道策一边积极地下棋，一边主张是否该加入棋谱上没有的棋路，让将军大人比较容易理解。春海一边确认应对的每一手，一边采用了道策的许多意见，完成了上览棋的棋谱。

棋谱本身怎样都无妨，能完成一件工作才是重点。春海的脑中随即自顾自地浮现出很多算式。

"希望您能尽早结束观测星象的工作，我会等您回来。"

对此丝毫不知情的道策带着期待梦幻"六十局决胜负"能实现的笑容说道。

"嗯。"

春海虽然点着头，却不敢将自己的心思完全不在星象和围棋上说出口。

不过，当两人收完棋子，春海看着棋盘上的天元，还是暗自决定要出一个和历术或星辰有关的题目。

---

①指孩童情绪变化快，哭完了很快就可以笑出来。

围棋和出发，春海一边为两项公务做准备，一边拼命调整行程挤出时间。他硬是压抑着自己想早日开始出题的心，四处拜访许多人，把很多事情安排好。两天、三天，日子就这么过去了。他还得帮安藤抄一份从村濑那里借来的稿本。这是他第一次如此忙碌，不过就连细微的杂务都能让他感到愉悦的紧张感。他甚至觉得自己的人生正散发着光芒。

这正是他追求的"春天的海边"。他每天都能切身体会到这样的感觉。

在心里立下出题决心后的第七天的晚上，春海按照自己所定的期限完成了题目。他相信这是他竭尽全力的一题。

然而，事实并非如此。

六

"好古怪的问题。"

村濑双眼眨也不眨地说。应该说他是在低吟。他和春海隔着私塾大厅的长桌面对面跪坐着。由于是早上，私塾里还没有学生。长桌上放着写了春海所出题目的纸片，一旁则稳稳放着他拿来还给村濑的关孝和稿本。

除此之外，桌上还放着阿延泡的茶和春海带来的柿饼。

柿饼是春海早上跟安藤说要来礒村塾时，安藤特地要他带来当礼物的会津藩邸名产。制作柿饼的人主要是中间，但每个藩士都有他们独特的柿饼理论，个个都可以拿出来长篇大论。

村濑和春海没碰柿饼，只有阿延露出异常奇妙的表情。

"这个好好吃哦。"她立刻吃了两个。

如果是藩士，这时候必定很用力地噗的一声，把柿子核吐到手掌上，但阿延却是轻轻地以手覆住嘴，将核拿出来后，很有规矩地把它放到盘子上。春海看着这个动作看得出神。

"要留我的份啊，阿延。"

村濑嘴上说着，双眼却仍然直直地盯着问题。

"那您就先吃啊。"

阿延一脸不屑地拿起第三个柿饼,跟着看向春海出的问题。

> 今有图如,大小方及日月圆蚀交,大小方界相除为七分三十寸,问日月蚀之分。

即"现有题如图,大小正方形与日月圆相互蚀交。大正方形的对角线除以小正方形的对角线为七分之三十寸。问日月蚀交之幅长"。

从正方形的边比求对角线,然后从线段求日月的直径。接着,从被称作"圆弦之术",也就是求圆内线或弧长度的手法中,用"径矢弦之法"的方法,求出日月相交部分的"分"。这里的"分"是表现日蚀或月蚀程度的字,意指连接日月中心点时,位于日月相交部分的线段长度。

春海用他所知的所有算术知识,出了一道复杂至极的"古怪问题"。因此,春海可以断言自己已是倾囊而出。而且最重要的是,"七分三十寸"这个数字背后有他在金王八幡体会到的强烈感动。除此之外,他还用了"蚀"这个主题,这是天文中最受瞩目的现象。

"好吧。"不久后,村濑抬起头,"我允许你把它贴在我们私塾里。不过,其他人也可以挑战解答。可以吗,涩川先生?"

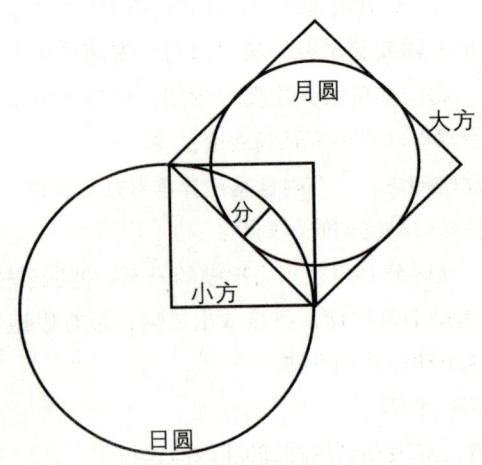

村濑自己也非常想挑战解答。

"可以的。不好意思,麻烦您了。"

春海带着认真的眼神回完话,深深低头行礼。

若要他说真心话,这一题其实是只出给关孝和的。不过既然他借私塾一角来出题,这也是无可奈何。毕竟他很有自信,这不是轻而易举就能解开的问题。如果村濑或其他人在关孝和之前就解开这个题目,他也无法再多说什么。不如说,他其实根本没想到这种事。他根本无暇预想到任何意外状况。如果是这样,他大可以去拜访关孝和的住处,直接出题。但他并没有这样的想法。他们双方互无面识这一点是有意义的。如果对决之后,他们要成为多好的朋友都无妨。不,如果对方愿意,他很想现在就跟对方成为好朋友。然而,他现在还不该这么做。

"我可以写上名字吗?"春海很有礼貌地问。

"当然。"

春海接下村濑递给他的文具,先在问题前面写下乌黑的"关孝和大人"。

"你说的是这个名字啊。"

村濑苦笑。阿延也瞪大了双眼。两个人似乎都以为春海要写自己的名字。

"您要指名吗?"

阿延露出担心的表情。村濑则耸了耸肩。

"唔,我想关先生不会有意见吧。他是个只要看到题目就好的人。那……你自己的名字呢?"

"那,恭敬不如从命。"

春海说着,在问题的最后面稳稳写上"涩川春海"这个名字。

"那么,我就把它贴在玄关吧。我会加上一句关先生以外的人也可以回答。你只出这一题吗?"

"我打算把相同的问题奉纳到金王八幡。"

说完,春海拿出已经写好问题的绘马。这是他从棋会回来的路上,在日吉山王买的绘马。不管在哪里买的绘马,只要是江户的神社,而且奉纳时交上奉纳金,神社大多不会有意见。

"您连绘马都准备了吗?"

与其说阿延是感到佩服,她说话的感觉听起来更像是不可置信,仿佛在骂春海一样。

"你还真是认真啊,涩川先生。"觉得有趣的村濑微笑,"你就跟阿延一起去金王吧。"

同时吓了一跳的春海和阿延面面相觑。

"和阿延小姐?"

"为什么是我?"

"她跟你一起去,奉纳料就会便宜一点。对了,涩川先生,你还是单身,对吧?"

村濑说得平静,春海则是一脸茫然地看着他。

"是的……嗯。"

"村濑先生?"阿延也是一脸狐疑地皱起眉头。

但村濑却自顾自地继续说:

"阿延,你也受了金王宫司的不少照顾,包个礼物去吧。"

村濑站起身,朝荒木家的本邸走去。

"为什么是我?"阿延重复着同一个问题,瞪着春海。

"又不是我拜托的……"不知道为什么,春海觉得是自己对不起阿延,他试着辩驳。

"您明明就不是学生,村濑先生根本不用对您这么好。"

阿延不讲情面地说。她说得完全没错,春海也无法回话。

"到底这究竟是为什么?"

"……为什么?"

"您为什么要做到这个地步?"

一瞬间,春海在阿延的脸上看见了道策的脸。不只是道策。每个棋士都歪过头看着春海。兄长算知、城里的茶坊主们、老中酒井,春海觉得每个人似乎都对他的行动感到疑惑。

"是算术救了我。"春海坦率地说。他找不到除此之外的答案。"所以,我想要报恩。对算术，还有让我见到精彩算术的人。"

每当他想这么做时，在金王八幡看到的绘马和"七分之三十寸"总是鲜明地在脑内重现。春海不相信这个记忆会有褪色的一天。

"出题是报恩……吗？"阿延露出"我就是无法想象"的表情，看着空中低语。

不一会儿，村濑从本邸拿来一包糕点，交给阿延。

阿延嘴上虽然咕哝抱怨，但她还是陪着春海去奉纳。两人徒步走到神社。春海原本打算要坐轿子。

"太奢侈了。"

阿延坚决反对。沉重的刀让春海一路摇摇晃晃。

"这个季节奉纳绘马吗？"

它一个月之后就会成灰啊，神社的主人露出不可思议的表情。而且，腰上配着双刀的人带着女人来神社一事本身就很奇特。奉纳绘马的时候，阿延站在春海身旁，陪他一起参拜。也因为这样，刚好在神社境内的附近居民以在看奇特事物的眼神盯着武士带女人来拜神这一幕。然而，春海却发自内心地感到高兴。

看到自己的绘马和其他算额绘马并排，春海感到前所未有的清爽开朗。他已经把能做的事情都做完，心中毫无任何阴影，心情舒畅至极。

然而，这样的心情并没有持续太久。不久后，灰暗的云一捅而入，化作雷电，将春海彻底打倒。

将问题交给私塾后，春海忽然开始期待日子能赶快过去。不，他可以说是望眼欲穿。他从村濑那里听说，关大多在月中或月底去私塾，最好等个四五天。也许只要有人传出麻布的私塾有指名关解答的问题，关就会觉得有兴趣，因而造访私塾。春海每天都焦虑不安地思考这些事，却一天比一天还要痛苦，他只好用忙碌的工作来转移注意力。

他参加棋会，和道悦慎重地进行上览棋的最后一场赛前讨论。

本因坊道悦非常喜欢甜食，讨论时身旁一定会有点心。他有一阵子只吃金平糖，有人甚至还给他起了一个"金平师傅"的绰号。看到春海带了柿饼来参加讨论,道悦非常高兴。

出发的日子决定了。

十二月朔日,即御城棋公务结束后的两天。也就是说,春海将在令人担心的积雪的十二月中旬前离开江户。拜访观测队主要成员的工作也已顺利完成。

出题后的第四天中午,春海前往位于麻布的私塾。御城棋将从第二天开始,如果那天得不到回答,在他回到江户之前,他出的问题至少会在私塾贴一年。

春海在荒木邸前下了轿子,小心地将双刀重新插好。当他真的要举步向前时,双脚却仿佛要往后退。他是为了掩饰这份恐惧才整理自己的打扮。重新把腰带绑好,他虽然还是一如往常,因为刀的重量而微微往左倾,但他还是装出气宇轩昂的模样,大步往前走。

进入荒木邸,出入私塾的门下学生和他打招呼。

"您好。"

春海也慌忙给予回应,快步朝私塾前进。自己的脚步声传进耳朵,听起来异常响亮。快速搏动的心脏仿佛就要推开他的肺,通过喉咙滚出体外。他穿过大开的玄关门,看见许多双鞋并排摆放。私塾里一片安静,看来村濑正在讲课。门下的学生快步走上玄关,往里面走去,春海却一个人叉着双腿,站在那里一动也不动。应该说他动弹不得。自己出的问题就贴在右边的墙壁上。他知道这一点。上面是否有解答,他大可以迅速转头确认,但回头这件事实在太恐怖,他无法这么做。

"喂喂喂!"

有人忽然从后面叫住春海,让他吓了一跳。他反射性地回过头,那个东西随即映入眼帘。相互交叠的两个正方形和两个圆形。他清楚地看见自己献上的"古怪问题"和空白。问题旁贴了一张纸条,写着"门下一同皆可解答"及村濑的名字。他的意思就是希望有人在关孝和之前解开这个题目。

然而,上面没有解答。

没有人在空白部分写字,完全没有任何答案。无法呼吸的痛苦随即涌上心头，让春海的表情扭曲。失去力量的他差点当场跪倒在地。看来时间果然太紧迫了。关孝和还没来。他相信是这样。御城棋的隔天，他还可以再来一次，但如果那时还没有解答，下次就是整整一年后。

他的心情已经不再哀伤，而是抱着满满的恨意盯着空白。仔细一看，他发现空白部分的角落上有"，"和"一"的墨迹。

看来这是有人想写下答案时犹豫的痕迹。一定是哪个塾生想用半吊子的心情挑战这一题。一想到这里，春海就觉得有阵愤怒涌上，但这反而让他自觉到这是在自私地生气，让他更加沮丧。

春海双肩无力垂下，转头看向稍早叫他的人。

阿延拿着扫把站在那里。这次她没把扫把反过来，而是正常地拿着。她脸上写着歉意，似乎在困惑该怎么说下去。

"那个……关先生来过了。"

春海无力地一笑。"……哦，是吗。"半垂着头的他晚了一步，才发现阿延说了什么。他的表情倏地认真起来。"来过了?！"

"是的。"

"来过了……那为什么解答……"

"他曾试着要写上去。"一脸困惑的阿延把右手从扫把上拿开，轻轻地指向春海的问题，"他在那里试着……可是，他立刻就不写了。"

春海再次看向问题上的空白。他盯着先前那半吊子的墨迹，仿佛要把它盯出一个洞来。关想在这里写些什么。关要写的是这个奇怪的记号，还是没有人知晓的什么？那个关孝和。但他写到一半就不写了。

"为、为什么？"春海哀求般问道。

"这个嘛……"阿延的表情显得越来越迷茫。

"怎、怎么可能。他居然写到一半就不写了。到底发生了什么事？"

"那个……这是村濑先生说的……"

"什、什么？他说了什么？"

"关先生是不是解不开呢？"

春海愣住了。解不开？关孝和解不开？写了那份稿本的"解答先生"？一瞥即解的武士？词句在脑内不停旋转，但春海就是说不出口。

关孝和解不开。春海从来没想过这种可能性。他完全无法判断自己是该对这件事发出"快哉"一声，还是感到愕然。遗题里不也有好几年都还没人解答的题目吗？春海试着这么想，但他就是无法接受。为什么关会写到一半？他是写到一半才发现他错了吗？一瞥就能解开难题的男人身上会发生这种事吗？

"他是故意不解的吗？因为我不是门下的学生……"

"我觉得应该不会有这种事。"

阿延说得意外干脆。然而，春海却想不到其他理由。

"关先生他……"

阿延原本想继续说下去，但春海却摇摇头，打断她的话。

"不，没关系，没关系的。一定是我没那个资格。他的意思就是这样吧。"

继续思考其他可能性只会让春海越来越痛苦，所以他立刻这么说。他差点要哭出来了。

"我想拜托你一件事。在我回到江户之前，可以请你把这一题留在这里吗？也许会有人解开这一题……"

关或许会改变心意。春海很清楚自己这样的心思都表现在他的声音上了。他知道这样拖拖拉拉显得很难看，但他无法不这么拜托阿延。

"您说等到您回来是……"

"明年……或是再下一年。"

阿延瞪大了双眼。"您要去什么遥远的地方吗？"

这么说起来，他还没把旅程的事告诉她。可话又说回来，老中赐给他的公务也不是可以轻易告诉他人的。

"没错。拜托你了，拜托！"

春海仿佛就要对阿延行跪拜之礼，不断拜托她。

"……我会把此事转告村濑先生。我无法向您保证。这样也可以吗？"

这是阿延的回答方式。像这样被拒绝的时候，心情反而比较轻松呢。春海这么想着，仿佛置身事外。

"嗯，谢谢你。那就万事拜托了。"

春海低头行礼后，便逃也似的离去。他感到虚脱，却无法阻止自己的双脚擅自越走越快。

七

春海能在茫然的状态下顺利完成公务，其中一个理由就是兄长算知寄来的信。关于春海将安井家棋谱用于上览棋一事，算知尊重第二代安井算哲的意见。此外，对于埋头在算术和历术中的春海并没有疏忽围棋公务一事，算知还夸赞春海"真是勤奋"。他也为老中交付工作给春海一事感到高兴。他所写的一切都深深感动了春海。

虽然觉得自己这么没用，但春海还是鞭策自己，将工作完成。

家纲大人也难得地对老中详细评论说这一手如何，这条棋路怎么样。老臣们似乎都对年轻将军表达自己意见一事感到高兴。自始至终，这次的公务都处于和睦的气氛中。

其后，棋士们为了激励即将为公务启程的春海，举办了一个小型宴会。春海总不能说自己对市井私塾还有所留恋，只是不断挤出笑容，感谢大家。努力微笑的春海努力过了头，导致眼角抽搐，十分疼痛。

耗尽所有体力的春海回到会津藩邸，在太阳已落下的昏暗庭院里盯着日晷的柱子，出神地想着到底是为什么。为什么关孝和没把答案写到最后？他很想直接去拜访关孝和，问问他的真心话。然而，春海总觉得若是这么做了，仿佛就会失去什么。他害怕得无法这么做。再加上他已经累过了头，脑袋无法正常运作，只有无尽的无力感让他的心一直往下沉。

"原来您在这里啊，涩川大人。"安藤来到眼前，看起来就像一直在等待结果揭晓，"那道题目有什么发展吗？"

春海心里忽然发出巨大声响，有东西崩垮了。他拼命把结果说了出来，把自己的想法说了出来，把自己一想到要这样踏上旅程就觉得丢脸的心情激动地说了出来，甚至舍不得换气。他没有流眼泪，但说话的方式已经像是在泣诉。

夜里的庭院寒冷至极，安藤保持抱着双臂站立的姿势，认真地听着事情的来龙去脉。他听着春海说话，抬起双眼，深思熟虑地望着空中，接着看向日晷，又看向春海。

"我也曾试着解开涩川大人您出的题目。"安藤像是在做开场白，缓慢沉重地如此宣告。

"是、是吗……请问您觉得如何呢？"

"我解不开。"他简直像是在断定。

"是这样吗……"春海只能无力地垂下头。

安藤接着说下去："我可以向您请教一件事吗，涩川大人？"

"好……您想问什么都好。"

"您是从术开始构筑那一题的吗？还是说，您是从答案开始的呢？"

"我是从双方开始的……"

春海告诉安藤，日月蚀交的分长其实是七和二十三的平方根相加后以四去除的数字。七加上二十三等于三十，这是他执着于"七分之三十寸"的答案。然而，他不只是单纯将七和二十三相加，而是将两个数字分别开平方后再相加，题目里有他独自的研究和主张。

安藤低低地唔了一声。从他的态度来看，他解不开的理由并不单纯是问题太难。

春海忽然感到不安化作刺针，从内侧往自己身上刺。这原本只是小小的刺针，但在他看着安藤不解地低吟时，刺针似乎化作一种毫不间断的刺波。周遭的寒气倏地朝他逼近，身体开始颤抖。不，应该说是过度的惊愕让他的心仿佛就要因为恐惧而冻结。

"难、难不成……安藤大人……我、我出的问题……"

安藤点了点头。他的动作不是要让春海慌张，而是要让春海冷静下来。

"我还不能断定，但也许……"

没办法听到最后的春海双脚失去力气，当场跪下。

"我想您现在需要的是先好好地思考一晚,明天再去拜访私塾。虽然启程之前会非常忙碌,但我认为您还是该让心里不再有所牵挂。"

安藤重复着这句话,安慰仿佛就要在暗夜里冲向麻布的春海。

春海不断颤抖,像是打着寒战,回到自己的房间。他将算盘和算板分别排好,然后摊开自己所出问题的抄本。他试着在微暗的灯光下看着那道题目,但猛烈的恶心感袭来,让他发出呻吟声。他真的快要吐出来了。

无法直视那道题目的春海再也无法忍受,便选择就寝。他能做的的确只有如此。

隔天早上,春海从床上跳了起来。明六时的钟声不知从何处传来。他急急忙忙地整理仪容,即将被宣判罪行的感觉涌上心头。若说接受现实的想法是七,那如果自己现在的思考是对的,他不分青红皂白也要把那一题从私塾玄关撕下来的想法就是三十。这样的想法划过脑海,眩晕感和恶心感袭来。

拿着灯笼走到庭院里,春海吃了一惊。天空虽然一片晴朗,但地上已是一片雪白。雪是什么时候下的?为什么非得今天下雪不可?走出藩邸时,春海必须抱着刀走在没过脚踝的雪上,这样的困难让他都快哭了出来。他从未如此怨恨这除了沉重之外毫无用处的刀。他一边急着找轿子,一边不时想把两把刀都丢进护城河。就在他觉得一不小心就会这么做的自己很恐怖时,他找到了轿子。

他就是感到异常不安。抵达麻布,他没叫轿夫等着就朝荒木邸跑去。他没有叫轿夫等他,是因为他不知道回来时会露出什么表情。

四周一片明亮,荒木邸的门已经打开。春海拖着刀穿过门,朝私塾而去。私塾的门关着,但他一推就开了。早晨的日光照亮玄关的墙壁,自己所出的题目就贴在墙上一角,立刻映入眼帘。

春海脚步摇晃地走过去。意义不明的记号孤零零地留在题目的空白处。不,这些记号的意义终于真相大白,让春海的意志消沉到最低点。

是无。",,"和"一"是写"无"字写到一半停下的痕迹。"无术"——关孝和打算这么写。术不存在。换句话说,这一题"无法解答"。

仔细一看，春海才发现题目上的"七分三十寸"旁边画了一条淡淡的线。再仔细看，"大小方界"旁也有画线。春海瞪大了双眼，用力得几乎就要把眼珠从眼窝里推出来。

首先，这一题的病根正是自己坚持的数字。他太过执着于数字，导致他做出一个不存在于现实的图形。图形原本就只存在于理念中，完全没有误差的图形并不存在于世上。若要将误差完全屏除，就必须将线的宽度剥夺至最低限，将点的面积剥夺至最低限。这种事是不可能的。

然而，只有在想象线是没有宽度的东西、点是没有面积的东西时，才能构筑起复杂的算术。也就是说，算术是映照这个世界的镜像。透过不存在于现实的镜像，才能看见术理这个不可视的东西。

只不过，这个图形也完全悖离这种想法。

第一，列式计算时，会得到正数和负数的复数解答。算术中偶尔会出现数个解答，这样的事实近来已广为人知。然而，这些题目被称为"病题"，"一问一答"终究才是算术的王道。

第二，这一题的术本身就是个矛盾。在春海准备的答案中，大小正方形的边长比单纯地是奇数与偶数。边长比非得如此不可。只不过在求小正方形与大正方形的比时，会发生些许矛盾。

大正方形的边长等于小正方形的对角线，数字是偶数。而小正方形的对角线则是奇数。这两个条件同时成立，是奇数又是偶数。越是在术上费功夫，越是会发生这种事。这是完全的矛盾。为什么会发生这种事？

"您是从术开始构筑那一题的吗？还是说，您是从答案开始的呢？"

安藤的话如雷鸣般在脑中回响。这是因为春海在出题的时候有一半都是倚赖事先决定的答案。他很清楚这一点。而关也很清楚这一点。关和春海不一样，他一瞥就看穿。因此，他原本打算写下"无术"，却顾虑到出题者春海。在算术遗题中，有些题目故意出成无解，让解答者看穿这题无术。如果春海出的题目是这种问题，那"无术"正是"明察"。然而若是春海搞错，相信有答案才出了这一题，那关等于是在私塾所有人面前嘲笑春海。因此，关才会刻意在写了"无"的前两笔后就停笔不写。如此一来，不论春海是刻意出这种题目，还是出错了题目，关都可以婉转地告诉春海这一题"无术"。可恨的体贴。春海反倒希望关能用掉所有的空白,大骂这一题出错了。

"疏忽解术者即为算学之异端。"

春海感到关写在稿本上的这句话似乎在什么都没有的空白处浮现。

他没有解术就设了问,就出了一道题目。他不仅让这道题目暴露在众目睽睽之下,甚至还把它献给神明。自己玷污了算术,让算术蒙羞,更对不起出了"七分三十寸"原题的村濑,以及漂亮答出这一题的关。从旁插队的愚蠢家伙让算术蒙羞,糟蹋了一切。什么叫胜负。什么叫术理?这就是异端。没有人期待的愚蠢家伙自以为是地演了一场闹剧。

"唔唔喔喔喔,啊啊啊……"他发出脊椎骨被压扁般的呻吟声。

春海扯下写了题目的纸,乱七八糟地揉成一团后,用双手将它按在胸前。他手上这么做,心里却不知道接下来该怎么办。他想尽可能快速离开这里,装作这愚蠢的问题从未出现,却跪倒在如冰般寒冷的玄关,双眼盯着题目被撕下后留下的空白墙壁上的一点,无法动弹。

切腹吧。他忽然这么想。他现在做得到。要切"一文字"也好,"十文字"也可,"米之字"也罢,他可以把自己的肚子切得碎烂后去死。

春海左手握住揉成团的纸,试着只靠右手将短刀从刀鞘中抽出。

当然,一般会先用手按刀柄,再将刀抽出。如果光是扯刀鞘就能抽出刀,那实在过于危险。然而他在那一瞬间根本没想到。他觉得连刀都在嘲笑他。一场格斗之后,他终于硬是把刀拔出来,结果反作用力让他倒在了地上。一边的耳朵听见侧脸打上冰冷地面的声音,另一边的耳朵则听见压抑着感情的声音。

"您……您在做什么啊?"

是阿延。上一次看到的扫把又被倒着拿。表情有些畏怯的阿延低头看向拔出刀后倒在地上的春海。

"我……我想切腹。"春海非常坦白地说。

阿延当场脸色一变。

"您以为是谁在打扫!"

被阿延劈头一骂,原本就快要哭出来的春海表情更加扭曲。

"我、我找不到其他方法……"

春海一边摇晃着刀尖,一边就地跪坐,以啜泣般的声音哭诉。

"请不要这么做。您的手是绝对办不到的。刺下去之后您就不能动了。"

的确像个武家的女儿会有的主张。事实上,就春海的臂力而言,就算他能将刀刃刺进自己的肚子,肉会不会被切开还是非常可疑。

"我的父亲说过,现在就连武士都没有几个人能漂亮地切腹。来吧,快把刀收起来吧。要是被我父亲看到这一幕,他很可能会开心地说要替您介错①。在您切腹之前,脑袋就会被砍下来喔!"

阿延不知不觉已将扫把拿正。被阿延这么威胁的春海十分沮丧,他咬着下唇,双眼盯着刀刃。他的确觉得自己办不到。在他磨磨蹭蹭地想把刀收回刀鞘时,歪斜的刀尖刺进握住刀鞘的左手拇指和食指之间。

"啊,好痛!"

刀是刺上去了,但没有出血。他慌张地挥开左手,动作看起来完全不像是个想切腹的人。原本紧握在左手上的纸被放开了。

"这是什么?"

"呃、呃,那是……"

"危险!快把刀收起来!"

"唔、嗯……"

春海终于把刀收好的时候,掉落的纸被捡起,而且还在他面前被摊开。

"这不是您出的题目吗?您自己把它撕下来的吗?"

"嗯……"

"您到底怎么了?"

"我错了。"

"咦?"

"一切都错了。我想要出题的这个想法就是错的。"

---

① 指为切腹自杀者斩首,免除痛苦折磨。

春海坐在地上，一口气说明了关为何不写下解答的理由。阿延似乎也知道"病题"这两个字，但她看起来并不能理解术具体有何矛盾。

"出了错，那您大可以从头学习，然后再次出题啊。"

阿延毫不在意地回答。就算春海说这是他竭尽全力出的题目，阿延八成也会说出一样的话。

"我……我有这样的资格吗？"

"从一开始就没有。因为您没有入我们门下。"阿延直言不讳地说出这种不留情的话，"可是，村濑先生会允许您出题，应该是因为他认为您有潜力。所以才会连我都被拖下水。"

"对、对了，我还得把那个绘马处理掉……"

"您要把已经献给神明的东西拿去处理掉？您要不要在大众面前献丑直到它被烧给神明，然后卧薪尝胆？"

"呜……可是……"

看着颓丧至极的春海，不知为何，阿延倏地压低声调叹了一口气。

"我特别偷偷告诉您。我也希望我有一天可以出题。"

春海呆住了。"出题？要出给……关大人？"

"是的。"

阿延瞪着春海，像是在问他"有什么不可以吗"。

"只不过当我看到关先生读您的问题时的表情，我就没有这样的想法了。"

"表情？"

"关先生他笑了。看到您出的这一题，他似乎非常高兴。"

说完之后，阿延居然露出微笑。自从他们在金王八幡偶然相遇以来，这是阿延第一次对春海露出微笑。这个微笑和这句话都让春海呆住了。

"他笑了？"

在那一瞬间，春海以为关是在嘲笑他出错的题目，但"非常高兴"又是怎么回事？

"我问了他，问他为什么笑。"阿延蹲下身子，把视线调到和春海同高后，露出一个似乎有些寂寞的笑，"结果，关先生说这是他至今看过的题目中，最喜欢的一道。"

春海像个笨蛋一样大张着嘴巴。

"喜欢……为什么？喜欢什么地方？"

"请您去问他本人。"阿延忽然生气地说。

"我没有脸去……"

春海话说到一半，就在阿延的怒视下闭嘴。他的双腿冷得仿佛就要冻僵。他觉得自己正逐渐变小，成为毫无意义的存在。他不想再听到任何一句话，只想就这么消失。然而，想毅然决然反抗这种想法的感情微微浮现在心头，连他自己都吃了一惊。毕竟阿延刚刚告诉他的每一个字都让他十分在意。自己出的错误题目里有什么地方能让关发笑，只有一个办法能知道。就当这一年是为了寻找它的旅程吧。照阿延说的，从头学习。回到初衷，重新检视疏忽了解术的自己。

刚才还在哭的乌鸦已经笑出来了，这句话划过春海心中某一个角落。

"就、就一年。"他的态度一变，振奋地说，"拜托你。就等我一年。"

"我吗？"

"嗯。我一定会再出一题，一定。我要把那一题贴在这家私塾……贴在那面墙上。"

"没有必要让我等您吧？"阿延一脸认真地否定。

"拜托你，请你成为我的证人。求求你，拜托你了。"春海不顾她的否定，不断重复相同的话。

阿延为难地看着春海。"就一年喔。"但她很快又心不甘情不愿地说，"不过呢，在那之前，我就先帮您保管它了。"她恶作剧般高高拿起春海撕下揉成团的题目纸。

"呜……"春海呻吟着，同样带着无奈，"那就万事拜托你了。"

他低头行礼后，使劲站了起来。早已冻僵的膝盖发出奇怪的声音。他脚步摇摇晃晃地笔直朝屋外走去，忽然回过头。

"对了……为什么你不想出题了？"

"我不知道。"阿延脸色一沉，回答道，"在地上切腹这种事，下次请您到别的地方去做。"

"嗯。抱歉。"春海认真地点了点头,"真的很谢谢你。那我先告辞了。"他再次低头行礼后,便快步走出门。

"就一年喔。我不会多等的。"阿延再次强调。

"涩川先生这个人真叫人期待。"

村濑无声无息地出现在阿延背后,让她跳了起来。

"您起来了?"

"被他那样一吵,当然会醒过来。我想府邸里所有人应该都听到了。"说完之后,村濑细细地端详阿延,接着看向春海留下的鞋印,"你要嫁给那个人吗?"

阿延露出吃惊的表情,眨了眨眼睛。接着,她大声笑了出来。"村濑先生,您就是特别会讲这种奇怪的笑话。"

村濑什么也没说,只是耸了耸肩。

春海无力地走在白花花的雪上,仿佛天地间毫无置身之地。抬头仰望,天空异常遥远,而且看起来还一片朦胧模糊。

"我想和您一决胜负。"

道策刺进他心底的话语再次浮现。

"我也是,道策。"春海吐了一口白气,吸了吸鼻涕,"我也跟你一样。"

他一边哭,一边硬是撑着一口气,拖着冰冷得失去感觉的双脚往前走。

二十二岁的春海并不知道,一场远远凌驾于此之上的巨大对决正等待着他。他连自己的感情都无法应付,只能沮丧地在这澄澈晴朗的天空下迷惘前行。

第二章

北极出地

一

旅程中的一切都是幸福。总之，这次旅行就是非常非常的愉快。

宽文元年十二月朔日。

在礒村塾被自身失败击垮的春海在明六时前整理好旅行用的装扮，迈着像是要踏上黄泉路般阴郁无力的脚步离开会津藩邸。

此时，他还觉得自己就如亡灵一般，在这个世上徘徊。没有任何事物能支撑他的心，更没有能让他努力的理由。他饱受羞耻与自责的折磨，出现了深深的黑眼圈，脸色则憔悴苍白。因此，府邸的守门人非常担心他。因为有些品性败坏的藩士和现在的春海一样的模样出门，其后便脱藩不知去向。春海不知道自己究竟回了守门人什么话，就这么离开府邸，边走边摇晃着提灯。

目的地是位于永代岛的"深川的八幡大人"——富冈八幡宫。德川将军家崇拜源氏的氏神①八幡大神，其中这座发源于相模的神宫规模为江户最大级。为了公务而必须踏上漫长旅程的人多半会至此祈求平安。

春海摇摇晃晃地来到神宫境内时，北极出地的观测队队员大多已到。其中有两位老人像是要给队员们做榜样，纹丝不动地直直站在神宫前，盯着队员们的集合情况。

其中一位名叫建部昌明，被任命为观测队的队长，已是六十二岁高

---

① 一族的祖先或守护神。

龄。他来自为德川将军家做文书工作的右笔①家系,是受人敬重的旗本。他的祖父是御书道传内流的始祖建部传内,而他不只继承了祖父的一手好字,擅长算术和天文历学一事更是出名。他严密地编排这次观测的所有计划,肩负事业成否的所有重任。稍显瘦长的脸道貌岸然,只要有人迟到,要求严格的他似乎就会理所当然地抛下那个人出发。

另外一位名叫伊藤重孝。他被任命为副队长,年龄五十七。他的头发剃得干干净净,一身僧侣的打扮十分潇洒。但他并不是僧侣,而是御典医②。每天早上,将军大人让御发番绑头发时,医师必须为将军大人把脉诊断,伊藤便是其中一员。此外,伊藤还负责为将军大人准备木牙刷和牙粉,方便将军大人起床后刷牙。将军每天早上最先放入嘴里的东西由伊藤负责,所以春海也能想象他在城里是多么受人信赖。在医术之外同时擅长算术和占卜术的伊藤据说是自愿参加观测队的。柔软且气色很好的脸上挂着从心里期待这趟旅程的微笑。

以两个人的年龄就算去隐居也不奇怪。观测队必须花上一段漫长的时间走遍日本的五畿七道,而这两个人居然要担任这支队伍的队长,让春海感到十分讶异。春海被任命去辅佐这两个人,只要是他们吩咐的事,不论是什么,春海的工作就是将其记录下来。

话说回来,这个组合也真是奇怪。春海一边向两人打招呼,一边这么想。

对许多在城里工作的人而言,同时负责多项工作的"兼任"很常见。但话又说回来,为了观测北极星,这支队伍召集了书道家、医师以及身为棋士的自己,让人有种不协调感。换句话说,这也证明了天文之术不仅在江户,在日本全国都尚未独立。

不久,所有队员都到齐了。

除了春海一行人,还有下级官吏、被称作棹取的中间,以及搬运各种观测道具的仆役,一共十四人的队伍。大家一个接一个走向社殿,参加出发仪式。

---

①在武家负责文书、记录等工作的职务。
②为将军家及大名诊疗的医师。

一行人中地位居首的建部恭敬地将写着希望顺利完成本次工作的文书和香油钱奉上。宫司为队员祈求神明的保佑，每个队员也分别祈祷一路平安、任务能够顺利达成，并喝下御神酒。如果现在像个亡灵的自己喝下御神酒这种东西，是不是就会被神明驱赶而消失无踪？春海非常认真地思考这个可能性。不，他从心底希望自己能够消失。但真的喝下去后，酒也只是让胃稍微温暖了一些。

建部向一行人宣布出发后，十四名队员离开神宫，走上因雪而泥泞的道路。

首先，一行人要走东海道到小田原。幕府的御用飞脚三天就可以从江户跑到京都，但观测队一行人自然不可能用那种速度前进。虽然如此，对体力消耗殆尽的春海而言，他还是觉得这样的速度很快。说实话，他对众人要用这种速度前进一事感到不知所措。

原因出在健步如飞的建部和伊藤身上。他们两个人平常应该是以轿子代步，但那快步前进的模样却让人感受不到他们的年龄。他们身后有一乘轿子跟着，不过里面是空的。这是为了要搬运病人或伤者至最近的客栈准备的。轿子后面有医师跟着，一路上不时有其他医师交班。

一行人以规律的步调前进。这趟旅程的前提是每天必须步行五里至七里。

春海也很清楚这一点，而且他是年年往返京都和江户的人。只不过，对精神和肉体都欠缺气力的他而言，这样的行进根本就是苦役。

他将腰上双刀中的长刀交给一名中间，身上只剩一把短刀。这是他唯一的救赎。太阳在不知不觉间升起，溶雪让地上一片泥泞。他好几次都想拜托队员让他坐上后面的轿子，但一旦开口，他就将失去这份工作。毕竟那不是为了前进准备的轿子，而是要送病人伤者回去的轿子。不过也因为这样，轿子才成了让他想开口的诱惑。

在精神如此无力的状态下负责这么累人的工作，春海的运气也未免太糟。自暴自弃的他抱着想要任性撒娇的心情一直走。但是，一个集团排成一列，丝毫不乱地前进，这其实能带给人某种强制力和兴奋感。春海渐渐地不再思考，不知不觉间开始忘我行进。在众目睽睽之下贴出误问,而且还将它献给神明,沉痛的感觉不时会飞来,狠狠剜刮他的心口,但这样的痛也在行进的过程中逐渐麻痹。过了中午后,为了让众人吃点东西,建部下令暂停,但此时的春海却想就这么一路走下去。

建部和伊藤都是寡言的人,吃饭时也只交谈了一两句。除了向下级官吏发出指令,两人几乎没有像样的对话。这对春海而言是一种救赎。大半个脑袋都处于停滞状态的他眼神茫然,连观测队成员和路上的树木都分不清。在这样的状态下,他又怎么可能和他人对话。他看见建部和伊藤分别在纸上记下什么东西,但他对此有何意义完全没感到疑问。

一行人随即出发,默默地一路前进,直到夕阳西下。

在天色暗下之前,走在前面的下级官吏回到队伍,告诉建部宿营地的所在。不久,村役人①也来和建部讨论宿营的准备事项。

为了援助这次工作,幕府事先派人至观测队要造访的地方,各藩各村不分日夜地抄写文书,让先遣部队得以被派遣至道中的各宿营地。

他们好歹也是受幕府之令在行动,除了村役人,町奉行及各藩所派遣的随行者也前来陪伴观测队一同前往宿营地。

来到宿营地,春海目瞪口呆,以为接下来就要打仗了。适合作为宿营地的第一条件便是一旁有适合观测天象、视野良好的场地。而春海抵达宿营地时,这块场地的四周已用该藩的帐幕围起,场地上架起营火,更有藩士在四处巡逻。

这么做是为了让各藩知道这是在执行公务,同时也是为了执行公务时必须保密的原则。而最重要的目的是为了确保队员的安全。天象基本上要在夜里观测,所以他们必须做好万全的准备。如此一来,就算是山贼也不会靠近。

春海总觉得被丢进了和自己最无缘的军事场地,他非常不安地帮大家做观测的准备。

中间们拉起测量距离用的间绳②,一边喀啷喀啷地摇着一尺锁,一边选定设置观测用具的地方。仆役们也各自拿着奇特的道具为观测做准备。

---

① 负责管理村的行政事务。
② 江户时代至明治时代初期丈量土地或测量用的绳子,每隔约1.8米有标记。

一行人将指南针安在手杖的前端,这便是后世所称的弯棄罗针。他们使用这种可以在各种倾斜面上准确测量方位的工具,修正方位的误差。每隔约十八米便会立起一根竹竿作为标记,而且竹竿上粘了好几片被称作梵天的纸片。他们用一个叫小象限仪,即将圆分为四等份的扇形测定工具算出数值,再对照可将倾斜面换算为平面的算术表——割圆算数表,借以修正倾斜面造成的误差。每一样事物都微微刺激着春海那颗茫然沉眠的心,他隐约感到有种和集体沉默行进时不同的兴奋感。

当两个极为巨大的木质器具被组合完成时,这种兴奋感急速膨胀。在村役人们的帮忙下,他们架设了可以准确推算出连接南北子午线的子午线仪。他们立起两根木头柱子,并在其间拉起绳子,确保它们能保持正确的角度。众人只为了观测星星接近子午线时的中天,就架起了这仿佛能盖房子的巨大木材。完全不知道天文测量为何物,只因为这是公务而帮忙的村役人和藩士们在架起子午线仪后,也对这异样的道具发出惊叹声。

这一幕在春海心中激起一股兴奋。他感到自己的胃比出发前喝御神酒时还要温暖好几倍,甚至还有些发热。

此外,众人还在子午线仪定出来的线上立起一根高度约有春海身高三倍的柱子。这根柱子上架了一座大象限仪,这个呈现四分之一圆形的工具十分巨大,就算春海伸开双臂,也碰不到边缘。

如此威严十足的工具的确很适合用来观测天象,满足人伸手去碰触星星的愿望。

眼前这些算术结晶的丰富程度远远凌驾春海学过的一切。比较之下,春海在会津藩邸立的日晷简直形同儿戏。为了能在看星星的同时读刻度,象限仪上还设了最低限的灯火,各种为了能在夜里观测星象使用的创意完全占据春海的双眼和内心。对无关者而言,这个工具不过是个巨大又粗糙的废物,但春海知道要累积多少美丽的算式才能让它成立。他忍不住一边装作在帮忙设置,一边到处摸到处看。

"安井先生,安井算哲先生。"

忽然有人从后面叫住春海。他回过头,看到和建部一起坐在子午线仪下的伊藤朝自己招手。地面上铺着绯红的毛毡,放了火钵,两个人手上还分别拿着手灯。帐幕配上营火,异样的道具配上绯红的毛毡,镇坐在这幕光景中的两个老人看起来有如住在一个能让人心情雀跃之处的异世界仙人。

"是……请问有什么事吗?"

春海拿着记录用的暗语册子快步走上前,表情严肃的建部将一张纸片递给他。

"站在我们后面等着,然后拿这些数字去对照观测值,把它们记下来。"

"是……"

不知道这有何意义的春海看向纸片。上面写着"三十二度十二分二十秒 建部"和"三十五度十分三十一秒 伊藤"。

春海立刻看出这是北极出地的数值,但这两个人是何时观测的?春海原本以为两人头上的子午线仪上有小型的象限仪,但他并没有在任何地方看到类似的东西,反倒是发现两人身旁各有一个看似经常使用的算盘。接下来明明是要观测星星,为什么要用算盘?春海感到狐疑。

"快快快。太阳就要西沉了。"

脸上挂着笑容的伊藤不断催促,春海便绕到两人后面,很有规矩地在绯红的毛毡上跪坐好。接着,他把伊藤交给他的数字记下。

盘腿而坐的建部和伊藤拿着手灯,双眼直直地盯着天空。

"终于要开始了。"

"终于要开始啦。"

建部的声音一本正经,而伊藤则一副十分高兴的模样。

"真的等了好久。"

"真是好久啊。"

看来为了实施这次工作,两个人投注了不少努力。春海可以从他们的声调中听出来。

"是星星!"

"是星星!"

春海刚这么想，两人忽然异口同声地大叫，让春海吓了一跳。的确有星星正散发着淡淡的光芒。接着，他们在天空的正中央看见了北极星。

"开始天测！准备象限仪观测！"建部以惊人的声量宣告。

三名中间细心地调整巨大的扇形测量工具，轮流观测星星。三人须分别测得一个数字，若三人的数字不一致，则必须重测。在毫无平坦可言的地面上操作巨大的道具进行精密测量，是件非常辛苦的工作。

但他们不愧是观测队队长选出来的人。其中有一个名叫平助的中间，简直就是"冷淡"这两个字的化身，所有的作业都以他为中心进行。

春海差点就以为这个平助是不是不会说话。因为不管跟他说什么，他都只会回一声"嗯"。说没礼貌是很没礼貌，但他会发挥远胜于他人的耐力，默默地完成别人赋予他的工作。也因为这样，他长年受到建部家的重用。

此时，平助也是无言地以手势利落地做出指示，巧妙地进行天象观测。遵照难得开口的平助指示进行作业的其他人手脚也十分利落，以他们的技术，大致只需测量一次就可以得到一致的数字，此时也一样。

其中一人将数字写在纸片上，递给平助。

"嗯。"

平助快步走来，把纸片交给建部。

"唔……"建部发出奇异的低吟声。

"呵呵呵。"伊藤高兴地笑了。

春海从两人身后探头看向纸片。上面写着"三十五度十八分四十四秒"。

"来来来，安井先生，快写快写。你看看我的数字，度可是正确的呢，你看。"伊藤欢天喜地地说，春海也只能眨了眨眼。

"什么！我不甘心！我不甘心！"

建部小声地哀号。他那只没有拿手灯的手居然握拳在空中绕圈。这个人是出发时那个表情严谨的男人吗？春海怀疑自己的双眼。

"没想到我的数字居然差了三度。我真想就这么去跳海啊。"

天测中一分的差异就等于地上半里的差异。若是差到三度，那就等于是这里到遥远南部海域正中央的距离,所以建部才会这么说。这一点春海也清楚。然而,他们接下来说的却远远超出春海的思考范围。

"怎么会这样……一定是步测在哪里出了大错。"

"步测?"

春海下意识地说。也就是说,他们数了步数。他们究竟是从哪里开始数的?春海有一瞬间感到混乱,但答案只有一个。

"难不成……两位是从江户开始数的吗?"

"嗯。"

"是的。"

看到建部和伊藤理所当然般点头,春海感到愕然。不只是建部,连伊藤也从江户一路数着自己的步数来到这里吗?

究竟是为了什么?春海终于明白放在两人身旁的算盘有何意义。

"两、两位是靠步测和算术来预测北极出地的吗?"

"嗯。"

"嗯。"

与其说是理所当然,他们的回答根本是天真无邪到了极点。

眼前的两个人其实是完全没有长大的少年,只是脸上满是皱纹。有了这种错觉的春海不知为何全身一震。他感到体内那令人厌恶的阴气一下子被排出体外,新鲜的空气进入体内。这正是息吹。他有生一来第一次感到心魔被驱赶,心灵得到净化。这两个完全不知情的人让他有了这样的感觉。

"那么,我们得尽可能多观测一些星星。"

为了转换自己的不甘心,建部拍了拍膝盖,下令要中间们观测恒星。

除了观测不动的北极星之外,他们可以借由观测各种行星及星座来让天测的数值更加准确。这是非常谨慎的观测方式。

"说到星座,要用二十七宿还是二十八宿呢……"伊藤沉思般低语后,看向春海,"你觉得呢,安井先生?"

"呃……我认为推算历日时,用二十八宿比较不容易出错。"

建部闻言也点了点头。

"二十七只能用三和九除尽,但二十八可以用二、四和七除尽,比较适合天测。"

建部说后,春海将这些话记录下来。此时,伊藤若无其事地说出了让春海大吃一惊的话。

"对了对了,下次安井先生也来试试看吧。"

"唔……试试看的意思是……"

"用算术预测下次的北极出地。"建部漫不经心地丢出命令。

春海大吃一惊。

"可、可是……我的算术完全不成气候……"

正在被冲淡的耻辱痛苦重新抬头。把那题愚蠢的误问放到众人面前献丑的自己……否定的思考涨满胸口,春海感觉就要哭出来。

"你在说什么啊。这种事情若是没有偶然的幸运,怎么可能简单猜中?"建部干脆地说。

"没错没错,这困难得让人束手无策。我也没有猜中的自信。我真的很高兴能猜中度数。"

笑呵呵的伊藤看向建部,建部则是用力地哼了一声。

"这块土地,也就是这个地点的纬度已经出来了。明天我们在路上也会进行测量,精度会随之提升。你别再客气了,安井算哲。就用你的术式把这个医师大人打倒吧。"

"哎呀呀,这有那么简单吗?我可是比这位右笔大人还精确了三度啊。"

"唔……你就看我下一次的表现吧,伊藤大人。度数已经出来了,推测分的数值才是一决胜负的关键啊。"

"好啊,好啊,我可是很期待呢。对吧,安井先生?"

春海慌忙摇了摇头。

"可、可是我在术式和答案上总是犯错……"

"无妨。你大可用尽全力交出一个误答。"

"是啊是啊。别客气,尽量出错。"

建部和伊藤接连说着。他们两个人都散发着可以说是稚气的欢乐气氛，将春海包覆住。他感到有如在寒冷冬天抱着火钵般的温暖。

同时，春海也感到十分困惑。他究竟该在什么时候构筑术式呢？他们的意思是要他边走边思考吗？春海一边想着，一边记录下接连报上来的天测结果。同时，他的脑中已经有一部分开始不时低语他该怎么做，要不要应用那个术式等等。

接连观测会移动的星星是非常困难的工作，建部和伊藤都很有耐心，对大家下命令时也像是在帮大家打气。只不过——

"哎呀……所谓的变老，就是不再觉得自己明天还可以继续吗？"

建部一声低语后，宣布第一次的天测结束。他与其说是在废寝忘食地工作，更像是个在反省自己玩不够在熬夜的孩子。

春海前往安排好的客栈，沉睡得没做半个梦。他整个人都累瘫了。等到他蓦地醒过来时，已是隔天早上的朝五时。

他起床之后立刻套上旅行用的装扮，打包行李，和大家一起吃完早餐，走向下一个目的地。

这样的行程还要持续好几百天。就算脑袋里有这样的想法，自己却仍然没有感受到太大的痛苦。除了单纯走路能让他忘却因为耻辱而感受到的苦恼，更有其他更胜于此的事物存在。

正如建部所言，中间们率领的另一支队伍会在行进时测量路程的距离。虽然如此，建部和伊藤几乎都没有说话，只是默默地走路。很明显他们是在一步一步计算步数。春海在两人背后看着他们行进的模样，身子忽然像昨夜那样一颤。颤动似乎一直停留在皮肤的表面。又走了一段路后，春海才顿悟那其实单纯是深刻感动带来的涟漪。

隔天，一行人进行了第二次天测。

和上次一样，四周拉起藩的帐幕，一行人在当地役人的协助下架起观测工具。接着，建部和伊藤抱着火钵坐到绯红的毛毡上。

"来吧，安井算哲。"

"来这里吧，安井先生。"

他们两个人都在招手，春海也逃不了。而且他们还不让春海看写了自己数值的纸，反而要从春海的开始看。春海完全不明白自己手上为何会有一张写了自己解答的纸。唯一可能性就是他的脑袋擅自组了术式。然而不可否认的是，这的确是他自己考察后得到的答案。在准备观测时，他知道自己一定会被建部点到，所以他才忍住耻辱带给他的痛苦，打算盘计算后将数值写到纸上。对完全丧失了自信的春海而言，让其他人看解答只代表无尽的痛苦。

建部和伊藤完全不知道春海这样的心情。

"三十五度八分四十五秒"。

他们两个比较着春海递出的纸片和自己的答案，不停地点着头。

"三十五度四分七秒"，这是建部的答案。"三十五度十分十二秒"，这是伊藤的答案。两个人的答案和春海的答案一同并排摆在绯红的毛毡上，两人抬头仰望天空，痴痴地等待星星出现，双眼就像想赖着要点心的孩子的一般。春海坐在两人的后面，一脸阴暗地看着在火钵中发出微弱噼啪声响的炭火。

"是星星！"

"是星星！"

两人几乎同时大叫，让春海惊了一下。

"开始天测！"

建部气宇轩昂地下达命令。他到底为什么能这么有精神？春海有些不高兴。以平助为首的三名中间按照程序相互确认数字。由于地面倾斜，他们需要小心翼翼地修正、确认数字。接着，平助把写了数值的纸片递到建部手上。春海可以感到建部倐地停住一口气。伊藤从旁窥探建部手上的纸片，用力地大大吸了一口气。一段奇妙的间隔之后，他用力发出奇特的"噗啊——"一声吐气，仿佛他刚刚潜伏在水面下一样。

接着，建部和伊藤忽然朝春海的方向转过头。两人盯着春海，双眼都瞪大到骇人的地步，而且其中还散发出惊异的光芒。在如此激烈的眼神注视之下，春海一句话也说不出来。他真的担心这两个人会不会像狗或什么一样一口咬上来。

"结、结果如何呢？"

被两人气势压倒的春海问道。建部和伊藤无言。春海还没反应过来，建部便倏地举起手上的东西，伊藤则很体贴地用手灯照亮。

"三十五度八分四十五秒"，这是中间们刚才报告的天测结果。春海看着那个数字，不知道这有何问题。

整整晚了一拍之后，"什么?！"春海口中爆出疯狂的惊叹声。

"这真是'明察'啊!!"建部啪的一声将写了数值的纸片按到毛毡上大叫。

"完全正确！完全正确啊！"伊藤也亢奋至极地大吼。

"那个……"

春海还没来得及回话，建部和伊藤便站起身大声喝彩。大家都吃了一惊，站得远远地看着这两个人。听到声音，巡逻的藩士们飞奔过来，当他们看见欢欣雀跃的建部和伊藤，所有人都露出惊愕的表情。

春海只能呆呆地当场坐下。他实在没有那个力气能和这两人一样，站起来欢喜庆祝。不只是这样，他全身都失去力气，仿佛当场就要倒下。

眼前两个完全一致的数字并排摆放着。

"三十五度八分四十五秒"——自己的解答，和上天的解答。这两个。真叫人无法置信。不，春海甚至想问为什么会发生这种事。真要追究起来，这不过是个单纯的偶然。距离的测定、春海的术式和计算，这些都不可能如此完美。一定多少会有些误差，所以他们才会准备了这么多关卡来修正误差。基本上，事前推算出之后要观测的数字并不能让他们得到什么。只不过，春海不得不认为这个答案的意义绝不仅是单纯的偶然。他从上天那里得到了什么了不得的东西。这样巨大的想法从他的体外、从他的头上降临。

建部和伊藤似乎也是一样的想法，应该说对于这个"明察"，他们要比春海还高兴。手上握着手灯的建部朝着北极星不断大喊万岁。

两人随即以欢喜至极的兴奋声音包围春海。

"你是为了星星而生的人吗?！"

"这是神明的保佑吗?！"

"不……我……"

"你才是这个事业的守护者！"

"那个……怎么可能是我……"

"你能和我们一起踏上旅程真是太好了!"

"为、为什么我的答案……"

"真叫人高兴啊,安井算哲!"

"那个……"

"真是叫人高兴啊,安井先生!"

"啊……"春海无法呼吸了。鼻子深处倏地一阵热。比起御神酒,比起看见天测道具那一刻,远远凌驾其上的热度传遍整个身体,眼角立刻为之一热,视野变得一片模糊。

"是的……"春海声音虚弱地说。只不过他很清楚自己脸上是满面的笑容。"我高兴得不得了……"

建部和伊藤朝天发出极为高亢,不知道是喝彩还是放声大笑的巨大声响。仿佛能撼动天地的声音听起来十分舒畅,春海用力擦着眼泪看向星空。

上次天测时就已经见过的光景,出生在这世上后也曾经见过不少次。然而,此时的夜空却如此广大,星辰如此美丽,春海不禁屏住呼吸。人们明明每天晚上都能见到这么美的事物,为何这世上还会有所谓的苦恼?越是这么想,春海就越觉得不可思议。同时,喀嘟、铿隆的小木板相互碰撞的声音在脑内响起。那小小的木板正是绘马。他在金王八幡碰到的那串绘马。第一次知道"关"这个名字时的感动从未如此鲜明地再生。

"……我也可以吗?"

立誓要出题给关的那天晚上,他对着稿本问的问题再次在胸口掀起一阵热流。

春海专心地凝视着北极星。他相信是那颗名为天元的星星在保佑他。它永远都在。谁都可以看到,只要抬头仰望天空。

"这样的我也……"

他慢慢地吐气,小声低语。

星星不会回答。它也绝对不会拒绝。这是自天地之始便高居空中,静静等待着谁来解开的一道题,一道名为天意的命题。

二

再也没有人完全命中北极出地。

不过，从那天开始到回江户的数百天之间，春海名副其实地靠着旅行重生。

他在一行人所去的每个目的地得到息吹，细微的小事和平凡的风景都能使他感受到让人活下去的气力。为了连日连夜的天测和测量，他们必须不断地走路，不断将自己从头到脚浸在算术中，不断穷尽自己的耐心和劳力。这份工作的确很辛苦，但他再也没想过要放弃。应该说等他回过神来时，连曾经想放弃的记忆都消失得一干二净。

春海一行人在东海道上前进，在滨松分成两队测量地理，尽可能地减少误差。建部、伊藤以及春海所属的本队继续在东海道上前进，另一支队伍则前往姬街道。一般说到"姬街道"，指的都是险峻难行路段较少的中山道，但他们指的是气贺街道——前往御油的道路。

他们在滨名湖畔进行天测，然后在路上与分队会合。一行人在新年假期结束时来到热田。他们在热田庆祝新年，前去参拜以草薙之剑作为御神体而著名的热田神宫。除了祈求神器能除去路上不必要的阻碍，让他们完成事业之外，这次的参拜还有其他意义。其实建部家代代祖先都以日本武尊为始祖，所以对建部而言，这里是他祭拜祖先的地方。观测队将建部亲笔写下的幕府命令、幕府支付给他们的金钱以及部分观测道具献给神宫。

待在热田神宫境内时，春海发现自己的双眼正无意识地四处张望，寻找着什么东西。他立刻就知道自己的目的是什么。他的双眼擅自在寻找附近是否有献给神社的算额绘马。同时，这一幕让他想起了阿延。而且还不是她想要挥下扫把的那一幕，而是她第一次在他眼前露出的微笑。

可惜的是，他们必须立刻开始准备进行天测，他没有多余的时间问这里是否有算额绘马，只有阿延的微笑一直残留在他的脑海中。只不过既然要回想，他要回想的不该是关孝和的名字，或是在金王八幡见到的绘马串吗？心里虽然有个问号，但他并不觉得有什么不对的地方。反倒是心中阿延那个鲜明的微笑让他在出发后的一个多月后，终于能下定决心面对那件一直被他延宕的事。

那天晚上，天测因为多云的天气而提早结束。春海将它打开。

虽然说出发时他的心情有如亡灵，但打包行李时，他还是将那稿本放进行囊。他读了亲手抄写的关孝和撰写的稿本，打算再次正面挑战这伟大的考察结晶。打开稿本时，他原本以为自己已经克服的误问之耻其实并没有被克服，迎面而来的耻辱感让他发出苦闷的呻吟，不过这样的想法在他读稿本时逐渐消失无踪。

热田的天测因为多云的天气受到许多阻碍，但建部仍很有耐心地持续观测，花了五天才得到详尽的观测结果。当一行人出发之时，天测后就寝前熟读稿本抄本已成了春海每天的功课。

一行人沿路进行天测，沿着伊势湾前进，最后终于来到山田，也就是所谓的伊势。他们在当地做好天测的准备后，便前去伊势神宫参拜。

伊势神宫是日本神社的本宗，是没有神阶的特别神宫，任谁都大为赞扬它的权威。因此，除了祈求神明的护佑之外，大家都兴冲冲地公然观光起来。

被称作内宫的皇大神宫里供奉天照大御神，被称作外宫的丰受大神宫则是供奉丰受大神。他们分两天参拜内外宫，分别奉纳祭品。

无论是仪式，还是参拜的过程，这座神宫的神气都深深地打动了春海。八百万①这三个字说得真好。神明存在于天地中的每一个角落，神明的气会随着阴阳的转变千变万化，洋溢于这个世上。所谓"若有神明负责抛弃，即有神明负责捡拾"，这句话正确的意义是星象的轮转，更是神气的转变。当神气衰退，就表示神明已经做好脱下旧壳的准备，和蛇脱皮后重生的道理完全相同。在这场旅程中，来到伊势的春海深切地感受到这一点。

---

①指数不清的神明。

神道温和而又绝对地肯定人生。甚至连死在神道里也"成为神"，不会被否定。"禊"的本意是"削身"，意思是将污秽削去，进行净化，不过这并不代表要消灭污秽，或是为了维护社会的清净而毁灭被视为污秽者。除了驱赶理应被否定的事物并让它流逝之外，神道不会为了维护权威而试着根绝什么东西。

就连佛教传进日本时，神道也没有为了宗教上的权威而和佛教不断激烈冲突，它就像一片无底的沼泽将对方吞没。当然，就算是这样，争取权威的争执一样会发生。然而这场争执也受到神道温和的肯定，神道认为它是一种更巨大的机缘，以这种暧昧的偶然性将之包覆。

就一个包覆巨大的大众社会，而且必须因为这巨大规模而不得不保持强力权威的宗教而言，这可以算是非常稀有的信仰方式。这样的信仰究竟是如何诞生的？春海总觉得不可思议。

江户的幕府阁僚们、京都的公家们、寺院的僧侣们，春海所知的每个拥有权势的人似乎都在权威的命令之下，拼了命维护、扩张他们的权威。也许神道家们在这个层面上和大家是一样的。然而，想想神道这个宗教本身，比起热衷于布教到神智不清的地步，春海更觉得神道是一个自由地让想要权威的人获得并使用权威的宗教。宛如天地的恩惠一般。

心里这么想着，春海其实也正被卷进一场小小的竞争。建部、伊藤和观测队的队员们在参拜结束后，不仅争先恐后地购买伊势神宫的神符，更是相互抢夺般购卖今年的颁历，也就是所谓的伊势历。

春海也在颁布所努力伸手大叫，买了自己的那份。

伊势历是由伊势神宫的御师[①]颁布，它的权威和遍及日本全国的高知名度让它和伊势特产的筷子、梳子、金饰及织品并驾其驱，是非常宝贵的物品。

当天傍晚没有安排天测，春海回到分配给他的房间，许久未能放松的他以伊势历为娱乐，度过安稳的时光。此时的历书尚未印有难以理解的历注，每一天上面都以细长的假名文字写下当天的吉凶等粗略情报。

[①] 为神社施主做祈祷的人，负责引导、照料参拜者。

话又说回来，历书真是个不可思议的东西。虽说日本全国的市面上应该都在贩卖相同的历书，但从他拿到历的那一瞬间，只属于自己的时间开始计时。他读着历书的同时，甚至觉得连记载在历上的诸事注释都有只属于他自己的意义。

春海忽地重新看了一次封面，确认自己手上的历是宽文二年壬寅的历书。

九星是五黄土星。自己是己卯年出生，一白水星。十干十二支和星星，春海觉得这样似乎就能理解今年对自己来说将会是怎样的一年。他感到有一种像是神谕、能作为每天生活指标的事物倏地出现。自己手上拿着的正是伊势历，这更加强了这样的想法。

伊势历在江户也可以买到，不过参拜伊势神宫后买到伊势历却有它独特的意义。顺道一提，江户大多使用幕府公认的三岛历。那是伊豆国三岛大社的河合家编纂的历书，据说其起源能追溯至源赖朝。由于这份历书自古便使用木版印制，甚至有人将所有木版印刷的历书都称作三岛历，其权威和伊势历不相上下。

另一方面，许多人仍然认为颁历是在京都发行后才流通至各地，因此就这一点而言，京历至今仍位于权威的顶端。幕府阁僚之间也不时会为了京历和三岛历之间的些微差异而议论究竟该将何者作为正式的历日。

尤其是大小月问题。若是各本历书的大小月相异，则会造成相当大的问题。大月是指一个月三十天的月，小月则是一个月二十九天的月，十二个月皆被归类为大月或小月。

若是大小月出现差异，便会造成那一本历书是朔日，而这一本书却是晦日的状况，导致常规祭礼、年贡征收以及商人每月付款、借贷利息时的混乱。为了避免这种情况发生，幕府强制将三岛历定为公认历，大多情况下不使用其他历书。

话虽如此，除了知名度极高的历书之外，各地也有许多神社和商家分别取得幕府的许可后制作颁历进行贩卖。许多历书都创意丰富，而且市井间的颁历者甚至还会在发行历书后制作略历，并在封面封底放上药店或花店的宣传，条件是各店家必须缴交一定的金钱。

就统一历日、节日及大小月这一点而言，这些历书会被取缔也不足为奇。不过只要有人寻求当地编纂的历书，这些历书就不会消失。说穿了，历书除了是绝对的必需品，更拥有超越其上的意义，它是每年固定的季节在众人之间传播的某种东西。

简单来说，那其实就是娱乐。即便是无法阅读文字的人，也能通过绘历享受历书的乐趣。不只如此，有的历书还将今年的大小月排列隐藏在图中，读历就像是在解谜。历书是万人共通的阅读物，足以让这种游戏成立。

除此之外，历书是教养，也是信仰的结晶。它列举了吉凶，成为民众选择决定各种日期的基准。这是映照万人生活的明镜与尺度，它让众人得以确信天体运行这个巨大的现象能让生活"从昨天到今天，从今天到明天，不断持续下去"，是上天的恩赐。

因此，对发行者而言，颁历是一种权威。

想到最后一点时，春海忘了平常规矩，在灯旁来回翻身，感到自己的思考正往堪称傲慢的方向前进。

也许历书是一种让众人知晓世间权威何在的手段。它是公然，同时也是私底下可以用来比较江户、京都及伊势这些世间权威的道具。好比说所有人可以自由讨论并决定哪一个权威更具权威性。不，实际上在历书发行之后，若是人们相信这是正确的并接受它，各种权威的极大部分不就可以随之成立吗？

春海忽然觉得不安，坐起身来。他将历书放在榻榻米上，微微往后退开，抱起双臂盯着历书。他觉得自己现在的思考里似乎隐含着什么危险的东西。不，事实上，他认为这一定是非常危险的东西。他确信这绝对不是能轻易说出口的事。到底是什么东西会如此危险。他下意识歪过头的同时，背脊忽然感到一片凉。

权威的所在，换句话说，人们不就是将德川幕府当成绝对的权威在崇拜吗？天皇所在的京都，神明镇守的神宫，尊崇佛教的寺院，配置为五畿七道的藩体制。四处都留有人们可以自由选择权威的余地，而且这样的余地肯定是谁都无法占据的。

春海身为德川家棋士，不仅认识许多优秀的幕府阁僚，见过无数次江户安平治世的场面，日日感受到江户城那泰山般的威严。对这样的春海而言，他会有这样的思考其实很惊人。

同时，春海不仅每年来往于京都与江户，更与神宫、公家以及寺院僧侣有着广泛的交流。正因为如此，他会联想到这一点也是很自然的。

春海凝视历书片刻。

"算了算了。"

身体的力量慢慢流失，他深深地叹了一口气，仿佛已交换肺中所有的空气。

在吉利的新年参拜后，自己到底在想什么愚蠢的事？春海忽然觉得自己是个没救的懒惰家伙。简单来说，从江户出发之后，他很久没能像这样放松，所以心里才会一直冒出这种什么益处都没有的念头。

春海重新整理好心情后拿出稿本，而非先前的历书。他摊开算板，将算筹放在一旁，专心地研究关孝和那些理应被称为超人的算术问题。看着看着，他自然而然地回想起阿延的笑容。他感到自己的心终于想要响应她提出的要他为了误问卧薪尝胆、重新学习的中肯意见。在这趟旅程中，他一定会再次挑战出题。这种不知是决意还是预感的念头浮现在心头。

"快快快！"此时，建部的声音从房外传来。

"没有灯，建部大人。没有灯的话，我这双老眼可是看不见的啊。"伊藤的声音接着响起，"真是该死。"

啪嗒啪嗒的脚步声才刚离去，又提高音量跫了回来。

春海拿着稿本站起身将门打开。"请问发生什么事了——"

建部和伊藤以猛烈的气势冲过春海房门前。

"是月亮！安井算哲！是月亮！"

"月亮缺了！缺了！"

他们大吼的声音让春海愣了一下，他随即慌忙回到房里抓起手灯。

另一只手上还拿着稿本，春海一边小心翼翼地不让灯火熄灭，一边连忙追上已经朝庭院跑去的两人。不知道发生什么事的中间们探出头来时，站在两人身后的春海确切地看到了这一幕。

不是星星。是月亮。而且还不是普通的月亮。

"四分半！"

建部大声宣布。春海迅速把手上的稿本和灯火递给伊藤，一边替他记下数值和形状，一边眺望着那肉眼鲜明可见的漂亮月蚀。

三人一动也不动地观察了一会儿月蚀。当云朵流过来要掩盖住月亮时，三人同时发出不成声的呻吟。当云朵缓缓地飘离月亮时，月影欠缺的部分也慢慢减少，不久后便恢复了原来的皎洁。

"呼——"三个人一同吐出积在胸口的气。

"你们可以回去了。"

建部把平助等中间们赶了回去，将抱在双腋下的文件束成一叠，从头翻到尾。

"完全没有预料到二分以上的蚀。"

"怎么会这样。"

压低声音说话的伊藤朝春海点了点头，春海把建部说的这句话也记了下来。他晚了一拍才知道建部手上的文件是各地的颁历。

除了刚买到的伊势历之外，建部手上还有三岛历、京历、萨摩历及会津历，看起来像是在旅途中买的。此外，还有春海未曾见过、装订十分花俏的颁历。最后一本是建部自己的稿本，他打开稿本，露出奇妙的表情。

"……看来日期的确要偏了。不，看来已经慢了，没错。"伊藤的声音也越压越低，"看来已经晚了一天吧。"

"不，可能已经晚了两天。"

"什么……"

伊藤倒吸了一口凉气，建部则以他所恐惧的天地异变仿佛就要来临的眼神仰望天空。不明就里的春海不知道该写到哪里才好，他拿着稿本和笔，有些寂寞地站在原地。

"历上的日期偏了？"

像是神启蓦然闪过般，春海的嘴巴擅自说出这句话。而且这绝对不是什么精彩的事。春海忽然感到,自己稍早觉得愚蠢而付诸一笑的可怕想法又再次断断续续、毫无脉络地涌现。

不知道建部和伊藤是否和春海一样觉得恐怖,他们倏地回过头。

"嘘——"两人异口同声地指责春海说话声太大。

"是……对、对不起。"春海也立刻压低了声音,"所谓的偏了是……"他再次询问。

建部和伊藤无言地交换了眼神,像是在揣测现在是否可以把话说白。

"安井算哲……要是听到'今天其实是后天'的话,你会怎么想?"建部反过来问春海。

这个问题超乎春海的想象。问题本身过于异想天开,他双手拿着纸笔,呆呆地张着嘴,短时间内说不出半句话。

"为、为什么……会有这种事?"

在回答问题之前,春海又丢出一个问题。过于震惊的他声音不断颤抖。

拿着手灯的伊藤静静地看着两个人对话。他的表情告诉春海,他早已知道答案,但那不是他该说的。伊藤和建部又再次交换眼神。接着,他们没看向春海,而是看向浮在天空中的月亮。仿佛不知是该谴责谁也碰不到的月亮,还是该谴责碰不到月亮的自己。

"宣明历。"他们简短又断定地说。

春海完全没想到这个问题不久后会成为阻挡自己去路的终极难题,并创造出让他必须投入一生的对决。他只是一句话也说不出来,追着建部的视线看向月亮。

不知道为什么,早该看惯的皎洁光芒看起来竟是如此诡异。

三

月蚀的观测结束之后,一行人来到春海的房间躲避寒风。

"现在世上所有的历法都起源自宣明历。"

建部更加严厉地敛起他那一本正经的表情，一掌拍上堆在大腿上的各地颁历。他的态度像极了讲解世间罪恶根源的僧侣。就连脸上总是挂着和蔼笑容的伊藤也不是很愉快地抱起双臂，双眼看向空中。

春海对两人异常紧张的气氛感到惶恐，他缩了缩脖子。

"我听说这是唐国很有历史的历法……"

春海讲得不干己事。话说回来，要把拥有数百年历史的国家历法和自己扯上关系才比较困难。心头那诡异的恐怖尚未消去，完全不明白这样的恐怖来自何处，春海感到越来越困惑，只能退一步到旁观者的位置。

"八百年了。"建部尖锐地说。

"真的是太久了。"

伊藤的声音里带着感叹，就像在说那岁月才是对世间做了坏事的人。

也许这就是事实，他们说得并没有错。春海也隐约能理解这一点。

正如建部所言，宣明历是掌管日本全国历书的历法。伊势历、三岛历及京历都因地而不时会在当日吉凶和大小月排列上有所差异，但基础的历术全都依存于同一个术理。

宣明历在天安元年传进日本，准确来说是春海目前这个年代的八百零五年前。渤海国大使乌孝慎将唐朝的"长庆宣明历经"教给当时的历术博士大春日朝臣真野麻吕。知道这本历经有多么优秀的真野麻吕上奏当时的清和天皇，请求采用这本历经。

清和天皇及属下立刻下令进行改历的准备。在天安改年号为贞观后，天皇开始施行宣明历。当时清和天皇在文德天皇驾崩后才刚即位，据说他希望能有一个"让民众清楚知道治世革新的方法"。所以除了改元之外，改历是一个更恰当的方法。向民众宣告"治世已变"，并向天下"宣明"新上任的天皇将为世间带来良善的意志。为了达成这个目的，最重要的手段便是改历。

从此以后，宣明历一直是国家的历法。其中一个理由便是宣明历的确是一套优越的历法。

"不论一套历法多么优秀，它的寿命顶多只有一百年。连续用了八百年，这简直是在开玩笑。"

建部说得毫不留情。对学习历术的人而言，这是常识。

毕竟在解读天体运动这种规模巨大的现象，并为其找出法则时，除了需要花费漫长年月观测，更需要精巧地累积有正确术理证明的历术。而且日月到现在都尚未被彻底解读，所以误差一定会在某处出现。当误差出现时，这份历法就该寿终正寝。所谓的钻研历术，就是钻研正确的观测及术理，让误差出现的时间尽可能地延后。

完成一套永远不会出现误差的历法是学者终极的梦想。然而要实现这样的梦想，人智所未能及的范围终究太过广阔。他们必须连续好几世代都进行北极出地的观测活动，也需要从未见过的崭新术理。

因此，宣明历施行后，曾经好几次有人尝试改历。这件事春海也知道。历术和算术一样，是春海到江户城工作前在京都跟几位老师学的。不过他的程度只是"曾经读过经典作品的开头"，完全跟不上建部和伊藤的脚步。

"为什么会发生这种事呢……"春海只能呆呆地提问。

"恐怕是因为朝廷不断抗拒吧。"

伊藤压低了声音细语，春海完全听不懂他在说什么。伊藤知道这个话题本身就十分狂妄，要是哪天被谁听见了，可能会闹出一场大事，所以他的态度始终如一。不过其实这也的确是事实。

"……为什么要抗拒呢？"春海下意识地配合伊藤，压低了声音。

建部毫不客气地开口："没有来历的历法……也就是说，朝廷认为许多新的历法都是无名的民众编的。"

举例来说，贞观元年后约一百年的天历年间，当时的阴阳头[①]贺茂保宪精准地看穿宣明历会在八十五年之内出现误差，他急于寻找对策。当天台宗的僧人日延前往中国时，贺茂交给他一项公务，命令他在中国学得新历法。日延前往吴越国的杭州，在当地学到作为公历使用的"符天历"后回国，将改历的方法带给贺茂保宪。

"那好不容易才带回来的历法被他们白白地丢了。"

[①]阴阳寮的长官。阴阳寮在律令制中属于中务省，掌管天文、气象、历、时刻、占卜等事务。

建部再次啪的一声打上那叠颁历。放在最上面的是他刚买的折纸颁历伊势历。看起来就像会遭天谴的动作让春海心头凉了一下。

"只因为那不是出自官吏之手的历法吗……"

"真是个无聊的借口。说什么当时的唐国处于四分五裂的乱世。日延当初不得不跨海前往中国是因为当地的教典在战火中被烧得精光，中国的本山才来寻求我国的教典。那样的时代怎么可能找得到具有优良传统的东西。"

"呃，实际上的理由是……"伊藤用手捂住口边，摆明了要说秘密的样子，"朝廷里绝大部分人都没有办法理解好不容易才得到的新历法……不，应该说他们根本不知道历法偏了。"

伊藤这段极度不敬的话让春海呆住了。然而，就是因为这个原因，朝廷才会到现在都还持续使用宣明历。事实上，在过去将近一千年间，不仅是历博士，朝廷的重要职位都已世袭化，让新进的有能人士继位的情况十分少见。

学术水平自然而然滑落，但朝廷却彻底实施"墨守成规"的态度。他们称颂古老的传统，将之神秘化，并将所有该革新的事物消除。

尤其是掌管历法及天文的安倍家和贺茂家的阴阳师们，他们被视为处理鬼神咒术者，而非钻研算术术理的人。这一点也刺激了整个趋势。他们的子孙大多无法理解应该被继承的技术，也欠缺学习的欲望及能力。更有甚者——

"你去和现在的历博士京都贺茂家的人聊聊看。什么叫博士？漏刻之术、历法、天测法全都被他们说成秘传的技术，完全不公开。这只有一个意思：这些技术全都没了。"建部说。

顺道一提，漏刻指的是测量时间的术理。若是连这技术都已流失，那学术水平的低落程度自是不言而明。而且建部和伊藤说的并不是八百年前的事。他们说的是这个国家目前的状况。这种八百年来技术丧失、学术低迷的状况。

室内原本就相当寒冷，但春海感到这件事为这里抱着火钵的每个人带来另一种寒意。在别人通知他月蚀之前来回翻滚时的骇人想法又再次毫无脉络地出现在春海脑里。

事实上，这个国家并没有一个可以正确统治民众的权威，迟早有一天会再次被推翻，这就是春海的荒谬想法。然而，欠缺这样的权威并不表示会有活力满溢的自由。春海觉得人们在抗拒这些各自为政的权威被推翻、继而改朝换代。或许这就是大家在抗拒"息吹"。而且不只是个人生活的息吹，还有国家规模的息吹。

天守阁的事蓦然划过脑中。春海想到的是被明历大火烧尽的江户城天守阁。年轻的春海的确觉得没有重建天守阁一事本身就代表他们脱离了战时的混沌，而他也得以亲眼目睹新时代的开始。

然而，现在的春海却害怕回想起失去天守阁后的蓝天。若是那片蓝天的另一端真的什么都没有……到了最后，根本没有所谓新时代的到来，众人不过是被德川幕府的权威蒙骗而放弃了息吹。

每当他回想起那个对安稳的棋士生活感到厌烦的自己，这样的想法便更是骇人。德川家在江户开府，天下太平之世到来，然后，该怎么做？

虽然一心精进棋艺，但要一辈子都做这份只能重现过去棋谱的工作吗？太平之世是要从道策那种拥有璀璨天赋的人身上，夺走让他展翅高飞的能力吗？

春海的思考来到此处，便完全断绝。历法的偏差，这几个惊人的字导致他的思考不断跳跃，让他摸不着半点头绪。对当时的春海来说，这已经不是他能跟得上的想法。当历法有所偏差，这世上将发生什么事？又或是说，允许这种事发生的决定又将具有什么意义？一切都过于荒诞无稽。

"迟早会有一天连蚀都很难预测吧……"建部的表情越来越认真。

"到了那个时候，我们终于要……"

伊藤像是在思考什么。

无暇顾及两人的春海只顾着体会能像现在这样离开棋士一职，参与北极出地这一大事业的己身幸运。他从心底想感谢神佛为他带来将自己救出厌烦境遇的算术。正当他打算把这件事告诉两人时——

"有件事让我很在意。请问那是什么书？"

伊藤指着春海放在一旁的书说。那是春海在先前观测月蚀时，慌忙递给伊藤的关孝和稿本。

"这是……"

虽然说得支支吾吾，春海还是告诉他们这是出自某算术大师之手的稿本。

"名字是？"

"是何处人士？"

建部和伊藤随即一同咬住春海不放。春海不得不顺应情势，将金王八幡的算额绘马的事、礒村塾的事，以及"一瞥即解的武士"关孝和的事告诉两人。

"没想到江户居然有这种人物。"建部用力地握紧拳头，"我想入他门下做他的徒弟。"他明白地说道。而且居然连伊藤都点头称是。对这两位老人来说，为了钻研学问而向比自己小三十岁的年轻人低头，似乎不是什么痛苦的事。

"有个年轻的老师真好。"

"是啊、是啊。这样一来，我们就不需要担心老师给我们上课上到一半时暴毙了。"

他们甚至还为此同乐。尽管如此，这两位是右笔和御典医，他们的交友关系受到幕府的严格限制，自然不能随意向市井间的武士求教。虽然如此，江户有一个能让他们想拜为师父的人物存在，这本身就是一种喜悦。他们完全忘了稍早的沉重气氛。

"对了，算哲，你怎么没去当他的徒弟？"

"就是说啊，安井先生。这真是太可惜了。"

如果春海去做了关的弟子，他们便可以间接学到关的算术。话中别有企图的两人朝春海逼近。

"因为我自以为是……"

结果春海不得不将自己以算术挑战关一事说出来。不，不只是挑战一事，他甚至还被迫说出自己愚蠢地出了一道错误的题目。

"那是我生涯之耻……"

然而，眼前的两人却丝毫不介意春海苦涩地垂下头的模样。

"拿来。"

"请让我看看。"

"咦……"

"我是说那道题。"

"请务必让我看看那道题目。"

就连春海也慌了起来，他坚持自己早已丢了那道愚蠢的问题。

"你脑子里总有吧。"

"那是你自己出的问题。我们可不会轻易相信你已经忘了喔。"

春海被两人的气势逼得节节败退，待他回过神来时，他已经拿起笔，当场写下那让他难忘的痛苦题目。

"……方积无法算出斜边的值，这是它成为病题的最大理由吧。"

"唔，真是错得彻底啊。"

"真是个完美至极的错误啊。"

建部和伊藤双眼发亮，在微暗的灯光中，高兴地抢抄春海的误问，让春海实在看不下去。这样的羞耻让他整个人仿佛都要烧起来。而且，两人还理所当然地要春海让他们抄写稿本。无法拒绝的春海除了让他们知道自己的误问，更让他们看了关那本才气满溢的稿本，双重耻辱让春海一阵眩晕。

"我说算哲啊，你学习的方法真不错。从这个误问就可以看出来了。"

"真叫人羡慕啊。毕竟你全心全力出了这个误问。"

灰心丧气的春海只能含糊地答着"啊，是"。只有这一次，他不觉得这两人的称赞让人高兴。他只想求神明让他们两人赶快去睡觉。

四

时节入春，随即转夏。

观测队一行人结束东海道的天测后，进入山阳道，前往四国。他们从舞子滨搭船前往淡路岛的岩屋,接着从福良来到鸣门。然后,他们前往抚养,南下进入室户,又北上航行至盐饱的小岛,再从该处回到山阳道,向萩前进。

从那个时候开始,建部的步调就缓下了。

虽然如此,在一行人抵达赤间关(下关)之前,他都尽责地指挥天测,也从来没有疏忽以步测和算术预测北极出地一事。但在不久之后,久咳不愈的症状开始给他带来步行上的困扰。

建部仍旧主张渡航前往九州岛,但在伊藤及随行医师的说服下,他不甘地答应留在赤间疗养。在春海的辅佐之下,伊藤代他指挥全队,绕了九州岛一圈。此外,他们还与各藩交涉,派遣观测人员前往琉球、朝鲜半岛、北京和南京。

大约半年之后,这些观测者们将观测结果报至江户。"朝鲜三十八度、琉球二十七度、西土北京四十二度强、南京三十四度"。

虽然他们不能算是进行了详细的天测,但仍旧得到一个大概的数字。

在这些数字被报回之前,观测队回到赤间,和数月未见的建部会合。建部虽然在当地专心疗养,但春海一看就知道他的病情恶化。他的脸色有如蜜蜡般泛黄,而且还不断地痛苦咳嗽。

"我之前吐血了。"

一见到睽违已久的众人,他便简短地说道。很明显是在勉强自己的他离开床铺,和伊藤、春海对面而坐,一本正经的态度仍旧没有改变。这样的他反而让春海感到悲痛,半句话也说不出来。

"是这样啊。"

让春海不敢置信的是,一旁的伊藤居然微笑着平静回答。建部的话等于是在说他要离开这份观测事业,回到江户。春海试着挤出几句话,却只能用手越来越用力地抓住双膝。一心相信建部会回到观测队的春海在回到赤间之前,只想象出建部会不甘地听他汇报在九州岛各地的北极出地观测,然后再次振奋起来的表情。

"五畿七道到现在才走完一半喔。"

伊藤干脆地说。听起来像是在体贴病人的悲痛,也像是要丢下病人不管。这是出自身为医师的职责，还是他天生的性格？不论如何，春海都从心底感谢伊藤这样的态度。他没有勇气独自面对现在的建部。

"我知道。"

"您要先回江户一趟吗？"

建部点了点头。他试着开口说些什么，却不断咳嗽，话不成声。

"那我们应该可以在犬吠埼那边重新会合吧。"

伊藤代替建部说下去。他没有安慰对方，只是把他已经决定好的事说出来。

"那里看星星会很清楚。"

建部深深吸了一口气，让肺部静下来后，露出微微的笑容说道。

这个时候，春海在心里松了一口气。他纯粹以为身兼御典医一职的优秀医师伊藤向他保证了建部的痊愈及复职。具体说出犬吠崎这个地名更让他备感安心。

此时，建部已经决定要回到江户进行北极出地的中期报告，并继续疗养。与此同时，伊藤和春海要带领观测队在山阴道上前进。虽是朝着江户前进，他们也不会进江户城呈报，而是绕着房总北上。这和建部在出发前所排的行程几乎相同。

虽然没有什么细节要谈，但伊藤还是细心地一一向建部确认。这个时候的春海并不知道，这是伊藤对接下来必须缠绵病榻的人的体贴。这是为了让病床上的建部可以随时在脑中清楚描绘旅程的模样，也是为了让建部不要放弃归队这个最大的希望。也许是伊藤那细心又稳重的态度成了良药，原本上气不接下气的建部也稍微稳住了呼吸。

"我们要感谢神佛让我们能顺利走完一半的旅程，也要祈求今后的保佑。"

他们要中间拿来在这次事业中除了特殊日子都不能喝的酒，也叫中间把酒分给其他房间里的队员。不过这当然不是让大家大口畅快地喝酒，这毕竟是为了"祈念"而喝的酒。

"我也有一个很大的心愿。"

建部小口啜着酒，低声说。他虽然像是在自言自语，双眼却盯着春海。

"是……"

在那一瞬间，春海也只能点头表示赞同。

"是什么样的心愿呢？"伊藤微笑着要建部继续说下去。

"浑天仪。"建部短暂说完后，放下杯子，"用球仪将天上所有的星星标示得一清二楚。太阳的黄道、太阴（月亮）的白道、二十八宿的星图，将所有天体的运行编排在一个球体上。然后——"

此时，建部露出春海第一次看到的表情。那是一个看似不好意思、看似害羞的表情。接着，建部用双手比出一个抱住什么东西的动作，仿佛在爱惜着眼前什么都没有的空气。

"然后像这样……我想用我的双手拥抱天……走上黄泉路。"说完之后，建部放下双手，"我是这么想的……一直，不知道是从什么开始。"

"听起来真是愉快啊。"

伊藤表情温柔地点了点头。一旁的春海则被吓傻了。他知道有种东西像地球仪，以球形表现天上的星象，而建部告诉他们的构想正是那个东西的完成形。而且当建部说出要用他的手拥抱天的时候，春海觉得自己的确隐约见到那个幻影。建部因病倒下之后仍然能做出正确无比且细心的指挥，正是因为是这样的他说的，春海才会看到那样的幻影。

"如何，算哲？"

建部炫耀般说。对春海而言，他的确觉得建部是在得意扬扬地炫耀。你能在脑里描绘出这种东西，并朝实践迈进吗？春海感觉建部像是跟他这么说，让他着实心有不甘。

"我会努力向上的。"

春海下意识振奋起精神，给了一个有些答不对题的答案。不过建部似乎觉得这个答案十分有趣。

"努力吧，努力吧。"

建部难得像个年轻人一样，没有顾忌地放声大笑。伊藤也笑得特别开心。

"我一定会努力向上的。"

只有春海一个人特别认真、执拗地重复同一句话，让两个人又愉快地笑了起来。

隔天早上，春海等观测队一行人走上山阴道朝东方前进，建部则在医师的陪同下坐上轿子，踏上回江户的路。

自此之后，春海再也没有见过建部。

这片大地——地球果然是圆的。

涩川春海，二十三岁。宽文二年的夏末，他来到铫子犬吠埼。一望无尽的景色足以让人忘记背后有陆地，仿佛立足于无尽海面的孤岛上一般，甚至连那不知道是几百里外的云层动向也一目了然。当然，当太阳下山后，便是满天星斗。而且就算不刻意抬头，星星就在眼前的水平线彼方绽放出璀璨的光芒。春海陷入仿佛置身于星云中的错觉，他不禁朝空中大大张开双手。

"用双手拥抱天"。如果置身于此，也许就能达成这个愿望。

出一道和星象有关的题目吧。

眼前的光景让这个想法突如其来地涨满春海胸口。误问之耻的痛苦早已淡化，只剩下雀跃的心情。

观测时的辛劳反而能带来观测结束后的满足感。当初他们原本预定在南侧的犬若岬进行观测，但就现实而言已是不可能。浪蚀明显的犬若岬迟早有一天会消失。他们不能将子午线仪架设在这种过于危险的地形上。为了避免不合理的设置造成道具损坏，一行人在北侧的犬吠埼进行天测。北极出地的结果是三十五度四十二分二十七秒。

春海和伊藤的预测都差了十分以上。观测队另外也测量了许多恒星的纬度，春海都一一记录下来。

"星星真是太美了。"

伊藤感触很深地说。他的手上拿着刚顺利观测到的木星数值。会移动的恒星和北极星不同，十分不好观测。他们必须在恒星来到子午线的那一瞬间将它对准象限仪望远镜的正中间。除了木星，他们也得一一观测其他恒星，不眠不休地记录数值。操作工具的队员们已经被锻炼得有如名人般驾轻就熟，能在伊藤的指示下毫无滞碍地完成工作。换个角度来看，这就像大家一同操纵一艘大船，在星海中航行。接着，伊藤摊开拿着纸片的手，仿佛在称赞眼前这片光景。

"这些星星可是被称作让人困惑的星星啊。这不过是因为人误测了天，以错误的方式理解天的道理。只要能正确认清目标，理解天的道理，就会得到这样的结果。"

伊藤用纸片轻轻划过春海刚写下数值的记录簿。

"这就是天地明察。"

他笑眯眯地说。他的笑容如此幸福，让看的人也跟着高兴起来。

"天地明察，是吗？"

春海忍不住重复了一次。对于这项靠北极星来测量纬度的事业而言，是再适合不过的四个字。不，对只能站在地上抬头仰望太阳、月亮及星星的人类而言，天体观测和地理测量才是连接天与地的无形道路，更是人类唯一能碰触天的方法。他觉得这四个字正这样高声宣告。

同时，先前那个题目的构想又突如其来地再次有了模糊的轮廓。成列的星星以及尚未尝试过的算术术理隐约在脑中浮现。在他掌握这个想法的头绪时，他就已经知道要让这一题成形需要费不少工夫。不过他一定会让这一题成形。在这趟旅程、现在这份工作结束之前，他一定会完成。当春海正这么想时——

"我也有一个很大的心愿。"

脸上仍旧挂着笑容的伊藤认真地说，只有语气变得像在讲悄悄话一般。

"唔，与其说是很大的心愿，或许该说那是个梦想吧。"

建部说出"拥抱天"时的表情倏地在脑海中浮现，春海条件反射般探出上身问道："是什么样的心愿？"

"有所谓的'分野'，对吧？"

"是的。是占术的⋯⋯"

"对对对。星辰的异常变化即为国土的吉凶之兆，就是这个。"

这么说起来，春海回想起伊藤除了算术之外，也精通占术。

分野是中国的占星思想，意指将每一个星宿对应到国土上。所有星宿都对照到中国各地的土地上，掌管天文之人的责任便是用最快的速度发现星辰异常变化的征兆，在影响波及该星辰对应的国家前做出详细的报告。分野掌握了国家的命运，与单纯的占星截然不同。这是集结了国家经营之学、占星思想和地理地势学的巨大思想体系。

伊藤是想学得分野，并彻底钻研这门学问吗？春海在那一瞬间是这么推测的。然而，和建部那时一样，伊藤说出了一句远远超出春海想象的话。

"我觉得，如果把那套分野拿来套用在日本全国，应该会很有趣吧……我是这么想的。"

"日本全国？"

重复了这四个字的春海哑口无言，无法继续接下去。在听到这句话的一瞬间，他就已感到一阵冲击，但他接下来才领悟这句话有何意义，更加强大的冲击仿佛就要让全身麻痹。

分野原本是中国特有的学说。日本全国的土地上不过配置了几个星宿。现在要将满天的星宿对应到现今江户幕府统制下的全国领地，创造日本特有的分野。这是伊藤的意图。也就是星象界的以下克上，天下统一。达到这个目的的大前提是制作一份日本全国的粗略地图以及精确无比的天文观测。除此之外，他们当然也必须能够随心所欲地应用膨大的占星术知识。

这样的行为将会推翻许多以中国古典为顶点的学问体系。目前世上的学问态度将会有一百八十度的大转变。甚至可以说日本将跳出中国这个巨大的历史、文化框架，尝试创造日本独自的文化。

如果他们能完成这样的事业，世上所有宗教家都会为此惊愕吧。也许这才是神道或阴阳道这些日本自古以来的宗教真正成为日本独有的宗教的一瞬间。

"太、太了不起了……那真是太了不起了，伊藤大人……"

春海以颤抖的声音赞扬。冲击感让他一阵晕眩，仿佛都要发烧了。

同时，他发现这才是和建部说的浑天仪成对的想法。若是没有能将所有星宿的运行组成一个球体的浑天仪，他们不可能完成伊藤说的"制作日本的分野"。而若是没有分野这样的想法，在天文术这种学问尚未体系化的这个时代里，也没有人能想到将漫天星斗归纳在一起的浑天仪。浑天仪和分野其实是二合为一的梦想。建部和伊藤，当两人组成一组时，他们才能拥抱这个巨大的心愿。

两个人为什么会让他看到这荒谬无稽的一大构想呢？意思是他也是计划中的一部分吗？春海认真地忍不住想这么说出来。

"不不不，就我的年龄来看，我恐怕没办法在我生命告终前追上它。"伊藤说道。

反过来说，伊藤曾为了实现这个梦想而努力打下基础。这等于是在说他曾经试着画过一个高可达天的巨城设计图。光是这样，就需要习得多少学问，花费多少日子钻研？春海想象着这一点，一阵战栗划过背脊。

"所以……那个……我想我至少得把这个想法传承给年轻人……"

但春海当时却被完全相反的事情深深感动。人有与生俱来的寿命。虽然如此，想要开始做什么都不会太晚。建部和伊藤就是证据。虽然是体力和精神都已衰退的年龄，他们仍然抱持着少年般的好奇心，不放弃挑战的意志。听说伊藤是过了四十才学得天测的术理。自己不是才二十三吗？一切不都是才要开始吗？春海品尝着这样的幸福感。

"如何？很有趣吧。"

伊藤露出一如以往的有礼且柔和的笑容。对于早已习惯城中各种人物的傲慢态度的春海而言，这个笑容就足以让他感到新鲜。

"是的。真的非常有趣。"春海精神饱满地回答。

"交给你了喔。"伊藤动作极为自然地拍了下春海的肩膀。

"交给我吧。"

春海不禁条件反射般以笑容回应。此时的他完全没有料想到这句话将会成为他空前绝后的事业。他只是反复品味"我接下来才要开始"的念头，沉醉在喜悦之中。

五

隔天早上，当一行人准备从犬吠埼出发北上时，阿延的事忽然划过春海胸口。

照这样走下去，回江户会是一年多后的事。由于一路上四处会遇上天气不好的时候，和藩之间的协调也花了不少时间，一行人的行程比建部排的计划晚了数个月。等到秋天过了，入冬之后，想必会有更多时间上的延误。

春海想着是否该为这件事写封信，捎给在江户的阿延。他要拜托阿延等他公务完成。如果是现在这个地方，要捎个一两封信易如反掌，而且公务中寄私信也不会被谁责备。

然而另一方面，春海也犹豫着是否该这样再三叮嘱，写信道歉并拜托阿延。毕竟他要出题的对象不是阿延，而是关孝和。他居然拜托阿延来当这场对决的见证人，想起来就觉得自己实在是拜托了一件奇怪的事。只不过，春海此时莫名地感到一股幸福涌上。这样的心情来自他确信就算他不再三叮嘱，阿延也一定会等着他。他现在没来由地为阿延提出要保管那个误问一事感到高兴。阿延那个时候的笑容是他心里的支柱。这是种如此不可思议的感觉。

春海到最后都没有捎信给矶村塾及荒木邸，前进在奥州道上。

几天之后，他反倒收到了一封信。寄信的人当然不是阿延，是正在江户疗养的建部。春海从中间手上接下那封信后，亲手递给伊藤，而伊藤则念出信的内容。

"建部大人的身体还好吗……"

春海问，不禁露出担心的表情，伊藤则以一个无可言喻的温柔笑容回答：

"那个人啊……满脑子只想着要尽快追上我们呢。"

这句话让春海完全放下心来。建部意气风发地在旅途中某处归队的身影清楚地浮现在脑海中。因此，他丝毫没有料想到建部的病情竟然日日在恶化。

一行人进入会津。在藩士的帮助之下，这次的天测是至今最充实的一次，伊藤写了一封感谢信给会津的城代家老①田中三郎兵卫正玄。

---

①藩主去江户朝觐时，担任守城和领地内全部政务的家老。

顺道一提，田中正玄被第二代将军秀忠的老中土井利胜称作"天下的名家老之一"。他代替几乎无法待在领地里的保科正之，成为会津立足的根基，为会津鞠躬尽瘁。春海也通过围棋工作和田中正玄成为知心的朋友。田中正玄灵活的思考及不藏私的性格影响春海甚深。

每个藩对观测队的支持程度不尽相同，有时甚至会为事业带来阻碍。有的藩甚至将天测视为间谍行为，将错误的情报告诉观测队，拘禁前去报信的先行部队。

加贺藩的态度尤其强硬。他们从一开始就将观测队视为幕府间谍，反对观测队在通往城里的任何一条路上进行观测。为此，伊藤必须在当地持续进行交涉。事情没有演变到"无法天测"，全都是因为藩主的一句话："余对天测这东西有兴趣。"他以这句话安抚家臣，将观测队请进城里。

加贺藩的人在城里设宴款待春海和伊藤，请他们详细说明天测的实态。

津津有味听他们说话的人，正是年仅十九岁的加贺藩主前田纲纪。这位年轻的藩主虽然才刚开始着手进行藩政改革，但已彻底实行的新田开发、贫民救济以及教育普及等政策已让改革出现效果。不仅是春海，任谁都没有想到这将是后世所赞"加贺无贫者"的基础，更是为加贺藩带来丰饶至极的百万石太平之世的源头。

只不过这个时候，春海对眼前的纲纪感到一股鲜明的感动。这份感动和他从建部及伊藤身上感到的不同，仍旧稚嫩的年轻人毅然决定背负藩国命运的身影让他得到一股能让身体发热的勇气。

纲纪或许也对年纪相近的春海感到亲切吧。

"余曾经从肥后守大人那里听过你的名字。"

听纲纪亲口这么说，春海吃了一惊。纲纪口中的肥后守大人当然是厚待春海等安井家棋士的会津藩主保科正之。对纲纪而言，保科正之更是他的岳父。因为纲纪在将军家纲的指示下，娶了保科正之的女儿。

"我的名字……您指的是不是我的兄长安井算知？"与其说是惶恐，春海几乎是畏缩至极地回问。

"余听说有个叫安井算哲的人，他的围棋技巧纯熟，而且还擅长算术和历术。"

说到算术和历术，那就是春海没错了。几乎等于是将军家纲监护人的保科正之居然会提到自己的名字，与其说是高兴，春海只觉得心头一凉，恐惧至极。

"您太过奖了……我对围棋和其他所有的术理都还掌握得不够纯熟。"

但纲纪不知道是中意春海的哪一点，他和稳的双眼明确地看着春海说："余想你接下来还会接一些重大任务。余能帮得上忙的地方都会尽力。"

如此一来，一行人便顺利得到进行天侧的许可。然而，纲纪究竟是否预料到他此时的话会在遥远的将来以意外的形式成真呢？

春海只能和伊藤一同跪拜在地，反复表达他们对纲纪的感谢。

他们来到北端。

这里是奥州津轻的最前端，三厩。

"四十一度十五分四十六秒"。这是旅程的终点。所有队员心中感慨万千。大家朝大海另一端的虾夷地①发出喝彩的声音。虾夷地并没有被包含在这次的事业中。接下来他们要一路南下，在东侧的沿岸等数个地方修正天测的误差后便可以返回江户。

伊藤双手合十，拜天、拜海、拜地，献上对事业顺利完成的感谢。

春海也一样满心感谢地看向强风下晴朗无云的夜空。响遍四周的波浪每一声仿佛都在鼓舞自己，鼓舞着终于成功新出了一题的自己。

现在，写那道题目的纸片就在怀中。从犬吠埼出发北上后，他便一路进行考察，在来到三厩的昨天终于完成出题。

花了数百日观测的星宿排列，建部那句"拥抱天"，以及伊藤那段要将星宿配置到日本全国国土上的话。在这些事物的触发之下，春海出题时使用了他第一次尝试的最新术理。

但是，这道题目并不只是仗恃着使用了最新的术理。当春海尝试着用一道算术题来表现这趟持续观测星象的旅程时，他发现只能使用这个

---

① 现今的北海道。

术理。

比起达成目标的自豪感,担心这一题是否为无术的不安感更加强烈,春海一天之内就重新检查了好几次。也因为这样,写了题目的纸立刻就变得皱巴巴的。若是如此,他早该把题目拿给一旁的伊藤看,寻求对方的意见,但他却有一段时间不敢这么做。因为他还是相信建部会归队。虽然在三厩的天测已经结束,他们还必须进行误差修正这个需要纤细技术的作业。建部的归队仍旧有其意义。而春海也希望能同时让建部和伊藤看到这一题。他相信这是对让自己参与这场旅程的两人的礼仪。

所以当一行人离开三厩,开始朝江户前进时,春还还是没把这件事告诉伊藤,把写了题目的纸揣在怀里。

"要是知道我们已经结束三厩的天测,想必建部大人一定会感到十分不甘吧。"

出发前,伊藤低声说了这句话后,便没有再提到建部,简直到了不自然的地步。

当一行人留宿在白河时,他们收到一封信。从中间手上接下信,春海看见上面只写了寄信人是建部,便自以为内容是在说建部近期将会在某处和他们会合,感到十分高兴。春海急忙把信交给伊藤,对他说:

"建部大人是否结束了漫长的疗养,可以再次踏上旅程了呢?"

伊藤静静地读着信。

"看来他的确结束了辛苦的疗养生活。"

他一时闭上双眼。

春海松了一口气。他相信伊藤也一样安下心来。然而,当伊藤再次张开双眼时,却以温柔的表情看着信说:

"他似乎跟他的弟弟反复提到,如果他归队之后顺利完成工作,他想要拜一个人为师。"

春海感到自己的笑容冻结。他的脑子慢了一拍,才顿悟其中的理由。为什么信里会特地写到建部跟弟弟这么说?这简直就像是间接听到这件事,不是吗?然而他的脑子早已理解事实正是如此。

"就算他本人没办法,也应该让建部家的某个人去拜那个人为师……"

他想拜为师的,理应就是关孝和。一定是这样没错。春海脑中冷静的部分这么想。然而剩下的部分却在冲击之下陷入茫然,根本无法思考。

"听说那个人一直说着同一句话直到最后呢。"

"……最后。"

在那一瞬间,春海无法接受,任由那两个字自手上滑落。他感到那两个字就那么滚入沉默中消失。

寄这封信的人是建部直恒,是春海所知的建部——这个事业的发起人建部昌明的弟弟。在宽文三年的春天到来之前,在春海和伊藤回到江户之前,生病的肺无法痊愈,建部过世了。

过于强大的冲击让春海的脑中一片空白。

那是送行的人会有的表情。

春海终于明白身为医师的伊藤为何会露出如此温柔的表情。在建部离队回江户时,想必伊藤早已预料到这个局面。春海领悟到这一点时已经太迟。是什么让他迟了?他下意识地将手放到胸前。

出题。

笨蛋。心中某处扬起责备自己的声音。这个笨蛋。为什么不在三厩让伊藤看那一题?如此一来,伊藤一定会说给建部看看。那样不就能捎信给建部,让他能在最后的日子里看见自己的成果吗?这样就能向让自己参加这趟旅行的建部表达感谢——

所有的情绪一齐涌上。就连心里的声音都中断,春海差点就让呜咽声宣泄而出,他拼命咬紧牙根忍住。他怎么能撇下伊藤,自己哭出来?伊藤可是跟好友建部长年以来为了实践这个事业而一路努力过来的人。失礼也得要有个程度。这个笨蛋。只是就算心里这么想,闪亮的物体仍在眼角不断累积,让视野一片模糊。感到鼻子深处一阵热,春海发出可怜的声音,吸了吸鼻涕。

"建部大人他,怎么会……"

为了掩饰这样的声音,他还是不小心发出了哭声。然而伊藤却微微地点了点头。这是他对建部及春海两人的温柔动作。

"他毕竟是建部大人啊……我想他一定是说着真遗憾真遗憾而临

终……"伊藤微笑的眼里也浮现出闪亮的东西,但他轻轻地眨了眨眼,"他去得很安详。"

伊藤说得温柔,仿佛就像在慰劳建部一般。

"我想他一定是在梦中拥抱着天……一边数着星星一边离开的吧。"

春海很难看地吸着鼻涕,把纸从怀里掏出来,摊在榻榻米上。

"这是我用在这趟旅程中掌握的术理出的题目。正如您所见,我的技巧尚未纯熟。可是……可是,我一定会让您看见我的努力。我会努力,有一天一定要……"

涌上的感情再次打断春海的声音。伊藤没有看向春海悲伤扭曲的脸,只是一直盯着题目看。

"我、我一定要……亲手解开上天的所有谜团,并将这份学问发扬光大,让它来证明我对建部大人和伊藤大人的感谢。"

春海终于说完了。伊藤怜爱地轻轻抚过问题。

"这一题出得真好。"留了足够的时间等春海忍住眼泪后,伊藤才缓缓地抬起头,莞尔一笑,"交给你了喔。"他砰地拍了下春海的肩膀。

"交给我吧。"

春海低下头,再也忍不住的眼泪自双眼中滑落。

六

宽文三年,夏。

去年十二月已经二十四岁的春海顺利结束旅程,回到江户。他将双刀紧紧地系好,虽然不断往左倾,但他还是坚持着走出了会津藩邸。

他的目的地是位于麻布的礒村塾。

从北极出地的旅程回来之后,已经过了一个多月。

宽文元年十二月朔日出发,这趟旅程长达四百八十七天,距离则长达一千二百七十里。观测队在旅途中进行了一百五十二次天测,他们和许多藩交涉,共有数百人参与其中。这的确是一大事业的成功。

旅途回来的六天后，春海拜访了礒村塾。那个时候，他得到村濑的许可，把他在三厩出的题目贴在私塾玄关的墙壁上。

回到江户之前，春海不断确认题目中是否有错，伊藤也帮着他一起确认。很想说自己对这一题的术理大有自信，但误问之耻却在此时突如其来地狠狠苛责春海。每天晚上只要一入睡，他就会梦到自己出的这一题旁被写下"无术也"三个字。那仿佛是在轻蔑讥讽他的三个字总让他倏地惊醒。

这已经不是能不能为上次的误问雪耻的问题。耻上加耻，多次的失态是不是会打碎他所有的骨气和自尊心？这样的恐惧让他在回到江户后要去张贴题目时差点心灰意冷。

事业的报告是伊藤的工作，春海只需要先回到会津藩邸告诉众人他已回到江户，再四处去跟几位重要的棋士打声招呼，为自己的缺席道歉即可。

回来三天后，春海和伊藤约好一起去建部的墓前祭拜。在岁数相差甚远的弟弟建部直恒的带领之下，他们祭拜葬于家族墓地一角的建部，更再次在心中刻划下要亲手做出浑天仪的誓言。

建部并无子嗣，已是绝后。他有两位哥哥和一位弟弟，三个人都有孩子，只有建部昌明的系谱一片凄凉。也许是因为这样，弟弟建部直恒才会说：

"我希望我的孩子务必拜兄长想师事的人为师。"

他似乎相信这才是给哥哥最好的祭品。春海虽然大力赞成，但离开墓地后，他却感到心里一阵复杂。自己接下来要挑战的对手，建部直恒希望自己孩子能师事的人，都是关孝和。

他原本以为自己在北极出地的旅程过后将会拥有百倍的勇气，但他却被足以让人筋疲力尽的怯懦支配。目前这个时期，春海在江户没有工作，他只需要迅速收好行囊，回到老家京都后，待初秋时节再回江户即可，可说是无事一身轻。

也许是这样的轻松反而让他失了气力，"干脆就这样拿着自己的题目回京都吧"，"反正私塾里肯定没有人记得我要出题的事"，春海脑中浮现出这种对自己有利的想法。而每当他有了这种想法，阿延生气的表情和微笑的表情便交互出现，叱责、鼓励胆小的他。这五天来都是这样。

然而这样烦闷的日子在第六天被一扫而空。这都是多亏了安藤。

此时安藤正好回到会津，不在会津藩邸内，但他将两本书托给同僚，请同僚在春海回来时交给春海。春海回到会津藩邸后立刻收下这两本书，并带着惊讶读完了它们。

其中一本竟然是安藤去年出的书。《竖亥录假名抄》，安藤曾经有一段时间拜《竖亥录》的作者今村知商为师。他对老师的术理做出精辟的注解，并在完全理解后加以说明。竖亥，就是"难解"的代名词，出了这本书后，安藤就等于和现在著名的算术家并驾其驱了。这本书正是从不懈怠的安藤的真髓所在。

另一本则是那一年出版的书，作者是一个名叫村松茂清的算术家，书名《算俎》。书中特别值得一提的便是解开圆的术理这一点。村松除了证明"三点一四"比这个国家过去所用的圆周率"三点一六"更加接近正确解答，还算出了极为精细的数值。

自己前进了多少，世上的算术家也前进了多少，不，他们前进得比我还多。

春海感到不知从何处传来的报时钟声似乎直接撞进他的脑袋。也因为这样，受到刺激的怯懦念头让他踌躇不前，几乎一心只想冲回老家京都。然而所谓阳极必阴，阴极必阳，大致读完两本书时，他已经完全看开了。

走吧。自己必须接受挑战。受人挑战才是真正的钻研。他断然不能在没有人挑战的情况下说自己研究出什么成果，更无法让自己接受。毕竟，安藤相信春海在旅程中会完成新的题目，所以他才将这两本书托给同僚，在无言之间将切磋琢磨的意念传达给春海。

因此，在回来后的第六天早上，春海好不容易挤出勇气前往私塾。这是相隔了一年又四个月，比他和阿延约定的日期还要晚了百日以上的卷土重来。

出来迎接春海的人是村濑，他正好在准备午餐。门生们各自去做生意，私塾里没有半个人。春海是刻意看准了这个时间才来的。或许他心底某处回想起和阿延一起吃饭的情景，又或许他是在期待这样的情景。来私塾的路上，他会临时起意买鱼干就是最好的证据。那些拿着笼子的女人告诉他这次的鱼是目刺^①。的确有一支竹签穿起鱼干的眼睛，将鱼干穿成一串，但春海总觉得它们要比目刺扁。看来阿延又会问他这到底是不是目刺了。春海这么想着。然而当他到了私塾，阿延却不在那里。

"那家伙嫁人了。"

村濑泡着茶，话说得异常温柔，而且还有些抱歉的样子。

"咦？"

"年底的时候，忽然有人来谈婚事，然后也谈得很顺利。对方呢，呃，看起来是个不错的男人，也没什么地方好挑剔的。我们就在对方的强烈希望之下，年一过就帮他们办了婚事。唔，荒木先生和我也算是放下一颗心……"

村濑感触很深地说，语速有些快。这个平常总是说话爽快、笑起来也爽快的村濑看起来似乎也有些尴尬。

嫁人了。所以她才不在啊。春海想。嗯，那真是太叫人高兴了。

"恭喜她了……"

话才刚出口，冰冷的思绪随即涌进胸口。春海条件反射般倒吸了一口凉气。那份思绪冰冷到他无法阻止的地步。这是什么？让人惊愕不已的丧失感袭卷春海，让他失去了支撑身体的力量，不只手上的碗掉了，他甚至还想趴倒在眼前的长桌上。

这是怎么回事？这和上次领悟到自己出了误题时的感觉不一样，也和过去看见天守阁消失时的感觉不一样。他只是全身无力。有那么一瞬间，他完全不知道自己是为了什么才待在这个地方。是为了要挑战关孝和。除此之外没有别的理由，不是吗？他试着在心里告诉自己，却徒劳无功。

"这真是……良缘天成啊。"春海像是个不知该如何是好的迷路孩子，

---

① 通常是沙丁鱼等小鱼制成的盐渍鱼干。

无力地说。

面对这样的春海，村濑则回得消沉。

"然后，那家伙……她把涩川先生你的问题带走了。她说那是可以让她回想起这家私塾的东西。"

"我的……"

春海单纯地感到惊讶。那种误问究竟有何用处？然而，不知道为什么，他欣慰地松了一口气，甚至觉得自己得到了救赎。

"真是不好意思，涩川先生。"村濑的话中带着安慰。

春海摇了摇头。

"没有关系。是我不好，我没有按照约定，赶上我跟她约定的一年……"

春海垂眼看向碗，看见自己映照在茶水上的脸。这沉痛的表情是怎么回事？与其说是惊讶，他越来越不知道自己该如何是好。感觉就像回到江户之后，发现他失去了可以回去的家。

"鱼干配上几乎是白开水的茶也不怎么样。"

忽然试着转变话题的村濑站起身，春海原本以为他去了厨房，他却拿着酒瓶回来了。

"喝酒吧。"

"好……"

春海没有在太阳还高挂的时候就喝酒的习惯。虽然感到惊讶，但不知道为什么，他还是一口气把茶喝完。村濑先是帮春海倒酒，而春海则是等到村濑为他自己也倒好酒后才开口：

"我先喝了。"

春海一口吞下将近半碗的酒。他对自己做出这种事感到不可思议。他原本相信自己应该算是个不太会喝酒的人，但现在他就是想用这种豪迈的方法喝。村濑的温柔笑容要他这么做。爱上一个女人，最后跟她结为连理，这种事本来就少之又少，婚姻终究是家族与家族之间的决定，而代代相传的家系中有男人也有女人。有个声音在已经开始醉了的春海脑里对他这么说，但他的意识却被发热的胃占据，根本无暇倾听。

然而，村濑却小口地啜着酒，感触很深地说：

"真是道好题啊。"

眼泪倏地模糊了视线。春海垂下视线眨了眨眼，挥开不知为何来的眼泪。接着，他看向放在长桌上的纸，以及写在上面的那道题，那道自己亲手出的新题。

今有如图大小星圆十五宿。只云角亢二星周寸相并一十寸。又云心尾箕星周寸相并廿七寸五分。重云虚危室壁奎五星周寸相并四十寸。问角星周寸。

即"今如图共有大小十五个以星宿命名的圆并排。角星和亢星的圆周长相加等于十寸，心星、尾星及箕星的圆周长相加等于二十七寸五分。再者，虚星、危星、室星、壁星、奎星的圆周长相加等于四十寸。问角星的圆周为几寸长。"

这道题目里用了二十八宿中十五宿的名字。他该为了让术理没有错误而减到十二宿，还是该豁出去增加到二十八宿？这个问题困扰了他很久，不过由于在津轻最北端测量到的北极出地的分值为十五，所以他将数字定为十五。

"……招差术吗？"

村濑淡淡地扬起嘴角。醉醺醺的春海点了点头。

这是一种最新的算术，也是构成这一题的主干术理的名称。要如何将众多的要素导向共通的解？除了天元术之外，现今已有各式各样的天文历法传入日本，研究这些学问也十分盛行，但还没有一本书能成功建

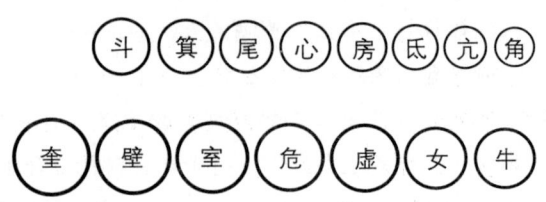

立完整的体系。至少春海并不知道。村濑恐怕也不知道吧。他的眼里已经满是要抢在关之前解开春海问题的斗志。但村濑还是以非常温柔的语气对春海说：

"我等会儿会把关先生和涩川先生你的名字写上去。你不会喝酒吧？看你晃成那样，大概没办法写字吧。"

"我在摇晃吗？"

"一直左右晃啊。"

这么说起来，春海也觉得是这样。他原本以为是村濑在左右来回倾斜。

"这是一道很棒的题目，涩川先生。"

沉醉在这一题中的村濑夸赞春海。他的声音里带着诚意，足以深深渗入春海酒醉的心里。

"唔……"

"这是一道很好的问题。我说，涩川先生。"

"谢谢您……"

"关先生也一定很期待能解开这一题。你出得真是太好了。"

春海一低头，身体便开始前后摇晃。在微微苦涩却又舒适的酩酊感中，春海感谢着一切。感谢北极出地的旅程、感谢建部、感谢伊藤、感谢安藤、感谢村濑、感谢阿延。他感谢算术，更感谢和自己接触的算术有关系的所有人。接着，他喝完剩下的酒，便仰面倒下，其后大概有半小时左右，他都待在梦里。他在星海中轻飘飘地浮着，感到异常安逸。

真是太不得了了。

当春海慌忙从梦中飞奔而出、回复神智时，发现他正蜷身在私塾的一个角落里，有人帮他盖了棉被。村濑只是笑了笑，但春海还是俯首为自己的失礼及丑态赔罪，随后速速离去。

那个时候，他看见自己出的问题已经被牢牢地贴在玄关的墙上。而且村濑不只在上面亲手写了收件人"关孝和大人"和出题者"涩川春海"，更写了"所有门人皆可解"的煽动文句。如此一来，春海便无处可逃。

与其说心情高昂,他简直是心惊胆战地回到会津藩邸。

隔天早上开始,春海就非常非常害怕,害怕得魂不附体。那一题是不是无术?他相信是最新锐的术理是否根本不存在?要导出十五宿的圆周长是不是根本不可能?梦魇的因素源源不绝地出现。

不过,他还是鼓起勇气前往私塾确认解答。这也都多亏了安藤。不久,安藤因公自会津来到江户。

"您出的题目如何呢?"

打完招呼之后,安藤便立刻问道。春海原本想先聊一下他对安藤著书的感想,让心情平静下来。

"来吧,来吧,让我看一下吧。"

在看起来非常期待题目的安藤的催促下,春海让他看了题目的抄本。凝视着那道题目,安藤缓缓地点了点头,一言不发地抄下题目。

"那么,请让我也挑战这一题。"

安藤的宣言说得理所当然。此时,一道安心感轻轻划过春海心头。他原本以为安藤会立刻解开这道题。如此一来,他虽然会对安藤与自己之间的差距感到不甘,但至少题目本身有错的噩梦会随之消失。

隔天早上,春海心急地问:"请问您解开了吗?"

安藤却莞尔一笑。"我解不开。"

安藤说得断定,让春海全身一颤。

"难、难不成……不会又……"

然而安藤却仍是满脸笑意地歪过头。"这个嘛,怎么说呢。如果是一瞥即解的武士,他或许早就解开了。"

安藤硬是将平常所用的会津腔转成江户腔,催促春海前去私塾。

"这是男人赌上一辈子的对决。鼓起勇气去吧。去吧、去吧。"

隔天早上,安藤把春海一路送到玄关,然后塞了一包著名的柿饼给他,送他走出藩邸大门。春海还记得那个时候他曾把刀重新系好,并刻意在安藤面前站稳了脚步,但那之后的记忆却完全消失。他回想不起他是怎么走来的。等回过神时,他已来到荒木邸的门前。春海蓦地发现自己竟站在如此骇人的地方,吓得整个人都要跳起。而且现在正好是门下学生聚集的时候。大家亲切地对呆站在原处的春海打招呼后，朝里面走去。为什么他会做出这么愚蠢的事？他大可以在人群聚集之前或是散去之后再来。至少他也该先站远一点观察，看准了时机再悄悄靠近。为什么要在众目睽睽之下确认自己出题的结果……

当春海下意识地感到退缩，想要转头就走时，村濑倏地出现在玄关口，而且两人的眼神还完全对上了。村濑露出笑容，招手要春海过去。如此一来，春海就不能在明知失礼的情况下还一溜烟地逃走。他迈开僵硬的脚步前进，并用颤抖的手递出柿饼的包裹。

"你真是了不起啊，涩川先生。每次都带礼物来呢。"

村濑感慨地收下包裹。看到他用下巴指向玄关方向，春海一阵战栗。光是这样，他就知道自己贴在那里的题目有了变化。春海立刻背过身去，但他感到自己的脸正在进行试着将瞪大的双眼转向玄关方向的怪异行为。等他回过神来时，他的脸已经跟上了双眼。不仅如此，连他的脚也跟上了。当他战战兢兢地朝玄关走去时，双眼所见的东西终于来到意识中。

玄关右侧的墙壁。稍偏右上的正中央附近。自己的题目就被贴在那里。

接着，那片空白上有一块墨黑的部分，上面写了些什么。

春海清楚地看见上面写了"无术"二字。那是他在噩梦中见过无数次的笔迹。然而那不过是一瞬间的事，幻影随着确定自己没看错的恐惧一同离去，之后只剩下写得流畅的解答。

七分之三十寸。

也就是四寸二分八厘五毛七糸一忽四微……这是必须写下"有奇"，表示该数除不尽的数值。解答的数字已经经过四舍五入。

"四寸五分，关"。

这次春海是真的呆住了。他屏住呼吸，一动也不动地盯着解答。有人拍了拍他的肩膀。他还没来得及回头，村濑便把一个东西递到他面前。是笔。村濑要叫他做什么。在那一瞬间，春海无法理解。

"这个解答如何，涩川先生？"

被村濑这么一问，春海才终于拿起笔。他可以感到门下学生聚集到他背后，观看他的行动。在这些视线之中，春海觉得他可以感受到建部、伊藤、安藤，以及不在现场的人们的视线。阿延也在他心中的某处对着他微笑。

"明察"。

他一写下这两个字，现场随即起了一阵骚动。有人称赞说真不愧是关，有人啐着说被关抢先一步，也有人只是满心钦佩，众人的反应不尽相同。

"真是太好了，涩川先生。"

身旁响起村濑温柔的声音。他轻轻地从春海颤抖的手上将笔拿下。

炙热的感情猛然涌上，春海几乎是无意识地将双手举至眼前。

啪！他高声地将双手一拍。门人们瞬间安静下来。

他跨越了什么。有什么已经走到终点，又有什么会重新开始。春海有这样的感觉。

"谢谢。"

双手合十的春海闭上双眼，对题目及答案深深低头行礼。村濑和门人们只是默默注视着春海虚心诚挚的礼拜。

第四章

授时历

一

发生了几个事件。

所有事件都发生在宽文五年至六年间。而且每件事都留在春海心里，并对他的一生造成影响。首先，春海从北极出地回来的两年后，宽文五年十月，一本书的出版引发了众议。

《圣教要录》。

这本书的作者叫山鹿素行。他出生在会津若松，是个毋庸置疑的武士。他的身材相当瘦小，容貌极为稳重，时年四十四岁。

他幼年时期随父亲来到江户，学习朱子学、儒学、神道及兵法，成为各领域的专家。同时，他对歌学也有所涉猎，是个纵横文武两道的人。在众人眼中，他是著名的兵法家和儒者，尤其在兵法领域更是自成"山鹿流"一派。因此，除了赤穗藩以千石的俸禄招聘他之外，先代将军家光原也有招聘之意，后因家光驾崩而未能实现。山鹿拥有的教养及见识正是如此受人信赖。

这位人物本身非常稳健，但他的言论却拥有燧石般的威力。言论本身十分理性，思路也井然有序，并不会让人感到他在散布偏激的思想。然而不知道为什么，只要和山鹿这个人有所接触、接受他的教导，或是对他的思想有所共鸣，脑海里或胸口中便会不可思议地燃起一把火。虽是再三复述，山鹿本身是一个不动如山、冷静至极的人，但从他身上接下无形燧石碎片的人总会像油芯一般，任这些碎片烧起一场大火，不论结局是好是坏。譬如说在许久之后，赤穗藩的数十名藩士引发了一场巨大的骚动，江户民众称他们是"赤穗浪士"。若是要举出谁给他们的思想行动带来强烈影响，山鹿素行恐怕难逃其咎。就算山鹿本人没有那个意思，他还是会自然而然地成为起火点，或是成为导火线般的角色。

"这样是否会让幕府不悦呢？"跟山鹿亲近的人以及他的弟子曾试着阻止他。

"圣学不应藏私。"

山鹿却摇了摇头拒绝，并以这样的信念出版了早先所说的那本《圣教要录》。

圣学是孔子的教诲，特别是规范日常生活的教诲。他的意图其实可以说非常简单。复古，也就是应恢复到古代的儒家教诲。这个复古意指众人应舍弃被局限在观念世界的概念，专心致志于"日用之学"。

而这也可以说是必然的思想发展。

在江户幕府这个全新的时代诞生之时，众人希望能有一个世界观可以横跨过去到未来，以抽象、广泛的方式来解释这个世界接下来的走向。而适合这个世界观的，正是朱子学。江户幕府的太平之世和朱子学之间是剪不断理还乱的关系。

朱子学以佛教的逻辑、道教的原理及儒教的世界观为三大支柱，支撑起所谓的"新儒教"，在中国是最重视解开"世界与人类的存在关系"的哲学思想。世界是什么？人类又是什么？世界和人类之间又有着怎么样的关系？

在社会安定之后，人类从这种原理性的思维转向追求"礼学"这种构筑社会的具体思想。雄伟的世界形成原理逐渐转化为卑俗的、应该被称为政治学的理论。接下来，抽象的议论慢慢衰废，导致更重视个人、民众和道德实践的思想萌芽。而这样的道德实践也变形为扎根在当地风土民情之上的意识，变得个人化，同时也朝狭窄范围内的共同体意识、民族主义自觉的方面倾斜。

在这种思想的"动脉循环"中，山鹿素行的《圣教要录》承担的责任应该就是废除抽象理论。他在书中井然有序地解释了在个人化和民众化之下"接下来武士该如何生活"的道德实践理论。

应该废除朱子学的抽象性。

那个对江户幕府而言，可以在思想层面证明其存在理由、诞生之必然性的世界观。支撑着德川家治世的根本原理的"世界与人类的关系"——

山鹿将这一切一刀两断。

宽文六年三月二十六日，发生了另一个事件。不过这不是会引发众人争议的事件。

酒井雅乐头忠清不再需要负责老中奉书①的工作，同时升任大老。他目前仍是健壮的四十二岁。这次的升职极为理所当然，感觉就像是淡淡地走上早已准备好的位子。过去的四老中之中，松平伊豆守信纲在四年前去世，阿部忠秋今年隐退，松平乘寿死后成为老中的稻叶美浓守正则四十三岁，比酒井还要大一岁，但他的家世和实绩都比不上酒井。

松平信纲和阿部忠秋将酒井培养成百分之百的将军辅佐人。成为大老之后，许多事情的批准都渐渐交给酒井一个人判断，不过这不是因为将军家纲是非不分，也不是因为酒井偏向独裁，而是因为先前优秀的合议制创造出极为明快的治世流程。政务上的窒碍难行无论何时都有可能发生，但这些状况都在发展为纠纷局面前被静静处理掉。

这很像酒井的风格，一个定石接着一个定石。身旁的人也知道酒井下一步会有什么想法，所以不会引发混乱。

春海单纯地感到佩服。他佩服酒井居然能像机械一样工作。

这是酒井的特质，也是现今的江户幕府要求酒井应有的态度。如果是春海，他恐怕会无法忍耐。他一定会立刻因厌烦而痛苦挣扎，脑袋也会出问题。

春海事不关己地这么想。不过事态让他越来越无法置身事外。酒井现在的权力是将军一人之下，万人之上。而这个酒井还是和以前一样，

---

① 老中在将军命令之下发行的宣旨文书，老中须在上面签名盖章。

不时会指名春海来陪自己下棋。春海在转眼之间便因为和围棋不相关的事而受到众人瞩目。

和酒井水火不容，不，应该说是单方面讨厌酒井，担任寺社奉行的井上正利等人或许是因为没办法当面批评酒井。

"喂，围棋武士，大老大人在等你呢。"

他们开始故意大声揶揄。而揶揄的对象自然是身份为棋士却被赋予双刀的春海。

为了间接讽刺赐双刀给春海的酒井，粗鲁的井上替春海取了这么一个直截了当得让人垂头丧气的绰号。不过这个绰号的确相当容易上口，原本称呼春海为"算盘先生"的茶坊主们也改口称他"围棋武士"，但他们似乎不知道这个绰号究竟是褒还是贬。和以前不一样的是，这件事开始进入春海的耳朵。应该说是越来越多人都想把这件事情告诉春海。他们想要借此窥探春海的反应。有人奉承，也有人揶揄。就春海而言，不论来者目的为何，他都不知道该如何反应，只能回说"唔，是这样啊"。而大家似乎觉得他这样的回答跟酒井那淡然、缺乏感情的态度十分类似，所以便有谣传说酒井中意春海，就是因为物以类聚。换句话说，春海隶属于酒井那一类，是非常稀有的存在。

"那么……我之前拜托您的山鹿老师的事，不知道现在是怎么样的状况？"

来向春海询问这种事的人忽然增加了许多。这才真的是春海无法回答的问题。酒井也绝对不会把这种事告诉春海。

"唔，这个嘛……"春海只是茫然若失地回答。

春海的确在寺社的棋会里见过山鹿几次。不只是这样，他仔细一想，发现自己似乎还跟他下过几次像是指导棋的棋局。好安静的人啊，这是他那时候的感想。他觉得山鹿非常认真地想学棋路，只是态度似乎有些机械化。

"这个青年不是武士。他不过是个棋士。"

山鹿大概是这样看他的吧。但那不是让人感到不快的经历。对于提倡理想武士像的山鹿而言，对方是不是武家这一点或许是一种尺度。也因为如此,他们两人的关系自然不亲近。

不过也许是因为春海被酒井重视,所以人们才会认为春海掌握了众多人脉。甚至还有人问春海:

"山鹿老师是怎么想的呢?"

而且连棋士都会问他一样的问题。说穿了,他除了摆出困惑的表情之外,别无选择。但是,大家还是会来问他。大家想知道答案已经到了这个地步。

山鹿素行这号人物的影响力更甚于他引起的争议。山鹿的兵学是向北条安房守氏长学的,但现在北条却反过来仿效山鹿的言行。

北条是大目付。掌握江户秩序的人率先尊奉山鹿的言行,这必然会带来"山鹿言行即为善"的风气。

此外,有许多人都对山鹿的思想以及新世代的武士像产生了共鸣。然而这并不代表这些人理解、斟酌过山鹿的思想,而是情绪上的因素较为强烈。在太平盛世中,许多没有妥当职位的武士失去了生活的方向,他们擅自期待山鹿能为他们提供一个适合自己的生活方式,因而对他的学说产生共鸣。

而这足以让人做出超越道理的行动。即便山鹿本人没有那个意思,但他或许拥有煽动者的才能。的确有许多人为了消除内心的郁闷,而在寻找一个能煽动自己的人。

而且不只是男人,山鹿的言行甚至也为大奥①带来影响。

将山鹿推荐为前代将军家光侍儒的女子名叫祖心尼。她不是别人,正是那位春日局的侄女,同时也是家光侍妾阿振的祖母。她在大奥是一派强大势力的领导者,这一点自然毋需赘言。大奥是江户幕府一直以来的"不治之症",若是将军家纲下了决定,祖心尼对幕府阁僚的影响力或许能和大老并驾齐驱。

也因为如此,城中所有人都不得不对山鹿素行这个名字抱持着紧张的好奇心。很少有人能正确理解山鹿究竟哪里不好,为何会给幕府带来

---

① 将军的正妻及侧室在江户城内的住所。

这样的紧张感。春海也搞不懂。不过他总觉得恐怖。那是他在那趟北极出地的旅程中，在伊势感受到的无来由的恐惧。而他并不知道那样的恐惧正中眼前这个状况的红心。

不过，事情以极为单纯的方式落幕。

宽文六年十月三日，大目付北条氏长告诉被传唤来的山鹿，幕府已经为山鹿发行《圣教要录》一事定罪。

九日天色未明时，山鹿被赶出江户，流放至赤穗。

是谁基于何种心态这么做？为何幕府会如此紧张？除了臆测之外，春海和所有人什么都不明白。这一切都是幕府阁僚的判断。不过不论如何，事情已经结束。紧绷的气氛消失，城里每个人都松了一口气。

春海也终于能摆脱被众人追着问的日子，全身无力。

然而在不久之后，春海身上发生了另一件事。事件由义兄安井算知引发，对春海而言则是一生的决定。换句话说，他成亲了。

二

"妻子……是吗？"春海愣愣地盯着义兄算知。

四十九岁的算知虽然即将迈进知天命之年，但仍然意气风发。瘦长的身躯让人联想到鹤，下垂的肩线让他和武士威严无缘，却为他僧侣般的打扮平添一股凛然的典雅。

长子知哲陪伴在算知身旁。知哲是一个看似少年、皮肤柔嫩的二十二岁青年。气色极佳的脸颊，圆滚滚的体形，个性看似悠闲，长相也特别讨人喜欢，总让春海联想到乌龟。

鹤和乌龟并排坐在春海对面。光是看着这一幕就让人觉得喜气，但春海才是真正有喜事的人。

"唔。"

"恭喜。"

算知点了点头，知哲则深深低头行礼。安井一家很久没有一起出门工作。在会津藩邸以亲戚身份打完招呼后，算知脱口而出的便是这件事。春海与其说是吓了一跳，其实毫无真实感。

"可是我……就连打扮都还是这个模样……"

这句话先从春海的嘴里流泄而出。已经二十七岁的春海越来越觉得自己有刘海是一件丢脸的事。这已经是少年的发型了。虽然发型不同，但当同样有刘海的知哲来到眼前，他心里受到更大的刺激。

"酒井大人应该什么都没说吧。"

听算知这么一说，春海的心情变得复杂，听起来就像酒井有权决定春海的服装打扮一般。然而事实上，酒井既然赐了两把对棋士而言毫无意义的刀给春海，就表示他有意将春海视为"幕臣"。而双刀是构成武家风格的核心，他将双刀赐给春海，却不责怪春海的服装打扮。这个事实反倒发挥了等同"维持现在的样子"这个命令的拘束力。

然而，春海很怀疑酒井是否想到那么多。酒井很有可能是擅自判断"这家伙就是这种家伙"，所以才会放着他不管。

春海一直置身暧昧又自由的立场，如果要说谁不好，也是春海不好。就算他有一天无法再离开这个立场，他也不能抱怨。

"先别说这个了，算哲。"算知语气一转。

听到算知用一句"先别说这个了"就把成亲的话题搁到一旁，春海感到惊讶。难道这样就已经决定了吗？试着想这么问的春海被算知打断。

"我要坐上棋所的位子。"

算知的这句话，以及似乎已经听说这件事的知哲脸上的认真神色，让春海也不禁露出认真的表情。棋所正是棋士的顶点，不需多加解释。这让春海想起过去算知和本因坊算悦为了争夺棋所之座而进行的争棋——六局决胜负。

"那么哥哥您要再次在将军大人面前下棋……"

若是算知坐上棋所的位子，感到不服的本因坊道悦将会提出一较高下的要求，而两人也不得不这么做。六局决胜负最后以平手告终，安井家和本因坊家至今仍在争夺棋所之位。至少所有棋士都是这么想的。然而算知接下来说的话却远远超越春海的想象。

"我已经把这件事透露给道悦大人了。不过不只是我。你们所有人都是。"

"所有人……"

看到春海无法立刻理解，知哲帮忙解释：

"这是要在将军大人面前下棋一决胜负的意思，哥哥。"

少年天真的声音里带着魄力。春海将双眼瞪得又圆又大。他的义兄打算拿争棋当杠杆，将棋士之间一决胜负的棋局带进城里。他们要以认真对决的棋局取代那重现过去棋谱的上览棋。春海明白这一点，就连他都感到那种紧迫，颈背上的寒毛似乎都竖了起来。

"再这样下去，围棋会灭绝。围棋不是公家的家艺。光是安稳的上览棋并不会让新的棋路诞生，迟早有一天会连将军大人都感到厌烦，而我们围棋四家就只能废败衰亡。"

这是算知的主张，也是他的决心。他将自己投入胜与负的旋涡，借以对本因坊道悦主张的"安泰"提出尖锐的反对。为此，算知背负了担任棋所的劣势。若算知登上棋所之位，他的每一场棋局都将是对方常先的对局，也就是挑战他的人可以拥有先落子的权利。先手必胜是围棋中最重要的定石，若是两者实力相当，后落子者通常会败北，所以至今才会无人愿意登上棋所之位。然而从算知的角度来看，这也是让围棋衰败的原因之一，必须有人填满对决的空白才行。

"所以，算哲你得娶妻。"

话题终于回到这件事上。在算知的带领之下，安井家将率先投身于看不见未来的对决。相应地，春海要以第二代安井算哲的身份努力过得安泰。春海完全没有可以反驳的借口。应该说连春海自己都感到意外，心中竟会对胜负棋涌现如此高昂的心情。对于因厌烦而痛苦的春海而言，算知的决心正是他的救赎，想来也是理所当然。只有一件事让他很在意。

那位女子对我埋头于算术和星象这一点是怎么想的呢？

这个不像是疑问的疑问浮现心头，但春海并没有说出口。

那天晚上，春海在藩邸的庭院里看星星。

庭院里除了日晷，还放了小型子午线仪和小象限仪。队员们将这次北极出地时中间用来修正误差的小象限仪让给他，这是一件满载着回忆的道具。

在他单独完成一整套天测程序后——

阿延小姐把那张写了误题的纸放到哪里去了呢？

春海忽然感到一阵不舍。在他出发前往北极出地前见到阿延的微笑之后，已经过了快五年。在他这么想的那一瞬间，他终于有了娶妻的真实感。

"你还拿着那道题目吗？"

春海抬头看向星空中的天元北极星，低声问。当然，他没有得到答案。他甚至不知道自己希不希望阿延还拿着那道题。不过这样就好。不知道就好。

不久之后，亲事顺利地完成。

酒井升任大老，山鹿被流放，而春海成亲。再过不久，春海就会知道这三件事都和之后即将到来的最后一个事件相通。

三

春海每天要做的事情增加了。香粉和粗茶等供品。向岛的除咳爷婆石像、八丁堀的化妆地藏、长延寺的牡丹饼地藏、牛岛神社的抚牛。他在每一个地方都求"疾病痊愈、身体健康"。除此之外，只要听到有食物、汤药、药丸等东西能增加体力，他便飞奔前去购买。

一切都是为了他的妻子阿琴。阿琴身材娇小、皮肤白皙，蒲柳之质的她只要一有什么事情就会发烧，但她还是很坚强地主张自己身体很好。春海用尽所有心力去爱护他的妻子。

春海和阿琴在婚礼上第一次见面。好歹也是一介幕臣的安井家长子不可能去相亲。谈亲事首重门当户对、家中安康，女方的容貌根本不在考虑范围之内。因此，春海在京都老家举行的婚礼上才第一次见到阿琴。

她看起来有些畏惧,给人的感觉有些紧张,春海觉得那样的她很可怜,同时也很可爱。

春海二十八岁。阿琴十九岁。两个人都结婚很晚。

春海结婚尤其晚。明明结婚已经迟了,还顶着奇怪的发型。春海觉得这样的自己很丢脸,也很认真地担心这样的发型是否会让对方不安。在宴会结束,只属于新娘新郎的飨宴也结束之后,两个人准备就寝。

"这样的男人会让你感到不安吗?"春海认真地问。

像是吃了一惊,阿琴倏地抬起头,她也是一脸认真地摇了摇头,接着又慌张地低下头。

"我还不懂事,请您多多指教。"

不知道是谁——应该说除了母亲之外没有其他人——让她练习了很多次的样子,阿琴深深地行了一礼。春海不禁也跟着低头行礼。两人同时抬起头,以奇怪的姿势双目相会。对这两个人而言,这是他们第一次好好地面对面看着对方的瞬间。只是两人又随即低下头。春海之后才听说阿琴那时候虽然低着头,其实是很努力地不让忽然安下心的自己笑出来。

就春海而言,他觉得阿琴笑出来也无妨,但阿琴在婚礼结束一个多月后才开始露出柔软的微笑。之后,她开始频繁地露出笑容,让春海松了一口气。阿琴总是笑眯眯地听着春海说话。春海尤其常聊到星象的事。由于他每年都必须离家来往京都和江户之间,所以他希望能让阿琴知道即使两人分隔两地,还是看着同一颗星星,借此减少她的寂寞。

在婚礼之后,春海第一次前往江户的早晨。

"阿琴真的很幸福。"

阿琴目送春海离开时,对他说。被她这么说的人才是真正幸福。

也因为这样,春海为妻子阿琴频繁地四处参拜祈愿,并寄信送东西给她。而另一方面,义兄算知也渐渐为他的对决做好准备。

胜负棋在棋士之间引起众议,即便是最为重视"棋士之安泰"的本因坊道悦也不得不对"公家的家艺"这句话表示同意。公家的学术衰败到如此地步,为了掩饰这一点而将其神秘化、仪式化,连公家自身都为之悲叹。在这些议论中,道策很安静,只有双眼散发出闪亮的光芒。他的眼神偶尔会和春海交错,但被他澄澈得骇人的双眼笔直一看,春海十分为难。

春海现在是提倡胜负棋的安井家一员。道策无言地热切期望那"六十局决胜负",春海越来越没有理由可以拒绝。

不久之后,算知终于坐上棋所的位子,道悦也做好觉悟要参加对决。但之后的决定在所有棋士间掀起了一场巨大的骚动。

"以二十局决胜负。"

这场空前绝后的争棋正是将军家纲的决定。也就是说,将军家纲的围棋技巧纯熟,希望能看到白热化的精彩棋局。

当然,其他棋士的"胜负上览棋"也开始有了可能性。除了做好万全准备的算知及道悦,就连尚未拥有下上览棋资格的道策都以那双年轻的灼热双眼看向春海了,春海也别无选择。当春海终于做好和道策一决高下的准备时,城里开始传出一个谣言:

"听说德川家有个人想要把围棋武士请去他的领地。"

对于这个谣言,春海一笑置之。他只觉得这真的是毫无根据。恐怕是大家误以为他受到酒井的宠爱,才传出这种谣言。

唯一的可能性,便是厚待安井家的肥后守大人保科正之,但他不可能刻意把春海请到会津去。这个时候,保科正之在江户的三田已经有了会津藩邸,他大多数的时间都待在那里。几年前的病让他的视力减弱,因此他难得登城,将军及幕府阁僚大多通过使者和他来往。义兄算知是陪他下棋的棋士,而春海和春海的义弟知哲基本没有什么机会可以见到他。

而且自己若被聘至会津,见到妻子的机会便越来越少。身体孱弱的阿琴就那么被留在京都,实在过于可怜。这是春海听到这个谣言时的第一个感想。

只不过,宽文七年九月,春海的确收到邀请,然而对象并不让人意外。因为那个人过去曾经好几次要求安井家的棋士去下棋。场地也是位于江户的宅邸,春海只需停留一天。

邀请春海的人是"水户的御屋形①大人"水户光国。他是常陆国水户藩的第二代藩主，后来改名为水户光圀，成为权中纳言，也就是所谓的"黄门大人"，成为广受江户民众爱戴的周游故事主角。

光国身躯十分巨大，相貌威严，正值刚健的三十九岁。武艺锻炼出来的躯体肌肉发达，握着棋子的手要比春海厚上一倍。要是被他狠狠甩一巴掌，虚弱的自己肯定当场毙命。每次和这个人下棋时，春海总会这么想。

光国现在虽是声势水涨船高的明君，但据说他年轻时可是个粗暴至极的人。春海不知道这种恐怖的故事真伪如何，不过他曾经听说身为德川家一员的光国过去血气方刚，曾经沉溺于砍杀路人的凶恶行为。听说他的个性和以杀人为心灵慰藉的恶人德川忠长十分相像。只是狂暴至极的忠长最后被怀疑谋反，虽然身为上代将军家光的亲弟弟，却终究被判切腹身亡。而光国和他不同，"对学问的感动"解除了他激烈的暴力冲动，将疯狂升华为正确的好奇心，成为他人生的救赎——他本人是这么说的。

因此，光国对学问的热情和不断增长的好奇心远异于常人，他甚至将藩的三分之一石数都投入钻研学问。此外，他对"食"也非常热情，譬如说他独特的乌冬面制法里凝结了他个人的创意及工夫，不是一般人可比拟。春海曾经吃过他做的乌冬面，实在美味至极。

然而问题就出在光国经常发挥他那强烈的好奇心。举例来说，他招聘明朝的遗臣朱舜水为师，除了学问之外，他更从朱舜水那里学到了许多料理。因此，春海曾经吃过好几次名叫"拉面"的奇妙油腻面食，也吃过他只觉得是腥臭腐败肉块的"饺子"。

另外，光国爱喝的饮料是颜色和血一样鲜红、味道和茶垢一样的南蛮酒。

光国以来路不明的乳制品以及各种野兽的肉配上被称作珍陀酒（红酒）的饮料，用来招待他的客人。与其说他是美食家，他更像是个跟织田信长一样喜欢新事物的人。就日本人的味觉而言，不论是乳制品，抑或

---

① 江户时代对藩主的敬称。

是猪肉或羊肉，都可以称得上是古怪食物。春海好几次都在做好相当程度的心理准备后，将这些食物放进嘴里，硬逼自己吞下去，还要忍着不吐。光国总是打趣地边看这一幕边笑，这是他的兴趣。

然而这次光国却和以往不同。首先，他没有一边喝那深红色的酒一边下棋。他只拿出茶和茶点招待春海。茶点是用麦子揉成的东西烤的，这是很稀奇的东西，但不至于让春海一放进嘴里就痛苦得昏过去。

不知道为什么，光国和春海聊的话题有大半都被数年前的北极出地占据。他不断提出有关天测情况、星图制作法等问题，而问这些问题可是需要连春海也感到惊讶的精深专业知识。因此，两人在不知不觉间就聊到建部遗留的浑天仪的话题。

旅程结束后，春海在江户及京都每夜都进行天测，试着设计浑天仪，但离完成还十分遥远。然而他无论如何都想完成。他几乎已经是一边求神，一边在错误中打转了。他如此热衷于浑天仪的制作，一个原因当然是他要为建部的梦想奋斗，而另一个原因则是那个关孝和的存在。

准确地说，春海是被关孝和的最新稿本彻底击败了。

第二次出题之后，春海理应有脸去见关孝和，但过了这么多年，他仍无法将之付诸实行。不知道为什么，他一直出不了下一题。不是因为他什么都想不到，而是因为他想到太多题目，无法定下心来选一个。他觉得这样的自己实在丢脸。而两人年龄完全相同这一点也在他心中留了一块疙瘩。如果关孝和年纪比他大，或是比他小，他或许就能坦率地和对方成为好朋友，虚心求教。然而他无法这么做。

稿本是村濑亲手抄的，他将稿本作为春海的婚宴贺礼送给春海。早在读完之前，关孝和的惊人奇才就震撼了春海。

绝异。

有一段时间，春海的脑里只有这两个字。这本稿本里有太多优异的才气闪现，纸与纸之间仿佛有无数道思想的火花划过。

是龙。这是从天而降的龙。这是上天赐给地上的天意化身。

春海甚至还有了这样的想法。与其说是心醉，这几乎已等于是在眺望天空中的星星。

稿本让春海将两人之间的差距看得如此清楚，他只感到束手无策。然而，他绝对不允许自己就这样下去。他一定要再次挑战关孝和。他想要证明自己现在有这样的资格。这种想法被投射在制作浑天仪这个困难的任务上。他几乎将一切都寄托在浑天仪上，其中也包括了悼念建部的心情。只有这件事，他一定要完成。若要说为什么，那就是因为关孝和应该不会想到要制作浑天仪。他这样的思考已经可以说是可悲。为了和一个从未谋面的人成为好朋友，他居然把自己逼到这种程度。他就是这样的人。

这样的性格似乎也自然而然地流露在他给光国的答案中。

"你是打算独立完成那个叫浑天仪的东西吗？"光国一脸认真地问。他的眼神像是在看着什么珍稀事物。

"不……我只能先研读古今的诸家学说以及过去的记录，倚赖先辈们的力量。"

这是理所当然的。春海不可能独自完成全日本的天测。他必须尽可能地搜集过去的庞大数据，一一详细研读后，重新计算星宿的位置及轨道。

就光国而言，他想问的应该是春海是否打算一个人完成这些作业，但此时的春海认为追求数据这项作业本身就是不成熟的作为。这样的想法本已是十分荒谬，但关孝和的稿本带给他的惊异却让他不觉得这想法荒谬。他一心只想追上待在遥远彼方的关孝和。

"唔——"光国低吟。这个人的低吟声拥有老虎低鸣般的魄力。

春海倏地闭上嘴。难不成他让光国不愉快了吗？无以言喻的恐惧在一瞬间将他包围。

"你还真像余。"

被光国本人这么一说，跪坐着的春海差点就跳了起来。

"您……您太抬举在下了。"

春海惊愕地低头行礼。据说光国年轻时过得荒唐，是因为他觉得对不起自己的亲哥哥，不该继承水户德川。为了纾解对哥哥的歉意，他不分对象，在路上疯狂砍杀无辜的路人——不过根据谣言，他有意选择有武功的浪人。被拥有这种传说的人这么一说，春海反而觉得恐怖。

"待你完成之后，余也要见一见那浑天仪。可以吧？"

光国拍了一下膝盖说。他那眼神完全是认真的。春海觉得自己的脖子就像被叼在老虎嘴里。如此一来，制作浑天仪不只有他对建部的追悼，有他想和关孝和一决高下的念头，更加上了光国这个恐怖的角色。事情走到这种地步时，春海完全看开，接受一切，并做好觉悟。所谓一不做、二不休，春海用这样的心态斩钉截铁地告诉光国：

"是……虽然在下不才，不论再怎么努力，都符合不了大人您的期望，但在您的鼓励之下，在下必定会完成浑天仪。"

春海说到这里，光国微微点了点头。他的双眼没有看春海，而是看着空中某一点。

好像看过这个动作。春海想。自己究竟是在何时何地看到的呢？

在那一瞬间没能想起来的春海回应着光国的新话题。星星和神明的话题之外，光国也问了很多神道的事。他和会津的保科正之一样，为儒学和神道而倾倒。

此时，春海将他从时代的宠儿京都的山崎暗斋身上学到的，配合自己的解释告诉光国，完全忘了先前感到的疑问。

因此，他再次回想起那个疑问时，已是隔天到了城中之后的事。现在已是大老之身的酒井忠清召他前来下棋。光国的隔天是酒井。不仅是他，这样的事态已足以让人知道事有蹊跷。这等于是利用他公然告诉城里的人"有什么事会发生"。

酒井一如往常，以不轻不重的淡淡态度啪嗒一声放下棋子，按着定石下棋。

"上次去会津看的星星如何？"

酒井忽然问道。这是酒井第一次问起有关数年前北极出地的事。此时春海终于回想起光国的动作。不，准确来说——

"你想要一场不会无趣的对决吗？"

那是酒井问春海这句话时，他听到春海回答后点头的方式就和光国一模一样。

这是负责治世者在结束对手下的评估时会有的动作,是要将许久以前就已定案之事交给眼前人物时的无意识动作。现在的春海看懂了。酒井为何会看上自己?春海长年来抱持的疑问终于要得到答案了。

"夜色清明,非常适合观测。"

春海静静地说完,配合盘上的布局放下棋子。他等待对方开口。

最后,大老酒井严谨地依照定石下了下一手棋。接着,他第一次说出真正的目的,像是在揭开某个人的意图似的。

"会津肥后守大人想要你,还有你拥有的天地定石。"

这是春海二十八岁时的事。

四

宽文七年,秋。

春海离开江户,朝会津出发。沿路上,他试着思考这究竟是怎么回事,但就算想破了头,他还是完全不明白。

现在已是大老的酒井雅乐头忠清七年前就让一介棋士的春海带刀,其后还让他参加北极出地的事业。这一切都出自会津肥后守保科正之的指示。春海几乎已经可以笃定这一点。然而,这是为了什么?这一点春海至今仍然不清楚。以棋士身份为保科正之工作的义兄算知也不清楚。

本来,就算再怎么揣测幕府要人的想法,他也猜不透。他只能乖乖照办。然而,这次的对象却是那个人。

保科正之是第二代将军德川秀忠的亲儿子,是个父亲不认的私生子。虽然他没能见到亲生父亲秀忠,但三代将军家光却非常信任这个异母弟弟,将他视为事实上的副将军,更将培养现在的四代将军家纲的任务交给他,要他成为家纲的监护人,辅佐幕政。此外,家光更在临终之前将他叫到病床前,留下这句话:

"德川宗家就交给你了。"

保科正之正是德川幕府的地下总裁。而且他不是靠着私生子的权威君临幕府,而是在前任将军的托付之下参与幕政。

其证据便是乘轿登城。四年前,正之罹患重病,视力因为高烧而衰弱,咳血倒下。若是吐血,自然会被怀疑是肺结核。正之已经做好了死的觉悟,他向幕府提出要退出政务、将会津藩让给儿子后隐居的要求。

然而,将军家纲却不答应正之的请求,他反倒将此作为特例,采取"身体状况许可时再登城即可"及"登城时可用轿,将步行时间减到最短"等措施,命令正之继续辅佐幕政。虽然正之已年近花甲,衰老病弱,将军本人还是将他视为幕政不可欠缺的一员,不愿意放手。

家纲对正之已不是信赖,而是将他视为守护神。而且不仅是幕府,就连京都的朝廷也称正之过去执掌的会津藩藩政及江户幕政两者皆为善政,打算将他叙任为从三位下中将。

由于这个职位高于大老,正之以会造成"序列的混乱"为由,郑重其事地辞谢了这道命令。但这时也是将军家纲命令正之接受叙任,正之才上奏说他只愿意接受中将职位。只不过这次换成朝廷拒绝,最后是以正四位下说服正之。正之曾经有过这段轶事,清廉严谨的态度赢得当时大老、老中以及众人的敬佩。

正之几乎已经是个活着的传说。这样的人物居然会召唤自己前去,春海只觉得不可思议。而且还把他召到会津去。对于奉将军之命持续参与幕政的正之而言,江户才应该是他的根据地。把春海叫到会津,就表示保科正之也必须前去会津。这是极为异常的事态。

正之将会在这次的召唤中给春海一道命令,万一春海失败了,正之这么做可以避免伤到幕府。春海很容易就想象到了这一点。这件事的影响范围竟是如此巨大。光是这么一想,高昂的心情和恐惧感就同时涌出,让奇怪的想象不断膨胀。

若正之派他去做间谍,他该怎么办?这是最让春海害怕的想象。然而,他从来没听过如此引人注目的间谍。连北极出地都被人怀疑是间谍活动了,更何况受到大老重视的棋士这一点就足以让大名们警惕春海。现在才把间谍的任务交付给他这种人物又有何用?

结果春海便在这种胡思乱想间抵达会津鹤城,他在该处受到远远超出想象的厚遇。在家老田中正玄的接待下，春海被带到城中的一个房间，而且他在抵达会津的隔天就可以觐见保科正之。这已经不是长年以棋士身份为幕府工作的安井家可以得到的待遇，而是堪称破天荒的款待。春海没有得意忘形，反而因接下来无法预测的事态而全身颤抖。

春海向来是越害怕就越看得开的人，但他此时却无法轻易这么做。

恐惧感一直残留到隔天早上。过了中午，恐惧感逐渐麻痹时，正之派人前来召唤，那道冲击差点让春海的心脏爆裂。

不过春海还是将心情稳下来，切实地踩着每一步朝谒见的场所走去，不让自己的脚步踉跄。

出乎他意料的是，他并没有被召进城主的房间，而是被请进面向中庭的大房间。毫无装饰的房间让人讶异。拉门是清一色的白，就连屏风上也没有任何花纹。而那个人就在这个房间里。

他就一个人跪坐在日照良好的地方。

"你来得真好，安井算哲。"

深深低头跪拜于地的春海因为这温柔的声音抬起头，光是看到对方跪坐着的姿势，他就感到惊异。

不论武士、僧侣抑或是公家，所谓的坐姿都是一辈子的大事，更是日日修养的产物。跪坐时的姿势会自然而然地表现出那个人的品格和人德，这是一般的见解。但春海见到的坐姿却叫人不敢相信。

正之纹风不动，但春海丝毫不见他的重量，只能说他是"浮在地面上"。仿佛看着映在水面上的月影一般，那道月影虽然会营造出观者伸手即能触碰到的亲密距离感，但人的双手却无法将水面上的月儿推开。眼前的这一幕让春海这么想。

有此神妙深远坐姿的人，是一个年龄五十七岁的男人。他的脸颊消瘦，身形纤细，病愈后视力也持续恶化，逐渐白浊的双眼温柔地眯起。不可思议的是，坐在那里的不过是一个男人。在春海抬起头的那一瞬间，眼前的人物不再是将军家的私生子、幕府要人和会津藩藩主，所有的头衔都消逝无踪。正之的坐姿让不必要的思考瞬间消失，让春海对眼前这个名叫保科正之的人物心服口服。

"长大啦，算哲。余的双眼也看见你长大了，你长大成人了。"

他的声音里带着让春海惊讶的真挚情感。春海年幼时的确和父亲算哲一同谒见过正之，但他没想到会听见正之对他的成长感到如此喜悦。

"您太抬举我了。我在各个方面都还不够成熟。"

春海发觉他的回答顺畅地脱口而出，声音中还渗着连自己都意外的喜悦。

同时，正之的"看见"两个字让春海领悟了房里毫无装饰的理由。房里没有装饰和绘画，除了正之本身重朴素之外，也是为了让他视力衰退的双眼可以轻易捕捉、判断人的动作。

除此之外，水户光国会召唤自己的理由也发出喀嚓一声，完成了脑中的拼图。那是视力衰退的正之拜托光国代替自己，对春海这个人做最后的评价。即使不向正之确认，春海也自然了解这一点。

"唔，别那么僵着，先来享受一下吧。有谁在吗，富贵、富贵。"

正之拍手叫人后，近侍们和一个女人出现。

"是的，大老爷，妾身这就来了。算哲大人，请恕妾身冒犯，让妾身为您准备。"

富贵准备好棋盘、棋子和茶后，将火钵放好，利落地将位子整理好。

"富贵，给算哲奉茶。"

"妾身这就来。来，请喝茶，算哲大人。"

"是……谢谢你。"

"请请请，有什么都请您跟妾身说。"

笑眯眯地说着话的人，正是正之的侧室富贵。据说这位女子是在近身照顾视力衰退的正之时得到正之的宠爱，今年二十三岁。她向来和正之一起待在江户，不过这次也陪着需要他人照顾的正之来到会津。

她的五官很美，而且给人的感觉也十分开朗温暖。

"来，棋盘已经放好了喔，大老爷。妾身在您身旁的火钵里多放了一些炭火，所以把它放得离您稍远了一点。"

她刻意多说话，让视力衰弱的正之也能知道哪里有什么，谁在做什么。而且她说话不会给人带来压迫感，听起来十分自然，同时也能让四周的气氛变得更加开朗。春海觉得这应该就是这位女子的魅力。

"来，请坐，算哲大人。"

在富贵的催促下，春海来到棋盘前。一般情况下，他不应该比正之先跪坐下，但就眼前的状况来说，他觉得自己跪坐在那里的模糊影像应该能帮上正之的忙，所以他没有多加顾虑便挺直了背坐下。

果然，正之跟着春海来到棋盘前，微笑着对他说道："你跟上代算哲真像。动作敏捷，坐姿柔软。"

"是……从父亲那一代开始，安井家便受到肥后守大人格外的厚爱，安井家由衷感谢大人。"

"说话很有礼这一点也很像。很好、很好，来下棋吧。"

近侍退到隔壁房间，富贵则留在正之身旁，帮他从棋罐里拿棋子。

在正之的希望下，这是一场没有让子的棋局。正之是出名的围棋高手。春海的父亲算哲会受到召唤，也是因为当年还是个少年的正之围棋实力极高，城中已经没有人能胜过他。知道这个风评的春海没有异议。只不过，正之下的那一手的确让他感到惊愕。

盘上响起啪的一声，锐利得让人想象不出这是一个视力微弱的人下的棋。和他的坐姿一样，这也让人感慨。然而，问题出在他下的位置上。

棋盘的正中间。换句话说，他将棋子下在了"天元"上。

初手天元。

春海下意识地直直盯着那一手看，直到他完成一次呼吸。接着，他悄悄地窥探对方的表情。正之应该不是因为双眼不自由而下错位置了吧。春海这么想。

"余昨天晚上想了很多，想着是不是有能打败第二代算哲的棋路。"

从正之的微笑看来，春海知道他是刻意下了这一着棋。不只这样，春海在正之逐渐白浊的双眼里看见了骇人的"一决胜负"的光芒。

这个人在期待真正的对决。春海悟到了这一点。对方没有下指导棋的心情。他在一瞬间就将这样的心情舍弃，不然他会在心理层面上输给正之。

"就算赢了对决，也输了一条命。"也有可能会出现这样的情况。现在已很少听到这句话，但在过去的棋谱中，的确有人给予输家如此高的评价。春海便不时从义兄那儿听说他的父亲——初代安井算哲，就是那种就算输了棋局，也是个能让对手说出这句话的棋手。

大意轻敌的棋路会有损安井家的名声，甚至连这样的想法都涌上心头。短暂思考过后，春海下手。

"左上，纬四经三。"

顾虑到对手的春海自然而然地说出他所下的位置。正之微微一笑，点了点头。

富贵递出黑子，正之毫不犹豫地将那颗棋子放下。正之在右下布局，从第六手开始预测的攻防战让棋局不断前进。他的每一手都下得异常快，让春海一度以为他是照着背好的棋谱在下。春海专心地躲开正之的攻击，试探天元这一手的意图。下到中盘时，中央的小范围攻防战形势已定，春海接连断了正之许多后路，防止他的棋子相连。

攻防如此疯狂的对决可说是前所未见，春海在不知不觉间开始无言地下棋，而富贵则代替他将棋子的位置告诉正之。容不得两人心有旁骛的这局棋到最后是春海二十一目胜，是将春海棋力发挥得淋漓尽致的大胜。然而一局结束，春海已浑身冒汗。

但春海还是保持着"残心的姿势"①，整理盘上的棋子。下完一局棋就松懈下来的人称不上棋士的一员。

让人讶异的是，正之也同样在整理棋子，数着地目②时仍然保持残心的姿势。

正之应该早已把握了地目数差异。他没有说出"立刻再下一局"，这一点有着非比寻常的魄力。其实，春海对他的棋力赞叹不已，实在不觉得自己大胜了一场。他甚至觉得他对下一场对决没什么把握。

"赢不了啊。余昨天可是费了不少工夫在思考，唔，真不愧是算哲二世。漂亮。"

---

①指注意力不中断。
②某一方的活棋围住的空点称为"目"，完全的、独立生存的活棋的目称为"地"。

说完之后，他摸了摸满是白发的头。富贵也低声笑了。

"大老爷，这真是太可惜了。您真是太强了，算哲大人。"

"不……我觉得我的命都被握在大人手里了。"

春海不禁诚实地说。这不是在讨好正之，而是他的真心话。同时，他感到围棋竟是如此有趣，心中有了一股新鲜的喜悦。除了无以言喻的充实感，这似乎是他有生以来第一次感到被称作算哲是很荣耀的事。正之似乎也没有不愉快的样子。

"唔、唔。富贵，重新泡茶给余和算哲。"

他愉悦地做出指示，富贵退出房间。

"你剥夺过别人的生命吗？"

正之随即干脆地问。他问得过于若无其事，春海差点就下意识地答了"是"。过了片刻，他才明白正之的意思，感到这个问题暗藏着无以言喻的恐怖。

春海急忙将心情一整，乖顺地回答："不……从来没有。"

他一边回答，一边推测这是什么样的话题。这个人是当真在问自己有没有杀过人吗？还是说，这是为了给自己下命令而做的布局呢？除了困惑，春海还感到难以言喻的恐惧。

"余有。而且还好几次。"

正之任富贵和近侍在一旁准备茶具泡茶，淡淡地说着杀气极重的话题。

"余衰弱的双眼看得见众多尸体。尤其是白岩之乡的人就是不愿消失。现在还有三十六个被钉死的人用陈情的眼神看着余。"

"……三十六个人。"

这个数字让春海战栗。他从来没看过这么多数量的尸体，就连明历大火时的惨状都是从别人那里听说的。

"大家的命都是余夺走的。"

正之静静地用超越悲叹的干涸声音说。这是保科正之赌上人生的心愿，也是他将春海召唤至此，终于要揭开晦藏真意的瞬间。

五

　　白岩是紧邻山形的天领——幕府的直辖地。

　　那里原本是酒井家的分家，酒井长门守忠重的领地。他的高压政治让千余百姓饱受饥馑之难，穷困导致领民怒而起义，家老因而被杀。酒井忠重的领地被没收，事情慢慢平静下来，然而其后代官的高压政治再次引发领民起义。

　　正之那个时候还不是会津藩主，而是被封山形。当他收容因起义而逃到领地的白岩代官时，就必须面对惩处起义者的问题。

　　正之当时三十岁。当时岛原之乱才结束不到两年的时间。

　　他采取了强硬的手段，将直接来上告的起义主犯三十六人立刻处刑。而且为了不引起骚动，他还让这三十六人分批进城后再一网打尽。他没有和幕府讨论就擅自做出决定，这一点遭到众人非难。他没有向幕府报告，便用这种几乎是谋杀的方式擅自处决了幕府天领的领民。

　　但最终，批判正之的声音并不大。"肥后守了不起的英明决定。"不久后，给予正面评价的声音反而高涨。

　　这是因为在岛原之乱后，幕府修订了武家诸法度。"若有背叛国家大法的凶逆之辈，邻国应迅速派兵讨伐。"正之遵守了这条被修改的条文。不仅如此，正之就是建议修改此条文的人。这有着当时的时代背景。

　　"为何会发生岛原之乱？"

　　这是正之的疑问，他要臣子们详细调查岛原起义为何会成为长时间的笼城事件。不久后，他便得到答案。在起义刚发生时，其他藩为了等待幕府的指示而没有出手相援，隔岸观火的袖手旁观态度，让起义成长为大规模的叛乱。这是最重要的因素。

　　正之将此事告知幕府阁僚，继而改订武家诸法度。然而他的不凡就在于他没有停止思考问题。

　　"民众究竟为何会起义？"

谁会想要把三十六个可怜的领民钉死在架子上？在他心底深处，其实有着无处可去的激情。为何一定要用这种残虐的手段才能治世？自己一手引起的这场虐杀究竟有何背景？

"歉收、饥荒、饥饿。"

越是深入调查，正之就越加确信饥苦饿亡是导致民众爆发的最大原因。此时，可以算是正之天性的疑问的能力得到大大发挥。

"为何歉收会造成饥荒，让人民饥饿？"

他发现了这个恐怕所有大名都未曾感到疑惑的根本问题。同时，这也是战国时代进入太平之世时思想的转换。对致力以武力治世的人而言，援助灾害和赈济饥荒是某种程度的美谈。

"奢侈"，其实到最后不过是这两个字。歉收源自天候，而天候则是天意。在天意的决定下，地上出现饥民是无可奈何的事。

"束手无策，节制为上。"这是他们唯一能做的。浪费时间吵闹求神或处理事态只会让支出增加，让领地内的民众身心俱疲。因此在饥荒发生时，领主应该将此视为检视自身人德及让领民检视自身道德的好机会。这样的想法才是常识。

民众饥饿之时才是治世的良机，是教导民众朴素俭约重要性的好机会——正之彻底推翻了这样的常识。而且他不只是否定。

"在歉收时课重税不只会让领民身心俱疲，更会让他们陷入饥饿，这不是节制也不是朴素俭约，这不过是无能无为。"他如此断定。

"歉收时会发生饥荒是因为没有积蓄。"

此外，他导出一个极为单纯的答案。

"为什么没有积蓄？"他继续提出疑问。

"因为为政者没有为民众创造出储蓄的方法。"

他一语道破过去治世的缺点。

"就算歉收和饥荒是受天意左右，人民对此无可奈何，但让饥荒带来饥饿，甚至带来起义叛乱，是君主治世的污点。"

他得出这个结论。

这是正之个人抵达的战国终焉，是揭开太平之世真正序幕的思想转换。

正之首先为"将军为何？武家为何？武士为何？"这些问题下定义："确保民众生活安定的存在。"战国之世中，阻止侵略、扩大领土、维护领内治安才是确保安定的方法。然而在太平之世又如何呢？

"让民众的生活质量向上。"

针对这个问题，正之定下了大目标。这个目标和诸大名所谓的善政截然不同之处，就在于这必须由幕政、藩政双方发挥能力。而这样的政策更葬送了战国的常识。

举例来说，为了确保江户生活用水而计划开凿的玉川上水，正是在正之的强力建议以及松平伊豆守信纲等人的赞同之下进行的，但多数幕府阁僚都反对这个计划。

"大型的水路设置会让敌军容易入侵。"这是阁僚反对的主要原因。

"现在会有什么军队大举进攻江户？"

正之做出强力的反驳，最后成功说服幕府阁僚，在江户架起纵横四方的巨大水道网。

而在明历大火之际，正之也做出许多决策，说服了许多人。

他将被火灾袭击的米仓交给民众，表示"可自由将米带走"，让民众将米袋运出，以避免火势蔓延。灭火后，他还将米分给被害者作为食粮。

正之看出火灾后治安恶化的最大原因出在粮食不足造成的物价高涨。他让前来参觐的诸藩回到领地，还让他们延后回江户的时间。他暂时减少江户的人口，调整供需以防止物价高涨。

由于以军队维持灾区治安只会加剧粮食不足，正之反对这样的措施，致力以确保物资、提供住宅及救援受灾户为安定情势的手段。

他主张搁置火灾后重建天守阁的计划，并为了确保民众在火灾时有退路，提倡建设方便通行的道路，而非有许多死路的复杂道路。此外，他更要求制作准确的江户地图，并加以传播普及。

释出储蓄、减少人口、不安排治安维持部队、不建天守阁、铺设方便通行的道路、向大众发放都市地图——就战国的防卫概念来看，每项措施皆非常识，是理应受到唾弃的自杀行为。然而正之却毫不犹豫地推翻这个概念。他一一说服幕府阁僚，试着将化作一片焦土的江户作为"让民众生活质量向上"之地，使之得以重生。

而且在这场火灾中，正之的儿子正赖因为在冰天雪地中进行灭火活动而病重猝死。正之悲痛不已，憔悴至极，将军家纲及幕府阁僚都劝他休息，但他却将儿子的尸体送回会津，以"不办丧事"为由不服丧，持续为化作焦土的江户的复兴而努力辅政。

堪称正之悲愿的民生政策转换在六年后的宽文三年获得重大的成功。在春海结束那场北极出地，回到江户的那一年，有两个特别重要的政策被付诸实行。

其一是武家诸法度的再度改订。"禁止追随主君殉死。"正之多年来主张的事项首次成为制度。德川家的第一代家康原本就不喜欢无益的殉死，追随主君殉死绝非受到幕府奖励的行为。此外，幕府奖励的朱子学也将殉死视为"一介蛮族的习惯"，将之否定。

但是，武士仍然追随主君之死而切腹。战国之世不只培养出"武士为何"的思想，武士们心中也有强烈的潜在愿望，希望能追求付诸实行的机会。

当时代来到太平之世，下级武士从未和主君共享相同的命运。为了弥补他们欠缺的经验，虽然没有必然性，虽然众人斥责这是"不符合时代的行为"，武士之间还是流行接连为主君殉死切腹。

武士这个概念衍生出如此强烈的实现自我的方法，这样的风气并不容易消失。然而正之是将其半生耗费于葬送战国常识的人。他认为即使要动用严刑酷罚，也该禁止武士殉死切腹。他改革的成果正是武家诸法度，同时更是江户幕府再次远离战国的证据。

同一年，"天意之前，束手无策，节制为上"的战国常识终于在藩政上被推翻。这就是"社仓"的成功。

这是正之和他聘来的侍儒山崎暗斋等学者一同实现的制度，理论出于朱子学的赈济饥荒之策。他们储藏领内一部分收获，将收获借给领民，得到利息后再增加储藏量。当歉收之年到来时，他们大量发放储藏的粮食，作为救济。另一方面，他们挑选没有父亲的家庭、无依无靠的老人及孝子孝女进行援助。

这样的制度可称得上是现在的养老金制度及福祉政策的嚆矢。

而且会津藩还是从仅仅数千袋米开始储藏的。五年之后，领内设置的二十三个社仓将其机能发挥得淋漓尽致，最后将储藏量增加到五万袋之多。

其他数个藩也在同一时期尝试实践该制度，但没有一个藩能达到被称作"冷贫之地"的会津藩达到的成果。正之那"饥饿为君主名声之污点"的想法反映在藩政上，社仓储藏量多得甚至可以在歉收之年借米给其他藩。

最后，正之甚至还得到了这样的评断："会津无饥民。"

比起上一场用尽全力一决胜负的棋局，这一局在极为安稳的棋石声中前进。

自始至终心情都没有大幅波动的正之持续说着话。

近侍和富贵也在不知不觉间退到隔壁房间，和这个伟人独处的春海心中只有感叹。究竟是什么样的使命感在推动保科正之这个人？不只是幕府阁僚，保科正之影响了武士的传统，影响了这个新时代本身，立志以民生取代侵略和防卫，借以转换权威。

这不是其他人，不是春海一介棋士所能想象的。这样的念头随着惊异的心情一同浮现在春海心中。春海曾面对烧毁的江户城天守阁感受到"崭新的时代"，而对这样的他而言，举谏此事的人就在眼前，光是这样就足以让他因为异常兴奋而一阵晕眩。

据说奉仕丰臣家直到最后的石田三成在被处刑前翻开《史记》，上面写了"燕雀安知鸿鹄之志哉"。春海感觉有人对自己这么说，他感到茫然。

当然，这并不代表保科正之一个人完成了所有的事。若是没有将军家纲、幕府阁僚的重要人士以及成千上万的人相互呼应、协调，这些事终究是不可能完成的。

但是，幕府不就是因为拥有正之这样具有贤君风范的人，才得以在短时间内完成巨大的转变吗？此时的春海并不知道后代称颂将军家纲的三大美事——"禁止追随主君殉死、废止大名证人（人质）、放宽末期养子的限制"皆出于正之的建议。

尤其是末期养子制度,它和各藩的消亡息息相关。放宽相关限制可以有效抑制据说有十几万人规模的无职浪人及政情不安。

当然,提出这些建议的正之和守旧派间起了相当大的冲突。然而正之的特质便是缓和这些冲突,将之转化为同感。

"许许多多的良策……这正是孙子之'道'啊。"

春海下意识地说。"道"是为政者与民众相互共鸣,同为国家繁荣尽力。这是军事兵法之祖孙子的理想,而否定军事的正之却正在实践它。与其说是讽刺,春海只觉得这才是符合新时代价值观转变的行动。话虽这么说,春海只学过孙子的兵法,也联想不到其他具体的例子。

"若将'武'置之不理,它将会是不断增长的巨大怪物。所谓'兵不贵久',也就是说,武总是在等待成为'久'的时机。"

正之也配合春海,以孙子举例。

久,指的是持久战,孙子将其列为国家衰亡的原因,强调不该进行持久战。然而正之所说又加了其他的解释。

"当初的太阁丰臣秀吉其实就是被持久战反咬一口才灭亡的。为了与明的战争,他让军队大规模前往朝鲜,甚至还打算让天皇迁都到南京……余知道这是在抵抗'武'这个怪物。太阁他自己恐怕很想让战争结束,却无法实现。"

出兵朝鲜,是丰臣秀吉晚年的最大失败。他断然派出十几万规模的压境大军,最后却毫无结果。他甚至无法建立起对日本有利的贸易体制,反而让朝鲜全境对日本的感情恶化,不只阻断贸易及文化交流,对国家利益也造成相当大的损害。同时,日本国内更有许多因出兵而身心俱疲的武将,他们的恨世世代代流传,直到今日。

"很想结束……是吗?"

就这一点而言,春海也是第一次听到。难道不是丰臣秀吉坚持要继续打仗,他的死才让战争结束的吗?

"在战国之世告终,天下太平之后,会有什么东西消失?算哲,你知道吗?"

正之反而这么问。盘上两人所下的定石棋路都是一派悠闲，对春海而言，他都是在未经过思考的状况下回手，每个话题都无法用一般的思考跟上。

"……战争会消失。"

春海甚至还得出这种愚蠢至极、理所当然的答案。然而正之却重重点了点头。

"因此主君少了赐予家臣的褒赏，民众则少了生意。就像现在这面棋盘上一样，地目慢慢定下，无法再下新的棋子，活路消失。如此一来，众人不得不为了追求新的土地而将兵士丢到国外。"

春海愣了。他从来就没想过这种事。然而，他很清楚正之句句属实。所谓赐予家臣的褒赏是新的领土，所谓民众的生意则是指贩卖武器、货物、粮食、木材、衣服及其他在战争中会消耗的品项。战争消失后会发生什么事？不能赐褒赏给家臣的主君，坐拥无法贩卖的商品的民众。除了武士之外，其他的人民也同时失去生存之道，世间将陷入无法脱逃的极度不景气。

"若是任武力横行，国家将被掏空。当国家再也没有食粮时，太阁便灭亡。是武力主导的政治毁灭了他。当大权现大人在江户开府时，为了不重蹈覆辙，他非得收集不可的东西正是黄金。数量听说有六百万两左右。"

"六百万两……"

春海瞪大了双眼。他在那一瞬间无法想象。如果把那么多的黄金堆到他现在所在的房间里，会发生什么事？恐怕还没堆多少，柱子就会因黄金的重量而碎裂，房间因而倒塌。国内不可能出产这么多黄金。春海知道他们一定是从国外大量买入，但他实在很难想象这样空前绝后的贮存量。

"这六百万两很快就会用完。"正之却淡淡地说。

听到正之如此轻描淡写就说出德川家的秘密，春海愣住了。只不过，更重要的是，他单纯地不明白正之所言为何。六百万两会被用完？究竟要花在什么地方，才能让如此庞大的财产消失？然而春海脑海中有一部分已经知道正之早把答案告诉了他。

"他们用黄金改变了这个以武力掌控的国家。应该说是勉强赶上吧……"

保科正之最大的心愿是将社会转向民生主导,而这一点并不只是正之个人的理想。为了不让德川幕府因为手中名为"霸权"的怪物灭亡,唯一的一条路就是"太平之世"。江户可说是为此而生,而为了改变日本全国的社会结构,幕府消耗了庞大的财产。

"这造成了无数的奢侈和冗费……但必须在民众心里生根的教诲已广为流传。消除'以下克上'的观念……光就这点而言,幕府的确是赶上了。"

春海下意识地点了点头。正之所说的教诲是朱子学。原本,幕府会鼓励朱子学,就是有目的的。

"即便君主的人品愚劣,臣下也不得以武力诛之,取而代之成为君主。"

他们的目的便是彻底散播这样的思想。武力治世的道德正与此相反,是以下克上。弱小劣质的君主即位,则国家将灭。更加优异的人取而代之,成为君主,乃天经地义之事。不只是正之,历代所有的幕府阁僚都满心希望能葬送这种战国常识。

"为此,幕府剥夺了许多东西,而余也帮了幕府不少忙。"说完之后,正之微微一笑。他的微笑看起来如此悲哀。"幕府让那些被视为拥有武将资质的大名遭灭门。"

从正之的语气听来,这样的政策并没有得到赞扬,春海听出他似乎视此为奸计。德川幕府撤去许多大名的职务,灭他们的门,削减他们的资产,这些不是能被美化的作为。这样的作为让许多悲剧诞生,其中有德川家血脉的大名君主更是面临许多骨肉相残的处置,不是美谈可以敷衍过去的。

"幕府葬送了许多和幕府教诲相悖的学说。不论是多么神圣的学问,幕府都在它还有气息的时候,就将它送进棺木中,盖上盖子,埋进地里。"

正之说话的方式让春海倏地回想起满溢在城中的气氛。山鹿素行出版《圣教要录》之罪的惩罚，那也是出自正之的建议。

虽然没有明说，但春海彻底明白了。山鹿素行的思想是在叙述现在的武士该如何生活，如何君临民众之上，几乎没有任何论点出自民生的角度。这是将旧有的武士像理论化，回到被正之否定的论点。"天意之前，束手无策，节制为上"，这样的学说和幕府的课题以及正之的心愿无法并存，所以山鹿被逐出江户。

对春海而言，正之的一言一语都异常沉重。不只是因为内容。问题出自正之为何要讲这些事给春海听？听起来就像是要春海跟正之一样，去杀了什么。然而，究竟要杀什么？

"排除武力政治，推广以文治国……这才是德川幕府该有的'天下治世之道'。而现在，为了达成这个目的，余想要崭新的一手。"

说完之后，正之啪嗒一声放下棋子。两人聊的话题虽然沉重，盘上的棋路却像两人单纯地乐在其中。春海脑中也浮现数手，很想就这么一直下下去。

"那是什么样的一手呢？"

嘴上问着，春海下意识地举起手要走下一步棋，但正之的话却让他的手僵在空中。

"在那之前，虽然余知道这不容易，但你能不能告诉余宣明历是什么？"

正之的话有如落雷般劈中春海。脑中倏地浮现了什么。没能立刻理解那是什么的春海原本就要将狼狈写在脸上，但他随即明白了。

缺了一角的月。

那是他在伊势和建部及伊藤一同观测的月蚀。建部和伊藤那时的对话在脑中急速重现，春海努力稳住自己想颤抖的手。

"那是八百多年前……我国采用的历法。"

春海一边说，一边将棋子放到棋盘上。正之微微点头后，拿起新的棋子，什么也没说。思考着下一手的他只是等着春海继续说下去。

"这是以漫长传统为傲的历法，但它所用之术理已无法在现今之世使用。"

"这是为什么？"放下棋子，正之装糊涂问道。毫无畏惧的春海说："因为八百年的漫长岁月让作为术理根本的数值产生了偏差。"

近来，算术家及历术家几乎已是半公开地讨论这件事。春海也对宣明历的术理进行验证，终于明白建部和伊藤所言皆属实。

若是遵从宣明历的历法，一年的长度是三百六十五点二四四六日。

然而对照实际的观测结果，春海发现宣明历的一年稍微长了一些，每一百年约会有零点二四日的误差，八百年则会成造成两天的误差。多数历术家都已观测到影子最长的真正冬至日要比所有遵照宣明历的历书上的冬至日早两天，这正是证明误差绝非空穴来风的证据。春海将这一点告诉正之。

"除了冬至之外，朔日及望日都会对日蚀月蚀的计算造成阻碍。"

"蚀的预报迟早有一天会出错吗？"

"是……"

"那么，你能不能告诉余授时历是什么呢？"

这句话化作第二道雷，打在春海身上。让人窒息的紧迫感将他包围。他倏地明白这个话题要往何处去。然而他还是不明白正之为何要让自己说出来，这个疑问在异样的紧张感中浮上心头，但他还是鼓足了勇气说：

"在过去发明的各种历法中，授时历被称为最高峰的历法。"

因太阁丰臣秀吉出兵朝鲜而受到阻碍的文化输入重新开始，需求最大的学问是朱子学，接下来则是天元术等算术，以及授时历的历法。

蒙古人打倒宋及金，建立起元朝时，据说他们采用灭亡了的金的大明历。然而这个历法中有许多错误，皇帝忽必烈希望改历。为此，元朝召来了许衡、王恂及郭守敬三位才子。

许衡精通古今历学，博览群书，且记忆力非常好。王恂是算术的稀世高手。郭守敬则是机械工学的天才。这三个人制作了极为精巧的观测机器，花费五年岁月进行天测，使出浑身解数改历。他们不只精准度无与伦比，更研发了特异的算术，对照观测结果，将一个太阳年的长度定为三百六十五点二四二五日。这和后世格里高利历的平均历年数字相同。成就这份历法的算术在许多方面都拥有优越的特色，招差术等术理全都是通过这份授时历进入日本的。

除此之外，授时历中使用的多数术理在经过比较检讨后，"算术的体系化"这个概念可说是第一次在日本生根。

在春海讲述这些事时，兴奋在不知不觉中超越了紧张，声音和语气也自然而然带着热气。授时历才是中国历法的最高杰作，春海十几岁的时候便在京都学过授时历，但到了这个年纪才终于开始明白它有多么杰出。

"星星被认为是不时会迷惑人们的东西，但那其实是因为人们以错误的方式看待天的定石。若是能正确掌握天的定石，人们便能毫无错误地掌握天理历法，最终将达成天地明察。"

过去曾听过的这四个字自然而然地脱口而出。春海回想起在那场北极出地的事业中，建部和伊藤像孩子似的抬头仰望星空的背影，眼角不由得一热。

"天地明察吗？说得真好。"

正之微笑。没有先前杀气腾腾的淡泊，他只是和稳地表现出很愉快的模样。接着，他保持微笑低声说：

"人类以正确的术理知天、知天意，并以此治理天下……难道我们无法用武家之手实现它吗？余一直这么想。"

他半盲的双眼此时笔直地看着春海。

"如何，算哲，你能不能和制作这授时历的三个才子并驾齐驱，为这个国家带来正确的天理呢？"

这句话化作第三次、同时也是货真价实的落雷，让春海感到身心仿佛都为之麻痹。

"改历之仪……是吗？"

也就是说，正之要叫他将八百年以来的传统判处死刑。

江户城的天守阁，以及失去了天守阁后的蓝天浮现脑海。春海感觉正之要他做的事和那一模一样。正之要他破坏守旧的象征，为这个世界带来崭新的、未知的碧空。

在那一瞬间，就连要想象这会对世上造成何等影响都是极为困难的事。这等于是要春海想象六百万两，这不是他的想象力所能及的。然而不论如何，不知道是幸福感还是紧张感，一种春海无法判断的情感化作鲜血，在身体里激猛地涌动。

"没错。现在时机已经成熟，余也将你这个稀有人才从头到尾看过一遍了。算哲啊，以天下治世之道为名，把这个国家老朽的历法……衰败的天理斩断吧。"

为了达成这个目的的双刀，为了达成这个目的的北极出地。

为何春海非带刀不可？因为这将成为武士形象的改革。不是其他人，而是由和武家相关的人，以文化而非暴力的方式，在崭新的时代刻下崭新的一刻。

明白了这一点，春海心中似乎也还留着从容的心情。正之总不可能让他这种人去主导这种事业。他坦率地吐露心中想法，向正之询问这可以算是他精神层面退路的事业的详情。

"在……在下会以粉身碎骨的觉悟努力完成事业。那……我该为哪一位大人尽力呢？"

正之的双眼微微张开。如果春海没有误会，这是正之第一次露出惊愕的表情。这样的表情随即化作笑容，他缓缓地摇了摇头。

"你就是总帅，安井算哲。人们要为你尽力。"

这次换成春海将双眼瞪得铜铃般大，精神层面的退路在此时完全消失。他当即无法呼吸，先前感受到的血转眼就因恐惧而冻结。

"大、大人您怎么会……将、将如此重责大任交付于我……"

"大家都提到同一个名字。改历之仪……若是要推举人选，那便是安井算哲。"

"大、大家？您指的是……"

"水户光国。"

正之说。那张刚毅的脸倏地浮现在春海脑海中。

"山崎暗斋。"

那是春海自幼的老师，也是正之的侍儒。他也在春海的脑海里豪快大笑。

"建部昌明、伊藤重孝。"

正之说出这两人名字的那一瞬间，完全没有预测到的感情倏地涌入春海心头。

"努力吧，努力吧。"建部愉快的声音再次响起，"交给你了喔。"

春海感觉伊藤温柔地拍了拍自己的肩膀。

恐怕建部和伊藤是分别在离开事业和完成事业之后推荐春海的。领悟到这一点，春海的视野一片模糊，眼里尽是纯粹的喜悦泪水。

"安藤有益。你也知道，他是本藩顶尖的算术家。"

春海点头。他没有出声。居然连安藤也说了。无法承受的他肩膀颤抖。

"酒井雅乐头忠清。那个大老大人原本对历术没什么兴趣，但他在你身上似乎感到了什么。他说他完全不明白星象的事，但算哲这个人的热情值得相信。"

"可、可是，我、我……像这样，还是个年轻人……"

"年轻也是个条件。因为这个事业不知道要花上多少年。"

酒井的那句"要花上一辈子吗"隔了好几年又再次在胸口敲出舒适的声响。在那一瞬间，春海终于下定决心。无可言喻的使命感让身体发热。

"您真的……愿意用我吗？"

正之将背脊挺直。"安井算哲啊，余要你以天为对手，全心全意一决胜负。"

喀嘟、铿隆。

梦幻的音色突如其来地在耳朵深处响起。春海无法立刻明白那是什么。虽然不知道，他心里还是充满强烈的幸福感。过去曾经见过的绘马串划过记忆。然而，在他清楚辨出音色来源前，无法自已的他后退一步，趴到地面上。

"必至！"

春海大叫着回答。他晚了一拍，才发现自己条件反射般说出的这句话是围棋用语。

正之愉快地笑了。

"真是太可靠了，安井算哲。"

父亲名讳的意识第一次从春海的心中消失得一干二净。

六

春海被带到一间房间。说是房间，其实是一间空屋，位于城中武家宅邸并排的区域。

这是分配到的为办公及搜集资料用的房子，房里的一角已经堆了书籍和颁历，备好的写字用具和纸则是多到奢侈的程度。带路的人退下，春海站在原地环视室内。虽然空间小，但他毕竟是得到了一整间武家宅邸。这种超越了棋士身份所能得到的待遇，保科正之认真的程度由此可见一斑。

他要在这里生活。这里是改历事业最前线，是进行最新锐研究的场所。想到这里，春海再次感到紧张。此时，这场事业的第一个参加者随着强有力的脚步声一同出现。

"六藏！"

这是春海的乳名。这已经是十多年前的名字，但喊出这个名字的人如今仍打算叫同一个名字。虽然对睽违已久的再会感到高兴，春海还是一脸不可置信地说：

"山崎老师，您可不可以别再用这个名字叫我了。"

"居然开始装聪明啦，你这家伙，你这家伙。"

男人破颜一笑，十分高兴地拍着春海的肩膀，简直让他发痛。这个男人看起来完全不像四十九岁，他的身体强健，身上几乎没有任何脂肪。他没有剃发，像个桀骜不羁的学者一样留着总发，看起来只像是个绕诸藩修行的武者。蕴藏深刻智慧，踏扁半吊子学者的移动岩石——此人正是春海幼时教导他神道并为他介绍其他技艺的老师，稀世的时代宠儿山崎暗斋。

"你居然被派去进行改历之仪啊。怎样,是不是怕得都在抖了?"

暗斋说话的语调有点像京都腔,但又不太像,听起来乱七八糟。他成为佛僧、成为儒者、成为神道家,在各地求师后,最后落脚在京都。他连腔调都有自己的一套,而且他本人好像还引以为傲。虽然如此,他在为政者面前还可以以出色学僧的身份正气凛然地说教,春海总觉得不可思议。

"我没有发抖,山崎老师。"

春海刚斩钉截铁地回完话,暗斋便往他背上重重一拍,让他脚步一晃。这个师父高兴起来的时候,手的动作总是会比嘴巴还快。

"你真的变得很厉害了呢,六藏。你死去的父亲应该也很高兴。"

感触深刻的暗斋深深地点了点头,又有两个人出现在他背后。

其中一个人竟然是那位安藤有益。一和春海对上面,他便很有礼貌地行了一个礼。

"恭喜您获得这么重大的任务,涩川大人。"

安藤说。这不是对同辈行的礼。那里面有对上司的殷勤。他已经认定春海是事业的核心,更是掌管全权的人物。安藤耿直的态度让春海一阵鼻酸。这个礼不是在敬涩川春海这个人,而是在敬这个事业的巨大规模,最重要的是,这个礼是出自对发起人保科正之的畏敬之情。感受到众人要一同完成巨大事业的团结,春海热切地说:

"谢谢您,安藤大人。我会尽我所有的力量,完成这份事业。"

他也配合对方,规矩地行了一个礼。

接着,他和最后一个人对面。

"敝人名叫岛田贞继。主君要敝人和安藤一同为事业尽力。"

行礼行得比安藤还有礼貌的,是一位今年将满五十九岁的老人。

"岛田大人……我很久以前就听说过您的尊姓大名了。"

春海的声音里也自然带着感动。岛田是指导安藤算术的老师之一,是会津藩顶尖的算术家。他瘦弱的脸上有着如同龟裂一般的深刻皱纹,又大又亮的黑色双瞳散发着用半生磨炼出来的成熟理性。

这四个人正是事业的核心。其中春海的年龄最小。安藤告诉他另外还有六名年轻优秀的藩士会来做他们的助手。然而他们全都是三十多岁的人。虽然不像暗斋揶揄的那样，但一想到自己二十八岁的年龄，跪坐着的春海就觉得紧张，仿佛屁股下面的两条腿就要颤抖起来。

只不过，当四人以十字方式面对面，每个人都一脸认真地开始最初的讨论后，众人对事业的热情充满了整个房间，紧张感在转眼间就不知去了哪里。暗斋的宽宏大量，安藤的扎实稳重，岛田的练达，他们每个人的意见和存在都让春海从心底感到他们的可靠。春海听着三人各自的意见，推动会议进行，并立下事业的基本方针。

"授时历仍未被究明。"

岛田的这句话成了事业的首要目标。目前没有一个人完全学会被称作中国史上最高峰的授时历历法。他们首先要做的便是习得、研究并实证该历法。

"就我所知，授时历的历法之要就在精妙且不间断的天测。"

安藤提出这样的意见，第二个目标因此定下。授时历的历法首重星象的观测结果。为了实际习得从众多结果中导出特定法则的特异算术，春海他们也必须进行同等的天测。

"它好歹也有八百年的传统。要想推翻它，就该先建立起自己的，这才是方法。"

暗斋所说的则是第三个目标。如果不准备一个足以匹敌宣明历这个有传统的历法的东西，就算授时历在算术上再正确，这个国家的知识分子和民众都不会接受。毕竟在这个已有多数算术家证明圆周率近似值为三点一四的今天，坊间包括技术师傅在内的一般民众都还是看重并使用自古传承至今的三点一六。

"除了国事文艺书籍之外，汉书也得全看。"暗斋说。

这个国家的文艺基本上是公家的格式，也就是日记。它是每天的记录，也是仪式的记述，上面一定会加上所谓的历注。几月几日执行了什么样的仪式，发生了什么事，那一天十干十二支的组合为何，全部都记载清楚了才是文艺。若是使用不符合这种格式的学艺书，他们便无法将其普及到公家层及宗教势力，而它也不会像说书一样受到民众的欢迎。

到最后，这只会成为一部分特殊技术者在讨论的历法。因此，他们要借由重新验证正统文艺书的历注，证明授时历比宣明历更适合传承传统，并让它成为世间的新常识。这是暗斋的意图。

"这是否有些过于庞大呢？"

岛田在思索中反驳。除了同时进行授时历的研究和天测之外，他们还要验证如此大量的书籍历注，就算他们动员所有的助手，恐怕人手也不够。

"偏偏就是有很多怪人啊。我有适当的人选。"

暗斋却是一脸笑眯眯的。只有春海知道，每当暗斋露出这种看似无罪的笑容，就表示他打算把一个难上加难的难题丢给谁。

"那个，老师……您的意思是，要找哪位帮忙呢？"

春海战战兢兢地问，暗斋果然是一脸平静地报出名字：

"冈野井玄贞、松田顺承。他们两个都不会拒绝。毕竟这事业是学者无上的幸福啊。"

两人都是京都的著名算术家兼历术家。尤其是冈野井，身为京都大内医师的他可以进出宫中，在公家层是很知名的学者。

安藤和岛田安心地对彼此点了点头，春海却不知该说什么好，心里只觉得忐忑不安。

冈野井和松田都是春海十几岁时师事的人物。当时他们两人都被暗斋耍得团团转。用算术证明朱子学中世界生成的理论，计算天照大神是几月几日出现在这个世界上的——春海清楚地回想起暗斋把这些荒唐的学术难题丢给那两个人后，他们被耍得七荤八素的模样。

但是，冈野井和松田都是笃学不倦的人。想必光是改历事业这四个字就能让他们因感动而颤抖，而他们也会自告奋勇要尽力帮忙。暗斋是看穿了这两个人的个性，才会故意丢那么多难题给他们。暗斋的本意让春海赞叹。

在大致的方针决定后，接下来便是备膳开酒宴。没有人在席上大声喧闹争执，每个人都很有礼貌地顾虑到他人，是一场安稳的宴会。对不会喝酒的春海而言，这是再舒服不过的环境，他不断高昂的心情也因而沉淀至恰到好处的程度。若非如此，他想必会因为情绪太过紧绷而无法入睡。在踏出改历事业第一步的那天晚上，春海在全新寝具的包覆之下，于舒适的疲劳感中入睡。

隔天早上天色未明时，春海被怪鸟的声音吵醒。

"叽——咿咿咿咿喝喝——喝喝！"

屋外忽然响起一阵尖锐高亢的声音。还没睡醒的春海一心以为有人要来砍杀自己。也许是因为他脑中有个角落惦着自己处在武家宅邸并排的区域。城中很少会发生武士相互砍杀的事件，但绝不是没有这种事。从棉被里滚出来的春海一脸撞上墙，慌张地环视四周，没有半个人。才这么想，他就听见水声从某处传来。

春海走到屋外，朝屋后的水井走去。声音的主人就在那边。

那是只绑了一条兜裆布的暗斋。在寒冷的天气中，他把井水从头浇下，全身上下冒出蒸汽。

"咿——喝！"他激烈地吐出息吹。这是神道式的呼吸法。近来神道重新构筑其教义，各式各样修炼身体的方法也随之确立，其核心便是"息吹息吸"之法。

形式随着流派而异，名称也不尽相同。"鸟船"、"永世"、"雄健"、"雄诘"，这些都是以最新的学说将古来秘传的呼吸法重新构筑的形式。原本的目的是让神明降临，用呼吸法保持健康长寿、净化心灵。驱赶污秽、黑暗的心灵，抵达日本人自古以来便视为至善的理想"清明之心"，并维持这个状态。如此一来，便能身心健全，遵循神意度过每一天。

暗斋的息吹是其中尤其激烈的一种，他用右手结出一个名为"天沼矛"、和天地创造相关的特殊印记后，以裂帛之势挥下。春海的拍手和这种息吹无法相提并论，这样的息吹激烈得有如练武之人在锻炼身体。事实上，越是著名的剑术家，越会将神道的呼吸法及其思想体系带进剑术中。就有如禅一般，现在的神道、武道及学问体系正逐渐融为一体。

这么说起来，春海回想起暗斋昨天说他也得到一栋房子。在春海前往北极出地之前，正之便将暗斋聘为侍儒。房子地点就在春海生活的家宅后方。听说这些事的时候，春海就该想起暗斋每天早上的习惯。他一边搓着还没睡醒的脸,一边恍惚地想着。

"喔喔,六藏。你起得挺早的嘛。"发现春海,暗斋微微一笑。

我是被您的吼叫声吵醒的——春海刚要说,擦着汗的暗斋就把春海的话打断:

"怎样?你要不要来一下?"

春海瑟缩了一下,安藤和岛田正好在此时出现,另外几个藩士也聚集了过来。大家似乎都是被暗斋的声音吵醒,脸上睡意仍浓,头上的发髻也几乎都还没绑好。

"各位早安。来吧,大家一起来?"暗斋用不知是何处的腔调干脆地说。

"您这样真是勇健,不过请让我见习就好。"安藤苦笑着说。

不管是谁,大家都对一早就在井边这个公共场所脱成半裸有所抗拒。如果是祭神的人进行净化的仪式也就算了,武士这么做实在有些不礼貌。露出肌肤不只是女人之耻。例如受到将军家光宠爱,众人都传和家光有同性恋关系的堀田正盛在家光驾崩之际接到了这样的命令:

"不得让主君以外之人见到肌肤。"

因此他切腹殉死时是穿着衣服的。当然,在这个会津城里,同性的暧昧关系还不是那么风行,但这样并不代表他们可以在众目睽睽之下脱得精光。其实裸体本身并不会让人感到羞耻。譬如说洗澡时,由于热水不足,许多人都会使用大浴场,而一般浴场都是男女混浴。简单来说,根据时间和场合的不同,对羞耻的感受完全不同。

因此,安藤拒绝了暗斋,让春海松了一口气。如果他们为了要增加改历事业的团结感而同意四个人每天早上都只绑一条兜裆布,春海真不知道会传出什么谣言。而暗斋完全不会把这种谣言当一回事。

多亏了暗斋,众人很早就吃了早饭,三个人很快聚到春海家里。

首先,他们已经为事业的第一目标,即学习授时历做好了准备。暗斋也立刻写了一封信寄给在京都的冈野井和松田。接着,天测的道具被搬进春海住处的小小庭院,由助手亲手组装好。指挥由春海负责。有经验是当然,但对春海而言,这一瞬间让他彻底体会到现在没有建部和伊藤这些可以依靠的上司，接下来他必须靠自己撑起整个事业的计划。

可惜那一天云多，众人无法确认北极星，他们隔天晚上才将巨大的日晷、大象限仪及子午线仪这些道具正确地设置好。他们还架了一把挡雨的大伞。

春海早已看惯了这些东西，不过有许多藩士为了看这些比难看的街头表演还雄伟的道具，聚集在墙外观看架设的过程。

做好天测的准备后，他们便开始了观测与修习技术的每一天。虽然不像过去的北极出地那样需要移动场地，但他们在思想及学问层面进行了全方位的研讨。

关于作为授时历基干的算术，众人反复讨论，暗斋也跟得上算术的话题，让春海十分佩服。针对要如何将历法与其他学问体系融合这一点，他们立了一个草案。暗斋负责斟酌草案的正当性，春海、安藤及岛田则分别学习算术方面的术理。他们不断重复这样的过程，转眼便过了一个多月。

在这段时间里，春海和在京都的妻子以及安井家的人来回写了好几次信。他的工作让他得以免费使用高价的公家快递。这是他有生以来第一次能以如此骄傲的心情写信。对于春海被交付了这份工作一事，阿琴单纯地感到惊讶，更为春海感到高兴，也为春海打气。

等春海回过神来时，他发现暗斋正在读这封信。

"请不要这么做，老师。"

春海感到不可置信，他责备暗斋。然而暗斋却一副丝毫不觉得自己做错事的样子，很有礼貌地把信折好，还给春海。

"是老婆写的吗？"他问了一个他早已知道答案的问题。

"是的。这不是老师读的东西。"

"不。"暗斋的否定带着满满的威严，差点让春海没了自信，"人类在地上营生。不然祭神这些事又有何意义。你回信时可得多写一点才是啊。"说完之后，他异常温柔地拍了拍春海的肩膀。

"我会照做的。比起这件事，请您不要擅自读我的信，老师。"

"我知道，我知道。"

既然知道就不要看。春海想这么说。暗斋的心情异常好。在那之后，暗斋再也没有擅自读过春海的信，但总会找理由要春海写信给老婆。

另一方面，冈野井和松田接连寄信表示他们慨然应允，而暗斋看准了这一点，一个劲写信叫他们快来参与这项艰难的事业。春海他们也借来回的书信让研讨大有进展。冈野井及松田按照暗斋的计划，在研究众多文艺书的历注后，对授时历的历法做出指摘。

当涉及多层面的庞大作业终于能如此按照方针进行时，他们立了第四个目标：考察改历对世间的影响。这是那个保科正之的要求。春海对这个想法并不熟悉，而幕府也和他相同。这是保科正之这位名宰相才会有的想法。

将某样事物应用到世上时，重要的是它在学问、技术方面有多么优异，有多么方便。如果看似不错，那就先用用看。这是日本人的基本心态。佛教便是这样导入日本的。一开始的时候，切支丹也被接纳了，但由贸易及殖民地思想而生的对立最后演变为全面拒绝，禁教令因而得以发布。

枪支和大炮是其中之最。日本人只重视是否能用日本人的手重现这些技术，他们没有多想这些物品会给世间带来多么激烈的变化，便决定要在国内大量生产，就连幕府"既然世间已是太平之世，不准再制造枪支"的指导也完全派不上用场。

事前尽可能地预估接下来适用的事物会对世上带来什么样的影响，为导入做好最佳准备。这是保科正之非凡的智慧，也是他基本的从政态度。

春海代表参与这份事业的人，拼了命将这些想法整理出来。不论是好的影响还是坏的影响，他必须一一列举出他们能想象到的任何影响。想到一同为事业努力的伙伴们，春海完全不愿去想象不好的影响，但在作业进行的同时，他终于明白自己所做的事将会发挥多么骇人的影响力，不由得愣住了。

他首先想到的是宗教统治这个层面。幕府，也就是武家若强硬执行改历，就等于是从天皇手上夺走观象授时的权限。自古以来，解读天意是王的职务，同时也是宗教上的权威。改历会让观象授时成为幕府的工作，以一日、一刻为单位来支配天皇执行仪式的日期。

这代表幕府将完全统一全国的祭祀及阴阳师的工作。在阴阳思想中，决定日期便等于决定方位。方违①的思想至今仍根深蒂固，在民众心中是已经生了根的基本禁忌观念。改历不只会将这样的思想完全改写，更会将方位作为幕府采用的制度而应用到全国。

支配时节、支配空间，幕府将成为宗教权威的领导者。他们压低朝廷的权威，自己一一夺去。就连过去织田信长都只强要宗教人士归顺，而没有试着将其权威化作己物。

光是如此便让春海感到害怕。全国的大名们看到这样的动作会做何感想？从天皇和朝廷那里夺走制定时间及方位的权限，将其纳为将军管辖。当这样的行为被认为是冒渎神圣领域时，会发生什么事？虽然春海觉得不太可能，但这是否会发展成一场战争？

这不过是一套历法。然而想得越是深入，心里便出现一股隐约的不安。

此外，春海还思考到政治统治的部分。应该说是正之的指示让他想了这么多。政治统治与宗教统治只有一线之隔。改历不只是决定日期，决定今天是何月何日等于支配了所有事物的开始与结束。日期在公文里的重要性绝非文艺书可比拟。光是制作一份没有仿照幕府所定历日的公文就足以让人成为被惩罚的对象。幕府将拥有不论何时、不论是谁都可以刁难他人的极大支配权。针对这一点，诸藩又会有什么样的反感？这是否会在全国掀起炽烈的反幕情感？

在文化统治这个层面上也是一样。幕府将不只支配政务，更支配了文化。公家会有什么样的反应？是不是会形成一场巨大的反对风暴？光是想象就让人害怕。

然而真正骇人的，是最后的经济统治这个层面。

假设所谓的颁历将在幕府主导之下贩卖至全国。春海试着将颁历的价格订为一部四分。他仿照米的贩卖，考虑差料等的比例。在单纯计算之下，春海算出了所有日本人从幕府手上购买颁历时的利益。

当然，这不过是春海参考全国大名向幕府报告的人口数所做的单纯

---

①阴阳道的风俗之一，意指占卜方位的吉凶，以决定当天行动的方向。

计算。不论多么精密的计算都会有误差。春海在理解了这一点后，用许多计算方式试算。

那是让他瞪大双眼，半句话也说不出来的庞大利益。

当然，这些利益并不及大权现大人家康所集的六百万两，但少说也有数十万两。而这份利益每年年初都确实会进到幕府手里。

春海以各式各样的方法重新计算这个结果。颁历会在经过数道手续后才被送到全国各地，故各地的利益需减掉一定程度。不是所有利益都会成为幕府的财产。然而，当他计算越多次，一个惊人的数字出现了。

授时历所用的算术中，有许多术理可用来平均多次观测的数值。春海将这些术理直接应用在颁历带来的利益上。这个数字换算成单纯石数时，每年约是七十万石。当然，数字会因为各种条件而大幅增减，但春海对自己算出的数字感到惊愕。

难道至今都没有人仔细计算过颁历这个东西能带来的利益吗？难道都没有任何一个大名想到要为这个黄金矿脉般的商品申请专卖执照吗？不，全国的神宫就是隐约明白这一点，才坚持贩卖独自的颁历。而幕府将独占这样的利益。这是让人感到害怕的数字。

如果让幕府阁僚看见这个单纯的数字，会发生什么事？如果他们强烈地想要这份利益，就算要一一抹杀反对改历的人，也一定要让改历成功。他们会不会这么想呢？

若事情走到那个地步，春海可以想象出会有什么样的利益争夺战。他必须不断告诉自己这不过是历法。而就因为它是历法。

今天是几月几日。拥有这件事的决定权，就是这个意思。

宗教、政治、文化、经济——代表幕府将君临一切。

七

春海将正之给他的第四个目标归纳为"天文方"的构想，即在幕府新设立天文方一职，掌管历法及颁布历法的一切事项。

春海在事业开始三个月后构筑起大概的计划，提交给正之。视力衰退的正之让家老把计划念出来给他听。接着，他当天便把春海叫来，让近侍离席后，以近乎密谈的方式和春海谈话。

"历法还真叫人害怕啊。"正之说。春海也一脸认真地同意。"不准它外流。现在还不可以，听到了吗？"

看着正之说话的样子，春海倏地醒悟了。正之早已知道春海会做出这样的结论。知道结果的他刻意让春海去思考，看他是否会导出同样的结论。虽然年事已高，身体被病魔侵蚀，视力几乎已完全丧失，这个人物还是稀代的名君。钦佩至极的春海只能带着战栗的心情深深跪拜在地上。

"不共戴天。"正之轻轻地说，"我们不能把天皇和将军家逼到那个地步。绝对不可以。届时国家将会一分为二。国家若是分裂，便会造成动乱，最后德川家将会灭亡。"

正之明白地说出了"德川"。天皇家绝对不可能灭亡，历史已经证明了这一点，日本的各方势力不会让天皇家灭亡。不论何时，不论国家处于何种状况，该灭亡的都是逆贼一方。

"你有对策吗？"

"是……"

这是思考的重点，也是春海被提拔至此事业的依据。安藤及岛田，说穿了连正之自己都对京都的事情不熟悉。他们对朝廷及公家只有大致上的了解。相对地，春海及暗斋是精通京都事务的人才。毕竟春海是通过围棋，暗斋则是通过神道及各种学问，和朝廷及其周边人物都有交流。

"我认为是天皇的敕令。"春海告诉正之。

由目前的天皇发布改历之敕令，幕府恭敬地接旨照办。

这是基本。为了让事情走上这个方向，他们需要进行无数准备。不过至少这样一来，他们不会带给全国的大名们幕府"冒渎神圣领域"的印象。许多难题都可以事先解决。

"此外，历法必须有其权威。"

这是其次重要的一点。是上天的法则如此，决非幕府恣意订下历日。

幕府必须彻底展现这种态度。这才是回避危机的手段。因为不论是天皇打算盘，还是幕府的人打算盘，答案都会完全一致。若是如此，便由不得任何人恣意操作。接下来的问题是将历法交予谁管理，若有敕令，幕府的管理也不会产生任何问题。

也因为这样，他们才更应该告诉日本全国，目前的历法有误。如此一来，天皇也不得不下令改历。

此外，作为新历法中枢的术理也因此必须严格保密。若是白白公开术理，任谁都可以擅自制作历书。就确立幕府主导改历的权威这一点而言，很可能会引发各种对立。尤其是寺社佛阁，这些机构会在全国各地主张独自权威的景象已是显而易见。

关于这一点，春海也得出了结论，但将它说出口的人却是正之。

"那就是朱印状①了。"

正之的微笑告诉春海他们两人导出的结论一模一样。

"是的……幕府可以通过天文方，对这些势力下达宗教统括的朱印状。如果能这么做，想必就能防范许多是非论争于未然。"春海说。

朝廷下达敕令，幕府下达朱印状。以这样的方法设立日本最公平公正的观象授时机关。

朝廷幕府合作，打造未有前例的文化事业。若是能将之实现，则朝廷与幕府不仅不会对立，反而能相互提高彼此的权威，共享坚若磐石的统治及巨额的利益。

"必须订立严密的费率才行。"

正之说出最后的难关。哪些势力要如何分配颁历带来的巨大利益。若是幕府独占利益，必会造成强烈的不满，导致各方擅自分配颁历。幕府原本就已在慢慢强化文化统治，惩处出版不适当书籍者。就如同正之坚决流放山鹿素行一般，难保这样的事情不会因为颁历而接连发生。

而且压制言论并不如禁教令。这和把外国来的宗教赶出去是不一样的。若是以极刑强加扼杀，日本全国各地便会爆发不满之声，光是应对

---

①将军批准后盖上红印的公文。

这些问题就足以将贩卖颁历带来的巨大利益消耗殆尽。进行改历将会让幕府、诸藩以及朝廷背负棘手的火种。如此一来，文化事业的意义究竟何在？

为了避免这种情况发生，他们该如何订立颁历费率，这不是一朝一夕能确定的，他们应该在实践改历的初期便向各种势力事前疏通斡旋。

他们执行的第一道程序便是朝廷方面的工作。改历之敕令正是事业的第一道重要关卡。朝廷对幕府向来抱有反感，春海一行人一边巧妙地解开这份反感，一边慎重讨论上奏前的程序。

当时节来到年终，朝廷对这次的改历事业做出第一个回答。武家传奏①送来的消息是这样的：

"授时历不吉。"

这里是大厅，是春海和正之下棋的房间。

正之坐在上座，负责改历的四人则坐在他面前。暗斋刚在众人面前念完朝廷写给正之的回信抄本。正之只是静静地合上双眼，摆出他那深远的坐姿。相对地，春海等身为改历事业核心的四人则都是面无血色。愤怒让人血色尽失。

"不吉……"

对这两个字感到不可思议的春海颤抖着重复。

朝廷的旨意大致如下：

授时历是元国之物，是掌管一国之始的历法。这是进攻日本，为日本带来元寇之祸的国家。要在日本运用该国历法是极为不吉之事，天皇无法下达改历的敕令。

这是什么意思？把我们当白痴吗？这是春海最真实的心情。安藤和岛田两人都睁大了双眼瞪着空中，表现出他们和春海相同的无言心情。

这是公家近来的惯用句，也是他们墨守成规的态度。上面完全没有提到宣明历已是满眼误差的历法一事。他们自始至终只讨论这是吉兆或

---

① 负责为朝廷传达武家奏请事项的官职。

凶兆的神秘话题，这表示他们绝对拒绝变化。

春海在膝上紧紧握住双拳，感觉自己仿佛就要失去意识。过度的愤怒让他眼眶泛泪。他完全没想象到居然会有这种回答。

"讲什么歪理，那些糟蹋了我们请愿的大白痴！所以学理才会衰退了八百年！那些家伙！"越生气语调就会越偏江户风的暗斋率先大吼。

安藤和岛田也发出不成声的低吟声回应。他们这几个月来的所有努力、他们敬爱的主君最大的心愿，就被一句"不吉"全数否决。就连平常个性温和的安藤眼神也是愤怒难当，他的老师岛田则好不容易压抑住心中的愤怒。

"……既然对方搬出了'元寇'，那我们也拿出'神风'之传吧。"①

岛田试着找出反驳理由。但暗斋却摇了摇头阻止他。

"不必要的论争正是这些家伙的目的。说什么吉啊不吉的，把这个话题弄得又臭又长，等咱们回过神来的时候，改历的事早已被人忘在遥远天边了。"

岛田呻吟。沉默就此降临。四个人都尽全力压抑自己的愤怒，但不久之后，不可思议的事情发生了。

让这件事发生的人是静静闭着双眼的正之。他的存在不知不觉间将众人的思绪集中在一点上。而在沉默之中，他们彼此都察觉到了这一点。

作为事业的指挥者，责任感让春海率先开了口：

"有一天，机运一定会到来。"

他明白地断言。同时，他也领悟到事业的发起人正之现在为何不做任何指示。正之不是对朝廷的回答感到失望，而是确信这份事业今后一定会有一个绝佳的机会。

安藤似乎也察觉到这一点，重重地点了点头。"也许不用等上数年。"他表示同意。

而岛田则接下去说道："宣明历迟早会有一天误了蚀的预报。"

暗斋不怀好意地一笑。"那一天就是宣明历的死期。"

---

①根据野史，元军进攻日本时，屈居劣势的日本因为一场突如其来的暴风雨而转败为胜，因而有"神风"之说。

所有人回头看向正之。不知何时，正之也睁开双眼看向四人。

"不论朝廷再怎么蒙昧无知，他们也无法在万人眼前将日月覆盖隐藏。"正之微笑着说。

在那一瞬间，四人立下新的坚定决心。

他们对宣明历这个过去的遗物已不再抱有任何敬意。今后，它一定会误报日蚀或月蚀。届时，日本全国的民众都将明白宣明历的无用，以及爱用这无用历法的朝廷有多么无知。

其实，春海并不愿这么想。如此一来，就等于是为天皇的权威低下而喜悦。然而这是应该会率先赞同改历的安倍家和贺茂家这些阴阳师及历博士的责任。理应在各种场面中守护天皇的朝廷之人，将会践踏天皇的颜面。关于这一点，这四人已经不愿有任何宽容。

看准了未来的绝佳机会，所有成员在正之面前立下继续改历事业的誓言。

就这样，春海一行人不到一年便解散了。只不过没有人认为这场事业无法再起。之后，他们要趁各自公务的空闲时间继续朝改历迈进。四个人都是一副仿佛要割指盖血印证明自己忠诚的模样。

"一定要让改历成功。"

春海带着这句口号离开会津，怀抱着大量的文书，奋然回到江户。

八

江户洋溢着相似的气魄。

每个棋士都怀抱着烈焰般的斗志，这让春海有些看傻了眼。

在春海被叫到会津期间，他的义兄算知和本因坊道悦争夺棋所的争棋已经开始。初战以平手收场，白热化的对决终于拉开序幕。

而同样点起棋士心中那把火的，则是在将军面前下的胜负棋。

春海不在的这段时间内，他的义弟知哲居然和那个道策以胜负棋为名，前往城内执行他们的第一次公务。结果是道策的后手五目胜。据说将军家纲大人看这场棋看得非常高兴，也十分着迷。

多亏了这两个人，御城棋完全呈现出"安井家与本因坊家的激烈冲突"的模样。御城棋在城中的风评极佳，为严肃执行政务的江户城内带来难得一见的兴奋。

知哲和道策都已经是这个年纪啦。听到胜负棋时，这是春海最初的感想。在自己完全忘了围棋时，居然有过一场这么重要的对决。这么说起来，他记得哥哥的信里写到了这件事，但由于他每天都在和授时历格斗，这些事于他根本是远在天边。

无视春海这样的心情，那一年在日吉山王大权现社办的棋会生气蓬勃。许多棋士刻意地将棋路藏起。尤其是算知和道悦，他们已经完全进入对决的氛围，藏匿自己的棋路，不让对方知道。这样的紧张感让众人不分职位，满心期待。和僧侣下棋的算知及道悦周围聚集了惊人的人潮。

在这样的热闹中，春海一个人孤单单地坐在角落盯着棋盘。在被叫到会津之前，哥哥要春海娶妻的其中一个原因的确是正之因改历事业的企图暗地里催促了哥哥。不过就哥哥而言，他其实是为了这场对决才替春海安排了安泰的家庭。

只不过从刚才开始，把家督①让给义弟知哲的想法却不断划过春海脑中。

若是改历得以实现，天文方被创立，那自己将坐上那个位子，从棋士的身份退休。他什么时候该把这件事告诉安井家，告诉道策。在改历尚未有具体实践计划前，他现在什么都不能说。然而他的心却离围棋越来越远。

"算哲大人。"

因为自己处于这样的状态，当道策来到面前，理所当然地坐在棋盘对面时，春海实在感到畏怯。

"呀，道策。赢得真是漂亮。"

春海刻意夸赞道策在与知哲的棋局中胜出一事，避开自己的话题。

---

①家长制中的家长权，江户幕府时期只允许由嫡子继承。

"谢谢您。下次请算哲大人务必和我下一局棋。"道策在这种时候的耿直个性实在是毫不留情，"请您指导我一局。"

说完后，道策随即拿起棋罐。而且还是白子的棋罐。他将春海尊为长辈，让春海先下。下了一场漂亮的御城棋，而且还是本因坊家继承人，道策能对身为安井家一员的春海表现出如此谦虚的态度，其实是因为他真挚无比的心。看到道策用这样的态度应对，到了这个地步也无法拒绝，春海虽然心里没底，还是拿起了棋子。接着，他不由自主地这么做了。

他将棋子清脆地下在天元上。

下了这一手后，脑中响起"啊"的一声奇怪的声音。不知何时，他曾经将亡父的棋路、初手右边星下重现给道策。而这一次，他居然下出保科正之下给自己看的棋路，那等于是将自己秘藏的棋谱"初手天元"下给道策看。

他究竟要帮这个身为安井家宿敌的本因坊家继承人多少忙？

无视对自己所作所为惊愕不已的春海，道策以闪耀得无以言喻的双眼盯着春海说：

"初手天元……北极星，是吧。"

春海觉得自己曾在哪里看过这样的眼神。他想起小时候，看到盯着猎物的猫前倾时会露出这种表情，他的心就怦怦地跳。

会被抢走。他的棋路会被这个天才吸得一干二净。春海几乎已经想投降了，但道策却说出了更惊人的话：

"我之前也曾经跟您说过，天理是天理。我要向您证明它和围棋的道理不同。所以算哲大人，您模仿星象的棋路，就是我的宿敌。"

道策点燃了对决的热忱，那聪颖的模样让春海看得有些出神，让他像个笨蛋一样呆呆地回问：

"敌人……什么意思？"

"请您务必在下上览棋时，下这手初手天元。而当我赢了这场对决时，我希望您能葬送这名为北极星的初手。"

道策居然宣告说要抹杀春海的棋路。

春海差点就说出这一手是将军家的私生子保科正之下的，但现在才这么说，道策也未免太可怜。最不好的，是不做任何说明、没经过任何思考就将初手下在天元的自己。

"等、等一下，道策。"

"不，我不会等。这颗可恨的星，若我不能亲手废了它，我是不会罢休的。我会把这件事告诉道悦老师，请他务必让我们在上览棋中一决胜负。"

只能用纯真如一形容的道策说。他太过纯真，所以春海不能敷衍，也不能逃。春海完全不知所措。就在这时，有一个声音从旁响起：

"哥哥，我来代您下吧。"

这是安井家鹤龟中的一人——知哲，那圆滚滚的福态让人联想到乌龟。他一脸若无其事地坐到春海身旁，道策立刻动怒。

"你说什么，小三郎？你说什么？"

"我说就由我来陪三次郎下棋。"

知哲比道策大了一岁，两人从前便以幼名相称。因此，棋士之间都知道他们分别是安井家与本因坊家的"三字辈"。

"你打算现在就摸透大哥的棋路。身为安井家的人，我实在看不下去。"知哲微笑着说。比起将感情显露于外的道策，知哲更会说话。

"可是算哲大人和我……"

道策还没来得及争辩，知哲便把春海推开，和他换了位子。春海虽然觉得自己得救了，但被道策用快要哭出来的双眼一瞪，春海只能提心吊胆在一旁看着两人下棋。恼火至极的道策杀红了眼，接连下了几手强手，而知哲只是踏踏实实地守着自己的地。看着这一幕，春海忽然有了一个想法。

这是一个关于改历的妙点子。

对决。让宣明历和授时历在万人眼前对决。

向朝廷施压，让他们发布改历敕令，并让幕府设立天文方。这是葬送宣明历，让世间认同授时历的策略。当这样的想法越来越鲜明，春海的心跳也越来越快。所有的责任都必须由自己来承担。即便被极度的紧张感包围，他仍旧确信只有这个方法。

春海从棋会回家后,将自己坚定的信念写成文书送给正之。

正好回到江户的正之立刻回信给春海。这封信是由正之的亲信、家老友松勘十郎代替眼睛不好的正之写的。

顺道一提,这个友松正是遵照正之的命令,将正之所写的幕政建议书——烧毁的人物。若是让后人知道各项幕政大多出自正之的建议,将军在政治上的威信便会受损,正之顾虑到这一点。就友松而言,这等于是烧了敬爱的主君活过的证明,等于是把正之这个人推入火中。虽然如此,友松还是忍住悲痛,实行君命。

"大老爷说这的确是个良策。"

友松这个亲信中的亲信这么写道。如此一来,春海已经立下决心。他要赌上自己整个人的存在,葬送宣明历,将授时历立为新的历法。这才是自己在至今的人生中一直企盼的对决。这么坚信的春海全力为赢得这场对决做准备。他从未料想到这场对决不只为自己的人生,更将为和事业相关的所有人带来一场最大的噩梦。

九

宽文九年,这一年发生了几件事。

一月,那个富贵生了正之的儿子。那是正之的六男。正之有好几个儿子比他早死,这个六男正容后来成为第三代会津藩藩主。

四月,将军家纲终于准了正之一直以来的隐居心愿。成为第二代藩主的是四男正经,后来他将正容收为养子,让他继承家督。

如此一来,正之终于得以自由回到会津。他在让人联想不到这是将军家私生子大名的朴素队伍伴随之下,悄悄地绕领地巡视一圈。对于二十多年来都以幕政为优先,无法回到藩国的正之而言,这是他唯一的安慰。他现在已不再是藩主,这支队伍等于是微服出巡,不会有人出来相迎。原本应该是不会有的,但不知道从何处传出"大老爷要来了"的风声,而且各个村庄都知道了这个消息。正之一进入领地,街道两旁挤满了出来迎接他的民众。走在队伍前头的人也对这样的景象哑口无言。接到报告,正之当场打开轿子的门。就护卫的观点看来,正之这样的行为等于是毫无防备,但这是正之生涯中民生的存在方式。领民也知道这一点。街道上的民众一发现正之探出身体,以看不见的双眼四处张望,众人便当场跪拜。

"会津无饥民。"

对于这位达成前所未见的丰功伟业的主君,民众之间并没有出现喧闹至极的欢呼,需要让护卫出手相助。只不过——

"大老爷。"

"大老爷。"

他们以低语、以哽咽的声音迎接正之。

据说此时巡回领地的正之夸赞了某个人做的草鞋。而这样的消息也立刻传遍每个村庄。从那一天开始,进贡自制草鞋的人接连出现。据说到了最后,城里有一个房间塞满了堆积成山的草鞋。正之在那堆数量惊人的草鞋前落泪,将它们视为不让大家忘记民生之志的物品,分配给所有藩士。

而春海也拿到了草鞋。

春海在江户从安藤手上拿到那双草鞋,听说了"迎接大老爷"的故事。

之后,春海和安藤都将那双"大老爷草鞋"视为护身符,作为激励改历事业的物品,一步步为事业做好准备。同一年,最初的成果终于结实。

春海,三十岁。

他在京都和一直帮忙改历的松田顺承见面,一同出版第一本集历注研讨之大成的书《春秋述历》。这本书由春海和松田一同撰写,是春海生涯中出版的第一本书。

这本彻底研讨中国春秋时代历日的书,正是构筑改历舆论的第一手。接着,两人在翌年的宽文十年出版了另一本书《春秋历考》。这是更加详细的历注研究。

接连发表的最新历注在京都的知识分子阶层造成相当大的话题，也引发许多争议。除此之外，春海还自行出版了另一本书《天象列次之图》。他在书中集结了自北极出地以来的天测结果，以此作为历注研究的证据，让民众知道有人在进行详细的天测，同时也带来了别的效果。

春海希望能在将天测结果详细图案化后，为他挑战了许多年的事做一个总结。

那是相当于建部遗言的夙愿——完成浑天仪。

在京都的老家，春海第一次把那个东西拿给别人看。对方不是暗斋，不是光国，也不是伊藤。

"哇！"

妻子阿琴双眼亮晶晶地看着春海亲手制作的星象球仪。它的大小正好可让春海用双手抱在胸前。为了避免湿度造成的扭曲，绝大部分的材料都是金属。

在一个球体上详细标出数百颗星星的位置，以及黄道、白道、二十八宿、主要恒星及行星，将星空中的一切标示在一颗浑圆的球体上，这是春海一生一世的作品。

"阿琴，能不能用你的双手抱住它呢？"春海拜托阿琴。

"我吗？"阿琴瞪大了双眼。

"嗯。我希望你能这么做。来，拜托你了。"

在春海的催促下，阿琴畏怯地伸出手，用像是害怕会不小心弄坏的动作轻轻地抱起浑天仪。在阿琴把浑天仪抱到胸前的那一瞬间——

"然后像这样……像这样，我想用我的双手拥抱天……走上黄泉路啊。"

建部的声音鲜明地重现心头。眼角倏地一热，眼泪喷出垂落。

"夫婿？"

看着吃了一惊的阿琴，春海边哭边说：

"我终于……有东西可以拿去祭拜建部了。谢谢你啊，阿琴。谢谢你。"

双手紧紧抱住浑天仪的阿琴轻轻地摇了摇头。

"阿琴真的很幸福。"

她腼腆地微微一笑。

大约在一个月后,春海重新制作了一个一样的浑天仪,托人以金箔和漆将它弄得很豪华。

光国用他粗实的双手紧紧抱住春海献上来的浑天仪。

"喝!"

瞪着胸前的浑天仪,光国发出极有魄力的声音。被吓到的春海全身颤抖。在那一瞬间,光国不喜欢这个浑天仪,要用他骇人的臂力将它捏碎,顺便斩杀春海的光景清晰地浮现在春海脑海中。

"请问……"

您究竟不满意它什么地方?就在春海鼓起勇气打算这么问的时候,光国的双眼一转,以锐利的眼神盯住春海。

"你靠着这东西就在历史上留名了啊。而且你还这么年轻。"

光国的眼神就像是在看双亲的敌人一般,但他的声音里带着不可否认的称赞。

"您、您过奖了。"春海急忙回答。

"唔嗯。"双手举起浑天仪的光国低吟。

他觉得不甘心吗?

看着光国,春海倏地明白了。这位个性凶暴又热爱学问的御屋形大人说想看到浑天仪,却又对完成浑天仪的春海燃起猛烈的对抗心。

只不过拿到刚完成的浑天仪后,他不断从各个角度眺望它、抚摸它,就是不愿意放开它。到了最后,他甚至还像个孩子一样把它夹在腋下。

"在星星之后,就是日月了。你能完成改历之仪吗?"光国严肃地问。

光国是正之拜托来评价春海的人,他从正之那里听说了之前的来龙去脉。春海跪拜在地上,斩钉截铁地回答:

"我一定会成功。"

"对水户而言,天皇是最重要的。"光国说。

这是在警告春海,不得让朝廷的权威因为改历而失坠。这是水户藩的特色,和会津藩的思想呈现出对比。

对会津藩及保科正之而言,将军家才是他们尽忠的对象。然而对水户光国而言,比起将军,天皇才是他们尽忠的对象。这两个藩思想上的差异从春海生活的时代一直到数百年后都未改变,不断被继承下去。

"对江户幕府及朝廷而言,改历都是值得庆贺、更是会带来利润的事业。"

就这一点而言,春海已经历多次讨论,可以很有自信地回答。应该说,他相信改历事业可以带来将军家及天皇家的共荣。

在春海要离去时,光国仍旧抱着浑天仪。

"狂妄的家伙。你就重重地在历史上留名吧。水户会支援你的。"

光国给了春海这句毫无虚假的话。

献上浑天仪后,春海依照光国的希望制作了地球仪和天球仪。这可以说是光国在懊恼得失去理智时提出的希望,但春海自己其实也希望能这么做。

"你真的做出来了。星星狂。我拿去献给将军。"之后,光国赐给春海这样一句称赞和不甘合一的话。

在制作这些东西的同时,春海做了第三个浑天仪,送给和他一同完成北极出地的伊藤。他无法准备贴了金箔的豪华浑天仪,但这个浑天仪的构造和阿琴抱过的那个相同。

已经将家督过继给儿子并刚开始隐居的伊藤用温柔抚慰般的动作紧紧抱住浑天仪,和阿琴不同,也和光国不同。

"谢谢你,安井先生。谢谢你。"

眼角蓄了晶亮物体的伊藤重复说着感谢的话。由于前年患了胃病,伊藤瘦得不像是当年一同踏遍五畿七道的人。

春海看着这样的伊藤说:"伊藤大人,您告诉我的那个'分野',我一定会让它成功。"

如果可以,春海也想跟他说说改历的事。然而事业至今未曾公布,还不到春海可以擅自公开的阶段。然而春海希望自己至少能像当年伊藤对被病魔侵蚀的建部所做的那样,多给伊藤一些鼓励。

只不过到了最后，反而是伊藤在温柔地鼓励春海："交给你了喔。"他再三这么说。

伊藤背负着衰老和疾病的身体恐怕已经无法恢复到指挥天测时的健康了。看着他脸上的微笑，春海觉得心中一阵揪痛。

"交给我吧。"

春海只能一心立下这样的誓言。无论如何，他都要守住这个诺言。他要连正之的愿望一起实现。他相信这才是上天赐给他的对决。

同年冬季，春海迎接了另一场对决，并在其中落败。这是道策过去便公开宣言的对决。

"在将军面前下的胜负棋中，葬送安井算哲大人的初手天元。"

逃也逃不了的春海终于做好心理准备。

宽文十年十月十七日。春海用漂白布将正之送的民生象征的"大老爷草鞋"捆在腹部，收在和服的内侧，前去参加对决。春海照着道策的希望下了初手天元，这是一场彼此都咬紧牙根拼斗的棋局。

结果是道策白子九目胜春海。在这场对决中，道策的力量已经毋庸置疑。

他是龙。这里也有一条龙。

就连春海也为之瞠目结舌，感受到他过去曾对关孝和抱有的相同感情。

然而在对决结束的瞬间，倏地失去紧张感的道策深深地叹了一口气。也许是太过紧绷，那不是平常散发着凛然才气的他。他的身体前倾，双肩下垂。

将军大人看到了这一幕。并排的老中和大老看到了这一幕。棋士们看到了这一幕，管理棋士的寺社奉行也看到了这一幕。另一方面，腹部卷着草鞋的春海虽然输了，但他仍旧维持残心的姿势。

这一次的事件让安井家得到这样的评语："安井家一日长乎。"安井家的围棋是就算输了对局，也会夺对手一命的围棋。这是对春海及其义兄算知的称赞。

"不过约定就是约定。赢的人是我。"

对决结束之后,道策认真地说。到了这个地步,春海也说不出初手天元是正之的棋路,他总觉得道策好可怜。

"嗯,我知道了。我再也不会用初手天元这一手。可是在棋会用,没关系吧?"

"不可以。天元在围棋里是邪门歪道。不可以。我不答应。不可以用这一手。"

整张脸通红的道策非常坚持,最终春海不能再用初手天元。

"那要是我赢了明年的胜负棋,你能不能取消这个限制?"

春海的提案让道策摆出更加毅然决然的态度,他激烈地摇了摇头。

"我绝对不会输。"他大声断言。

来年的宽文十一年,春海吞下一场连记录都没有留下的惨败。

春海下了好几手棋士不该下的昏着,但同情春海的声音还是很多。棋局没有记录,是因为可拥有棋谱的胜者道策把那局棋的棋谱撕了。这不是出自愤怒,而是出自他对春海的怜悯。

那一年,春海身上发生了一件不幸的事。

他的妻子阿琴过世了。

第五章　改历请愿

一

原本就是蒲柳之质的阿琴到夏天还都很健康，但中元节过后，她的病情急转而下，开始吐血。医师说这可能是胃腑之病。她白得透明的皮肤上出现了漆黑的肿块，也许是得了癌症。

知道医师的治疗不会奏效后，接下来只剩下等待死亡的时间。春海更加拼命地寻求让阿琴痊愈的方法，但阿琴已经做好了死亡的准备。

"阿琴真的很高兴。"

阿琴对春海至今为她所祈的愿、送她的礼物、信以及其他日常生活中的细小事物一一道谢，说出她的喜悦。

"阿琴真的很幸福。"

她一直重复这一句话。一直到临死前，她也是在留下这句话和虚弱的微笑后才闭上双眼。那个时候，春海还听见她睡时的呼吸声。但在宽文十一年的十月一日，没有醒过来的阿琴就这么离开了人世。

面对接到讣报赶来的哥哥算知，因为连日照顾阿琴而憔悴至极的春海像个幽魂一样垂着头，用毫无半点力气的空虚声音开口说道："是我让她死了。"

"这不是你的错，算哲……"

然而春海似乎连算知的安慰都没有听进去，他只是当场跪下。

"对不起。是我让她死了。"

他只是重复这句话。

"别这样,这不是你的错。能有你这个丈夫,阿琴也一定觉得很高兴。"算知对春海说。

"我真是太不中用了……"

心完全不在这里的春海像说梦话似的不断道歉。

此时,暗斋飞奔而来。这是为了什么?他只是为了要和春海一起哭。暗斋就是这样的人。

"你的妻子阿琴已经成为神了。"

春海的父亲死去的时候,暗斋也说过类似的话。

"她会一直守护着你。你随时都可以见到你的妻子。人的灵魂就是这么一回事。"

暗斋对春海说。然而春海却连眼泪也掉不下来,他只是整个人都失了神。

春海觉得自己才是亡灵。但在这样的状况下,他还是完成了阿琴的葬礼,同时为了工作前往江户,下了一局胜负棋。面对本因坊家的精英道策,他接连下出昏着,在将军大人面前吞下一场惨烈至极的败北。

只不过,春海原本就常为妻子的健康而到江户各处祈愿,疼爱妻子的程度连城里的人都会出言揶揄。就继承家督的人而言,他这样的表现让人敬佩。然而他的妻子却死得这么早,而且还没有留下半个子嗣。春海没有过错,而且从"家庭安泰"的角度来看,他必然会得到他人的同情。

虽然吞下一场让棋士一职蒙羞的惨败,但他也因此没有被革职。

只不过对当事者春海而言,他对并未失去棋士职位一事几乎没有任何安心感。不只是这样,接下来还有一场死亡在等待他。

同年,江户初雪的那一天。和他一起完成北极出地的伊藤重孝过世。

春海听到伊藤患肺结核的消息为时已晚。他急忙前去探望,但遗族已经在为丧事做准备。失了神的春海参加吊唁,义兄和安藤等人的鼓励徒显空虚,一点也进不到心里。春海就像个幽灵一样度过那一年的年终。

时节来到春天时,春海回到京都的老家。有一天晚上,他正准备在没有妻子的房间里就寝,倏地回想起阿琴抱着浑天仪的身影。不,他的手几乎都能碰到阿琴了，她的身影就在眼前。

当春海睁大了双眼，悄悄靠近，缓缓伸出手的那一瞬间，阿琴倏地消失无踪。

在消失之前，阿琴的确对着春海微笑。

"阿琴真的很幸福。"

春海看见她的双唇这么说。

被独自留在昏暗房间里的春海在妻子死后第一次哭了出来，他双手用尽全力抱住阿琴曾经抱过的浑天仪，不断哭泣。

他向阿琴道歉，也向伊藤道歉。救不了妻子的悲痛让他颤抖，来不及让伊藤见到他完成两人曾约定的"制作日本分野"的羞愧让他折下身子哭泣。

春海，三十三岁。在那年年末，他经历了多次死别的悲痛。

在这之后，春海成了经常送死者离开的那一方。他只能背负曾和死者一同存在，却被死者遗留下来的一切。这几乎可以说是春海的生涯。在这样的生涯中，死者的数量不断增加。

春海一心投注在事业中。他反复天测及研究授时历的热衷程度极为骇人，据说连家人都犹豫是否要开口跟他说话。然而他本人却极度忘我，连周遭的人面对他时提心吊胆一事都没有发现。

另一方面，春海给义兄写了一封长长的信，为自己下了一场粗糙的棋道歉。算知没有提那件事，反而回信叫春海要好好保重身体。

宽文十二年十月。

春海前往江户参加御城棋，他的对手还是道策。结果先手的春海以十目输给道策。春海很感谢道策在对决中丝毫不留情地全力进攻。应该说道策终于让春海有了一个可以从死别的冲击中重新站起来的契机。感觉就像是回过神来时，发现自己在城里下棋。结束了下棋的工作后，刚回到会津藩邸的春海看见事业的准备几尽完善，不由得有些发愣。拼了命做好准备的人当然是春海，但他觉得他至今一直待在梦里。他花了约一年的时间，才跨越了死别的悲痛。

在春海终于恢复平静的隔天，他再次来到伊藤的墓前。在那里，他祈求伊藤死后的安详，并再次出声立下他要成就事业的誓言。接下来，他回到藩邸，对着他去哪里都随身携带的阿琴牌位说：

"我是个幸福的人。"

春海第一次能够静静地微笑。

十一月，春海被大老酒井忠清指名去下棋。

那是春海把某份文书送给保科正之的几天后。酒井通过和正之关系亲密的老中稻叶正则，看过那份文书。而非常难得的是，这件事是酒井本人和春海说的。现在的酒井拥有城中无人可比的傲人权威，而他的家就建在下马所前。也因为这样，大家在暗地里都称他是"下马将军"。

然而酒井完全没有滥用权势。以大名为首的各界当权者全都拿钱贿赂酒井，但酒井连这些钱都是机械化地收下，之后用在维护幕政安泰上。说穿了，表现得比以前更加淡泊的他把自己化作一个道具，借以辅佐将军家纲治理国事。对酒井而言，这才是王道，也是他自年少时期受周遭环境教育的成果。

"好像就快了嘛。"酒井一如往常，语气不像在问问题。

春海点了点头，清楚地断言：

"是的……宣明历的偏差非常明显，现在几乎已经晚了两天，因此改历的绝佳机会即将到来。"

"过了八百年会差两天啊……"

酒井低语。听起来他似乎觉得十分不可思议。在八百年和两天这样单纯的比较之下，两天的偏差是不是没什么？还是说，这是致命的错误？看来酒井无法做出判断。

不只是这样，他也无法理解春海为什么能自信满满地如此断言。

看着酒井那副模样，春海觉得自己似乎看到了酒井这个人可爱的地方，即便春海至今从未有过这种想法。眼前这个人面对不可思议的事物时，不会添加多余的借口，只会觉得不可思议，然后一直盯着它看。说他坦率是坦率，说他毫无关心也是毫无关心。

然而现在，春海却觉得酒井这样的态度很有人性的温暖。

"我看了你准备的东西。我说的是你送给保科公的那个。"

"是……"

"今后的程序就交给你。等到要献给将军大人的时候,我会接手。"

"真的很感谢您。"

"要用算术推算日月,是吗?"

酒井看起来越来越觉得不可思议。春海正这么想,酒井便用异常淡泊,或者应该说是异常澄澈的双眼看向春海。

"我们,碰得到天吗?"

有那么一瞬间,春海觉得酒井微笑了。要说不可思议是很不可思议,但我明白你有多么刻苦勤勉。酒井给春海这样的感觉。从酒井忽然赐给春海双刀以来,春海第一次觉得他和酒井这个人有了共感。酒井和埋头在算术中的春海一样,或许他的使命感比春海还强,总之他将全身心都奉献给了幕府政治。

这件事让春海特别有感触。保科正之以革新时代来支援幕府,而酒井不同。酒井尽力保守正道,希望维持长期的安定。这是酒井的责任,也是他的个性。

对江户幕府而言,他们两人都是不可欠缺的存在。光是革新,被留下的人的怨恨将会造成治世的阻碍。只是保守,则会招致追求新时代之人的愤恨。

从战国来到太平。这样的治世方式将在将军家纲手上完成,是不是正因为保科正之和酒井忠清这两个形成鲜明对照的人才保持绝妙的平衡,并尽力为幕府贡献呢?

能得到这两个人的评语不只是名誉,他们的话更造就了今天的自己。这样的感觉涌现在春海心中。若能让他把话说得僭越,他会说对失去了父亲的自己而言,这两个人的存在都等于他的父亲。

"是的,酒井大人。"春海只是静静地垂下头。

过了一个多月,他们预期的事件终于发生。

宽文十二年十二月十五日。年为壬子,日为丙辰。

月龄为望。也就是满月的那一夜。宣明历的月蚀预报出错。

历上指"有月蚀",但事实上却连一分的蚀都不见踪影。

另一方面,授时历的预报则指出"无月蚀"。宣明历的错误和授时历的精确终于一清二楚地摊在日本全国千万人眼前。不久后,和改历事业相关的人也前来向春海报告。

首先是在会津的安藤和岛田。他们在同一天做出"无蚀"的观测结果。

在京都的暗斋、冈野井和松田也接连寄了信来。"改历之机运已到"——每封信上都满溢着他们的热情,大大地激发了春海昂扬的心情。

除此之外,正之的亲信友松勘十郎及老中稻叶正则也分别来信。这两封信都命令春海开始改历之仪。只不过,上面的内容不止如此。

这两封信同时也是讣报。

读完这些信,春海呆呆地仰望天空,接着紧紧闭上双眼。除了悲伤之外,更有无可言喻的沉重事业责任压到他的身上。

在宣明历的预报出错后不过三天,保科正之的生命走到尽头,离开了这个世界。

二

保科正之为死所做的准备特别值得一提。春海从老师山崎暗斋、友松及老中稻叶那边听说了当时的详细情况。

在死去的四年前,正之制定了"十五条家训"。提议的人是正之的亲信友松勘十郎。

"小的希望能在大老爷还活着的时候,记录下大老爷的子孙、家臣以及掌管藩政者在大老爷死后应该遵守的教训。"

据说友松是当面对正之这么要求的。也就是说,友松对正之本人说"我不知道您什么时候会死,所以现在就给我能成为会津藩将来方针的东西"。若是一般的主君,恐怕会喝斥友松放肆,但正之却干脆地答应,并亲自着手撰写草稿。虽然算不上是交换条件,但正之同时命令友松将自己众多的幕政建议全数烧毁。

若是让后世人知道幕政的许多建议都出自正之的构想，恐怕会损害世人对将军的敬意。如此一来，将会对得到将军大人之位的幕府的"天下治世之道"造成阻碍，所以必须烧掉。

硬是忍住眼泪的友松浑身冒汗，没有半句反驳，肃然将自己崇敬的主君活过的证据送入火里。能泰然说出主君之死的家臣。能让家臣烧毁过去功勋的主君。能将信赖齿轮相嵌得如此完美，转动得如此顺利，这种主仆关系实在难得一见。事实上，正之过世后，会津藩主们曾多次在对待才气焕发的家臣上遭遇失败。

受两人之托，负责起草、润饰保科家家训的，正是暗斋。

"那可是保科公和友松大人呢。不管他们命令我做什么，我可都是怕得不敢拒绝。要是我拒绝了他们，你也知道友松大人那个人，难保他不会当天就说什么这是小的不德，一脸悲凉地就去切腹。我可真是提心吊胆呢。"

后来，暗斋用他那不知是京都腔还是哪里的独特腔调告诉春海。总是把四周的人耍得晕头转向的暗斋面对正之和友松时，似乎十分乖巧。

此时制定的十五条家训和许多藩主遗留的家训划清界限。首先，第一条规定会津藩主不得仿效他藩，始终要对幕府尽忠。家臣毋需对做不到这一点的藩主尽忠。不论是再怎么愚昧的主君，属下都不得诛杀、不得见死不救。就否定下克上思想的正之来说，这是非常严厉的命令。

在另外一条家训中，正之下令要持续经营民生思想的社仓制度。民生支撑起藩政，藩政支撑起幕政，幕府的天下治世之道支撑起民生。正之明白地写出国家的理想。而构筑起这种秩序的终究是法治和文治，这正是正之一路走来实践的正义。

"就算违反法律，也该成全自己的武士道。"正之将武治之世的武士形象一刀两断，"和主君一样敬畏法律。若是违反法律，即便是武士也不得被饶恕。"他明确地定下这样的规则。

此外，正之在最后的第十五条中再次提到主君。家臣和民众并非为了主君而存在，而是主君为了家臣和民众而存在。这条家训可以说是正之人生的结晶。

此外，正之也试着借由自己的死在宗教面扎根。日本古来固有的宗教性神道——也就是说，正之以神道的标准准备自己的葬礼，借以作为探究神道的成果。

死期将近的宽文十二年八月。为了寻找自己的寿藏地（埋葬地），在家臣陪同下，正之和当时顶尖的神道家吉川惟足一同造访了位于会津磐梯山的猪苗代。

吉川惟足，原本是江户日本桥鱼店老板的儿子。他到京都学习神道，继承为吉田神社工作的卜部吉田家的神道①。他不只将吉田家的神道发扬光大，更创立独自的流派，是稀世的天才。他的才气和钻研学问的程度优越过人，就连山崎暗斋都曾跪拜请求拜师，是引领目前日本神道各家的重要人物。

将惟足请来时，据说正之问了他一个问题：

"在神的时代，何谓了解民情的治世之道？能让四海皆平的要领又为何？"

惟足回答：

"天照大神治理世界的要领只有以下三项。首先必须先治己无私，其次以仁惠施民，让民众安心，另要乐意询问各种问题，精确掌握世情。"

主君的灭私、以民生主义确保民众的生活、详细的世情把握——这一切正是正之治世的理想。此外，代表神的作用的"诚"、为了发挥这个作用的"敬"、实践方法的"祓"以及作为天地万物根源的神，这些都是内藏在每个人心中的思想。每一项都是惟足集为大成的神道思想，而正之也为此心醉，将惟足奉为尊师。在研究神道十数年后，正之达到连惟足都感到惊喜的境界，最后迎来传授最高奥义"四事奥秘传"②的阶段。这是吉田神道中自神明治世的时代便传承下来的神法，其全貌为秘密中的秘密。

---

①吉田神道是室町时代末期吉田兼俱倡导的神道，排斥儒释融合的部分，主张日本固有的惟神之道，又称卜部神道。
②卜部派神道的最高等级，只能传给一人。

惟足将此秘传传授给正之后,为他封了一个灵号"土津"。这就是保科正之被称为"土津公"的由来。

所谓土,指的是神道中构成宇宙万物的根源,也是万物的最终形态。它是缔结神、灵与人心的事物。神、灵、心到最后其实是同样的东西,只是以不同的形态出现。"土"这个字是呈现这个道理时不可或缺的字。参透名为土的一切道理的会津之王——借由这个灵号,正之的存在成为传达神道奥义的一部分。

在选定寿藏地及葬法后,正之回到江户迎接命运之日——宽文十二年十二月十五日。

那个时候,正之得了重感冒,正卧病在床。他从友松的"无蚀"报告中得知过去预测的事终于发生。正好那时暗斋也在。在正之的邀请下,暗斋花了六年多时间讲解朱子学的《近思录》,最后一堂课刚结束。暗斋合起已是伤痕累累的旧书,和仍然躺在床上的正之交换了一个微笑。

"结束了呢。"

暗斋说完后,正之好不容易坐起身,深深地行了一礼,说:

"谢谢你,山崎老师。"

"保科大人您也辛苦了。"

暗斋也很有礼貌地回了一个礼。眼角带泪的两人回顾一同钻研许多著作的日子。

"只今六十一岁,方见得圣人一言一字不吾欺。"

正之低声说。这是朱子的话。

"即便是极为贤明的人,也必须在累积资历之后才能明白体会事理。多亏了你,余到了这个年纪才好不容易能推察物事。我真的很幸福。谢谢你,老师。"

说完,正之再次行了一个礼。暗斋也诚挚地一同分享这份喜悦。在面对死亡时,他们可以回头相互确认彼此一起走来的路程。能有这种人陪伴,才是真的幸福。

此时,有人捎来"宣明历没有预测中蚀日"的消息。

"改历之仪的时机终于到来了。"

正之微笑着说。他说话的时候，对自己无法活着看到这一幕已有觉悟。

"一定的，春海一定会努力让这项事业成功的。不肖如我也一定会尽绵薄之力。我们还有会津的算术大师们。您毋须担心。"

暗斋含泪立下誓言。

十二月十七日。病榻上的正之把老中稻叶正则及他的儿子，同时也是正之女婿的稻叶丹后守正通叫到跟前。他对他们留下一句话：

"趁着高涨的形势，现在就是该实现改历的时机。让春海去主导这些策略。"

隔天，正之结束了他六十二岁的生涯。

三

会津藩家老友松及老中稻叶正则分别写下正之的话送给春海。收到这些信，春海有片刻紧紧闭上双眼，一动也不动。

喀嘟、铿隆。

梦幻的音色响起。那是清澈的幸福夹杂着深切悲伤的音色。同时，正之温柔的笑声响起。

对自己感到厌烦。这句话真好。

待在会津的时候，正之不知不觉间不再称春海为"算哲"，而是以"春海"这个名字叫他。其实这是因为春海有一次借机把名字的由来告诉了正之，他说自己已对棋士一职感到厌烦，希望能追求只属于自己的春天的海边。他这样的说辞等于否定从父亲手上接下的家督，只不过——"虽然如此，你还是没有放弃家督，没有逃走，没有毁了你的家，反而是尽你所能维护家业，你真是太了不起了。"

似乎觉得很有趣的正之笑了。正之也被允许使用松平一姓，借以证明他是德川家的亲藩。然而他为了向养育自己的保科家表达敬意，始终不舍弃保科这个姓氏。但他还是能理解春海因为厌烦而感到的痛苦以及春海为自己取了另一个名字的心情。

"没有舍弃自己的家,没有被自己的家囚禁,你自己就是那春天的海边。你要通过你的历法和这份事业,为武家的文明带来春天。"

正之对春海这么说。第一次尝试改历时,天皇没有下达敕令,春海必须在毫无成果的状态下回到江户。

"春天一定会到来。"

在那种时候,正之还是通过家老送来给春海打气的信。

改历是一种站在地上欲知天意的挑战意志。正之将这份事业的所有权力及一切事务交给不肖的春海,让春海坚定地立下报恩的誓言。

时节来到宽文十三年。春海三十四岁,倾注所有精力的改历事业开始了。

春海和会津的安藤与岛田、江户的友松与稻叶父子及京都的暗斋等人密切联络,不断琢磨申请改历用的文书。这份文书要呈交给天皇和将军这两位将国家概念具体化的存在。若是没有魄力能让自己的灵魂寄宿在字里行间,他就没有能力去写这种文书。光是拟定一行文字就必须消耗惊人的体力与精神,不过他同时也能体会到无以言喻的昂扬与陶醉。在这些作业中,春海反复体会将身心献给国事的无我,承受无以复加的紧张与恐惧,并克服这些感觉带来的无尽疲劳。

另一方面,他们也在进行授时历研究的最终确认。

在事业相关人士的协助下,他们在京都、江户及会津三地同时进行天测,并以其数值执拗地探讨此历法中的确切事项。

除此之外,春海也不能荒废家业围棋。新年假期结束后一直到春天,他都必须参加公家及寺社的棋会。每日的疲劳都胜过昂扬的心情,但春海不愿想象自己沮丧消沉的模样。承接了正之遗志一事给了春海更大的动力。

在这段时间里,暗斋、吉川惟足及会津藩家老友松等人则为了其他事业在尽心尽力。

他们在筹备正之的葬礼。

为了替过世的保科正之祈福,将军家纲命令江户市内七日内禁止歌舞音乐。

推动玉川上水的开凿，在明历大火之后建设民生都市。江户的民众是否真正了解正之的功绩，并加以称颂？江户以仅仅七日的默祷吊唁这位废除武力治世，将世间推向文治之世的伟人。

宽文十二年十二月二十二日，正之的遗体被运往会津。

葬礼其实是在三个月后进行。这是异常的延迟。理由是正之的神式葬礼和幕府目前的方针相互冲突。就幕府而言，根据"禁教令"的规定，为了贯彻排除切支丹的立场，一般是以佛式葬礼为主。只不过神式才是日本人原来的葬法。然而幕府阁僚中没有人能正确理解神道的葬礼，就连寺社奉行都没有以理解文化为任务的职位，这让问题更加复杂。

不过这次的事件反而成为一个契机，让幕府后来接连创立以文化事业为主的职位。当时为了正之的葬礼，老中稻叶和吉川惟足之间有过一场激烈的辩论。

被任命全权负责葬礼的友松等人则宣布，就算幕府要判死罪，他们也要完成这场葬礼。其他人也就算了，但友松绝对会这么做。这一点大家都明白。

到了最后，友松等人向幕府提出正之已被传授神道奥义的证明文书，让事情得以收尾。似乎连幕府阁僚都不得不接受正之的要求。若是强硬地禁止神式葬礼，全国的神道家都会将此视为幕府对神道的打压，不知道会引发什么样的不满。

因此，幕府虽然不能奖励这样的行为，但他们还是默许了正之的葬礼。

此外，大老酒井及将军家纲始终都没有对这场纠纷做出任何指示。他们从一开始就将此视为和幕府无关之事，以防范事态的恶化于未然。春海是这么想的。这和停止歌舞音乐一样，幕府以沉默在吊唁正之。

在这些过程结束后，保科正之的葬礼终于得以进行。他的灵碑上刻了"土津神坟镇石"，墓碑上则刻了"会津中将源君之墓"。此外，友松更成为奉行，"土津神社"得以创立。在幕府的默认之下，土津神社祭祀的是初代会津藩藩主兼将军家私生子，是神社中的异例。

同一时期，春海负责的事业也终于准备就绪。

宽文十三年夏。春海向朝廷及幕府请愿，提出废除宣明历，并改历为授时历。

那时春海三十四岁。

四

《钦请改历表》，这是春海上奏朝廷的文书。

钦此请求改历。在这个标题之后，春海写了"臣算哲言"，明白地表示所有责任及所有行动的判断都是由安井算哲，即春海负责。

事实上，光是这九个字就已让春海的身份自一介棋士一跃而上，将名号呈报至天皇这个宗教及文化最高峰的眼前。

"历也者用天道，颁诸天下，以为民教者，有在于此。臣虽非其任，而不免僭越之罪。伏冀农民无失耕桑之节也。实惶实恐，顿首顿首。"

以天道向天下颁布历法，并教育民众。臣并非其职，不免僭越之罪。但若置之不理，则民众将失去农耕时节的依据，臣诚惶诚恐，顿首跪拜期冀——

在这样的开场白之后，春海一边说明神武天皇、推古天皇、持统天皇及清和天皇等过去的天皇所下的改历之令，一边提到宣明历。

"近岁试立表测晷，正知冬至夏至之日，宣明之历法后天二日。历数一差即诸事皆差，农桑过时耕获失节，月之大小，日之吉凶，无一可者。其误不可胜言矣。"

近年来，臣测定晷值（日晷之影长），得知冬至、夏至的正确日期。臣发现其值要比宣明的历日晚上二日。如此一来，农耕及收获开始时节将无所依据，对农业造成负面影响。这样的影响不只会造成凶作，更会让大月小月这种万民生活的尺度以及日子吉凶这种千万宗教的根源化为虚无。

"今幸逢，上圣达于天文者冈野井玄贞，精于历学松田顺承，其余间有之，仰冀与通星历之学者议之论之，审正历象。"

然而现在幸逢冈野井玄贞这位精通天文者及松田顺承这位历学者。臣冀望朝廷能让其他如他们一般的学者议论正确历法，并进行审查——

春海在此搬出在大内也相当著名的冈野井及松田的名号，强调这不是江户主导的改历，而是京都与江户、朝廷与幕府同心协力进行的事业。

在这样的表述后，春海提到历法改革终将让农业、宗教及历法一体化，能为万民带来丰饶，更能帮助后世。

"此圣教之先务，王者之重事。"

这才是古来圣教的责任，更是为王者的重大任务。臣跪拜顿首，以所有勇气谨慎上奏。春海以这句话作为结尾。

到了最后。

"宽文十三年，岁次癸丑，夏六月中旬，臣安井算哲，上表。"

春海再次报上自己的名字。

他完全没提到幕臣的头衔，没写到将军意下如何，也没写到这等同幕命，更没有写到这个事业的发起人正是将军家私生子保科正之。而这才是这场改历事业的重点所在。

安井算哲以一介棋士兼算术历学学者的身份同时向朝廷和幕府提出要求，希望朝廷及幕府能相互合作，进行改历事业。

当时的天皇是灵元天皇，而将军则是四代家纲。在这两者之前，春海只能是一个人。他没有任何后盾，也没有任何势力在背后撑腰。他以此表示当事业开始时，不会有任何让朝廷和幕府相争的要素存在。

提出请愿的春海，不过是一个站在天地之间观测星象，身上什么都没有的人。

除此之外，春海还有一件事不得不上奏。

他必须让朝廷及幕府知道日本该倚赖的是最新的历法授时历，只有授时历能带给民众最大的公平。只有这个历法才能超越任何政治意图，才是改历事业的真正依据。此外，春海也必须以直截了当的方式证明选用这个历法可以同时维护并提升天皇及将军的权威。

春海以前曾经想到一个证明的方法,这是他从江户城的胜负棋中获得的灵感。他在正之生前便曾询问过该方法可行与否,也得到正之全面的肯定。

稻叶及酒井是在正之生前和他一同得知这个方法,但这是他们第一次见到实际完成的文书。

"蚀考"——这是那份文书的标题。

"往岁略之"——也就是说,这是历书要点的摘要。而这个要点指的就是宣明历在预测"蚀"上所犯的错误。

什么时候会发生什么样的蚀,除了既有的宣明历预报之外,春海也追记了授时历的预报。另外,为了追求正确性,春海还写上明国所用的大统历做的预报。

"癸丑至乙卯,三岁之间,以宣历推攻之,日月当食者六。"

从宽文十三年的癸丑年到三年后的乙卯年,宣明历共预测了六次日月蚀。

今年,六月十五日。癸丑日。

同年,七月朔日。戊辰日。

甲寅年,正月朔日。丙寅日。

同年,六月十四日。丁未日。

同年,十二月十六日。乙巳日。

乙卯年,五月朔日。戊子日。

春海以授时历及大统历的预报一一攻之,在万民眼前让这些历法进行"对决",决定哪个历法才是真正准确的历法。

决定胜负者不是人。是天,是日月,是地球这个飘浮在宇宙中的球体。没有任何对决的规模会比这场对决巨大,也没有对决能和这场对决一样公平。

在这份文书上,春海在最后也只写了一句话:

"宽文十三年夏日,安井算哲,谨攻焉。"

他甚至没有写上支持事业者的名字,文书中完全无法看出老中或大老的指示,也没有提到任何有关事业支持者水户光国、惟足及暗斋等神道家的赞同，以及继承正之遗志的会津藩的事。

这正是乾坤一掷的文书。

阴阳术的万象八卦之中，乾代表"天"，坤代表"地"。

现在，春海将自己掷入天地之间的狭窄缝隙，展开一生一世的对决。

五

元号已改，时间从宽文十三年来到延宝元年。

初秋，身在江户的春海前去拜访位于麻布的礒村塾。

从二十二岁第一次造访至今，已经过了十二年。距离上次的造访其实已有四年半的时间。

最近他不断来往于京都与江户之间，为了改历事业奔走，这次是难得有了自由的时间。几乎是在春海上奏的同时，村濑义益出版了一本名为《算法勿惮改》的算术书。

这本书提倡世上的算术不论有什么错误，都"切勿忌惮改善"。不论是多么著名的算术家留下的算术，甚至是一般大众都知道的术理问答，只要其中有误，就不要犹豫去改正。这才是所谓的算术。村濑如此断定，也做出呼吁。

因此，他将力量倾注于术理的证明之上。尤其是勾股弦法，他彻底解开了勾的平方及股的平方之和为何会等于弦的平方值。想必是因为这样，勾股弦法在日本才会成为一般常识。

这本书和春海目前内心深处的想法一致，为戒慎恐惧地朝天皇及将军大人上奏的他带来极大的勇气。

春海一定要替村濑庆祝这本书的出版，也想跟他聊聊算术。而且他还有一件关于自己事业的事要拜托村濑。

因此，春海一如往常地从安藤那里拿了柿饼后，离开会津藩邸。他在路上向卖鱼的女人买了据说是竹荚鱼的来路不明的鱼干后，走进荒木府邸。

私塾的玄关门一如往常地开着没关。

春海选在上午来，避开了学生众多的时间，所以私塾里没有半个人，也没有鞋子。

把东西放在玄关边，春海打算要叫村濑时，他的视线来到贴在墙壁上的难题，上面有大家的你来我往。

在那一瞬间，无可言喻的温暖缓缓渗进胸口。

被召集至会津之后，他完全没有多余的心力可以思考和改历事业无关的算术。然而像现在这样看着私塾学生们的问答，也许想要乐在算术中的自由豁达的心情近来一直与自己无缘，但这样的感情却微微苏醒。

他急忙把双刀从腰上拔下放在玄关边，从怀里拿出算板。他几乎什么也没想，就把算板摊在玄关前的地上，兴奋地跪坐好，抬头看向贴满墙壁的难题。光是这样就觉得幸福的春海迅速排好算筹，一题接着一题解。就算是从第一次拜访私塾以来便日日钻研算术、修习术理的春海，其中也有他无法当场解开的难题。原本想解开三四题后就去叫村濑，但他还是停不下来。

"出的问题挺不错的嘛。"

春海高兴地自言自语。解了五六题后，他把解不开的题目牢牢记住，正当他享受着这个无上幸福的时刻时，喊声忽然从天而降。

"喂！"

突如其来的状况让春海抬起了腰，他以站也不是坐也不是的姿势一脸呆呆地看向声音的主人。

有那么一瞬间，春海看见了一个将扫把倒过来拿的美丽少女。那是一个高傲地挑起眉毛，将警戒心全写在脸上的纯真少女。她是将这座宅邸的土地提供给私塾的荒木家小女儿，至今仍然维持着春海在金王八幡神社第一次见到十六岁的她时的模样。

最后一次见到她，是春海踏上北极出地旅程前，那已是十二年前的事了。

不过，这样的幻影随即消失。

取而代之的是意外的成熟，而且手上没拿着扫把、眉毛也没挑起来，只是觉得滑稽而嘻嘻笑着的阿延。

"好久不见了，涩川大人。"

阿延非常稳重地说。她的声音里带着像是怀念什么似的愉悦。和过去一样，又或许变得比过去还美的她让春海又呆呆地看得出了神。接着，春海也微笑着拍了拍膝盖站起身。

"呀，好久不见了。"

春海也和过去一样，又或许变得比过去更加不解风情，呆头呆脑地打了招呼。

"您还记得我以前跟您说过要在地上念书或切腹，都请您到别的地方去做吗？"

"嗯，唔……抱歉。"

"我才是呢，看到您都没什么变化，才会失礼了。"

春海原本以为阿延会像以前一样接连丢出叱责的话，但她却这样恶作剧般跟自己说话。

他不禁就她的名字做了很多联想。是圆滑的圆？还是温婉的婉？又抑或是艳呢？

她本人说过盐巴的盐最好。其实她的名字应该是延伸的延，但春海总感觉到自己和她之间的缘分，所以他也想到缘这个字。① "哎呀，我才失礼了。我很久没来私塾了，觉得这题很有趣，就解了起来。"

出了神的春海一边回答一边抓头。的确，这十年来只有春海的发型几乎没什么变化。他原本以为自己早已看开，不再觉得丢脸，但现在这个状况还是让他觉得很丢脸。

"您怎么这么说呢？您在家里是不是也被您夫人这样骂呢？"阿延有些不怀好心地这么说。

"呃——"

被阿延这么一说，春海想起自己的确曾在阿琴面前坐在地板上摊开算板。然而阿琴并不会叱责他，她通常只会惊慌失措，连春海都觉得她

---

①圆、婉、艳、盐、延及缘六字在日文中读音相同。

很可怜。回想起妻子那慌张的"夫婿、夫婿"的声音,淡淡的哀愁掠过心头。

"我没有妻子。"

阿延愣了一下。

"可是村濑先生说您在京都举办了婚礼……"

"她过世了。"

"啊……"

"前年冬天走的。她的身体原本就不好,后来得了胃腑的病。我很想为她做些什么……可是我什么都做不成。"

"这件事……我不知道。真是不好意思……"

"我实在对不起她。"

春海下意识条件反射般低头道歉。他知道自己的声音里自然而然地渗着愁怅的思绪,但他已不像过去那样悲叹过了头,声音朦胧得像是失了魂一样。不知从何时开始,他已经可以平静地叙述死别的悲伤。

"这不是您的错,涩川大人。"

与其说是在安慰春海,阿延说话的方式只像是在叙述事实。她的语气很成熟,表情却异常果断。有那么一瞬间,当年那个强势的少女仿佛出现在那双美丽的眼底,春海再次抓了抓头。他有点觉得自己再这样为了无可奈何的事而不断后悔也不是办法,更有点觉得阿延有可能会在暗地里骂他。

"嗯……话说回来,阿延小姐来这边有什么事吗?"

"我是来见父母的,还有看看私塾的情况。石井家……我嫁去的地方平常对我都很亲切,不会让我过得不自由。"

她奇妙的说法让春海歪过头。

"不会不自由,是吗?"他将对方的话重复了一遍。

人虽然嫁过去了,但她的话听起来就像是给对方家里带来了麻烦。刚这么想,没有特别压低声音、声音里也没有阴影的阿延清楚明白地说:

"因为我的丈夫过世了。"

阿延的丈夫居然也同样在前年因公出远门时,在外地因病去世。这次换成春海心中受到一阵冲击，他急忙说：

"那……真是太叫人难过了……我听说那是一段良缘……"

"谢谢您。他的确是一个很好的人。我最近终于平静下来……石井家也对我很好。"

"那就好……"

"是的。"

两人的对话到此中断。

与其说是没有话题了，不如说一阵不可思议的沉默降临到两人之间。在无言中，他们除了共有失去伴侣的悲哀，两个年纪已不小的男女仿佛回到青年和少女，伫立在原处。春海刚觉得这样很安心，现场的气氛仿佛又让人心中起了骚动。

"这是什么鱼啊，涩川先生？"

一阵声音忽然响起。春海和阿延都吓了一跳，他们转头看向玄关，发现不知道是什么时候出现，不，应该说是很早就站在那边看着两人的村濑一脸笑容。

"……她们说是竹荚鱼。"

"唔，竹荚鱼。"

胡子里已经夹杂了白色，但连同这一点都一并转化为成熟男子风度的村濑穿衣服的方式越来越潇洒随便。他拿起鱼干包裹，理所当然地微笑着说：

"那我们吃饭吧。"

"你真的很了不起啊，涩川先生。你每次都会带礼物来，而且还把这种厉害的对决带进私塾。"

心情特别好的村濑一边从阿延手上接过盛了满满白饭的碗，一边说。拿着筷子夹菜的同时，村濑的眼睛几乎没有离开过春海带来的那一大张纸。

那是春海献给将军大人的"蚀考"摘要。上面写了宣明历、授时历及大统历三历接下来三年的六次蚀预报，春海要让它们一决胜负。

今天春海会来造访私塾的其中一个理由便是为此。虽然这和算术对决不同，术理却是相同的。因此，他希望村濑能让他把这张纸贴在墙上。

民意是这次的事业不可或缺的要素，春海已经通过暗斋、惟足以及幕府阁僚的人，尽可能地将这次"蚀考"对决推广给更多人知道。在私塾里张贴也是其中一个方法。然而，这却不是春海真正的用意。应该说这样的心情在来到私塾后变得更加强烈，其他的目的反而变得无所谓。

关孝和。

和以前一样，关孝和仍然顶着"解答先生"的名号，不时会来这家私塾。而春海想让关孝和看见自己这规模庞大的对决。除此之外，他还希望能第三次挑战关孝和。

他并没有把详情告诉村濑。

"将三历的蚀预报并排在一起，这种做法真叫人佩服。历法正是算术的难题，我跟我门下的学生都不会有意见。关先生对历法的兴趣也一定跟他对算术的兴趣一样吧。"

然而村濑却这么顺口地就把关的事情说出来。听起来他似乎早已答应春海第三次出题给关。

"谢谢您。"春海把筷子和碗放下，很有礼貌地行了一礼。"可以吗？阿延小姐。"然后他认真地问。

"为什么要问我？"阿延一脸不可置信地动着筷子，"这不是我能决定的事吧。而且我也已经不是荒木家的人了。"阿延把话说得冷淡，但她还是像过去一样，吃着春海带来的东西，"话说回来，这真的是竹荚鱼吗？"

听起来这个问题似乎更重要。阿延露出只有吃饭时才有的少女的可爱模样，拿这个问题反问春海。

"唔……大概。"

"就竹荚鱼来说，似乎太小了吧？"

"最近好像会把小的磨成泥去做丸子喔。"

村濑给出了不像回答的回答。阿延也是把问题说出来之后，便毫不客气地吃了起来。比起村濑允许自己把对决贴上墙一事，春海反倒觉得这样的他们更让自己安心。

吃完饭后，众人一起吃着春海带来的柿饼配茶。

"应该差不多可以了吧。"

村濑低声说完后，从位子上站了起来。春海原本以为他去了他在后面的房间，但他却拿着一本稿本回来，把它放到春海面前，说：

"要是吃饭之前让你看了，我怕你会什么东西都吞不下去。这是关先生的新稿本。"

春海瞬间一动也不动地盯着那本书，那是仿佛连呼吸能力也被夺走的凝视。他自己知道喜悦的光辉在他的双眼中跃动，也知道身上带着满满的敬畏与紧张感。然而他并没有发现阿延正愉快地盯着他的这个模样。

"不准在这边打开喔，我怕你真的会动也动不了。这东西实在了不起，我说应该出版，可是关先生却一直用他没钱这个理由拒绝我。我觉得这样实在可惜，原本还想借他钱呢。如何？要不要带回家抄？"

"要！"春海把含在嘴里的气一口全部吐出来，手只伸出一半，"……可以吗？"半蹲半跪的他回头看向阿延。

"所以我就说了，为什么要问我呢？"

"呃，这个……"

"您就把它带回去吧。您能读这本书，我想关先生一定也会很高兴的。"

"高兴？"

"是的。"

微微一笑的阿延如此断定。春海看着这个笑容有些出神。不可思议的是，他觉得真正高兴的人是阿延。他没来由地变得胆怯。

"那么，请允许我收下……"他把稿本放在胸前。

"我借你浆糊，你就把三历战争的那张纸贴在合适的地方吧。我之后会加上备注。我得去教附近的小朋友算术了。"

说完，村濑便回到自己的房间开始准备教科书，而春海则是在阿延的帮忙下，把那张异常巨大的纸贴到墙壁上。他用手指将纸的边角压平贴好，和阿延一同眺望着自己一生一世的对决。恐惧随即涌上心头，但

249

他现在的使命感足以将这样的恐惧推开。这不是自己一个人的对决,里面还有那个保科正之的心意。春海差点就把这件事告诉阿延,但阿延却在他之前先开了口:

"关先生看到这个一定会很高兴的。"

"那个……"

"是的。"

"为什么关大人会高兴?我这种人……"

"您要不要直接问他本人?"

"嗯,唔……"

这才是春海十二年来一直刻意没有解开的问题。

春海听说他过去在这里贴出误问的时候,关孝和看着那道题目笑了,而且不是在嘲笑他,关的笑容看起来甚很愉快。这件事不是从别人,而是从阿延那里听说的。

照着阿延说的去做吧。去见关孝和。不过要等到改历事业之后,而且春海要先出第三道题再去。他要做了这些事后再去见关。就算自己出的题目是误问,他也该去见关。如果都做到这个地步还不能见到关,春海下意识地认为他将一辈子都不可能见到。他很固执,既没出息,又死脑筋、有洁癖,都到了不可思议的程度。

他原本打算把这件事说出口,但此时却发生了一件出乎意料的事。

"阿延小姐喜欢关大人吗?"

这句话居然从春海的口中流泄而出。春海完全不明白这句话存于自己体内的哪一个部位。说完之后,连他自己都吃了一惊,愣住了。

然而阿延却一脸理所当然的模样。

"您以为我几岁了?"她毫不留情地指责春海。

记得她今年应该要二十八了。春海很乖地在脑中计算。身为武家女儿,阿延摆出极为自然的态度,像是在告诉春海别把她跟那些爱说三道四的商家女儿相提并论。

"我第一次见到他的时候,他已经有了妻女。"她完全没有否定春海的话,但她却接着说,"多亏了您,我才打消了不知好歹地想出题给关先生的念头。"

这不是因为她是女人所以不知好歹。近来到处有女性学习算术。春海知道她只是在说算术的实力,但他完全不明白为何是多亏了自己。

"……这是为什么?"

春海一边问,一边想象阿延会和以前一样,用一句"我不知道"狠狠打断他们的对话。

"不知道是从什么时候开始,我对看您出题这件事有了兴趣。"

她说的话让春海很高兴。

"毕竟您可是个旁若无人得会想在别人家玄关前切腹的人啊。"

被她加上这样一句,春海抓了抓头。在江户城里早已出了名的高不成低不就的发型让他觉得不好意思,同时另外一种感情也涌上心头。若是改历事业成功,他一定会登上士分①。他会被允许束发,会得到幕府赏赐的双刀。除了薪俸地位都会被提升之外,他还可以得到江户市内的宅邸。一直到现在为止,他都只想着要如何让事业成功。话说死了妻子的男人现在才得到士分宅邸也只是徒增困扰,春海心里其实早有一部分已经看开,认为自己只要有埋头于算术及为事业努力的心念即可。

"人的生命不是机械。若是杀了身体里的心,那又何来神之诚。"

他的老师山崎暗斋也许会这么骂他。佛教认为世间为无,而儒教则认为无会化为仁义礼智四德。然而神道却更加悠然地肯定生与死。死亡会在背后推动在死别后被留下的人,让他们走上新的人生。即便世间无常,神道也绝对不会要人留在过去。

这个时候,春海才第一次想象到赢得对决后自己能获得什么。接着,他从来没想过要再问一次的问题就这么从口中流泄而出:

"你还拿着我的那个误问吗?"

春海原本以为阿延会坦率地回答,但她这次却用那句话回答他:

"我不知道。"

嘴上这么说着,阿延漾起一个微笑。

---

①武士阶级中拥有正式武士身份的人。

"那么，在我赢得这场对决之后……"

春海看向贴在墙上的"蚀考"，接着看向阿延。他忽然再也说不下去。

"可以吗？"

春海问得十分暧昧。只不过阿延提出的却是另一个问题：

"这次您要让我等三年吗？"

像是在说"你也够了吧"的阿延责备春海。不，今年的预报已是"明察"，而且三年后的预报也只有五月，所以事实上只剩下一年十个月。春海解释得语无伦次。

"……如何？"露出悲惨表情的春海战战兢兢地问道。

"五月朔日，对吧。"阿延瞪着"蚀考"最后一场对决的日期，"我不会再多等一天。"她严肃地说。

"嗯，谢谢你。"

温暖又幸福的感觉倏地漾满春海的心。在阿琴死去、伊藤死去、正之死去之后，他的感情总是不断被切断。自己还能拥有这种感情，这一点才是真正的喜悦。

"每到对决之日，我会鼓起勇气来这里。除了这些日子……"

"我大多都会在月底来荒木家。"

"嗯。请你千万不要生病……"

"您也要更加健康。这样的对决才刚刚开始，您若是因病倒下，那一切可就成空了。"

"嗯。"

与其说这是因为彼此曾经历伴侣病逝而有的体贴，两个人的话里都交杂着根深蒂固的不安和愿望，仿佛就要浮现在脸上。春海小心翼翼地抱着借来的稿本离开私塾，步伐轻快到连自己都惊讶的地步。他难得地没有乘轿，就这么一路走回藩邸。

春海离开之后，村濑悠闲地来到玄关，朝仍然看着门外的阿延的背影说：

"一年又十个月啊。有这么多时间，丧期也结束了。"

"那是当然的。"阿延咯咯地笑了。

"涩川先生这个人还真叫人期待啊。"村濑也笑着说。

六

应该会被阿延怒骂的轻飘飘幸福感被吹得一丁点也不剩。

"发微算法"，这是关的稿本的标题。内容是遗题的解答集，的确很有"解答先生"的风格。

两年前，算术家泽口一之出版了《古今算法记》。这是一本将天元术完整体系化的杰作，而书的最后留了十五题遗题。目前还没有人能解开所有题目。

谣言说里面刻意混杂无法解答的无术题，就连从事改历事业的春海、安藤及岛田等人也解不开。然而，身为天意化身的龙将这些题目解开了。

关孝和的头脑一一解明了十五道遗题。这已经不是解答，而是解开术理真相的文书。为了解开难题，关全新创造了惊人的解答法。

傍书之法——这是关在稿本中为新算法取的名字。在解题的过程中，一边在算式旁写下代表未知数值的记号，一边解开问题。

傍书和多年之后被称为"代数"的计算方法极为类似。它不是从中国传来，也不是日本自古就有的计算方法。事实上，这是关孝和这个人投身于术理旋涡中发明的新算法。

算术将会改变。

直觉这么告诉春海。眼眶带泪的他因为冲击性的感动而不断颤抖。

这是算学的诞生。这个大和之国的算学。是和算。

春海领悟到日本独自的算术流派已毋庸置疑地在这本稿本中出现了，而且它还拥有能让算术本身的存在方式完全改变的可能性。不久的将来，这将成为日本全国——大和的算术。被称作和算的算术即将诞生，并将借由关孝和的思想化身为算学。

正如朱子学中代表基础教养的小学一般，每个人都可以学，绝非超人者才能完成。真正称得上术理的事物必将传遍整个世界。

这才是天意。为了这个目的，上天才让他降到地上。

春海是真的这么想。这已经不只是心醉，春海甚至是在崇拜关。这本稿本已经完全超出了他的想象范围。

自己拼了命地不断追赶又追赶，想要追上关。然而关却像如来佛一般，在春海为自己能走到今天这一步而满足的那一瞬间，一手便让春海知道自己有多么卑微，彻底粉碎了他一时的满足。自己要向这样的关孝和出题？怎么敢当。但我也不能就这么意志消沉下去。两种心情交错不已。

我有这份事业。这份名为改历的庞大事业。我负责的事业和关大人不同。

到了最后，这成为他唯一的依靠。他好不容易打消了自己差点就抛开一切，想逃离礒村塾的心情。

啪——隔了十年，春海为关孝和这个拥有天赐之才的存在送上激烈的拍手。仿佛时间已转了一圈。自己就像是回到北极出地之前、娶阿琴之前，那个不知道将会担任何种职务的自己。不，他站在比那个自己还高一段的地方，静静地和从下面仰望的过去的自己对上视线。

绕了一圈之后，他遇见过去的自己。虽然惊讶，却也体会到满足的片刻。

未曾见过的一瞥即解的武士在脑中的形象仍然朦胧，是任何事物都无法比拟的强烈存在。而阿延的微笑则占据了另一角。在这两人的对面，对春海而言都是原始的光景。那是天守阁消失后清澈广阔的天空。他要和建部、伊藤、阿琴及正之等和他关系密切的死者灵魂及众神一同追求他在新时代中的可能性。这样的想法填满了那片蓝天的各个角落。

喀嘟、铿隆。

那道梦幻的音色不知从何而来。他在金王八幡宫听到绘马发出的声音。众人对算术的想法及一瞥即解为春海带来的人生的音色。

现在，自己就置身于对决之中。这样的真实感不断涌上，让心情高昂。

春海原本以为自己碰触不到那位于遥远彼方的、只属于自己的春天的海边，现在却已经近在眼前。这样的确信溢上心头。

然而，事实并非如此。

七

地狱到来。

而且它就像是花了很久的时间，等到一切都无法回头后才到来。在光明满溢的彼端，它突如其来地推翻了任何人的预期，击碎了许多人的信念，将春海推落地狱深渊。

延宝元年。"蚀考"上宣明历对六月和七月的预报如下。

"月蚀四分半强"。

"日蚀二分半强"。

如同春海对阿延说的一样，两者皆为错误，事实上连一分日蚀和月蚀都没有发生。所以授时历及大统历预测的"无蚀"正是"明察"。

接下来，延宝二年正月朔日。

"日蚀九分"。

宣明历的预报又再次出错。日蚀并没有发生。

从宽文十二年十二月十五日开始，宣明历连续做出四次误报。

在新年假期结束一段时间后，春海来到礒村塾。村濑在贴在墙壁上的"蚀考"前三项旁写下"明察"二字，此外还在另外一张纸上写了"门人一同可仿右相竞推算历法"，贴在"蚀考"旁。他要鼓动门人一同用算盘计算蚀。上面已经添了许多"预报"、"谬误也"、"误"等字样四处可见，忠实地表现出"蚀考"备受瞩目的情况。

这样的光景给春海带来愉悦的紧张感，只有一件事让他感到沮丧。

"关先生好像没有来。"回娘家的阿延代替出去拜年的村濑对春海说。

"是吗……"春海露出意气消沉至极的表情，"还有三次。他一定能看到。"

他硬是激励自己。阿延虽然也赞同，但她看起来却像在沉思什么。

不久之后，春海回到京都。

那个时候，这场三历对决受到许多人的瞩目，而且人数还不断增加。除了天文家及历学家之外，公家层和宗教势力是当然，就连全国的大名和四处的算术家，从不太清楚星象及历法的幕府阁僚到身份低下的人，甚至是棋士，每个人似乎都对春海的这场对决很感兴趣，关注着对决的发展。

也因此，世间的人理所当然对这场对决有许多毁誉褒贬。

"围棋武士安井算哲不过是一介棋士，这种身份的人居然想要把宣明历那已经八百多年的历史一刀两断。"

"愚劣的爱出风头的人。"

"肮脏的卖名行为。"

许多人表现出嫌恶感。不只是如此——

"污秽了天意的粗野家伙非诛不可。"

不知道是谁写了一封像在预告杀人的信，并丢进会津藩邸。得知这件事，会津藩士们四处搜索嫌疑人，但最后并没有找到。

只不过这件事情背后的主使似乎是对山鹿素行的思想有同感的武士，或是将其教义扩大解释的浪人。城中隐约知道山鹿被流放是出自保科正之的主张。他们也可以借此推测在会津藩邸生活的春海能推动这次的改历事业，背后其实是有着正之的助力。

被流放到外地的山鹿不可能将他对改历事业的反对意见灌输给武士。

对于那些期望能以过激手段来实现自己武士身份的人而言，像春海这种"推翻武士形象及武士常识"的人不需要理由就可能成为他们抹杀的对象。应该说他们不是将春海当成目标，而是恰好看到春海成为众人话题，他们便自动将春海视为憎恨的对象。

因此，安藤等人曾暂时担任春海的护卫。就春海而言，他从来不觉得真的会有人想谋害自己的性命。在伟人尽了全力创造的这个太平之世中，难道可以用刀抹杀文化事业吗？春海心中甚至有了这种强势的想法。从正之立志达成的民生观点来看，这样的作为实在过于愚蠢。

安藤及岛田对春海这样的观点也有同感。暗斋虽然生气，却也放声大笑,丢出"这些没脑的笨蛋根本不值得害怕"的话。

结果这些威胁不过是在贫嘴,春海和他改历事业的同伴们都无视这些恶毒的骂声。

有时还会有人拒绝春海出席棋会。理由很多,主要是因为春海从正面反对"遵从天意"的态度,惹得武士、僧侣及公家多少都有些反感。

就春海而言,只要回想起正之那半盲的双眼中闪烁着名为"至诚"的光芒,他就可以忽略任何侮辱轻蔑。他完全不在意这些威胁。

延宝二年。

村濑将一封信和一本书寄给春海。

关孝和终于出版了他生涯中的第一本算术书《发微算法》。他拒绝了村濑的钱,选择删除了稿本中的许多内容,让这本书里几乎都是解答,但这本书还是为世间的算术家带来强烈的震撼。喜欢算术的佛僧在棋会等场合都开始频繁地提到关孝和的名字。

对春海而言,比起侮辱和威胁,另一件事让他更加战战兢兢。因为开始有人将解开《古今算法记》十五道遗题的关孝和与推动改历事业的安井算哲——涩川春海——相提并论,称赞这两个同时代、同年龄的改革者。

就春海而言,他坦率地感到高兴,但不敢当的心情却也让他心惊肉跳。

不久,时间来到延宝二年六月十四日。

宣明历的预报指出丑寅卯的其中一刻中会出现十四分的月蚀,大统历也同样预测丑寅卯的其中一刻中会出现十分至九分的月蚀。而授时历则是预测寅刻到卯刻会出现十分到九分的月蚀。相较于其他两历,它的预测范围要小得多。

结果授时历的预报完全命中。

之前相较于宣明历的预报结果,授时历都是预测无蚀。不过在第四次对决中,它却以精确的蚀预报赢得"明察"。

"算盘真的可以算出日月的运行吗……"

原本半信半疑的江户城幕府阁僚也忽然开始相信改历的实现。对春海的辱骂惊人地消失无踪，对他的威胁也就此停下。原本拒绝春海的棋会甚至刻意为了春海而开。若是春海就这么赢得对决，他在城中必定可以得到等同武士的地位。追随春海的人明显增加了。

正之死后，酒井便再也没有指名春海下棋，但谣言传说酒井已经在和老中稻叶商讨今后的改历事业。

江户城中会有这种谣言出现，就表示酒井是刻意散布这种谣言。这是为了从现在就统合城中意见的布局，想必也已得到将军大人的同意。这些都是春海早已预料到的事。

他没有料想到的是关孝和的事。那个一瞥即解的武士居然再也没去过礒村塾，感觉就像是关知道是春海把"蚀考"带进礒村塾，所以他才不去了。

"是我让关大人感到不快了吗？"光是想象就一阵沮丧的春海说。

"不会吧。怎么会……"

阿延安慰春海，村濑也笑着否认春海的话：

"这是革新历法的巨大事业。也许关先生会觉得有趣，但他不会觉得不舒服的。搞不好他和你一样，在工作上被交付了什么重大任务。"

然而关一直没有出现在私塾里，甚至连看都没有看过春海的"蚀考"。

被交付了重大任务所以无法活动。的确，就关这个天才来看，这是最能让人接受的理由。然而春海就是无法坦率地相信这个理由，阿延似乎也像是在思考什么。

延宝二年十二月十六日。

宣明历及大统历预测丑寅卯时会有月全蚀。授时历再次在更狭窄的范围内，即预测寅刻至卯刻会发生月全蚀。

结果授时历漂亮地完成准确预测。贴在礒村塾的"蚀考"上已有五个"明察"并排，朝廷和幕府终于开始为改历做准备。

延宝三年正月，京都所司代[①]告诉老中稻叶，朝廷即将发出改历敕令，春海也得知了这件事。

[①]幕府在京都的代表，通常由谱代大名担任。

二月，回到京都老家的春海拜见了暗斋及惟足。他们说神道家大多同意改历，快的话各社今年就会准备将颁历改采授时历而非宣明历。

三月，老中稻叶写给春海的信上明确写了朝廷颁布改历敕令后，幕府将让春海负责改历事业，以朱印状实行颁历命令。

四月，将军家纲在上野宽永寺举行上一代将军家光的二十五周年忌法事。此时，在大老酒井的指示下，老中稻叶讨论了佛教势力和改历事业的关系，春海在正之手下构筑的"幕府天文方"的概念大致上已得到认可。

接着，五月朔日，噩梦降临。

宣明历的预报指出从午刻到未刻将会出现三分弱的日蚀。大统历指出没有日蚀。授时历也明白地断定"无蚀"。

从午刻到未刻，日蚀都没有出现。朝廷为此开始为改历敕令做准备，幕府一方则有大老酒井及老中稻叶一同在命令春海进行改历事业的文书上盖印。此外，村濑则在礒村塾朝"蚀考"举起笔。

"明察"。

就在他要写下这两字时——

在未刻过了半刻之时，那件微小的事就这么发生了。所有对改历感兴趣的人不是目睹那件事发生，就是接到相关报告，所有的人都停下了手。

日蚀。

虽然不满一分，但它还是发生了。

那是推翻所有预测的日蚀。三历之中，虽然时刻上有些许差异，但只有宣明历做出准确预测。

"蚀考"上记载的六个预报中，到了最后的最后，授时历的预报出错了。

八

五月初，春海来到江户。

如果是平常，就算时间再早，他大多也要到八月才会上京。只不过在老中稻叶的紧急召唤之下，他夜以继日地赶路，来到内樱田门前的会津藩邸一室中等待。

安藤和他待在同一间房里。他是在家老友松的命令下来到这里的。

血气尽失的春海脸色苍白，像发了烧似的不断流着冷汗。他眼神朦胧地看着空中，身体不时颤抖，仿佛得了疟疾般的战栗双手几乎是毫无意识地来回抚着短刀。

难保他不会忽然冲动起来拔刀自残。做了如此判断的友松命令同为事业参加者的安藤监视春海。

呜呜……春海的口中不时发出低沉的呻吟声。安藤静静地坐在春海身旁，保持春海拔刀后可以随时制止他的姿势。春海连安藤的状况都没有注意到。授时历的预报出错时，过于强大的冲击似乎让他的脑袋溶成了浆，无法进行正常的思考。然而，不久之后他就立刻被叫到了江户城。

"为、为什么……"

他哭得像个孩子一样，终于说出话。这个事业理应集结了世间著名的学者的力量。他们居然会在这种地方受挫。何止是没有预料到，他根本搞不清楚这是怎么一回事。有生以来，他第一次明白混乱的心情会带来更胜于这个世上最残酷拷问的痛苦。

安藤也暂时闭上双眼，悔恨的心情让他绷紧了肩膀。

"……我不知道。"

春海的坐姿越来越随便。他抚着短刀的手硬撑住身体，避免了当场昏过去的耻辱。安藤急忙撑住他的肩膀时，有人来报告说城里的使者来了。春海跟从他的指示，像个病患一样脚步跟跄地走出藩邸。目送他们离去的安藤没能给春海任何鼓励的话，只能保持沉默。

他们来到城内，遵从指示走上松之廊。"简直就像要被宣判死刑似的。"看到春海，人们相互压低了声音说道，而春海本人也是这么想的。

在御城的茶坊主们的指引下，他们走在竹之廊上，朝位于白书院的乾之方角，即西北方的波之间前进。此时，春海终于领悟到接下来会发生什么。这次他真的觉得他会昏过去。不知道他是得到了哪位神灵的庇护,虽然颤抖到丢脸的地步,但他还是得以将意识维持到最后。

得到许可后,春海在房前叩拜。黑书院是一个由四间房间构成的空间,主要用来供御三家、大老、老中或是有特殊工作的各役人和将军大人会面。南侧入口的门在鼻尖贴着地板的春海面前喀啦一声打开。

"抬起你的头,安井算哲。"

这是大老酒井的声音。那是一如往常的淡泊声调。然而春海却无法把头抬起。这不是他对主君表演的敬畏之礼。他是从心里害怕至极。

"让我们看你的脸,算哲。"

另外一道声音飞来。这是水户光国的声音,拥有猛兽低语般的魄力。对这个人而言,他尊敬礼仪,但讨厌演技。若是被他当成在演戏,他很有可能会在将军面前砍杀春海。春海用另一份恐惧硬是移动自己因恐惧而冻结的身躯,忍受着让人想死的痛苦,将脸抬起。

他首先看到的人是光国。意外的是,春海以为光国一定是一脸愤怒,但他的表情却异常哀伤,感觉就像从心底哀怜春海,无法接受眼前这个状况。然而就算光国这么想,那也已经太迟了。

大老酒井、稻叶等老中,还有坐在比他们高一层的将军家纲。他始终静静地垂眼看着春海。从第一次见到将军以来,已经过了二十四年。当然,将军大人从来没有跟他说过一句话,而春海此时更是不可能向将军大人说些什么。

然而就在那一瞬间,"如果授时历最后的预报准确"这种像是在伤口上洒盐的想法从胸中涌出。如果,是这样的话,他会在这间房间,在这个场合下被将军大人任命为天文方,改历事业将就此开始,而在事业成功之后——

被迫再次确认他梦想过的一切、他失去的一切,这才是真正的地狱。春海差点就发出呜咽的声音。他好不容易忍下来,再次叩拜。

"你想说些什么吗?"

酒井机械般的声音响起。这当然不是春海能开口解释的状况。他只是不停地颤抖。

"我……我……我对不起……幕府……"

只为了说出这句话，春海就觉得自己的魂魄都已粉碎。

低沉的呻吟声。那是光国哀怜的叹息声。

短暂的沉默降临。

接着，酒井说出一句春海永生难忘的话：

"算哲之言，可能正确，也可能不正确。"

改历的运势在这一瞬间消逝无踪。

九

有如亡骸般的日子流逝。

春海每天都在体会被活着埋进墓中是什么样的感觉。而且如果真的有人对他这么做，他的确会死，但现实的状况却不允许他这么做。

针对春海的辱骂和威胁都变成了嘲笑。"看吧，我们就说了吧。"武士、僧侣和公家都一同嘲笑春海的鲁莽，感谢"天意"的深远及不可思议。

六月。一件难以置信的事发生了。将军家纲实施了三代将军家光二十五周年忌法事的恩赦，而那个山鹿素行也是被恩赦的人之一。

出版了一本和正之的理想、幕府的存在两者完全对立的《圣教要录》，因而被判处流放之罪的山鹿因恩赦而得到释放。八月，他回到江户。过去将山鹿推荐为将军侍儒、据有大奥一方势力的祖心尼今年三月已过世。很难说山鹿的恩赦中含有什么政治意图，但这未免也太过巧合。一切都发生在正之暗中推动，并由春海付诸实行的改历事业化作泡影之后。

话又说回来，山鹿并没有在江户散布什么特别的思想。他只给以前的弟子及前来造访的武家人士讲解兵学，据说他本人只想平静地过完余生。然而——

"改历之仪这件事闹得很大，山鹿老师，您对改历有什么想法呢？"

不知道是谁问了山鹿这个问题。而山鹿也给了回答：

"应该加倍嗤笑。"

若在天意面前"束手无策，节制为上"是古学的美德，改正历法的错误已经不只是愚蠢，更是该被唾弃的无谓行为。

这样的事情传进会津藩藩邸。山鹿嗤笑主君心愿的言语让安藤露出愤怒的眼神，春海却只是茫然地盯着空中。

在夏天即将结束时，暗斋来到江户，一直谈论让事业继续的方案。然而春海的心却无法对此产生共鸣，他只能无力地点头。不久后，暗斋也闭上嘴。

"……不行吗？"他低声说。

"我不知道。"在老师面前，春海说这句话时的粗哑声音第一次化作真正的呜咽声，"我不知道授时历为什么会做出错误的蚀预报。"

精确无比的授时历不可能会做出错误的预报，他一定是在哪里学错了术理，然后没有检查就运用了。然而他不知道那个错误是什么。就算再怎么调查，他也找不到自己哪里不对。在这样的情况下，就算想让事业再次步入轨道，他也不知道何时会再碰到相同的困境。他如此哭诉。

"虽然如此，也不可以放弃希望。"暗斋一直对春海这么说，但对春海而言，抱持希望本身就是一种痛苦。

八月。棋士们为了御城棋，从各地来到江户，像个幽灵一样在会津藩邸无所事事的春海就这么简单地被拉回围棋的工作。

义兄算知和义弟知哲都安慰被交付改历重任却失败的春海，大多数同僚也说笑般带过。就连道策也为春海感到惋惜。只不过到了最后，棋士中还是几乎没有人能理解改历具体究竟有何意义。

不只是棋士，城中大半的人都是一样。不，很少有人能理解暗藏在改历背后的信念，以及为了达成这个目的而付出的庞大劳力及高深术理。

事业虽然以失败告终，但幕府早已细心做好不让自身受伤的准备。对春海而言，这不仅是救赎，更是痛苦。感觉就像是被赐予双刀后的这十五年来，他一直把精力花在无谓的事情上。

顺道一提，幕府至今还没有命令他将双刀还回。他原本以为寺社奉行会让自己在被叫到江户城的隔天把双刀奉还，他好几次想过要在那之前自杀。

只不过仔细一想，幕府若是在春海的对决以失败收场后立刻收回双刀，就等于是在公开宣布这次的事业有幕府作后盾。幕府一定会在其他机会用别的理由命令他把双刀还回去。"我对这重得要死又毫无意义的刀根本毫无留恋。"春海一直告诉自己，但失去双刀还是会让他觉得难过。一想到自己佩戴它们已经过了那么长时间，而且那还是正之的心意和酒井的推荐，春海就觉得是自己的愚蠢让他失去重要的物品，这种让人束手无策的沮丧感苛责着他。

而丧失接连发生。

九月。会津藩家老友松在土津神社完成后退休，但他谨言诚实的态度让他遭到同僚陷害。藩主正经相信了这些谗言，因而没收友松的家禄，并判他蛰居——幽禁在自宅的惩罚。亲信果敢地反对，但正经的心意并没有改变。在正之的时代里，让退休后的忠诚前家老蛰居这种事是绝对不可能发生的。

山鹿的赦免也是，正之死后不过数年，就接连发生这么多让人错愕的事。

接着，十月。自行坐上棋所之位以让胜负棋在城中生根的春海的义兄算知，经历了二十局决胜负的空前绝后的争棋，输给了本因坊道悦。

"安井家一日长乎。"

算知的奋斗还是得到这样的评价，只不过棋所的位子就这么让给了本因坊道悦。

如此一来，安井家这对没有血缘的兄弟分别在对决中败北。

虽然如此，仍旧从心底希望能将人生奉献给围棋的算知继续执行公务，为巩固胜负棋地位做出更多贡献。然而春海在各个层面却都过得虚弱无力。

另外，春海在这一年的御城棋中以十六目之差输给执白子的道策。这的确是一场惨败，但春海并没有和阿琴死去时一样连下昏着。应该说春海的一两手昏着完全不会造成任何问题，是道策的实力变得异常强大。从将军大人开始，就连并排而坐的大老、老中以及棋士四家的每个人都为他的实力感叹，甚至是惊愕。

围棋将会改变。

当面对战的春海切实有了这种感觉。

这里也有一个人是上天派来的龙。

如同关孝和创造的崭新解答法会让算术有所改变，有一天道策的棋路也将会为围棋带来不可逆的革新。

就像是过去江户城失去天守阁时一样，新的时代将由新的世代来开拓。在这样的时代里，自己究竟在做什么？对家督感到厌烦的他不能专注在围棋上，在算术、天文、历法三个领域也都不成熟到窝囊的地步，甚至连对他们一族有大恩的保科正之的心愿都无法达成。这是怎么回事？自己是为了在这种悔恨和耻辱中打滚而生的吗？他是为了这种事才活到现在的吗？被这种绝望囚禁的春海就这么度过了延宝三年，他的生涯中最糟糕的一年。

延宝四年正月。

春海等雪融后就要回京都。

有一天，春海呆呆地站在覆雪的日晷前，不知如何是好的他抬头仰望澄澈得不可思议的蓝天。把雪拨开以便测量日影长度的长年习惯让他走到庭院，但就连看着地上的日影一事都让他觉得厌烦。过去让他如此兴奋的作业变成一种苦痛，他感到悲哀，感到束手无策。当他仰望着把手伸得再长也触碰不到的天空时，脚步声忽然从背后靠近。

恐怕是安藤吧。在春海因为痛苦而逃离日晷的日子里，安藤依旧很认真地帮忙测量，填满记录的空格。安藤的诚意让春海不至于完全舍弃日晷。然而安藤、岛田及暗斋相信春海迟早有一天会重新开始事业的无言愿望却在苛责着春海。

"那就是所谓的日晷吗？"

然而背后传来的声音却不属于安藤。不只是这样，那个人正是春海一直逃避的人。春海夜夜都命令自己明天要去向那个人道歉，但又无法挤出勇气，只能不断延后。

惊吓过度的春海原本想就这么头也不回地冲出去，但他的头却擅自转了过去，身体也跟着一起动作。

"为、为什么会来这里？"畏怯的春海声音颤抖。

"我问了宅子里的人，他们说您在庭院里看日晷。"阿延说。她没有看春海，而是好奇地看着日晷的柱子。

"啊……不，我的意思不是这样……"

"我是来见您的。"阿延清楚明白地重说了一遍。

"嗯……那个，那是，为什么……"

阿延看向春海。她沉静的双眼诉说着她的愤怒。

"为什么您不来私塾呢？"

"对、对不起……"

"关先生来过了。"

"我一直想着要去……"

"他出了一道题给您。"

道歉、借口、现在的心境，春海正试着要把这些事说出口。

"咦……"他晚了一拍才理解对方的话，用走调的声音发出疑问。

"您果然不知道。这已经是半年多前的事了喔。"

说到这里，阿延轻叹了一口气。

等春海回过神来时，他才发现阿延正用异常温柔的目光看着他。她在来见春海之前，仿佛就已经知道春海被击倒时的模样，所以带了一个特别能信任的伙伴来。她说：

"在那场历法对决的最后一场对决，也就是您做出错误结论的隔天，关先生来到私塾。他出了一道题目给您。他指名要您解题后，便留下题目离开了。"

这是春海三十七岁时的事。

第六章

天地明察

一

在梦想葬身海中约八个月后,延宝四年一月。

春海和来到藩邸的阿延一同前往麻布的矶村塾。

融雪的泥水在轿夫脚下四处飞溅,坐在轿子里的春海陷入大脑也同样泥化的混乱。

那个关孝和大人出题给我。

惊愕的消息让春海这个在改历对决中败北,因为羞耻和惭愧,至今无颜去见阿延和村濑的人急忙前往私塾——

为什么?为什么关大人要这么做?

越思考越觉得不可能的春海感到更加困惑。私塾中甚至有人对至今完全不出题、只是一瞥即解的关感到愤怒。但关的才能还是让他得到"解答御免"的许可。光是那个关忽然改变他长年以来的态度,终于愿意出题一事就已经震撼力十足。而且还不只如此。

他指名要在改历对决中落败的我解题。

这一点让春海非常惊讶,他不知道自己是该欢喜还是该害怕。他一直相信若是要出题,只会是自己出给关这个模式。春海好几次思考过有人冒名的可能性,但他觉得阿延不会说谎,而且她还说是关本人亲自到私塾出题,所以不可能会有人冒用关的名号。如此一来,春海也顾不了败北的耻辱,一心只想确认事情真伪的他前往私塾。

来到荒木邸后,春海不顾客气的阿延,付了两人份的轿钱后急忙走进私塾。

新年假期才刚结束,私塾里没有半个学生,村濑也出去拜年了。

两人站在寂寥安静的建筑物入口。

"在那里。"

春海确实在阿延指示的角落看见了它,心中一阵剧烈的悸动。

"涩川春海大人"——春海的名字被漆黑地写在贴在墙壁的纸上。读完写在一旁的题目后,春海呆呆地愣在原地。

今有图,日月圆蚀交,日月圆相除四寸五分,问日月蚀之分。

"今日月圆如图相互蚀交。以日圆面积除月圆面积为四寸五分。问日月蚀交之幅长。"

关孝和的名字则写在最后面。

日月及其蚀——这摆明了是和春海失败的三历对决有关的题目。除此之外,那更让他强烈回想起有如自己旧伤般的某样事物。

在春海动也不动地看着这道题的同时,阿延拿来一张巨大的纸。那

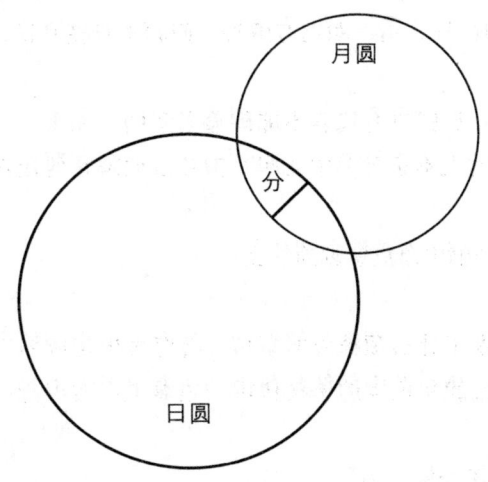

张就是摘录了"蚀考"的三历对决一纸，上面已是一片斑黄。它在这里已被贴了两年之久，这也是理所当然吧。在授时历的蚀预报出错后，这张纸受过多少人的耻笑？春海茫然地想着。

村濑在六个预报中最后一个预报，也就是延宝三年五月朔日预告旁写了"惜哉未能明察"。从没有写"谬误"这一点就可以看出村濑自己也对这个结果表示遗憾。

"……您要把它带走吗？"

阿延轻轻地问。春海慢吞吞地接下那张纸。他一边这么做，一边感到自己有一大半意识从落败的对决被拉到眼前关孝和所出的问题。

挑战这一题的塾生们零零星星地贴了几个回答。然而每个答案上都没有写是错误抑或是明察。因为这是指名要春海回答的问题，所以一般会等春海回答后再写。然而，这也不是那种问题。

"……我不懂。为什么？到底是为什么？"

"涩川大人？"

"为什么关大人会出这种题目？这、这种题目根本没办法回答。"

阿延露出别有深意的表情。

"村濑先生也隐约觉得是……而且，这一题跟您当年出过的……"

"和那道误问一样。这一题没有解答。问题本身就有错，这是一道病题。"

若是有解答，那就只有代表不能解答之意的"无术"二字。而过去一瞥便看穿无术的人不正是关本人吗？为什么他现在要让春海看到这样的问题？

越来越混乱的脑中忽然察觉到什么。

"咦……"

像是忽然听说了什么预料外的事情，春海发出走调的声音。他倏地领悟了一切。超出想象范围的解答仿佛一边发出巨大声音，一边从头上降临。

"不……不、不会吧……"

强烈的战栗让春海脚步一晃，背部砰的一声撞上背后的墙。

"您怎么了？"

阿延不安地伸出手。春海摇了摇他苍白的脸。阿延倏地将手缩回来，但春海并不是在拒绝她的手。他一心只想逃出这让眼前一片黑暗的冲击。这道题目正是解答。这道题目解开了这八个月来不断折磨着自己的疑问。取而代之的是一个更骇人的想法。这个想法不只会将他投注在改历事业上的所有心思粉碎殆尽，更会为他带来更加残酷的痛苦。

"这、这是怎么一回事……"这次改往前倾的春海离开墙。

"啊，您在……"

不顾惊讶的阿延，春海用颤抖的手将关孝和写了题目的纸撕下。他这么做的同时，自己背叛了众人期待的念头刺进胸口。建部的、伊藤的、保科的，让自己有机会可以挑战改历事业这一以上天为对手之对决的所有人的期待——

也许，还有关孝和这个稀世天才的期待。

交给你了喔。

伊藤十年前跟他说过的话倏地在耳边响起。

交给我吧。

自己不是这样回答了吗？才这么想到，泪水便夺眶而出，大颗大颗地落在关孝和放在众目睽睽之下已半年多的题目上。从金王八幡的算额绘马占据了春海心神的那一天开始，已经过了十四年。他一直梦想着能有一片只属于自己的春天的海边。现在，他正在面对为了达成这个目的的真正考验。

"我有件事要拜托你。"春海说。

阿延装作没有看见春海拭泪的样子。

"这次您要拜托我什么事？"她问得温柔。

"住址……"

在他这么说的瞬间，身体一阵颤抖。他深深地吸了一口气，安抚住颤抖的身体，尽己所能地以清明的息吹说：

"你可不可以告诉我这位大人的住址？"

在历经了漫长的岁月后，春海终于把这句话说出口。阿延没有露出惊讶的模样。

"好的。"

不只是这样,阿延甚至还对着他微笑。

隔天,春海寄了一封信到阿延告诉他的武家宅邸。

这是为了去见关孝和。

二

关立刻就寄来了回信。上面只冷冷地写了这一天这个时候来,感觉就像是一封挑战书。

春海遵照上面的指示,来到一栋位于牛込的小巧宅邸。

房子虽然小,里面还是有一位年老的家人,那个人把春海带进房间,他说这是教导商家子女算盘及算术的房间。收拾得整整齐齐的房间角落里,一叠重复写得漆黑的纸、砚台和毛笔放在一起。

家人用一杯像是已泡得没有味道的茶招待春海,让他在房中等待。

春海觉得自己很冷静,但他的心脏还是快要破裂了。他现在和过去见保科正之时一样紧张,或是比那时还要紧张。这是他长年以来一直想见,却又因为心中各种抵抗、逞强或是恐惧而无法相见的人。他做梦也没有想过两人会以这样的形式相遇。与其说春海感到喜悦,毋宁说他抱着可以算是悲壮的觉悟。除了叩拜求教之外,春海根本无法思考任何事。

不久后,他出现了。

男人拉开拉门,出现在眼前。他比春海想象的还矮,身高和春海差不多。他的胡子和瞳孔都漆黑,带有光泽。紧实的瘦削脸庞不只满溢着沉静的生气,皱纹也多得让人觉得稀奇。尤其是现在,他聚集在眉间的皱纹表现出他猛烈的怒气。

关孝和无言地坐在春海面前。他的坐姿有如笔直插入榻榻米的刀刃,看似漫不经心,却拥有让人为之一惊的锐利。

这是对决的姿势。而且就连曾和许多棋士相对的春海都没有见过这等锐利。能与之匹敌的人，恐怕是十五年后的道策吧。这样的念头涌上心口。

"这、这次真的很感谢您允许我突如其来的拜访……"

春海结结巴巴地感谢关愿意见他。没办法抬起头的春海以在围棋对决中会被宣告落败的前倾姿势，战战兢兢地从怀里拿出一张纸。

"涩川春海大人"——

这是关出给春海的算术对决题。病题原因出在圆的面积上，春海在上面画线标出。那条线正是这道题的解答，不知道关是否认同。

关突如其来地抓起纸，开始将它撕成碎片。他把纸片撒在春海低垂的头上。他的行为非常过分，但春海却乖乖地任他这么做。正当春海试图要道歉时——

"你这个小偷！"爆发出来的怒吼声盖过了春海的声音，"你就这么厚颜无耻地把术理偷走！你以为你是谁啊！"

春海把额头贴在地板上。

"我……我……"

"还回来！现在就把你偷走的东西还回来！"

关拿起房间角落的那叠纸，朝春海丢过去。飞来的砚台在榻榻米上一弹，撞上春海的肩膀。毛笔和笔盒飞来，撞上春海的头和身体。春海无言，只是一直维持着跪拜的姿势。

"到最后你还给我失败了！你以为术理是什么！你想说这是围棋武士玩乐的道具吗！你以为我们钻研的一切都是为了要献给那些官吏吗！"

不只是江户，这是全国主要的算术家对春海的感想。越是知名的算术家，"那个术理是我解出来的"这一想法也理所当然更加强烈。春海没有得到他们的同意，便用这些术理来解开授时历及改历之仪。

但另一方面，此时春海的心中也涌出汹涌的愤怒。不只是春海，参加改历事业的安藤及岛田等人应该也抱持着相同的愤怒。在町道场轻松教授算术的人凭什么说得出这种自以为了不起的话？你们难道能理解保科正之追求的目标，还有他为了将武治之世转化为文治之世所做的努力吗？你们懂得政治巧妙的地方吗？你们可以理解我们忍受如此耻辱，费尽所有心力要让完全不懂术理、算术以及历法的幕府与朝廷接受改历事业的痛苦吗？你们可以忍受四周的人的不谅解，忍受焦虑，忍受重责大任，让事业得以顺利前进吗？

然而，春海当下并没有做出任何反驳，他只是一直低着头。因为对方是关孝和，所以他才能这么做。因为他是关孝和，所以他是理解了一切之后才如此辱骂春海。春海明白这一点。所以他才有了这种觉悟。

"这不只是我的问题！我要你知道世界上所有算术家的遗憾！"

关咆哮般的声音之后有一段空隙。春海低着头，一副想把自己人头交给关的样子。

"……我不认为我这样就已经承受世间所有的憎恨。我……"

"那是当然。这么大一件事，你以为只有算术家就算了吗？日本全国各处的儒学者、阴阳师、经师、佛僧，各式各样的人都在嘲笑你、憎恨你、辱骂你。你现在是日本第一的抄袭家！"

春海咬紧了牙根保持沉默。愤怒又再次涌上，但他还是静静地等待关孝和说话。真正的觉悟要从现在开始。

"这不过是围棋武士的娱乐啊。每个人都这么骂。可笑的是，改历之仪发生了那种事之后，我认识的很多算术家都喝彩叫好。我很生气。我对那些因为无聊功名心而忌妒你的算术家感到生气。只不过，我最受不了的就是你。我气得都不知道该说什么好了。"

"我……"

"毕竟你根本不知道。"

春海再次紧咬牙根。这不是因为愤怒，而是因为一股没来由的歉意。跪拜在地上的身体不断颤抖。

"我、我的思虑，不够周全……实力，也不够……"

"笨蛋！"

这个天才骂他是笨蛋。这两个字带给春海超乎想象的重大打击。他觉得自己就像被推落伸手不见五指的漆黑深渊。说实话，这一切都让人累得想逃。

"对、对不起……"

"这么清楚各种术理的你为什么不懂！"

"呜……"

呻吟声不自觉地流泄而出。春海差点丢脸地任眼泪也流出，但他还是拼了命忍住。现在魂飞魄散的感觉更胜于当初在将军大人面前叩拜的时候，春海不断地激烈颤抖。

"我、我……我从来……"

"我从来就没想过授时历有错。你是想这么说吗！"

龙发出怒吼。春海这么想到。那是一道雷火击中头顶般的冲击。春海可以想象出自己像片木屑一样，在龙的一道息吹之下飞舞至空中并化作灰烬的逼真景象。

这才是关孝和出误问的真意。春海对授时历的理解并没有错误。授时历本身就是一道病题，所以它才会做出错误的蚀预报。

这个天才究竟是怎么找到这异想天开的结论？不只是以自己为首的改历事业者，日本国内知晓术理的所有人都没有想到这个解答。

"真、真的是……太抱歉了……"春海几乎是哭着说。

不顾这样的春海，关呼地深深吐了一口气。接着，他意外地用爽快的声音说：

"我吼太久了。喉咙好痛。"关低语，语气像在说"真叫人头痛"，"你得更加重视算术家们的想法啊……"

所以我才努力对着你吼，不过这意外的累人。看来关是想这么说。

春海听见关在自己低垂的头前用茶漱口的声音。看来他把家人给春海的茶也拿起来喝了。

茶杯被放下的声音响起。春海战战兢兢地抬起头，发现自己的茶杯果然空了。关几乎是在同一瞬间站起身，所以春海没能看见他的脸。而且关就这么快步走出房间，所以不只是脸，连他的身影都消失了。如此轻松流畅的动作让春海就这么被留在现场。把头抬到一半的春海将双手撑在地上，等待对方回来。关回来时，手上拿着厚度惊人的一叠纸。

"这种东西出版成书也没用。"

他认真地对着春海说。接着，他把那叠纸砰的一声放到春海眼前。

上面到处写着日期，看来像是日记。不过不是。春海一边用眼神乞求关的许可，一边战战兢兢地翻开纸。许多难以理解的术理映入眼帘。这不只是算术。春海立刻明白这是对授时历所做的各种考察。

关孝和在研究授时历。这个事实给春海带来像是惊愕又像是感动的感情，他不禁从正面和关对视。

不知道何时开始，关露出了温和的微笑。但他的坐姿还是一样锐利。春海领悟到这个人不是刻意要发挥他的锐利。这是他的天性，就连他本人也无可奈何。他就像是一把连刀鞘都能斩断的刀，没有地方可以收纳这把太过锐利的刀，所以他才会流浪到今天，宛如追求着春天的海边而在暧昧中徘徊的春海。虽然理由完全不同，但两人却完全相同。

春海终于明白关当年为何会在自己所出的误问前露出笑容。这个天才认同了为发挥自己能力而徘徊的人，也为这样的人感到高兴。即便有了错误，关还是称赞那些追求能让自己发挥实力的时刻而向前迈进的人。

"甲府宰相大人曾经发布过命令，不过最后无疾而终。天测的规模完全比不上你。而且那毕竟是甲府，他们的建议是送不到江户幕府手上的。"关说。

春海瞬间就明白了状况。关或许也参与了改历事业。或许保科正之也要求甲府协助。

只不过甲府的宰相德川纲重在幕政中有被孤立的倾向，主要是因为城里大奥的恩怨。只要关孝和一日拜甲府宰相为主君，就基本无法参与幕府事业。因此，保科正之没有说出关的名字。也有可能是因为他不能说。

不过，甲府宰相的命令还是有了成果。成果就是这座考察结果堆起的山。

"我开始考察之后，就觉得很有趣。虽然说宰相大人决定不公开命令，但我之后还是一直在继续。"

说完之后，关把那叠纸往春海的膝边推去。

"若不集结术理，它就不能成为破解天理的东西。我想把一切都交给你。"

春海照着关所说，试着拿起那叠纸，但由于过于沉重，他实在拿不起。关的存在和心意也过于沉重。若是背负上这些东西，自己必定会被压扁。然而关似乎完全不这么想。他的脸上没有任何迟疑，只是挥了挥手要春海赶快收下。

"你不要太期待喔。少了术理和天测中的任何一项，天理就不会成立。我能解开的，就只是术理和天测间的狭窄缝隙中有哪里出了差错。至于那个错到底出在哪儿……我无能为力。"

"可、可是……"

"拿去吧。我拿着这些东西也没有任何用处。我能拜托的，就只有你了。"

最后那句话没有进入春海的耳朵，而是直接敲进了他的心里。心脏狠狠跳了一下。

喀嘟、铿隆。

那梦幻的音色从未响得如此鲜明。那是感动的音色，悲哀的音色，欢喜的音色。

待春海回过神来时，双颊已被泪水濡湿。不论关的态度再怎么漫不经心，这是算术家的命运。春海实在不觉得自己能接下。然而他若是没有做好夺走日本算术家的生命、面对他们憎恶的准备，他终究不可能完成改历事业。自己是以幕府公务为生的人，理解术理、为幕政做出贡献就等于掠夺算术上的成就来作为幕府的成就。如果不这么做，这场事业便无法成功。

春海想起过去保科正之曾夺走三十六条因饥馑而起义并来向他陈情的人命。就是因为将那些尸骸烙在心里，正之才会坚持民生的理想。现在，春海要做的事和正之相同。夺去算术家们的生命。他必须握住眼前这个名叫关孝和的男人的命，将之占为己有。

关自己也是这么希望的。他将无法得到发挥的自己托付给春海。

春海终于抓起那叠纸，将它们一把抱到胸前。

"我……我一定……一定会用这双手解开天理。我要亲手掌握天地的定石，完成您的心愿。"

关满足地点了点头，笑了。这一幕带给春海胸口一阵冲击。对于这个天才来说，他的表情太过寂寞，也太过孤独。他们两人曾经有机会走上同一条路，但关此时的表情却是在为必须背负一切踏上这条路的春海送行。

"只有你做得到，涩川。像我这种算术家就算把手伸得再长，也无法掌握天理。更别说要找出历法的错误了……若是要与元国才子编纂的授时历，与这至宝般的历法一刀两断，我的投入、我的实力……都是不够的。"

接着，关笔直地看向春海。现在，他那锐利又漫不经心的坐姿里夹杂着千万种感情。

"与授时历一刀两断，涩川春海。"

抱着那叠纸的春海用一只手抓住膝盖。

"必至！"

在春海接手这份事业八年后，这两个字再次以剧烈的气势自他口中而出。

关的脸上浮现苦涩的笑容。

"交给你了，围棋武士。"

他静静地合上双眼。

三

春海在牛込坐上轿子，直奔荒木邸。

村濑正在私塾里教塾生算术。春海来到主屋，正打算在玄关出声打招呼，恰好碰上来到外面的阿延。她拿着扫把，看来那不是为了要扫枯叶，而是要除雪。看见阿延吓了一跳后把扫把拿到胸前的模样，春海又再次感到时间过得如此迅速。

"您到底去做了什么事？"阿延盯着春海说。

由于春海是十万火急地赶到这里，他的衣服松开，头上还有撕碎的纸片，额头上则有被笔盒砸中现出的淤青。而且他还小心翼翼地把一叠用布包起的纸抱在胸前，活像跟人家打了一场架后抢了什么东西。

然而春海所说的话却完全无关。

"我有事要拜托你。这是我一辈子的请求。"

"又来了吗？不管您这次要拜托我什么……"

春海很有礼貌地跪在冰冷的石地上，开口打断阿延的指责：

"嫁给我。"

阿延的反应才真的有趣。她没有呆住，也没有吓得半句话说不出来。

"您的头脑还清醒吗？"她狐疑地问。

春海不断点头。"我是认真的。非常认真。"他一脸认真地答非所问。

"这种事……难道不应该先向家里报告吗……"

"嗯，请让我见你的父亲。"

春海条件反射般要站起来。

"穿成这样去见他吗？"阿延开口就骂，"您去见他又有何用？您不是有义兄吗？而且我也告诉过您，我已经不再是荒木家的人。"

这的确是理所当然。如果春海的义兄算知没有事先和石井家的人谈好，一切都是空谈。

"当、当然。我当然会这么做。我只是想把我的心情……"

"婚礼这种事不需要什么心情吧。"

这是武家的常识。"嗯，呃。"春海暧昧地带过去。

阿延微微叹了一口气，换了一个话题。

"您去见过关先生了吗？"

"他把他的命交给我了。"春海感动地把手放上胸前的包裹，"我要再次挑战改历之仪。"他斩钉截铁地说。

"您前几天的脸色可还真像是个病人喔。"阿延刁难般说道。春海点了点头，接着拍了一下胸前的包裹。

"我现在可是士气凛然，勇气百倍。"

春海说出这种一点都不像在对决中落败之人会说的惊人话语。阿延的口气越来越不好。

"所以您要像以前那样，找我当您的证人吗？"

"其实……"说到一半，春海又再次重重点了头，"当我为了看星星而踏上旅程的时候，我是在日月还有你的身影的守护下，才想出要出给关大人的题目。"他挺胸说道。

然而阿延却丝毫不为所动，反而还露出了不可置信的表情。

"您在说什么啊？"

阿延冷冷地丢出这句话。她说话的方式简直就像武家的男人在赶前来搭讪的町人家女儿。春海刚这么想，阿延又微微叹了一口气。接着，她一脸无可奈何地弯下膝盖，看着春海，说：

"这次的对决要花上几年？"

"十年。"

看到阿延的表情瞬间变得冷淡，春海急忙改口：

"呃……不，我一定会在那之前就完成。我一定会。"

"一年之后是三年，接下来就是十年吗？说起来，您遵守过期限吗？"

"唔……嗯，这……"

"如果家里答应，我会在您身旁盯着您，让您这次一定要遵守期限。"

"咦……"

这次换春海盯着阿延看。她什么也没说，只是耸了耸肩便站起身。接着，她以"那你打算怎么办"的眼神低头看向春海。

"谢……谢谢你。"春海倏地站起身，"我秋天一定会来迎接你。"他立下坚定的誓言。

"秋天？"

现在才一月。

"嗯，我一定会来。那么，我先走了。"

春海不顾一脸不可置信的阿延，很有礼貌地低头行礼后，便急忙转头，快步冲出荒木邸。他的脑子里满是接下来要做的事。跟算知谈，看关的考察结果，告诉伙伴们他要重新开始事业。

春海头也不回地离去时，村濑则是一脸打趣地从私塾里走到阿延身边。

"大家都听到了喔。我想你家应该也听得到吧。"

阿延则是一脸泰然自若。

"那想必会谈得很顺利吧。"她说。

"丧期结束了呢。"村濑笑道。

四

又过了一年多，延宝五年的春天。

春海，三十八岁。他在京都老家举办了第二次婚宴。

"什么叫秋天啊？"

新嫁娘的头饰下，阿延愤怒难当的双眼瞪着春海。

"对……对、对不起……"春海蜷缩起身子，流着冷汗。

宴会顺利结束后，新娘和新郎在就寝前享受只属于两人的飨宴。

从关孝和那里得到授时历考察的结果后，春海立刻写信通知伙伴，告诉他们他将重新开始进行改历事业。同时，他也拜托义兄算知去替他说亲。

一直劝春海续弦的义兄对春海心态的改变感到非常高兴。

"说得好。真不愧是安井家的长子。我现在就去求见二本松的礒村大人。"

"不、不对，哥哥。礒村大人是私塾的村濑大人的老师。阿延小姐原本是荒木家的女儿，但她现在是石井家的……"

"别担心。我一定会成就你们这段良缘，让安井家一家安泰、卷土重来。"

这完全就是要对决的模样。在炽烈的对决中败给本因坊家后，更加慷慨激昂的算知高兴地前去说亲，而事情也在转眼之间便谈定了。荒木家和石井家听到春海是"在将军大人面前下棋的人"后，便一口答应了这门亲事。春海投身于改历对决、受到重大挫折一事似乎也没有构成任何问题。这是一个武家领不到俸禄的时代，光是在江户城中任职就已经让人好生羡慕。春海原本可以立刻举行婚礼，但他必须先回到京都老家，同时为即将重新开始的事业及娶妻做准备。

"这个决定下得好！"

暗斋用力地拍了一下春海的肩膀，为事业、为婚礼感到高兴。不只是如此——

"士气凛然，勇气百倍。"

春海将他对阿延说的话原封不动地告诉参与这场事业的的人们，告诉他们这场事业的核心人物——春海将再次站起来。正因如此，这八个字便一直流传到后世，只怕暗斋跟春海都没有料想到。就这样，两个人立刻靠暗斋的人脉向公家、僧侣及神道家的人寻求协助。然而，在没有幕府支持的现在，人们多半都对改历抱持怀疑的态度。若是只凭春海及暗斋两人，要使用高价且巨大的天测道具本身就是个问题。光是把主要道具设置在春海老家的庭院里就费了不少工夫。回想起人力财力充足的北极出地之旅，春海再次明白建部和伊藤是费了多少苦心才完成这份事业。

"授时历本身就有错误。"

春海这样的态度更让出手相助的人急遽减少。越是精通术理与历术的人，就越是清楚授时历有多么精密。而这样的历法居然会有错误？甚至还有人怀疑春海是不是脑袋出了什么问题。

"如果它真的那么精密，那蚀的预测怎么会出错？"

暗斋很干脆地就接受了这样的想法，但安藤和岛田却寄来信说"无法就此断论"，无法隐藏他们心中的动摇。的确，越是钻研，就会越想称赞授时历是一种美。春海从来也没想过他会与这种历法一刀两断，并将它葬送。一切都是春海和关孝和的考察导出来的假设。而且这是逆转一切的想法，更是荒唐无稽的念头。

"我们也会进行验证。如果有什么方法，还请两位告诉我们。"

春海也明白安藤及岛田不安的回答是他们竭尽全力所给的响应。若是不从崭新的角度发明验证的方法，事情不会有所进展。

春海先依照关孝和的大量考察结果，埋头研究该如何研发全新的方法论。要不要连天体观测的道具也重新设计呢？要不要重新设定测量日月星辰的基准值呢？将构成授时历的术理一一拆解开来，并运用世上各式各样的术理，组合特定的某术理和其他术理。他是否该这么做，借以观察这是否会产生他从未预料的矛盾呢？

每件事都需要让人无法想象的辛劳、金钱、人手及时间。这不是能随便找到人帮忙的事。除此之外，当各式各样的验证结果和些许的天测情报聚集到自己手边时，光是要全部看过一遍，就需要大量的时间。

和暗斋重复讨论数次后，春海终于理出一个解决这些问题的方法。这个方法有如天启一般闪过脑海，其实那就是他一直以来的课题。

光是毫无目的地搜集众多情报，也只会造成浪费。与其这么做，他应该先设定一个能成为一切基础的目标，通过达成那个目标来慢慢解开授时历的错误。那他应该将什么作为基础？是大地。在眺望遥远彼方的天空前，他应该先再次设定自己脚下的大地。

制作日本的分野。

这正是伊藤在过去的北极出地之旅时拜托他的事。中国传来的星相和地相，将这两者之间的所有联结换成存在于日本的独特事物。那个时候，春海已经被交付了他该完成的任务。不只如此——

交给我吧。

他不是这么回答的吗？现在，他必须扛起这个责任。

如此一来，事情终于敲定。春海好不容易将状况调整到不会让参加者感到困惑的程度。季节在不知不觉间来到秋天，他必须回到原本的棋士岗位上。

如果是平常的公务也就算了。

"本因坊道悦大人自棋所一职退休。"

发生了一件这么重大的事。在赢得与算知的对决后不过两年，本因坊道悦便决定将位子让给他的大弟子道策，并向江户城的寺社奉行及棋士们报告。

"那么，就是要争棋了吗？"

不仅是棋士们，江户城里许多人都是这么想的。年轻的道策将和安井家的算知或是春海进行炽烈的对决。如果是这样,春海也只要做好准备就好,但道策压倒性的才能光芒四射,引发众人的议论。

现在不只是安井家,包含本因坊家在内的围棋四家里没有一个人能赢道策。而且不只是赢不了,大家根本是跟不上。道策是围棋界的革命分子,他的实力足以让每一手都拥有改变围棋定石的力量。

因此,众人的意见是道策"足以拥有名人称号",倾向让道策坐上棋所的位子。若是如此,事情当然相当简单,但这毕竟是江户城内的公务。城内已经进行过两次争棋,若这次没有争棋,棋士们就必须向寺社奉行证明他们的决定没有错,并向大老及将军大人征询意见。这是费时又费力的工作,安井家除了算知和春海之外,春海的义弟知哲也必须一一参加棋士们的讨论,准备同意道策接下棋所一职的文书。

"太麻烦了。我想和您一决胜负。请务必让我跟您一决胜负,算哲大人。"当事人道策一脸不甘,激动地对春海说。

"我对你担任棋所一事完全没有异议……"

"这是有没有异议的问题吗?这是荣誉的对决。这是难得的争棋。只有我一个人被排挤在外,这样不是很过分吗?"

一脸快哭出来的道策说,看起来就像期待已久的庆祝被取消了一样。

不过到了最后,将军大人也对道策的妙手大为赞叹,在四家的同意下,道策就任棋所一事在没有进行争棋的特例情况下被决定。

本因坊道策,三十二岁。这是年轻的他站上棋士顶点的那一瞬间。

"我恨您。"在就任仪式之际,道策一脸认真地对春海说,这让春海忐忑不安。

这个时候发生了一件更麻烦的事。说起来,这是春海自己的意志,也是他的问题。为了巩固义兄的地位,春海长年以来都会依场合分别使用"安井"或"保井"的姓氏。趁着这次婚礼,春海决定正式改姓为"保井"。这也是春海及阿延对他们各自的亡妻及亡夫的礼仪。这个社会里,不义的私通是可以被判处死刑的。除了亡妻阿琴之外,春海也到阿延亡夫的墓前告诉他这场婚礼并非不义,请求他的原谅。春海对役所也是这么报告的,而且是对幕府和京都所司代双方这么说。这个手续非常耗费时间，总共花了两个多月。

也因为这样，他到了隔年的春天才终于能举办婚礼。

"是您自己答应我说秋天的吧？"所以阿延更是毫不留情地瞪着他。

"我、我完全没想到会晚这么多，我没有脸见你……"

春海只是不断地低头道歉。仍然一脸气愤的阿延从和服的腰带里掏出一张纸。她在春海面前摊开那早已褪色而且满是皱纹的纸。大圆和小圆，大方和小方，从这些图形的蚀交中求幅长——这是过去阿延说要帮春海保留而拿走的纸，这是春海所出的误问。

"你还留着吗……"

眼眶不禁泛泪。春海伸出手，试着拿起那张纸，却被阿延咻的一声拿走。

"我原本是想还给您，不过我还是不想还了。这是惩罚您不遵守期限。在您完成事业之前，我会帮您保留它。"

"唔，嗯。这次我一定会在十年之内将事业……"

"还有九年。"阿延斩钉截铁地告诉春海。

"唔……嗯。"

"从今天开始，我会代替您死去的妻子监视您。"

"嗯……然后，那个……我可以再拜托你一件事吗？"

"到底是什么事？"

"不要比我先死。"

阿延笔直地盯着春海看了一会儿，缓缓地吐了一口气。

"请不要总拜托我这种荒唐的事。"

"抱歉……但我还是要拜托你。拜托你了。"

"我知道了，那您也要好好地长命百岁。这样可以吗？"

"嗯。可是，阿延小姐也……"

"好好好。"阿延随便地带过。接着，她又直直地盯着春海看。春海也看向阿延。

两人隔了十二年在私塾里再会时的那种不可思议的沉默再次降临。这个时候，年纪已老大不小的男女像是真的回到青年和少女时代的自己，两人对视着。春海几乎是第一次意识到这个女子接下来将成为自己的妻子。如果把这件事说出口，他可能会被阿延痛骂，但他之前的确是热衷得忘了自己。现在终于冷静下来的他有了真切的感觉。从两人初次相见以来，已经过了十五年左右。他从未冀求这个愿望能够实现，甚至没有想象过这一幕，但这个梦想如今却成真了。

静静抚着领口的阿延开口说："那个……我也有一件事想拜托您。"

"是、是什么事？不管是什么事都好，告诉我吧。"

阿延微微转开视线后，说出她要拜托春海的事。

"您可不可以赶快把我的腰带解开？"

仍然是一脸认真的春海重重地点了点头。

五

第一次以保井算哲的身份署名的公文是归还双刀的文书。这是寺社奉行在春海举行婚礼时对他下的命令。这副双刀是麻烦，也是他领命的证明。失去它们让春海感到很难过。然而他现在已经决定要在没有任何后盾的情况下，以个人的身份朝改历事业迈进，他自己也能理解失去双刀是不得不经历的过程。

首先要掌握大地的定石，再将天理化作己有。

为了达成这个目的，春海整合了自北极出地旅程结束后十六年来培育的所有知识及技术。北极出地中测量的各地纬度，制作浑天仪所用的详细星图，研究授时历时的天测及术理，以及保科正之、暗斋及吉川惟足研究的神道奥秘。

春海细心地一一确认这些数据，让它们得以毫无矛盾地相互结合。其后，他再将"分野"这个中国传统占星术的技术运用其上。光是用分野将日本全国可见且能作为占术面核心的星座相连，就已是极为困难的作业。不过这道手续可以让当地的纬度和星辰的运行有如精致织品的经线和纬线般相互对应，让天地更加接近。

这样的作业让人头昏脑涨，但心灵却更加充实。春海真切地感到自己正一步又一步地解开历法这道以天地为对手的难题。大地的定石和天理居然能让人的心中怀抱这么多希望和热情，就连春海自己也感到惊讶。

春海必须趁公务的空闲时间钻研分野，但他一点也不觉得辛苦。这完全不像他当年失去妻子时强迫自己埋头在事业中，借以填满空虚的心境。

应该说阿延的"内助"有些超出春海的想象。这是在京都发生的事。有一天，和暗斋讨论完事情，春海回到家，发现庭院里的桃树消失了。

突如其来的事让春海吃了一惊，他向阿延询问。

"我把它砍了。"阿延理所当然地说。据说她不只拜托家人，自己也挥了一两次斧头。

桃树结果时偷窃者接连出现，枝叶延伸时隔壁邻居会抱怨，开花时会有人连树枝一起折走。这棵桃树是附近有名的树，所以麻烦事也跟着多了起来。

"夫君，我们家里不需要任何会妨碍您精进向上的小事。"

阿延微笑着断言，让人感到害怕。而邻居们都称赞阿延这样的"果断"。

"武家的女儿就是不一样。"

阿延转眼间就受到大家的注目，附近的夫人和小姐只要一有什么事或是什么烦恼，便会来找阿延商量。阿延以爽朗的态度鼓励她们，和她们相处。

"还有八年喔，夫君。"

她有时候还会带着微笑给春海送茶。害怕的春海一点也不敢懈怠。

另一方面，心灵的充实也表现在事业以外的地方。

延宝五年十一月。春海在御城棋中追击道策，和他只有五目的差距。如果是和其他棋士也就罢了，这是和坐上棋所之位的道策下的棋。春海的奋斗博得将军大人及其他幕府阁僚的一致称赞。

"保井有妙手。"

光是能跟上围棋革命分子道策的棋路就已经非常了不起。

第二年的同月，御城棋的对决更加白热化。春海居然在和道策对决中追到只剩下三目的差距。

"保井会赢吗？"对决中好几次出现这种低语。

"双方都下得好。"

在胜负决定之后，将军家纲居然对春海和道策两人这么说，让幕府阁僚们都吃了一惊。将军大人对棋士说话可是特例中的特例。

"请看这份棋谱，算哲大人。"对决之后，道策趁势说，"您看看这完美的棋路。就算是这样，您还是要选择星星吗？您还是要把这难得的才能耗费在历法上吗？为什么您不能专心地下棋呢？"

"是星星给了我生命。"春海温柔地却又带着确切的自信明白地说。

道策咬住下唇，伫立在原地，看起来十分寂寞。他纤细的双肩上扛着天才才会拥有的孤独和寂寞。春海正好知道一个和他一模一样的人。那个人是关孝和。在收下授时历的考察结果之后，春海不时会去拜访关，两个人有了深交。针对春海背负的课题，关毫不吝惜地给予建议。收下满是惊人灵感的考察结果时，春海感受到了关的孤独。关之所以会如此积极地参与完全无法报上名字的事业，其实也证明了关身边没有可以理解他的人。

关先生他笑了。看到您出的这一题，他似乎非常高兴。

看到那道误问时，关有多么期待春海。不只是对等的交锋，春海是不是能让自己看到超越自己的灵感？两个人是否能一起走上这条毫无止尽的钻研之路？关并没有直接对春海这么说，但春海痛切地明白关有如此强烈的心愿。

春海坦率地希望自己能响应他的期待。然而此时，春海却对道策说出一句无关的话，而这句话他也曾经跟关说过。

"收弟子吧，道策。收许许多多的弟子。若你能成为一颗星，许多拥有才能的人就再也不需要迷惘，他们可以走到你所在的地方，其中也会有能够超越你的人。"

这是春海另一个坦率的想法，是他不断追赶关背影的感想。这才是春海最期待关和道策的一点，而关和道策也越加明白这是自己的天命。

关的算学为无知者带来学习算术的机会,春海相信这是关的天命。

然而道策看起来却比关还要寂寞。也许他是觉得被春海推开了吧。

春海温柔地说:"我也还没有放弃喔。"

"……放弃什么事?"

"初手天元。"

道策的双眼绽放出微弱的光芒。

"我有一天一定要把它从你手上抢回来,道策。"

道策终于露出微笑。

"我不会输的。"

其后,道策收了许多弟子。其中有一人成为第五代本因坊,甚至成为名人,也就是坐上棋所的位子。除此之外,继承井上家第四代的人及许多才气横溢的人也聚集在道策门下。在道策的指导下,他们让围棋的定石和布局有了长足进步。

而另一个"人中之龙"也和春海期盼的一样,培育了许多弟子。关在他牛込的家里将其中两人介绍给春海认识。

"我叫建部贤明。"十五岁的少年凛然地说。

"我叫建部贤弘。"十三岁的少年不服输地出声道。

坐在他们面前的春海高兴得一时不知该说什么好,只觉得眼眶一阵湿润。他们两个人都是建部昌明的侄子。春海仿佛在这两个少年身上看到建部的身影,差点就哭了出来。

"我打算让这两个人把我们的术理全部学走。"

关露出"这种程度的事理所当然"的表情。

"将来,我想让他们两个代替我,把主要的算术写成书。出版书这种事实在不适合我。"

关都这么说了,春海能看出年轻的建部兄弟拥有过人的才能。

看着紧张得让人觉得可怜的建部兄弟,春海微笑着说:"有这样的老师还真辛苦啊。"

差点要一起点头的贤明和贤弘慌张地摇了摇头。

"我们一定会努力向上。"

哥哥精神饱满地说。事实上，这对兄弟长大后和关一同出版了优秀的算术书，最后甚至超越他们的老师，开发了新的术理。他们的门派被称为"关流"，建部兄弟则成长为该流派的代表性人物。

此时的春海只是拼了命忍住快要喷出来的眼泪。

"努力吧，努力吧。"他高声笑道。

六

春海自身的努力在不久后开花结果。

《天文分野之图》——从延宝五年的冬天到延宝七年的夏天，春海将"日本的分野"集结成书，在江户和京都等地出版，受到全国瞩目。

以精密天测及运行计算证明的所有星图都对照到全国各地的大地上，各地的"吉凶"可以从群星的位置及蚀等情报中一目了然。这是春海至今的技艺及神道教养的集大成。他的成果让江户的天文家、京都的阴阳师及各地的僧侣都为之赞叹。除此之外，以装订卷轴为生的经师们将春海的《天文分野之图》视为一种美，将它用在毫无关系的书皮上。因此，天文图在和天文历术及术理无缘的人之间也一举流行起来。

暗斋拿到那本有些出乎意料、不知道算不算是成果的书。看到那本书的春海吃了一惊。那居然是一本美人画。天文图被用在背景和和服的花纹上。不仅如此，画中的女主角姿态婀娜地在读的那本书正是《天文分野之图》。

要是在家里放美人画，阿延会用无言的讥讽等着他。所以春海把书带去麻布的礒村塾，将它送给村濑。恰好回到江户的关也来到私塾，看了那本书。

延宝六年，甲府宰相德川纲重过世后，关成为其子纲丰手下的勘定吟味役[①]。在城中工作的春海无法随意访问其宅邸，所以两人在礒村塾会面

[①] 负责监查勘定所一切事务，地位仅次于勘定奉行。

的次数也自然多了起来。这个时候,年纪已经老大不小的三个男人也是一边将春海带来的鱼烤着吃,一边以春海的事业成果为借口,一脸认真地围着美人画聊天,度过相当愉快的时间。

"这幅画的构图也很有算术的味道呢。"

关啪啪啪地打着算盘,计算空白部分和女人面积的比例,以及女人的身高和手臂长度的比例。

"碰到女人的时候,就连'解答先生'都没办法一瞥即解呢。"村濑取笑关。

"解题的过程才真的幸福呢。"

关回得干脆,村濑和春海都笑得像傻瓜一样。

把如山的考察结果托付给春海之后,关就再也没有问过事业的进度。

待在江户的时候,春海不时会和村濑及关下棋。除了是他们希望春海能下指导棋之外,最重要的目的便是以"棋会"为名,把安藤也找来。这是春海花了十几年才实践的诺言。安藤立刻醉心于关的才气,为自己身处藩士立场而不能向关求教一事感到不甘。

在这种算术家的交流中,关不会率先谈到改历的事。

"你又朝天靠近一步了。"

每当春海完成什么,关总是这样称赞他。另一方面,术理的话题则是年年变得更加锐利,让春海感到无限的崇敬。关没有催促春海让事业前进,而是借由共享术理的钻研在背地里支援春海,完全不求回报。他相信春海所走的每一步。这是这个天才一贯的态度。

另一方面,春海将《天文分野之图》一书送给火化伊藤的寺庙,也送给了他的儿子。

"我终于做到了,伊藤大人。"

在伊藤病逝八年后,春海终于能以这份成就来祭拜他。

同年,春海又出版了一本让他备受瞩目的书:《日本长历》。

在改历事业刚开始的时候,暗斋提议"验证历注",而春海果真将验证一路回溯到神明统治的时代。最初的草稿是"制作分野"过程中的一部分,延宝五年就已有了一定的成果。这本《日本长历》则是将这些成果推广至日本全国的精炼之书。

发表了《天文分野之图》及《日本长历》后，春海被视为是飞越中国占术概念，独自尝试创造日本这个国家的占星术基础之人。

"神明附身的伟业。"安藤及人在会津的岛田对春海感到钦佩。

"足以匹敌安倍晴明的学士。"暗斋及神道界领导人物吉川惟足都对春海大为赞赏。

"阴阳道的鬼神咒术算得了什么。天文历法和神话时代的奥义才是这个国家的秘仪之根啊。"

说完后，暗斋啪啪啪地用力拍打春海的背和肩膀，为他感到高兴。

水户光国也许比暗斋还高兴。他用粗糙结实的两只手分别紧握《天文分野之图》及《日本长历》。

"喝！"

发出低沉吼声的光国不断颤抖。他的额头上浮现出粗实的血管，害怕的春海觉得自己这次真的会被那岩石般的拳头殴死。

"你到底要在历史上留下多少东西才甘愿啊？"

"您、您过奖了……"

"什么叫过奖？你要把这当成是理所当然的评价。"光国用夹带着杀气的尊敬眼神——这种让人不可置信的方法瞪着春海，"你都已经做了这么多，总不可能会放弃改历之仪吧。"

"是的。"

春海如此断言。制作分野和验证历注都是为了改历之仪。他的目的不只是验证授时历。他要远离从中国传入的至高历术，借此创造日本崭新的独特术理。这才是改历唯一的突破方式。此时的春海对此有确切的自信。

"水户会帮助你。余也会让会津帮忙。你要什么余都给你。你还需要什么东西？"

光国探出上身说，看起来就像个在要求春海赶快让他看的孩子。春海犹豫了片刻，随即下了决心。

"只有一项东西，我一直无法得到。它是一本洋书，名叫'天经或问'。"

就连光国也哑口无言。

"唔。"

他发出让人联想到老虎低吼的声音。

《天经或问》是中国一个叫游子六的人写的书。书中详细记载了西洋的天文学,但只有书名广为人所知。由于幕府强硬镇压切支丹,在全国实施禁教令,被视为洋书的几乎都成了禁书。能够突破这个限制的,就只有汉译版的书或是汉书。只要书中没有记载切支丹的教义,便有一部分的人可以阅读。

《天经或问》虽然没有被视为切支丹的教义书,但星象却和宗教密切相关。春海不知道自己会在哪里碰到和切支丹有关的记述。若是被视为打破禁教令,春海将会立刻被打入大牢,人生就此告终。

"你做好觉悟了吗?"光国问。

"我们现在是要用双手去触碰上天。若不赌上生命,我终究不可能完成这个目标。"

春海立刻回答。只需耗费时间研究即可的过程已经结束。现在,他需要从完全不同的角度来验证。春海心中隐约明白"他该验证什么"。为了理解并得到确切的自信,春海认为自己需要的不是中国,也不是日本,而是出自第三者角度的洋书。

老虎忽然不怀好意地一笑。没有什么比这笑容更可怕,也没有什么比这更可靠。

"别担心。不管发生什么事,余都不会让人伤了你和你的家族。就算对方是将军,余也会保护你。"

光国遵守诺言。第二年年初,一本毫无破损脏污、解读时不会有任何问题的《天经或问》被光国以隐秘公文的形式送到江户会津藩邸的春海手上。而且光国喜欢学问这一点并不只是他的兴趣,甚至还有左右藩政及幕政的能力。最好的证据就是他附上了一幅不知道从哪里找来的南蛮人制作的地图。

《坤舆万国全图》。

这是一幅世界地图，据说是一个名叫利玛窦的耶稣会传教士为了传教，来到中国教授天文学，并制作了这幅地图。连春海第一次见到这幅地图时都哑口无言。他不知道日本究竟在哪里。当他终于找到日本时，像颗小石头般的国土面积让他狠狠吃了一惊。

"这是日本吗？"

当他在京都摊开这幅地图时，阿延从身后探头望着地图，狐疑地问。不过春海立刻就明白这是事实。通过观测星象，他早已知道地球是一个巨大的球体，也明白球体上那孤立小岛般的列岛正是日本。

"这就表示这个世界是如此广大。不是我们微小，而是世界广大。"春海对阿延说明。

"还有六年喔。"

像是忽然担心起来的阿延说。她的表情像是在说，她没有料想到自己的丈夫居然在和如此巨大的对手奋斗。

"必至。"

春海只是看着地图，露出坚强的笑容对阿延说。光国替他准备了这么不得了的东西，他相信自己必定会有飞跃性的成长。

看着春海，阿延再也没有提出任何怀疑。

"好的。"她愉快地微笑。

采纳了西洋的视角后，长年培养的知识与技术让春海的见识有了飞跃性的增长。只不过在这段时间里，参与改历的人却接连辞世。

延宝八年夏。岛田贞继因病去世。

安藤写信告诉春海，岛田到临死前都还在进行天测，并留下许多改历用的重要资料。对安藤而言，岛田是无可取代的算术老师。

"我终究没有完成主君的心愿。"

这是岛田的遗憾。

"请务必让改历成功。"

安藤强烈的希望沉重地压在春海身上。春海稳稳地将它接下。再一步，就可以抵达真正的改历。春海这么告诉安藤，立誓要完成改历。

接着，在一个多月后的五月。

年仅四十岁的将军家纲骤然逝去。他是病死的。每个幕府阁僚似乎都以为他只是得了轻微的感冒。虽说家纲身子骨有些虚弱，但他到临死前都十分健康。还没有决定后继者的他忽然死去，让城中气氛一阵紧张。面对老中们关于应对方法提出的问题，大老酒井并没有立刻回答，只是一动不动地盯着空中。恐怕他是在心里不断思索第五代将军的候补人选。

不过，城里发生了一场小政变。

身为老中的堀田筑前守正俊以迅雷不及掩耳的速度拥立家纲的异母弟弟纲吉。没有任何人料想到堀田会用这么强硬的手段尝试左右政权。的确，堀田的亡父继承了家光的亲信春日局死后留下的土地，在家系背景上没有任何不足。此外，他现年四十六岁，正值极为勇壮之年。但毕竟他在老中之中居于末位，擅自推举德川家一员这种事很可能会被当成谋反。

但不可思议的是，大老酒井没有做出任何处置。他只是淡淡地看着堀田和他的家族以猛烈的速度夺权。面对自己地位垂危的情况，酒井毫不关心到让人不可置信的程度，据说所有中立的幕府阁僚都为此目瞪口呆。

家纲驾崩不过三个月后，延宝八年八月。

在天皇的命令下，纲吉成为第五代将军，君临德川幕府。城中的权力构造在一夕之间风云变色。上至大奥的女官，下至末端的武士，各个阶层都出现仿佛将荣盛衰败这四个字具体化的权力逆转。

接着，十二月，酒井的大老职位遭到罢免。隔年，被任命为大老的自然是堀田正俊。酒井用足以让成为将军的纲吉感到胆怯的淡泊态度接下这道极不公平的人事命令。隔年二月，酒井将家督让给儿子后，从公务中退下，自此隐居。

随后，因公待在江户的春海被许久未见面的酒井召去下棋。场所是下马所前的酒井宅邸。春海仔细一想，虽然在城里和酒井下过棋，但这是他第一次拜访酒井的宅邸。酒井被人揶揄是"下马将军"，不过他的宅邸却和豪奢无缘，给人很利落的感觉。

春海并不明白酒井召他前来的理由。过去进行改历事业时，酒井是因为保科正之的意思才指名春海来下指导棋。而春海一直以为，在改历失败之后，他们两个人之间再也没有任何牵连。春海很清楚酒井不会想和事业失败的自己一同分享因政变而失去地位的不甘。

虽然不知酒井真意为何，两人仍旧和过去一样淡淡地下棋。酒井的棋路稳健，看不出他正身处足以左右幕府动向的政变旋涡中。这个人没有对决的欲望，也没有愤怒和悲哀，更没有想乐在围棋中的意思。虽然惊人，但这就是这个人的风格。

"听说你一直想伸手触碰天。"下到一半时，酒井忽然说。

"是……"

春海一如既往地不知道该怎么说，只做了一个短暂的回答。酒井是不是要告诉他这种事业毫无意义呢？春海起了戒心。

刚这么想，酒井便拍手把人叫来。

"拿那个来。"他要人把某样东西拿进房间。

春海立刻明白那是什么。那是他奉命带在身上的东西，也是被单方面要求还回去的东西。那是春海早已看惯的双刀。二十二岁时，寺社奉行忽然把它们赐给春海。三十七岁时，春海将它们奉还。四十一岁的现在，它们再次被放到春海身旁。

"这是你的。"

酒井的语调机械得春海不知该如何回答。

"呃……可是……"

"这原本是保科公要人准备的刀。你的薪资不会被扣钱。我买了它。"

说完，酒井又叫了另一个人来。那个人把一个看似十分沉重的袋子放到刀旁。春海从声音听出那是金子。数量相当大。

"拿去用在事业上。我想你应该需要。"

"这、这是为什么？酒井大人……"

结结实实吃了一惊的春海甚至没有谢谢酒井。

"这个嘛。"

酒井只是歪着头看向盘面，啪嗒一声把棋子放下。这根本没有回答任何问题。只不过春海总觉得自己听到一句低声的"这样就安心了"。这声低语来自被放在棋盘上的棋子。忍受城中的繁重公务、为幕府安泰奉献全心全力的人,有生以来第一次松了一口气。

"钱想用多少就用多少。不过进行改历之仪时,我要你把刀佩上。这是保科公的希望。"

以武家之手创造文化,并以其建立幕府及朝廷的安泰。这的确是保科正之的心愿。

到最后,春海都不明白酒井自己对这件事是否关心。双刀和钱应该是酒井"整顿手边事务"的一环吧。春海是这么想的。

在将军家纲的统治之下,和正之一同为创造太平之世而尽心尽力的男人结束了他的工作。自己也许就是正之和酒井一手带大的孩子吧。心里这么想着,春海再次跪拜在地。

"感谢您。请允许我收下。"

酒井盯着自己所下的棋子,接着不经意地看向庭院。江户城就在庭院树木的彼端。

"好大的城。"

酒井的低语里带着不可思议。他并没有对背负着如此巨大的城、投身于公务之中感到自傲,他只是确切地有了这样的感觉而已。

"是的,酒井大人。"

春海静静地加上这句话后,两人默默地看着城。

只要留意就会发现,失去了天守阁的天空已被新时代的蓝天取代。

"原来有这么大啊。"酒井说。

三个月后的五月十九日,酒井过世,享年五十七岁。

七

将军纲吉的态度只有两个字:难看。一听到酒井的讣报,纲吉便怀疑酒井是否切腹,害怕的他甚至还命人挖开酒井的墓穴。明明是自己罢免的人，但纲吉还是害怕酒井会以死谏言，也害怕其他幕府阁僚会仿效酒井。

将军大人这样的行为传进下人耳里，也传进了春海耳里。而且这还不是无凭无据的谣言，而是确切的事实。这件事当天便传遍城中。

这件事本身就是个异常。纲吉以丑陋的方式暴露出自己不是依正当手续坐上这个位子的事实。拥立纲吉的堀田没想到将军居然会露出这般狼狈模样。

"酒井是病死的。"

堀田和其他老中一同安抚纲吉。

愚钝的将领——

据说老中们都有这样的预感。虽然如此，他们还是必须支持这个将领。这是葬送战国之世、来到太平之世的德川幕府的使命。同时，对于拥立纲吉的堀田一族、和堀田家有血缘关系的稻叶一族以及支持政变的所有人而言，这已是一条无法避免的路。

对春海个人而言，酒井失势后的情势变得对他十分有利。

从保科正之那里接下"让春海负责改历之仪"遗言的稻叶正则，以及他的儿子——正之的女婿稻叶正通，比以前更加重用春海。

此外，纲吉称保科正之是"理想的主君"，拼了命要模仿他的良政。

于是，纲吉自然而然地对改历之仪及春海过去提出的天文方构想有了兴趣。春海通过稻叶父子知道了这件事，只不过身为当事人，他没有立刻提出改历的建议。他还有很多要研究、要验证的事，而且若现在要筹措改历，布局也还不够。

虽然算不上是代替，不过纲吉在改年号的隔年天和二年，在寺社奉行下设立神道方，并召来神道界顶尖的吉川惟足作为初代神道方。

幕府中第一次设立正式研究日本古来仪式和知识的文化机关。如此一来，全国的神道家受到幕府统治，以吉川惟足为代表的神道家之间的关系则更加巩固。吉川惟足是将"土津公"灵号授予保科正之的人。他赞成改历之仪，等于给春海在幕府里安了一个强力的支持者。

然而，春海却在这一年失去了更胜于吉川的支持者。

暗斋过世了。

"六藏……不,春海啊,我要把我的奥秘传授给你。惟足大人将是我们的证人。"

病危的暗斋躺在床铺上说。他没用平常那个不知道是哪里的腔调,而是用对贵族讲课时的语调。悲哀的感觉也因此加倍。春海不希望暗斋用这样的方式和他道别。

"我不要,老师。终于要开始了。授时历的错误如此明白,新的历法就要开始了。"

春海完全回到青年时期的态度,哭着说道。他没有意识到自己在不知不觉间也已经四十三岁了。不只如此,他哭喊的样子已经不像个青年,而像个孩子。

"请您一定要活到那一天。请您不要死。真的就快了,就快了——"

"宣明历的预报又会再次与日月的运行乖离吗?"

暗斋微笑着说。要成为见证人的吉川惟足也在一旁一脸认真地点头。

"是的,就快了。所以老师您……"

"我可是不会消失的喔。"忽然回到正常说话语气的暗斋温柔地笑道,"这个身子里的心将化为灵,回到神啊。然后呢,我就可以和保科大人、你的父亲,还有你死去的妻子阿琴再会。这样一来,我们就可以跟太阳和月亮一起守护着你。"

颤抖的春海不断哭泣。"好的。"他好不容易挤出这两个字。

"我花了一辈子才找到垂加神道①的奥秘,你就收下吧。"

"好的,老师……"

"惟足大人。"

"我在这里。"

暗斋在吉川惟足的帮忙之下坐起身。他就这么将奥秘传给春海。这正是他的生命。如此一来,春海得到创立一派神道的权限,终于成为神

---

①山崎暗斋提出的神道学说,以"天人唯一"为根本思想,是诸家神道的集大成,融入朱子学学说。

道家的一员。对改历之仪而言，春海得到了最有利的立场。

"用你的历法让幕府、让朝廷、让日本全国吓一跳吧。"暗斋表现出这辈子最后的刚毅，笑着说。

天和二年九月。暗斋离开了这个世界，灵社[①]号是乘加灵社，享年六十四岁。

第二年，另一个生命来到春海的生命中，仿佛像是在交棒一般。

阿延生了一个孩子。是个儿子，名叫昔尹。

"谢谢，谢谢。"

抱着孩子的春海不知道把其他词汇都忘在了何处，不断对阿延和儿子说。

"请您冷静一点，不然可是会掉下来的。"

看着过于兴奋的春海，阿延很干脆地把孩子抱开。

"不要比我先死，好吗？"春海看着母子俩，这句话不禁脱口而出。

"您认为我会让这孩子死掉吗？"

他被阿延猛烈地叱责。

"不，你和孩子都……"

"好好好，"阿延挥了挥手，"别说这个了，您只剩三年了呢。"

"嗯，就快了。"

春海敛起表情，点了点头。孩子小小的手轻轻握住春海的手指。

"我觉得我的这双手就快碰触到天了。"

而上天以超乎春海预想的姿态出现。

天和三年春。春海独自在京都老家做完最后的验证，他先是看着大地，接着看向天空。

两者都有谬误，而两者正确的姿态也隐约出现。

其一是大地。制作授时历的中国在经度上和日本有所差异，而春海证明了这样的差异给术理带来了根本上的误差。春海以北极星计算纬度，

[①]祭祀先祖之灵的神社。

验证其"里差"①，并根据汉译洋书的新观点来让错误浮现。

换句话说，授时历在中国是"明察"，其术理没有矛盾。然而当它被带进日本时，观测地的经度改变，它本身则会为成为"谬误"。

从中国传来的事物会无条件地被视为优异，但春海第一次完全割舍了这样的想法。是星星让他做到的。作为天元的北极星则在更久以前便已告诉他，只是他和其他人都没有注意到这一点。

还有另一件事。天体的运行。春海心中最为坚固的常识被彻底击碎。

得到庞大天测数据的春海验证了数百年来的历注，从太阳及月亮的运行中发现了他所在的地球本身的运行模式。地球绕着太阳进行公转。对天文家而言，这是不言自明的道理。然而，春海却从大量天测结果中导出地球运行的方式并非固定。

通过近日点时，地球动得最快。通过远日点时则相反，地球的动作会变得最慢。譬如说秋分到春分不到一百七十九日，而春分到秋分则有一百八十六日之多，从这一点就可以清楚看出地球运行方式的不同。

后世将这个法则称为"开普勒定律"，通过近日点及通过远日点的地点也会慢慢移动。如此一来，地球的轨道会是什么形状呢？那是一个环绕太阳的椭圆形。

"……怎么可能。"

春海不禁低声咕哝。然而这才是真实。现在这个世上，任谁在想象星星运行时，都会描绘出一个圆。一个完美的圆。不论是神道、佛教或是儒教，这是所有常识的基础。难道不应该是如此吗？面对星星的运行、太阳的起落、月亮的圆缺，究竟有谁会想象到这奇妙突出的弯曲轨道呢？

就太阳是一切的中心这一常识而言，地球会靠近太阳、远离太阳这件事本身就超乎想象。而且越是验证这一点没有矛盾，就会发现就连近日点都在偏移。地球并不在固定的椭圆形轨道上运转，椭圆形本身在缓缓移动。这个事实带来惊人的错误。制作授时历时，近日点和冬至点一致。因此，制作授时历的元朝才子构筑术理时，是假设两者一直保持一

---

①日本与中国的经度之差。

致的状态。只不过，在过了四百年的岁月后，目前近日点已经比冬至点前进了六度。

大地上的经度之差。上天的近日点误差。

算哲之言，可能正确，也可能不正确。

两者让酒井说出那句严厉的话。现在，春海明白了。诚惶诚恐的他全身颤抖。他在大地和上天之中看见错误和正确解答。而且，目前在日本这个国家，知道这件事的人恐怕只有他一个。他很害怕，害怕得无法忍受。

不过这样的恐惧随即远离，过去曾经听过的声音再次响起。

"星星被认为是不时会迷惑人们的东西，但那其实是因为人们以错误的方式看待天的定石。若是能正确掌握天的定石，人们便能毫无错误地掌握天理历法，最终将达成天地明察。"

"这是天地明察啊……伊藤大人。"

千头万绪在瞬间涌上。春海不知道该如何是好，摇摇晃晃地站起身，走出房间。他站在堆满观测道具的庭院里，神情恍惚地仰望天空。阿延发现了他，下到庭院。

"我做到了，阿延。"他神情恍惚地说。

"恭喜您，夫君。"阿延笑眯眯地说。

泪水涌出，濡湿了春海的双颊。眼前的一切都模糊了，只有蓝天一片澄澈。

春海，四十四岁。在北极出地后，历经二十二年的岁月，这是他终于碰触到天的瞬间。

八

"叫大和历怎么样啊，涩川？"

关孝和轻松写意地说。他的语气轻松，但绝不是在侮辱春海。他的意思是春海的功绩理所当然该配上"大和"这个等于最高级赞辞的名称。

"……这是不是有些过分了呢？"春海不好意思地缩了缩脖子。

村濑笑着向春海保证："什么嘛，涩川先生。关先生都这么说了，大家一定会点头的。"

春海来到矶村塾。这是他和关的约定。

"那么……请愿之际，就用这个历名……"

"唔，请务必这么做。没有什么用词配得上你的历法。"

被关这么一说，春海觉得既高兴又不好意思。春海从授时历中的经度差异及天文常识中找到错误后，用正确的数值和术理编纂了这一本历法。他们可以断言目前的日本没有任何一本历法会比它正确。

"的确是明察。五体投地。"

人在会津的安藤寄来一封内容如是的信，称赞的文章难得一见的长。而且连关和村濑都这么说了，春海已经毋须怀疑。接下来，他只需要继续深入术理的研究，让历法更加准确，并追求新的发现。这不只需要投入春海的一生，更需要后世的人们一同参与。

另一方面，关在此时也交出了新的成果。

《解伏题之法》，这是他两年前就几乎已经完成的稿本。在这本稿本里，关又发明了全新的算术。他独自发明了后世称为"行列式"的术理。而且不只是中国和日本，当时就连欧洲都尚未出现行列式的概念。在找到授时历的错误后，关再次带给自己如此强烈的冲击，春海才是那个感到五体投地的人。

"我才想把关大人发现的术理称作'和算'。"

"别说了别说了。在你的历法之前，我只觉得丢脸啊。"

"您在说什么啊。"

"你才是吧。"

村濑愉快地拍着膝盖笑道："你们两个真是够了。话说回来，下次的改历对决是什么时候呢，涩川先生？"

春海敛起表情。"就快了。"

事实上，改历的运势正逐渐高涨。毕竟宣明历的错误是如此明显。距离上次的改历请愿已过了十年，宣明历的错误越来越多，在各地都造成许多话题，最重要的是将军纲吉对改历兴趣十足。

"不过我听说大老不是这么想的。"关说。

新上任的大老堀田正俊的政治立场只有两个字可以形容，那就是"紧缩"。天和三年，日本要比先前还来得不景气。"饥民数万"——这样悲怆的报告自全国各地汇集至江户。

"天意之前，束手无策，节制为上。"

这样的思想否定了民生，只对武家有利。过去保科正之曾与之一刀两断，但堀田却将此视为美德，几乎没有施行任何能发挥效果的政策。堀田尊山鹿素行为师，而山鹿也提供了许多可以将堀田思想正当化的新武士理论。堀田和山鹿，只要有这两个人在，要实行改历之仪是难上加难。就连将军纲吉都有这种想法。

"我有方法。只不过这个方法有些无耻。"

然而春海脸上却是恬静的微笑。他静静地等待改历时机，一步步地完成自己的布局。这是他从保科及酒井两人身上学到的，是他从二十多年来往返江户和京都这两个日本中心地的生活中学习到的态度，更是他的战略。

到最后，堀田的紧缩政策让整个江户城陷入贫困，幕府甚至有可能无法支付薪水给在城里工作的人。而且将军纲吉和堀田都告诉老中们，这不是因为他们两人无所对策，而是自然现象所致。拥有国家权力之人居然会说出自己无法支付薪资给官吏这种话，这已不是愚钝，而是无可救药的绝症。

此时，春海顺利地下了他所谓的"无耻"的一着棋。

他通过老中稻叶正通将奏书递给堀田，收到了绝佳的效果。堀田随即以指导棋为名，让春海在稻叶正通的陪同下来到自己的房间。

"这是真的吗？"堀田问道。

棋盘上放着春海交给稻叶正通的文书。房间里从一开始就没有准备棋罐。堀田连边下棋边谈事情的从容心情都没有吗？心中感想和眼前状况完全无关的春海只是跪拜在地，淡淡地回答堀田："是的。"

"光靠这个颁历什么的就可以带来庞大的收入，这是真的吗？"

"是的。"

"改历能为幕府带来财富？"

"是的。"

说到这里，堀田便陷入沉默，终于不再询问相同的问题。

简直就像跟酒井说话一样。

面对春海机械的反应，堀田心里是这么想的。春海从堀田那像是在看亡灵般的不安眼神就看得出来。虽然说不上是胆怯，但就一个大老而言，他实在没有胆识。春海事不关己地这么想。

或许是看不下去了吧，稻叶正通出声插话："天皇或许会颁布改历的敕令。"

此时的稻叶正通同时身兼京都所司代。他对朝廷的动向十分敏感。而宣明历的错误最近终于成为问题，据说朝廷也在研讨自行改历的可能性。

"是的，我知道。"

不过春海早已掌握这个动向，堀田因而更加畏怯。

"武家可以参与改历吗？"稻叶问道。

"有一件事，希望您能许可。若是能得到许可，武家就可参与改历。"

"什么事？"堀田神经质地问。

"请允许我佩戴双刀。"

如此一来，春海就等于是武家的代表。稻田瞥了堀田一眼。堀田蹙眉，陷入沉默。对于被山鹿灌输理想武士形象的堀田而言，棋士佩刀恐怕会让他不悦至极吧。

"你有刀吗？"稻叶问。

春海知道这是他在催促堀田下决定。

"以前下棋的时候，有人曾送给我一对刀。"

春海没有说那是酒井给他的。稻叶看了堀田一眼，堀田悻悻然地开口：

"如果你能得到朝廷许可。"

春海只是跪拜在地，没有对这个问题做出任何响应。他已经下好为开始改历事业所做的布局，只是在寻找需要的最后一手。

他在意外的地方找到了那一手。

天和三年九月。在京都贩卖颁历的大经师①家发生了一起事件。大经师的妻子被发现和手代②私通，两人偷了店里的钱后逃走，但最后他们以及协助他们的人都被处死。大经师意春当然没有被判刑，还反过来利用事件打响自己的名号，热衷于扩大贩卖颁历的权利。他是个强硬又贪婪的人，完全不将失去妻子一事放在眼里。

这个人能用。

这个大经师的行为举止让春海做出这样的判断，并进行了一些斡旋。在确定了最后一手的两个月后，天和三年十一月。

春海预期会发生的事情终于发生了。

宣明历的月蚀预报出错了，而且许多人都认为历书上的月蚀不会发生。城里许多人都向春海征询这方面的意见。

"月蚀不会发生。"

春海断言这个预报错误。这次的误报成为一次契机，改运的运势十年来首次高涨。不，宣明历错误百出一事已成为常识，这次的运势绝非上次请愿时可以相比。知道春海过去挑战的人们频繁地提到这个话题，窥探春海的反应。然而春海并没有公开做出什么行动。他从未主动提到改历的话题，只是守着自己至今完成的所有布局，等待它们发挥效果。

最后，朝廷终于有了动作，颁布改历的敕令，然而春海依旧极为平静。

根据以灵元天皇之名颁布的敕令，朝廷决定由阴阳头土御门家进行改历。知道春海过去曾单独请愿改历的幕府官员莫不呻吟出声。不论是希望仿照保科正之，以让武家建立文化为理想的将军纲吉，还是期待颁历带来庞大利益的堀田，据说他们都露骨地表现出失望，一同为此叹息。

---

①掌管装订经书、佛画的经师，拥有发行大经师历的权利。
②商家的总管。

"果然还是京都啊……"

以堀田为首,所有的老中都这么说。天皇指名由公家领导改历,武家没有可以插手的余地。不只是天文历法,朝廷这等于是在宣告日本的文化中心是京都。江户的幕府阁僚不可能有推翻朝廷决定的手段。

在每个人都放弃了的时候,朝廷通过京都所司代,将一封文书交给幕府。那是一封极为异常的公文,据说所有幕府阁僚都为之大吃一惊。

"希望著名的历法家兼神道家保井算哲,即涩川春海大人能够参加改历之仪——"

土御门家希望春海能够前往京都。

九

"你究竟是用了什么样的咒语?"堀田完全不顾面子地问。

"呃——"

春海淡淡地跪拜在地上。说真的,坐立不安的堀田散发出来的气氛让他感到烦躁。只不过对堀田及其他所有的幕府阁僚而言,京都的土御门家居然会直接向幕府寻求改历的协助,这的确是异常至极的事态。

"回答我,算哲。你是什么时候跟土御门家的人有了深交?"

"我不认识对方。"

"那你是和土御门家有关的人——"

要让春海举出具体名号时,堀田终于沉默下来。这毕竟是春海个人的交友。若是将此当作幕府在暗地里使的政治手段,没有人知道朝廷接下来会在暗中使出什么样的方法。如此一来,情势将会对幕府不利,武家将再也无法参与改历。

如果是酒井,他根本不会把春海叫来。他只会把一切手续交给稻叶办理,无言地把春海送出去。

堀田根本无法和酒井大人相提并论。

堀田在政治上的顾虑实在不足。差点就无可奈何叹气的春海说:"请您允许我前往京都。"

"嗯。你可千万别搞砸了。"

"若是失败了，我会切腹。"春海理所当然地说。

"唔……"堀田发出低沉的声音。他不会是被这种程度的话震慑住了吧？春海几乎就要皱起眉头。

"若是你需要什么东西，我会让人送过去。金钱、人才、物品，要用什么就用。幕府会支持你。"

春海静静地跪拜行礼后，无言地出了房间。

在前往京都的路上，春海绕路来到关的宅邸。

"多亏了您，改历终于要开始了。"

春海想在离开江户前亲口对关这么说。关之前完全没有催促事业进度，改历运势高涨时，也只有他没出声说过什么。

"你的历法会改变这个国家的历法。"

关只是感慨良深地对春海微笑。他完全没有提到自己对春海的支持，只说这一切都是春海的功劳。他的眼神如在送行，就像当年他将堆成山的考察结果送给春海时一样。

"可是你跟土御门家的人……没问题吧？我想你应该也有你自己的想法。"

"我要拜他为师。"

春海干脆地说。就连关也瞪大了双眼。土御门家的家主远比春海年轻，而且据说他的历法及术理都尚未成熟。

"你是认真的吗？"

"这是最好的方法吧。想从对方那里夺走什么东西的时候，最好的办法就是低头。"

"就像你对我下跪一样吗？"

被关这么一说，春海不好意思地缩了缩脖子。关放声大笑。

"大和历的定石掌握在你的手上。它不在京都，也不在江户。下一场名为日本历法的棋局吧。"

那是春海四十四岁时的事。

十

土御门家的家主土御门泰福二十九岁,好奇心十分旺盛。他丰满的脸颊有如少年一般,对什么事情都坦率地展现出自己的感情。这是他见到春海时的第一句话:

"真是太感谢您了,春海大人。您让土御门家很有面子。"

不断招呼春海吃茶点的他利落地低头行礼。他绝对不是一个愚钝的人,只是经验不多,但头脑过人。他很清楚春海身为历法家的功绩,也知道春海身为棋士的名号,更明白春海以幕府为背景的政治实力。说得更明白一点,他很清楚公家层里没有一个能使用高深的术理解明历法的人才。

即便这是天皇的希望,土御门家也没有足以扛起改历重责的实力。春海也是利用这一点才找到这一条参与改历的路,但泰福的款待里带着真情。

"可是,这样真的好吗?春海大人,您从暗斋大人那里学到秘仪,和惟足大人的关系也如此亲密。从您的立场来看,我……"

"我是弟子,泰福大人是老师。这样的关系能让事情进行得最为顺利。"

莞尔一笑的春海说完后,泰福又是感动,又是胆怯。这样的天真让春海感到十分愉悦。和自己一同完成北极出地的建部和伊藤当年也一定是这么想的吧。春海一边想,一边对泰福说:

"对我而言,重要的是定石。为了找出天地的定石,遵守人的定石是最好的方法。"

春海说完后,泰福很有礼貌地低头。

"天皇一定会中意春海大人的大和历法。我们一起完成改历吧。"

泰福忘了自己为师的立场,他心醉于春海,向春海讨教历法。而且,他比春海更加热爱大和历。

"真是太棒了。您、您居然能独自完成这样的东西……我要赌上土御门家之名,学习大和历,努力得到天皇认可。"

这个为了学习历法术理而倾尽全力的聪明年轻人让春海感到他似乎在看着过去的自己。同时，他也预见到这个年轻人将会和自己犯下一样的错误。泰福对朝廷将会采用大和历一事完全不抱任何怀疑。然而不论历法再怎么优秀，事情也不一定会这么发展。

春海并不乐观。除了教导泰福历法，他几乎每天都会外出搜集资料。他只是默默地琢磨朝廷的定石、京都这块土地的定石以及自己这名为大和的历法的定石。最后，他清楚体会到这次改历的困难。

此时，朝廷在改历的敕令之下分裂成三派。

其一是春海过去便预料到的反对民历派。比起元朝所用的授时历，或是春海无视中国历法的大和历，他们主张朝廷应该采用明朝作为官历使用的大统历，并开始在台面下进行强有力的斡旋。

其二竟然是希望朝廷能采用授时历的一派。春海当年改历失败后，授时历的优秀程度反而广为人知，许多人开始使用授时历，无视宣明历的存在。在这样的背景之下，有些公家层的人手下聚集了希望能担任改历一职的神道家及算术家。他们辱骂春海是舍弃授时历的"背叛者"，热心地进行反对大和历的行动。他们不过是亡灵。这正是春海放到这世界上、名为谬误的亡灵。

最后则是天皇敕令中指定的土御门家及加入土御门家的春海，也就是提倡使用大和历的一派。

分裂成三派一事让春海觉得有些不对劲。推广授时历的动作尤其刻意，指责春海的那些人的一举一动完全不符合这次的改历敕令。春海通过京都所司代及关系亲密的公家们知道了事情的真相。

是为了分散势力吗？

支持大统历的人在背后操纵支持授时历的一派，而操纵者的核心则是身为历博士的贺茂家。因为支持春海大和历的人多得超乎他们的想象。为此，他们特地抬出授时历，让原本支持大和历的势力分裂，让大统历居于优势。这是为了扳倒把春海召到京都来的安倍家①的策略。

---

① "土御门"为天皇赐给继承天文学及历学的安倍氏一族的称号，故泰福的本姓为安倍而非土御门。

真是厉害。

春海对此感到佩服。切断对方的布局乃围棋的基本。朝廷水面下的竞争关键在哪儿？春海什么都没有对泰福说，只是不断思考。

我已经习惯输了。

最后，他从自己的经验中找到了对决的妙手。无论输赢，都要保持对决的态度。

春海静静地推量支持大统历一派的人能够保持"残心的姿势"到何时。另一方面，他带着阿延在京都市内逛。四处走的春海一边观察人群的状况，一边向阿延打听市里热闹的地方。

此外，他一天会写五封到十封信，做好随时都可以将信寄出的准备。

做好这些准备后，春海和土御门泰福一同正式上奏，请求朝廷采用大和历。接着，其他派的人士也接连上奏，请求采用大统历或授时历。泰福完全跟不上这些行动，他对众人无示敕令中被指名的自己，上奏授时历这件事哑口无言。而这样的行动发挥了惊人的效果。

年号改变，贞享元年三月三日。灵元天皇发布改历的诏令。

在发布之前，改历的主要人物聚集在一起，等待天皇的决定。春海一边安抚紧张的泰福，一边仔细观察在场的所有人，大致决定要切断哪里的联系。接着，有人宣告传奏的到来。

"请采用大和历法……请采用大和历法……"

春海无视身旁不断低语的泰福，心情完全不在要求神明护佑这件事上。身处如此紧张的场合，幸福的感觉却在同时从腹底涌上。

春海在心中静静数着自己不断增加的岁数。四十五岁又两个月。从他二十二岁踏上北极出地的旅程以来，已经过了二十二年多。

不，在他看到那串绘马，在他看到瞬间就被写上的一瞥即解的答案后，已经过了二十二年。

喀哒、铿隆。

梦幻的音色响起。春海闭上双眼。他就这么闭着双眼，听着传奏念出诏令。

天皇决定采用大统历。这是贺茂家暗中支持的明朝官历。在他们台面下的斡旋之下，授时历和大和历，也就是春海的过去和现在，都不是天皇的选择。

春海缓缓地睁开双眼，看见泰福苍白的脸。他一脸不可置信地转头看向春海。

"春、春、春海大人……大、大和历……居然……"

春海面无表情。他仔细地观察在场者表情的变化，观察采用大统历会对谁有利。他的眼神对上贺茂家的人那满足愉悦的笑容。胜者的松懈如实地表现在坐姿上。在春海眼中，那一群人看起来就像温暖日光下的老朽树木。一棵只有树干钝重粗实，里面却被虫子蛀蚀殆尽的巨木。

春海低声说道："泰福大人，我们走吧。"

"走……走吧？要去哪里？"

泰福狼狈到让人觉得哀怜的地步。诏令才刚发布，现在若是愤怒地离席，只会被人指责是不懂礼貌。不过春海却终于看向泰福，对他说：

"去准备上奏啊。"

泰福一脸愕然。天皇刚决定要采用大统历，春海居然当场就说要为推翻这个决定的上奏做准备。他的态度彻底粉碎了隶属于朝廷的泰福的常识。

"您、您的意思是，再……再、再上奏一次……大和历就会被采用吗？"仓惶失措的泰福问。

春海无声地微微一笑。

"必至。"他若无其事地说。

十一

在诏令发布的隔天，春海将他近来准备的二百八十封信全部寄了出去。里面有不能请幕府出钱的信，所以他用酒井给他的钱来支付寄信所需的大量支出。此外，他还写了一封内容详尽的信，命人速速送到堀田手上。

看着春海一口气寄出这么多信,泰福一句话也说不出来。

"那我们走吧,泰福大人。"春海对泰福说。

"要……要去哪里呢,春海大人?"

"梅小路应该可以吧。那里会聚集很多人,道具也很快就会送到。"

说完,春海便将双刀牢牢系在腰上,和泰福一同前往梅小路。

梅小路上已经有一大群人正在组装巨大的天测道具,他们是过去和春海一同参与北极出地之旅的中间,组装作业的核心人物则是奉仕建部家的平助的儿子平三郎。他的寡言及优秀一如父亲。即便来到现场的春海对他说话,他也只会回一声"嗯",精神全都集中在子午线仪的组装上。

所用道具都是春海拜托稻叶准备的。中间们一边喀啦喀啦地摇着一尺锁,一边决定设置道具的地点。他们每个人手上都拿着形状奇特的道具,接连立起柱子,仿佛要在人来人往的大马路上盖房子。和以前不同的是,这次他们没有拉起帐幕,目的是要让路上的人可以自由参观。实际上,准备观测的异样光景已让许多人惊愕地停下脚步,一群人聚集在道具周围。

"春、春海大人,这、这究竟是什么啊?"

春海恬淡地对呆立在原地的泰福说:"这是为了要让世人了解我们的大和历有多么准确。"

不久后,巨大的子午线仪被立起,京都的市民们发出惊叹声。接下来,春海任中间们继续设置大象限仪,他和泰福一起悠闲地坐到铺在子午线仪下的绯红色毛毡上。他拿出算盘,啪啪啪地拨起算珠。接着,他在薄薄的纸片上写下数字。

"您、您在做什么?"

"预测北极出地。"

"三十四度八十七分十二秒"。春海让泰福看了这个数字后,微笑着将算盘递给他。

"一起来算吧?"

"好、好的……"

泰福战战兢兢地接下算盘,皱着眉头求出数字。

"三十四度九十八分六十七秒。"

真不愧是在当地进行天测的阴阳师一族后裔，泰福立刻就算出数字。此时，春海看见空中有一道闪光。他迅速地站起身。

"是星星！"

他大叫的声音让泰福跳了起来。

"开始天测！"

以寡言沉默的平三郎为中心，中间们熟练地操作起刚架好的大象限仪。"好像要发生什么事了！"即便是完全不知道天测的观众们也发出"哇"的期待声音。中间们按照程序，确认三人的数值相同后，其中一个中间将数值写到纸上，再由平三郎快步来到春海身边。

"嗯。"

他将纸片亲手递给春海。接下纸片的春海对照两人算出的数值，不禁吓了一跳。

"三十四度九十八分六十七秒"

泰福一脸空白。他大概没想到自己会连秒都算得如此精确。

"这不是真的……"

忽然讲起京都腔的泰福来回看了两个数值好几次，春海则是不顾他的反应，再度站起身。

"明察是也！土御门家的家主漂亮地算出北极出地，明察是也！"

他发出自己所能发出的最大音量大叫。就连搞不清楚状况的观众们也大声喝彩。泰福的双手仍然抓着那张纸，因为惊讶、喜悦和害羞而满脸通红的他慌张得手足无措。

"土御门泰福才是星星加护的孩子！"

春海大声笑道。这不是表演，他是从心底感到喜悦。

从那一天开始，春海便连日在梅小路上进行观测。不只是北极出地，他们观测所有的恒星，而春海和泰福在每一次观测中都会以计算数值来一较高下。佩刀的春海对决阴阳师打扮的泰福。这场对决意外地吸引了众多市民的注目，路上的行人聚集一起"观战"，并下注打赌是江户赢还是京都赢。这场对决成为众人的话题，大和历在京都市民间的评价水涨船高。另一方面，收到春海信的人也接连来到京都。

神道家、朱子学学者、僧侣、阴阳师、算术家等人士不只会观看春海与泰福的对决，有时还会帮他们观测。对改历表示赞成、不吝惜帮忙的冈野井玄贞及松田顺承也来到现场。关于这次诏令及代代历法的议论自然而然因此沸腾，而且这里还是许多人来往的梅小路。

说起来，春海是假借天体观测之名，建立起一个把民众也卷入的公开讨论会。在众人的注视之下，许多专家聚在一起称赞大和历。

"日本的历法在此。"

他们如此宣示。春海无视朝廷采用大统历的决定，连续进行了数日的天体观测、计算数值的对决及公开讨论。在这段时间里，春海所下的每一手也逐渐开花结果。

其中一手在诏令发布不到一个月后便发挥了效果。

是朱印状。

前一年，大老堀田及将军纲吉同意了春海的要求，封土御门泰福为"诸国阴阳师主管"，并颁布朱印状。这个头衔并非空有虚名，它让泰福拥有实权。如此一来，土御门家得以统领全国的阴阳师，任谁都能一眼看出其收益庞大至极。

这是率先将局面大幅转变的一手。支持大统历及授时历的公家们一个接一个倒向土御门家，甚至还刻意来梅小路拜访他们。

除此之外，春海在前一年申请第二次大和历改历的文书"请革历表"中写道：

"现精通天文者为阴阳头安倍泰福，傲视千古。"

他对泰福大加赞赏，还帮土御门家申请了一千石的米作为补助改历的费用。

此外，春海通过幕府决定了朝廷及幕府在主导颁历时需商定的事项。这些事项指的是各式各样的权利交涉。在改历之际，若是有人在某处有所损失，春海会让他在别处得到利益。这样的过程不断重复。

一切都在按照春海的布局走。若说有什么事出乎春海的意料，那就是公家的人变心的速度竟然如此迅速。在这么短暂的时间里，原本那么坚持采用官历的公家们居然一同向土御门，甚至是春海及大和历送上赞辞。

如此一来，当春海掌握了民众的关注和支持、专家的保证及公家利害时，他又下了一决胜负的一手。

北极出地之际将春海一行人召进城里的加贺藩主前田纲纪在春海的请求下有了动作。纲纪的女儿嫁到西三条家，在纲纪的要求下，西三条家答应做个中介，为春海安排了一个可以直接和势力足以左右朝廷的人士交涉的机会。那个人正是刚上任为关白①的一条兼辉。身为离灵元天皇最近的人，兼辉向春海保证他会支持大和历。此外，他还在朝廷上公开表态。如此一来，公家之间的联系便被连根拔尽。遵循天皇采用大统历的决定而开始准备颁历的动作也完全被打断。

在这一决胜负的一手后，春海又立刻去见了他一直注意的大经师意春。

春海将大量制作及贩卖依大和历历法编纂之颁历的权利全数交给大经师，让他得到京都所司代稻叶的认可。大经师立刻就对这些权利带来的巨大利益紧咬不放，而且还率先下手，不让他人制作、销售大和历以外的颁历。他那"无耻"的手段远超出春海的想象。

路上的公开讨论、舆论的形成、给土御门家的朱印状、关白的保证、贩卖网络的掌握，这些让人束手无策的每一手最终让支持大统历的一派被彻底击溃。就连贺茂家也出现倒向大和历的人。因此，朝廷里根本没人知道究竟有谁曾经支持过大统历。如今绝大多数的公家层都选择支持大和历。

"那么，我们走吧。"

春海说得轻松，泰福却是全身颤抖地注视着春海。

"春、春海大人真是太厉害了……您是我一辈子的老师。您是土御门的恩人。"

"只有我一个人的话，事情是不可能成功的。多亏了泰福大人您，我

---

①辅佐天皇处理政务的最高职务。

才能接下这重大的责任。"

春海微笑着说。接着,他和泰福再次为采用大和历一事上奏。

第四次的改历请愿,春海赌上了他的一辈子。

那一天夜里,春海梦见二十二岁的自己走在一条路上。他蓦然醒来,发现自己在京都,阿延就睡在身旁。春海不经意地笑了。

"幸福的家伙……"

这句话自口中流泄而出。这是对过去那个对自身未来没有任何怀疑、满心希望的年轻的自己说的吗?还是对现在这个自己说的呢?春海不明白。在被任命为北极出地的测量者之后,今年已是第二十三个年头。现在众多算术家、重视旧有历法的人以及相信中国学问才是最高峰的人将责难的炮火全数集中在春海一个人身上。你就这么想要改历的名誉吗?这样的声音从全国各处传来。

"嗯……我真的想要。"

春海在黑暗中低语。他想要建部和伊藤夸赞他。他想告诉酒井他碰触到了天。他想要响应保科正之希望废止死亡与争斗的战国时代,以武家之手建立文化的期待。他想要实现暗斋、岛田及安藤等建立起改历事业的伙伴们长久以来的心愿。他想要挺胸向亡妻报告。他想看见村濑高兴的样子,他想要阿延和孩子以他为傲。不论如何,他都想要完成关孝和托付给他的一切。

他想要站在只属于自己的春天的海边。

话又说回来,自己究竟是在什么时候和这么多人有了联系?为什么自己能够一直待在这个旋涡中呢?

喀啷、铿隆。

这样的想法浮现心头的瞬间,无与伦比的喜悦涌上心头。金王八幡的算额绘马曾经敲击出梦幻的音色,而那一声响现在在耳中鲜明地重现。春海在失去天守阁的天空彼端看见了无垠的蓝天。他脸上带着微笑,看着这美丽的光景,泪水在不知不觉间落下。

贞享元年十月二十九日。

大统历改历的诏令发布后不过七个月，灵元天皇发布了采用大和历的诏令。大和历冠上年号，封为"贞享历"，将从明年开始实施。

在发布诏令时，泰福紧紧抓着自己的膝盖，流下滂沱的泪水。

"这、这是……这是真的……春海大人……我们办到了……大和历得到天皇的认同了……真的……太恭喜您了……"

春海只是静静地闭上双眼。

赢了。

他心中有无限感触。

我赢了喔。

他全心感谢逝去的日子，以及离开世上的所有人。

大和历被采用的消息立刻传到江户。

"武家触碰到上天了！"

据说将军纲吉听到这个消息，欢喜地如此大叫。

从幕府阁僚开始，整个江户城因为兴奋而沸腾。幕府随即设立天文方一职，并将春海任命为第一代天文方，为颁历带来的巨额利益收入做好准备。然而大老堀田却未体会到这种兴奋。贞享元年八月二十八日，堀田去世。他在宫殿中被刺杀，对方是他的亲戚，一个名叫稻叶正休的若年寄[①]。此人当场被其他阁僚斩杀，而他犯下凶行的原因至今未解。

堀田死后不久，山鹿素行也因病去世。他直到死前都提倡武士的理念，关于春海的改历，他也从来没改变"应该加倍嗤笑"的态度。

堀田和山鹿，这两人还没来得及见到新时代就已逝去。

其后，将军纲吉没有设立大老一职，而是重用侧用人[②]这个自己与老中的联络人，模仿保科正之推动文治政策。然而他后来开始推行生类怜悯令[③]等极端的救济弱者政策，招来民众的反感。在众人心中留下"愚钝将领"印象的他在十四年后病逝。

[①]主要负责支配旗本及御家人的官职，辅佐老中，参与政治。
[②]将军的亲信，负责将将军的命令传达给老中。
[③]德川纲吉推行的极端动物爱护法，禁止杀生。

春海推动改历的消息立刻在江户市中传开,引来前所未有的毁誉褒贬。尤其是算术家。他们极尽所能地辱骂春海,甚至连礒村塾中也出现批评春海的声音。

在这样的风潮中,村濑和关孝和冷静自若。两人一同在私塾的庭院里眺望着天空。

"涩川先生办到了呢。"村濑高兴地笑了。

"他办到了呢。"

关说完,朝空中伸出手。露出苦涩笑容的他抬头仰望自己无法碰触的天空。

十二

时光飞逝,或者说是绕了一圈。

在大和历被采用后,春海以第一代天文方一职取得正式的武士身份。除了在江户市中拥有一座宅邸,他终于被允许束发。

"我成了武士了呢。"他非常不好意思地对阿延说。

"很适合您喔,夫君。"阿延笑着开起玩笑。

在春海成功改历之后,将军纲吉也以他拙劣的手段将武断政治改变为文治之世。春海凭借文化事业成为武家,而许多知识分子也在城中谋得一职。他们让江户城甚至是整个江户改头换面。换句话说,除了政治及经济,江户更成了决定人民生活模式的文化中心。

三十年后,正德五年。

七十七岁的春海和阿延一同在京都看戏。

这出戏是近松门左卫门创作的《大经师昔历》,内容改编自大经师意春的丑闻。

贞享二年,意春在得到大和历的颁历带来的巨额利益后,试图继续扩大贩卖网络,借以独占市场。他的行为激怒了当时的京都所司代稻叶,在年内就剥夺了意春的职位。其后,大经师便由另外一个叫茂兵卫的人担任。新上任的大经师与意春妻子私通的对象同名,众人都说这实在太讽刺。

戏里和现实生活不同,意春的妻子和私通对象捡回一命,两人最后终成眷属。

"真的是很有趣呢。"看完戏后,阿延微笑着说。

"嗯、嗯。"

春海也点着头。衰退的体力让他半身麻痹,无法好好说话。

许多看完戏的观众们手上都拿着颁历,大概是为了要听懂戏中和历法有关的台词吧。他们似乎都没有料想到制作这份历法的老人居然会同在客席。春海和阿延一同微笑着讨论这件事。

没想到自己居然会活这么久。从成为戏中时代背景的当时一直到现在,春海都没有这么想过。因此,当众人接连撇下自己辞世而去时,春海也只能束手无策地目送他们离去。

在改历完成后十六年,也就是元禄十三年,水户光国因病过世。他的一生满是学识与暴戾,即便对方是将军,他也不会手下留情。当生类怜悯令越来越偏激时,他亲手擒杀了五十只狗,并将它们的毛皮送给纲吉,以表达他对法令的强烈反对。

在这样恐怖的人物过世后,将军纲吉的恶政越加炽烈,导致物价飞涨、民心不安。另一方面,时代进入华丽绚烂的元禄之世,江户成为前所未见的繁华之地,催促知识分子更换新血。

光国死后不久,春海的义弟知哲也过世了,享年五十六岁。他是和道策对战次数最多的人,他的才气让众人为他的死扼腕不已。

春海在上任天文方时便自棋士一职退下,不过道策经常来江户的宅邸拜访,所以春海几乎看过所有人的棋谱。尤其是道策在让二子的情况下输了一目的棋谱,其中出现了前所未见的崭新棋路。

"干得好。"春海也高兴地称赞道策。

"这是我这辈子最棒的棋谱。"明明输了棋谱上的这盘棋,道策却特别兴奋。

接着,知哲去世两年后,道策也因病过世,享年五十八岁。

在义弟和道策接连辞世后，春海正式将姓名改为"涩川春海"。他亲手葬送了和这两个人一起下上览棋、一起走过同一个时代的安井算哲之名。

隔年，义兄算知也过世了。高龄八十七岁的他寿终正寝。其后，安井家一共流传了十世。

接着，年号改为宝永元年的那一年，将军纲吉由于没有子嗣，故将甲府宰相德川纲丰认为世子，让他住进江户城。因此，为纲丰工作的关孝和在六十四岁时成为幕府直属武士，开始在江户城工作。春海主动为他导览城内。

"那里是大广间。很大，对吧？"

"唔。真大啊。"

"这里是虎之间。您可以在这里换和服。来吧，鞋子请放这里。"

"唔。非常感谢。"

两人一同走在江户城中。如果三十年前就能这么做，他们还会一起进行改历事业吗？后世在提到会津藩算术家的简单履历时，对春海与关两人只留下一句话：

"盖安井春海奉命改历时，以关孝和者精算，命与其事。"

安井家的春海实行改历之时，名为关孝和的人精通算术，故春海将该使命交予关。然而关完全没有提到自己对改历事业的协助，只赞誉了春海的功绩。关没有在任何一本书上提到改历的事，也不让任何人留下记录。他培育了许多算术家，让"关流"成为日本第一的算术家流派。不久后，关正如春海预见的，促成了日本独自的术理"和算"的诞生。

在江户城工作仅仅四年后，关孝和静静地离开这个世上，享年六十九岁。

春海的沮丧更甚于以往，葬礼结束后，他也到关的墓前哭泣。

和他一同前往关的墓前安慰他的人正是安藤。安藤毕生都是个严谨诚实的人，也或许是因为这样，他在改历事业结束后背负了许多辛劳。为了替属下闯的祸负责，他甘愿接受蛰居之罚。虽然大家都知道他是无辜的，他还是过了好几年的幽禁生活。终于被赦免后，安藤将一直研究至今、成果不输给春海的历注验证出版成书，在江户的关和村濑也与春海一同为安藤庆祝。而安藤也在关死去不久之后过世，极为长寿的他享年八十四岁。

第二年，将军纲吉驾崩，纲丰成为六代将军家宣，将年号改为正德。春海趁着这个时机将天文方的家督让给儿子昔尹，从此退隐。

家宣立刻废止纲吉的恶政，试图重建幕政，却在仅仅三年后猝逝。面对幕政的混乱和其后的重建，春海只以一介过路者的身份远远眺望。

不久，年幼的德川家继成为第七代将军时，加上那些偏僻的町并地①后，江户共有九百三十三町，已超越八百八町的实际数字，发展为世界上规模最大的都市。

过去因明历大火及玉川上水而重生的江户在历经过度成熟的时代后，成为一个让春海感到陌生的都市。

两年后的四月，春海带着阿延一同去看戏的正德五年，年仅三十二岁的长子昔尹猝逝。他的人生明明才刚要开始。

夫妻俩忍住悲痛，领养知哲的孩子。为了安井家及涩川家的安泰竭尽全力后，春海感到失魂落魄，疲惫至极。这份疲劳已经无法恢复，他感觉自己即将走到生命的尽头。大概是领悟到自己的时间已经所剩不多，春海在这之后花了很多时间整理身边的事物，书写留给子孙的遗言。此时，他指示要留下一首歌：

　　君惠吾良多　　予吾此贤明
　　若问何以喻　　正如春海边

君指的是谁？还是说，君指的是环绕的星星，而解读星象一事为春海带来上天的恩惠呢？

另外，阿延还生了两个女儿，此时都已经各自有了良缘。

半年后的十月。

---

①新兴的市街，由町奉行管理，年贡则受代官支配。

春海和阿延来到金王八幡神社。他们应该不是特地去看"连叶子都枯了"、只剩下树枝的樱花，也没有要奉纳什么，只是来这里参拜。据说他们还在神社的许可之下，将某样东西带回了家。也许那就是春海许久以前奉纳的"误问"算额绘马。就春海而言，那个绘马能持续存在的理由只有一个。

阿延拜托神社不要烧掉绘马，并把绘马和写了误问的纸一同留下。

就算春海问阿延这件事，阿延恐怕也只会微笑着这么说吧。

"我不知道。"

数天后的十月六日。

春海和他的后妻同一天过世。

被留下的家人们说，他们到死都是恩爱的夫妻，这实在像他们会做的事。因此，他们并没有把此事当作不幸，反而把它说成是一个应该庆贺的结局。

著作权合同登记号　　图字：01-2013-9065

Tenchi meisatsu
© Tow Ubukata 2009
Edited by KADOKAWA SHOTEN
First published in Japan in 2009 by KADOKAWA CORPORATION, Tokyo.
Chinese translation rights arranged with KADOKAWA CORPORATION, Tokyo.
through DAIKOUSHA INC., Kawagoe.
All Rights Reserved.

图书在版编目（CIP）数据

天地明察／〔日〕冲方丁著；徐旻钰译．—北京：北京十月文艺出版社，2014.3
ISBN 978-7-5302-1378-0

Ⅰ.①天… Ⅱ.①冲…②徐… Ⅲ.①长篇小说—日本—现代 Ⅳ.①I313.45

中国版本图书馆CIP数据核字（2014）第002954号

天地明察
TIANDI MINGCHA
〔日〕冲方丁 著　徐旻钰 译

*

北 京 出 版 集 团 公 司
北 京 十 月 文 艺 出 版 社　出版
（北京北三环中路6号）
邮政编码：100120

网　　址：www.bph.com.cn
新经典文化有限公司发行
新 华 书 店 经 销
北京天宇万达印刷有限公司印刷

*

890×1270　32开本　10.25印张　295千字
2014年3月第1版　2014年3月第1次印刷

ISBN 978-7-5302-1378-0
定价：39.50元
质量监督电话：010-58572393